DISPARUE

Paru dans Le Livre de Poche :

SAUVER SA PEAU

LISA GARDNER

Disparue

ROMAN TRADUIT DE L'ANGLAIS (ÉTATS-UNIS) PAR CÉCILE DENIARD

ALBIN MICHEL

Titre original :

GONE

1

Elle fait encore ce rêve. Elle ne veut pas. Elle se débat dans les draps, rejette la tête en arrière, s'efforce d'empêcher le personnage qu'elle est en rêve de gravir cet escalier, d'ouvrir cette porte, d'entrer dans ces ténèbres.

Elle se réveille, un hurlement ravalé dans la gorge, et ses yeux exorbités voient encore des choses qu'elle refuse de voir. La réalité refait lentement surface à mesure qu'elle prend conscience des murs badigeonnés de gris, des fenêtres aux yeux noirs, du côté vide du lit.

Elle se dirige vers la salle de bains, passe la tête sous le robinet et avale de grands traits d'eau tiède. Elle entend encore le fracas de la pluie dehors. On dirait qu'il pleut sans arrêt pendant ce mois de novembre, mais c'est peut-être psychologique.

Elle va dans la cuisine. Le petit mot est toujours sur la table. Au bout de sept jours, elle ne le lit plus, mais ne se résout pas tout à fait à le jeter.

Inventaire du réfrigérateur : yaourts, thon, ananas,

œufs. Elle attrape les œufs, puis s'aperçoit qu'ils sont périmés depuis deux semaines.

Putain de merde, elle retourne se coucher.

Même rêve, mêmes images, même cri viscéral.

Une heure du matin, elle se lève pour de bon. Elle prend une douche, se déniche des vêtements propres, observe son reflet émacié dans le miroir.

« Qui est la reine des abruties ? Rainie. »

Elle part faire un tour en voiture.

Mardi, 02 heures 47

« Bébé pleure, marmonna-t-il.

– Réveille-toi.

– Mmmm, chérie, c'est ton tour de t'en occuper.

– Bon sang, Carl, c'est le téléphone, pas le bébé. On te demande. Secoue-toi un peu. »

Tina, la femme de Carlton Kincaid, lui donna un coup de coude dans les côtes, puis elle lui lança le combiné et se renfonça sous les couvertures, ramenant le duvet sur ses cheveux châtains. Le milieu de la nuit, ce n'était pas son heure.

Malheureusement, ce n'était pas non plus celle de Kincaid. Commandant dans la criminelle, attaché au commissariat de Portland, police d'État de l'Oregon, il était censé s'attendre à ce genre de coups de fil. Parler d'une voix intelligente. Pleine d'autorité même. Mais cela faisait maintenant près de huit mois qu'il n'avait pas passé une bonne nuit, et il s'en ressentait. Il regarda le téléphone d'un air bougon et songea que ça avait sacrément intérêt à valoir le coup.

Il se redressa dans son lit et s'efforça de prendre une voix plus enjouée : « A-llô. »

C'était un agent au bout du fil. Il avait été appelé par un shérif adjoint suite à la découverte d'un véhicule abandonné au bord d'une route de campagne, dans le comté de Tillamook. Pour l'instant, aucune trace du propriétaire près de la voiture ou à son domicile.

Kincaid n'avait qu'une question : « Le véhicule se trouve sur un terrain public ou privé ?

– Aucune idée.

– Eh bien, débrouille-toi pour le savoir, parce que si c'est privé, il nous faudra un accord pour fouiller la zone. Il faut aussi appeler le procureur pour demander l'autorisation de fouiller la voiture. Arrange-toi pour qu'il ramène ses fesses, boucle la scène et je suis là dans (Kincaid consulta sa montre) cinquante-cinq minutes.

– Okay. »

L'agent raccrocha ; Kincaid entra en action. Il était dans la police d'État depuis douze ans. Il avait débuté comme agent et travaillé quelque temps dans une brigade antigang avant d'être affecté à la criminelle. Entre-temps, il s'était doté d'une épouse magnifique, d'un grand clebs noir et, huit mois plus tôt, d'un petit garçon en pleine santé. La vie suivait son cours normal, si on jugeait normal que ni lui ni sa femme n'aient dormi ou pris un repas tranquillement depuis plus de six mois.

Jamais de répit avec les enfants. Avec la Crime non plus.

Il entendait la pluie ruisseler du toit. Putain de nuit

pour être tiré du lit. Il avait deux tenues de rechange dans le coffre de sa voiture de fonction. Par une nuit comme celle-là, ça lui ferait bien une demi-heure. Merde. Il regarda le lit avec nostalgie et regretta que ce n'ait pas été le bébé en fin de compte.

Au radar, il piocha dans la commode et commença à s'habiller. Il boutonnait sa chemise quand sa femme se redressa avec un soupir.

« C'est grave ? murmura-t-elle.

— Aucune idée. Un véhicule abandonné à Bakersville.

— En quoi ça te concerne, chéri ?

— La portière conducteur était grande ouverte, le moteur encore en marche et le sac à main posé sur le siège passager. »

Elle fronça les sourcils. « Bizarre.

— N'est-ce pas.

— Je déteste les affaires bizarres. »

Kincaid enfila sa veste, s'approcha de sa femme et lui planta un gros bisou sur la joue. « Rendors-toi, chérie. Je t'aime. »

MARDI, 01 HEURE 14

Elle ne voit strictement rien. Ses essuie-glaces en mode rapide balaient violemment son pare-brise. Ça ne change rien. La pluie s'abat, encore et toujours. La route fait un coude. Elle prend le virage avec un peu de retard et part aussitôt en aquaplaning.

Elle a du mal à respirer à présent. Elle hoquette.

10

Pleure-t-elle ? Difficile à dire, mais elle est contente d'être seule dans le noir.

Elle lève le pied, regagne prudemment la voie de droite. Il y a des avantages à sortir à cette heure de la nuit. Personne d'autre sur la route ne fera les frais de ses bêtises.

Elle sait où elle va, sans jamais se l'avouer. Si elle y réfléchissait, cela deviendrait une décision et mettrait en évidence le fait qu'elle a un problème. Beaucoup plus facile de se surprendre à entrer sur le parking du Toasted Lab Tavern, tout simplement. Une demi-douzaine de véhicules s'éparpillent sur le terrain gravillonné, des pick-ups à double cabine pour la plupart.

Les accros, se dit-elle. Il faut être accro pour sortir par une nuit pareille.

Qu'est-ce qu'elle fout là ?

Assise dans sa voiture, elle agrippe le volant. Elle sent qu'elle commence à trembler. Sa bouche se remplit de salive. Elle savoure déjà cette première, longue gorgée de bière fraîche.

Un instant, elle vacille au bord du gouffre.

Rentre chez toi, Rainie. Va te coucher, regarde la télé, prends un livre. Fais quelque chose, n'importe quoi, mais pas ça.

Elle tremble plus fort, son corps tout entier se convulse, voûté au-dessus du volant.

Si elle rentre chez elle, elle s'endormira. Et si elle s'endort...

NE PAS monter cet escalier. NE PAS ouvrir cette porte. NE PAS scruter les ténèbres.

Il y a tant d'obscurité en elle. Elle veut être une personne. Elle veut être forte, déterminée, raison-

nable. Mais la plupart du temps, elle sent l'obscurité progresser dans sa tête. Cela a commencé quatre mois plus tôt, quand les premiers tentacules titillaient les recoins de son esprit. Aujourd'hui, elle en est dévorée. Elle est tombée dans un abîme et n'aperçoit plus la lumière.

Elle entend un bruit.

Elle lève la tête.

Elle voit une silhouette imposante surgir sous la pluie battante. Elle ne crie pas. Attrape son pistolet.

Le cow-boy ivre s'éloigne en titubant, sans savoir à quel point il l'a échappé belle.

Rainie repose son Glock sur le siège passager. Elle ne tremble plus. Elle a les yeux exorbités. Un visage sinistre. Une sorte de folie froide comme la pierre, ce qui est pire, bien pire.

Elle embraye et repart dans la nuit.

MARDI, 03 HEURES 35

Bakersville, Oregon, est une petite ville côtière du comté de Tillamook, blottie à l'ombre de la chaîne qui la domine. On y trouve à perte de vue des hectares d'exploitations laitières verdoyantes, des kilomètres de plage rocheuse et, considéré sous l'angle policier, un problème grandissant de métamphétamines. Un coin charmant si on aime les bastringues et le fromage. Pas grand-chose d'autre à faire dans le cas contraire, et les gamins de la région en savent quelque chose.

Cela n'aurait pas dû prendre cinquante minutes à Kincaid pour rejoindre Bakersville. Mais par une nuit comme celle-là, avec une visibilité nulle, des cols de montagne glissants et des trombes d'eau, il lui fallut une heure et quart. Il s'arrêta sur le site illuminé, le souffle court, déjà envahi par un fâcheux pressentiment.

Au rayon des bonnes nouvelles, les premiers intervenants avaient fait leur boulot. Trois projecteurs stratégiquement placés brillaient dans la nuit et leurs puissants faisceaux fendaient le rideau de pluie. Un ruban jaune « zone interdite » délimitait un périmètre de taille convenable au bord duquel les voitures commençaient à s'agglutiner.

Kincaid repéra celle d'un shérif adjoint, celle du shérif, puis un 4 × 4 noir luisant avec toute la panoplie des accessoires, appartenant, supposa-t-il, au procureur du comté. Ils auraient besoin de renforts s'ils décidaient de déclencher des recherches de grande ampleur, et il faudrait que le laboratoire de la police scientifique et l'identité judiciaire analysent la scène, mais ce serait à lui de les contacter.

Une heure et quarante minutes après le premier signalement, ils en étaient encore à se poser les questions de base : se trouvaient-ils ou non devant un crime ? La plupart des contribuables se plaisent sans doute à imaginer que, dans ce genre de situation, la police dégaine la grosse artillerie. Avertissez le labo de criminalistique, convoquez la garde nationale, faites venir les hélicos. D'accord, seulement ces mêmes contribuables passent leur temps à faire des coupes sombres dans le budget de la police d'État, si bien que Kincaid n'avait plus que trois enquêteurs et demi sous ses ordres au lieu des quatorze du début. Dans la vraie vie, toute décision dans une enquête a un coût chiffré. Et Kincaid travaillait en ce moment avec de petits moyens.

Il se rangea derrière le monstrueux Chevrolet Tahoe noir et arrêta son moteur. Pas moyen d'y couper. Il ouvrit sa portière et sortit sous le déluge.

La pluie le heurta en plein front. Un instant, il s'arrêta, s'armant de courage face à l'agression. Puis ses cheveux furent trempés, l'eau dégoulina sous le col de son imperméable Columbia, et le pire fut derrière lui. Il n'avait plus à craindre de se crotter et de se mouiller : c'était fait.

Il rejoignit péniblement le coffre de sa Chevrolet Impala, sortit l'immense mallette en plastique qui contenait son matériel pour scène de crime et passa sous le ruban jaune.

L'agent Blaney accourut, pataugeant dans la boue avec ses bottes Danner noires. Bon chien, il portait toute la tenue imperméable fournie par l'administration, y compris un blouson bleu et noir, avatar de Perfecto. Personne n'aimait vraiment ce blouson. Kincaid gardait le sien bien au chaud dans son coffre pour les rares occasions où la presse (ou un officier supérieur) était dans les parages.

De toute évidence, Blaney était dehors depuis un bon moment : son imperméable paraissait aussi lisse que du verre sous les puissants projecteurs et, à l'abri de son chapeau à larges bords, des filets d'eau dégoulinaient sur son visage aux mâchoires carrées et venaient s'égoutter au bout de son nez. Blaney tendit la main ; Kincaid fit de même.

« Blaney.

– Kincaid. »

Le shérif du comté de Tillamook et un adjoint arrivaient dans le sillage de l'agent. Blaney fit les présentations tandis que le petit groupe douché par la pluie claquait des dents, les bras collés au corps pour se tenir chaud.

L'adjoint Dan Mitchell avait été le premier sur les lieux. Un type jeune, de souche paysanne, mais consciencieux. Il n'avait pas aimé la façon dont les choses se présentaient : la portière ouverte, les phares allumés, le moteur en marche. Ça lui avait paru un peu hollywoodien. Alors il avait appelé le shérif Atkins, qui n'avait pas été ravi d'être tiré du lit par une nuit pareille mais qui était venu.

Ce shérif avait de quoi surprendre. Pour commencer, le shérif était *une* shérif – Shelly Atkins, pour vous servir. Ensuite, elle avait une poignée de main ferme, le regard franc et une tendance manifeste à aller droit au but.

« Bon, lança-t-elle au milieu des explications animées de son adjoint. Tom attend. » D'un signe de tête, elle désigna le procureur, dont Kincaid vit alors qu'il avait trouvé refuge dans son 4 × 4. « Nous avons une autorisation de fouille pour la voiture et, sur instruction de votre agent, nous nous sommes assurés qu'il s'agit bien d'un terrain public. Maintenant, je ne sais pas ce qui a pu se passer ici, mais quelqu'un a quitté cette voiture précipitamment et ça ne me dit rien qui vaille. Alors mettons-nous au boulot ou il ne restera rien d'autre à découvrir qu'une poignée de rapports de police détrempés. »

Personne ne pouvait aller contre ce raisonnement,

et leur petit peloton se dirigea donc vers la voiture, s'approchant avec précaution de la portière ouverte.

Le véhicule était une Toyota Camry dernier modèle, extérieur blanc, intérieur en tissu bleu. Une belle voiture, mais rien d'extravagant. Le conducteur s'était bien rangé, s'efforçant consciencieusement de ne pas empiéter sur la chaussée. À gauche de la portière conducteur, la petite route forestière sinueuse. À droite, un talus escarpé conduisant à un bois littéralement noyé sous la pluie.

Comme l'agent l'avait signalé au téléphone, la portière conducteur était grande ouverte et son extrémité raclait le bord de l'asphalte. La première pensée de Kincaid fut que la plupart des gens n'ouvrent pas leur portière aussi largement. Sauf peut-être s'ils ont vraiment de très longues jambes. Ou bien s'ils chargent ou déchargent quelque chose.

Une piste à étudier.

Sous cet angle, Kincaid distinguait les contours d'un sac à main en cuir marron sur le siège passager.

« On a regardé dans le sac ? demanda-t-il à la cantonade.

— Je l'ai pris, répondit l'adjoint Mitchell, qui semblait déjà sur la défensive. Pour chercher l'identité, vous voyez. Enfin, ça semblait tellement bizarre de trouver cette voiture, les phares allumés, le moteur en marche, la portière grande ouverte. Il fallait bien commencer quelque part.

— Vous avez trouvé un portefeuille ?

— Non. Mais ensuite j'ai ouvert la boîte à gants et j'ai trouvé les papiers du véhicule. C'est là que j'ai pris le nom.

– Le sac était vide ?

– Non. Il y avait plein de choses dedans : maquillage, stylos, un agenda électronique, etc. Mais je n'ai rien vu qui ressemble à un portefeuille. J'ai remis le sac exactement comme je l'ai trouvé. Je n'ai rien touché d'autre, je vous jure.

– À part la boîte à gants », répondit Kincaid à mi-voix, mais il n'était pas vraiment en colère, l'adjoint avait raison : il fallait bien commencer quelque part.

Le moteur de la voiture avait été coupé ; l'agent avait procédé ainsi pour garder le réservoir d'essence en l'état. C'est toujours utile quand on trouve un véhicule abandonné de voir combien il reste de carburant dans le réservoir. Mais le moteur tournait parfaitement quand l'adjoint Mitchell était arrivé et, à première vue, il n'y avait aucun problème avec les pneus. Cela semblait exclure un arrêt lié à des ennuis mécaniques.

Kincaid se dirigea vers l'arrière de la Camry en examinant l'aile. Apparemment, elle n'était ni cabossée ni éraflée, mais c'était difficile à dire tellement tout était trempé. Il essaya, sans trop y croire, de chercher d'autres traces de pneus ou de chaussures. La pluie battante avait ravagé le terrain, ne laissant rien subsister que des flaques d'eau trouble. L'avertissement du shérif Atkins était bien vu, mais il arrivait un poil trop tard.

Kincaid passa à l'intérieur du véhicule, en prenant soin de ne rien toucher.

« Le propriétaire est une femme ?

– D'après les papiers, répondit l'agent Blaney, il s'agit de Lorraine Conner, domiciliée à Bakersville.

Le shérif Atkins a envoyé un adjoint à l'adresse. Personne n'a répondu.

– On a son signalement ?

– D'après le fichier des immatriculations, un mètre soixante-sept, soixante kilos, brune, les yeux bleus. »

Kincaid mesura le shérif Atkins du regard.

« Un mètre soixante-cinq, annonça-t-elle. Je ne voulais encore rien toucher mais, à vue de nez, le siège a l'air à peu près bien. »

C'était aussi l'avis de Kincaid. Le siège était relativement proche du volant, à peu près comme il s'y serait attendu. Il fallait vérifier les rétros bien sûr, et la colonne de direction, mais cela devrait attendre que les rats de laboratoire et l'identité judiciaire aient fini. D'après Blaney, le réservoir était à moitié vide quand il avait coupé le moteur, donc, même s'ils allaient faire le tour des stations-service du coin par acquis de conscience, Lorraine n'avait sans doute pas fait le plein récemment.

Il se redressa, cligna des yeux sous la pluie tandis que les rouages de son esprit se mettaient en branle.

Kincaid avait passé ses trois premières années de service sur la côte. Il avait été éberlué de voir le nombre de ses rapports qui commençaient par la découverte d'un véhicule à l'abandon. L'océan semblait attirer les gens, leur parler une dernière fois. Alors ils roulaient jusqu'à la côte, attrapaient un dernier coucher de soleil somptueux. Après quoi ils verrouillaient leur voiture, s'enfonçaient dans les sous-bois et se faisaient sauter la cervelle.

Mais jamais, pendant toutes ces années, Kincaid n'avait vu quelqu'un quitter une voiture comme ça :

le moteur au ralenti, les essuie-glaces en marche, les phares allumés.

L'adjoint Mitchell avait raison. La scène était trop hollywoodienne. Quelque chose clochait.

« Bien, dit Kincaid. Ouvrons ce coffre. »

MARDI, 01 HEURE 45

Elle ne fait plus attention. Elle sait que c'est mal. Il fut un temps où elle était shérif adjoint dans une petite ville, et Dieu sait qu'elle a vu de près ce que cela peut donner quand on quitte la route des yeux ne serait-ce qu'un instant.

Mais elle est très fatiguée. Depuis combien de temps n'a-t-elle pas dormi ? Des heures, des jours, des mois ? L'épuisement sape ses capacités de conductrice. Sa mémoire à court terme se délite. Elle essaie de se rappeler ce qu'elle a fait la veille, mais l'image qui surnage dans son esprit pourrait facilement remonter à la semaine précédente. Elle a perdu la notion du temps. Sa vie n'a plus de repères.

Les essuie-glaces battent, battent en rythme. La pluie martèle le toit de sa voiture. Les phares balaient la nuit.

Quand elle était jeune, quatorze, quinze ans, avant l'assassinat de sa mère, elle avait eu un petit copain qui adorait sortir par ce genre de nuit. Ils se trouvaient une petite route de campagne, éteignaient les phares et s'élançaient dans la nuit.

« Hiii-haooo », rugissait-il, avant de s'enfiler un coup de Wild Turkey.

Plus tard, ils baisaient comme des bêtes sur la banquette arrière : whisky, sueur et préservatifs.

En repensant à cette époque, Rainie a un coup au cœur. Cela fait si longtemps maintenant qu'elle ne s'est pas sentie jeune, indomptable et libre. Trop longtemps qu'elle n'a plus assez confiance en elle pour conduire à l'aveuglette dans l'obscurité.

Et alors ses pensées dérivent, l'emmènent là où elle ne veut pas aller.

Elle pense à Quincy. Elle se souvient de leur première fois. De sa façon de la toucher tendrement. De sa façon de l'enlacer après.

« Rainie, lui murmurait-il. Tu as le droit d'être heureuse. »

Et maintenant elle souffre. Elle souffre au-delà de la douleur, elle en a le souffle coupé. Sept jours après, c'est encore comme un coup de poing au plexus solaire, ses lèvres remuent, mais elle ne trouve pas d'air.

La route fait un coude. Elle est trop absente pour réagir. Les roues patinent, les freins crissent. Sa voiture part en vrille et elle laisse aller le volant. Elle lève le pied de l'accélérateur. Elle se surprend à lâcher prise et, version solitaire de Thelma et Louise, *à attendre de planer au-dessus du Grand Canyon, heureuse simplement d'en finir.*

La voiture tournoie sur le côté, revient vers le milieu. Elle retrouve de vieux instincts, mémoire musculaire de l'époque où elle était un agent de police compétent, capable. Elle attrape le volant. Elle braque les roues dans le sens de la spirale. Elle se sert des freins avec plus de prudence et gagne le bas-côté en douceur.

Alors elle craque. Elle appuie son front contre le volant et braille comme un bébé, ses épaules se soulèvent, sa poitrine est agitée de soubresauts, son nez coule.

Elle pleure, pleure et pleure encore, puis elle pense à Quincy, la sensation de sa propre joue contre la poitrine de Quincy, les battements de son cœur dans son oreille, et elle se remet à sangloter. Sauf que derrière ses larmes ne se cache plus de la tristesse mais une colère noire.

Elle l'aime, elle le hait. Elle a besoin de lui, elle le méprise. L'histoire de sa vie, apparemment. Les autres tombent amoureux. Les autres sont heureux.

Pourquoi est-ce si difficile pour elle ? Pourquoi est-elle incapable de lâcher prise ?

Et alors les images lui apparaissent à nouveau. Les marches du perron, la porte qui s'ouvre, l'obscurité engageante...

Par réflexe, Rainie cherche son pistolet. Se battre, donner des coups, tirer... sur quoi ? Elle connaît son ennemi, c'est elle-même. Ce qui, dans sa logique aberrante, renforce une nouvelle fois sa haine de Quincy. Parce que s'il ne l'avait pas aimée, jamais elle n'aurait su ce qu'elle avait perdu.

Ses doigts caressent son Glock. Et juste l'espace d'un instant, elle est tentée...

On frappe de petits coups à sa vitre.

Elle relève brusquement la tête.

L'univers explose dans une lumière blanche.

L'adjoint Mitchell ne comprit pas tout de suite ce que contenait le coffre. Kincaid le vit passer par différentes teintes de vert à mesure qu'il réalisait.

« Mais qu'est-ce que... » L'adjoint recula en trébuchant, le bras levé comme pour se protéger de l'image.

Kincaid prit avec précaution la première page de clichés. Il lança un regard au shérif Atkins. « Vous ne savez pas qui c'est ?

— Non, mais je ne suis en poste que depuis un mois. Est-ce que c'est bien ce que je crois ?

— Oh que oui !

— Seigneur, dit le shérif en considérant la voiture abandonnée. Ça va mal finir, hein ?

— Probable. »

Kincaid sortit son téléphone et passa son coup de fil.

2

Coup de tonnerre dehors.

Quincy se réveilla en sursaut. Le souffle coupé, les mains agrippées au matelas, le corps raidi dans l'attente du coup. Un instant après, il roulait en douceur sur le côté et sortait du lit.

Sa poitrine se soulevait avec effort. Il dut s'obliger à regarder le papier peint à grosses fleurs, à se rappeler où il se trouvait et comment il était arrivé là. La conclusion de ces réflexions acheva de le désarmer. Ses épaules se voûtèrent. Il baissa la tête. Il s'appuya lourdement contre la fenêtre et observa la pluie qui cinglait violemment la vitre.

Il logeait dans cette charmante chambre d'hôte depuis sept jours maintenant, soit environ sept jours de trop. La propriétaire était gentille, c'était déjà ça. Elle n'avait fait aucun commentaire sur le fait qu'un homme seul prenne une chambre dans un endroit manifestement destiné aux amoureux. Elle ne posait pas de questions lorsque, chaque matin, il demandait posément à prolonger son séjour d'une nuit.

Où cela le menait-il ? Quand cela s'arrêterait-il ? Franchement, il ne savait plus. Et cette idée le fatiguait. Elle lui donnait l'impression, pour la première fois de sa vie, d'être vieux, très vieux.

À cinquante-trois ans, Quincy était à ce moment de son existence où il y avait plus de sel que de poivre dans ses cheveux bruns, où les pattes-d'oie s'étaient creusées au coin de ses yeux, où il se sentait de plus en plus respectable et de moins en moins séduisant. Il courait encore ses vingt kilomètres quatre fois par semaine. Il s'exerçait encore tous les mois sur le stand de tir. À deux reprises dans sa vie, il avait personnellement eu affaire à des tueurs en série et il n'était pas prêt à se laisser aller sous prétexte qu'il avait franchi la barre du demi-siècle.

Il n'était pas facile à vivre. Il en avait conscience. Il était trop intelligent, vivait trop dans sa tête. Sa mère était morte jeune et son père n'était pas un expansif. Des années entières de son existence s'étaient écoulées dans le silence. Un garçon qui avait connu cette enfance avait toutes les chances de devenir un homme singulier.

Il était entré dans les forces de l'ordre sur un coup de tête et avait commencé sa carrière dans la police de Chicago. Par la suite, quand il était apparu qu'il avait un don pour traquer les cinglés, il avait rejoint le FBI comme profileur. Il avait avalé les kilomètres, travaillé sur plus d'une centaine d'affaires par an, voyagé de motel en motel, étudié la mort sans répit.

Pendant que sa première femme le quittait. Pendant que ses deux filles grandissaient sans lui. Jusqu'au jour où il avait regardé ce qu'était sa vie et s'était aperçu qu'il avait tant donné aux morts qu'il ne lui restait plus rien.

Après cela, il s'était fait affecter à des projets internes au FBI, avait essayé d'être plus souvent à la maison pour ses filles. Il s'était même efforcé d'apaiser ses relations conflictuelles avec son ex-femme, Bethie.

Peut-être qu'il s'était un peu corrigé. C'était difficile à dire. Il lui semblait qu'un battement de cils plus tard, il recevait un appel de Bethie. Il y avait eu un accident de voiture. Mandy était à l'hôpital. Viens vite, je t'en prie...

Sa fille aînée n'avait jamais repris connaissance. Ils l'avaient enterrée peu avant son vingt-quatrième anniversaire, puis Quincy était retourné dans son bureau aveugle à Quantico pour s'éreinter à nouveau sur des photos de cadavres.

Cela avait été l'année la plus dure de sa vie. Mais les choses avaient encore empiré quand il s'était rendu compte avec horreur que quelqu'un avait tué Mandy et que ce quelqu'un traquait maintenant Bethie et sa fille cadette, Kimberly. Il avait alors agi sans tarder, mais pas tout à fait assez vite cependant. Le tueur s'en était d'abord pris à Bethie et il aurait peut-être aussi réussi à tuer Kimberly si Rainie n'avait pas été là.

Rainie s'était battue ce jour-là. Elle s'était battue pour Kimberly, pour elle-même et pour le plaisir de se battre, parce que c'était sa vie, parce qu'elle était comme ça et qu'il n'avait jamais rencontré quelqu'un comme elle.

Il avait aimé cette Rainie-là. Il avait aimé sa grande gueule, son côté Madame Je-sais-tout, son caractère de feu. Il avait aimé sa façon de le défier, de le provoquer et de le pousser à bout.

C'était une dure à cuire, indépendante, cynique, intelligente. Mais de toutes les femmes qu'il avait rencontrées, elle était aussi la seule à le comprendre. À savoir qu'au fond de lui il restait secrètement optimiste, qu'il s'efforçait de voir le bien dans un monde qui enfantait tant de mal. À savoir qu'il lui était proprement impossible de renoncer à son travail, parce que si les gens comme lui ne s'en chargeaient pas, qui le ferait ? À savoir qu'il l'aimait sincèrement même quand il semblait taciturne et renfermé ; c'était juste que les émotions qu'il ressentait avec le plus de force n'étaient pas de celles sur lesquelles il pouvait mettre des mots.

Lorsque Rainie et lui s'étaient finalement mariés deux ans plus tôt, il avait vu s'ouvrir un nouveau chapitre de sa vie, plus sain. Kimberly, diplômée de l'académie du FBI, menait bien sa barque au bureau d'Atlanta où elle était agent. Ils communiquaient, sinon autant que certains couples père-fille, assez du moins pour satisfaire leurs besoins respectifs.

Et il avait fait l'impensable : il avait pris sa retraite. Plus ou moins. Autant qu'un homme comme lui pouvait le faire.

À présent, Rainie et lui ne travaillaient que sur une poignée d'affaires, proposant leurs services de profileurs aux forces de l'ordre en tant que consultants. Ils étaient venus dans l'Oregon parce que les montagnes avaient trop manqué à Rainie pour qu'elle puisse jamais se sentir chez elle ailleurs. Ils avaient même, quelle idée ! envisagé d'adopter.

Vous imaginez ça, devenir père à son âge. Et pourtant, il l'avait fait.

Pendant trois petites semaines, après l'arrivée de la photo par la poste, l'idée l'avait même excité.

Et puis le téléphone avait sonné. Ils s'étaient rendus à la convocation.

Et le sol s'était dérobé sous ses pieds pour la deuxième fois.

Il devrait sans doute commencer à se chercher un appartement.

Demain peut-être, pensa-t-il, tout en sachant qu'il n'en ferait rien. Même un homme brillant peut être stupide quand il s'agit d'amour.

On frappa à petits coups à sa porte. La propriétaire de la chambre d'hôte se trouvait de l'autre côté, manifestement dans tous ses états. Il y avait un officier de police en bas, dit-elle. Il demandait Quincy. Il disait que c'était urgent. Qu'il devait lui parler tout de suite.

Quincy ne fut pas surpris.

Il savait depuis longtemps que les choses peuvent toujours empirer.

MARDI, 04 HEURES 20

Kincaid se réfugia dans l'abri relatif de sa voiture, monta le chauffage et joua du portable.

D'abord, l'agent spécial responsable du bureau du FBI à Portland. Réveiller un fédéral au milieu de la nuit n'est jamais une partie de plaisir, mais Kincaid n'avait pas le choix. Le coffre du véhicule abandonné avait livré un butin particulièrement troublant : les photos d'un cadavre de femme éviscéré, toutes estampillées « propriété du FBI ».

Il joignit Jack Hughes du premier coup. L'agent spécial confirma que Lorraine Conner était enquêteuse dans le privé et qu'elle avait déjà travaillé comme consultante pour le bureau de Portland. À sa connaissance, elle n'était sur aucun dossier en ce moment, mais peut-être collaborait-elle avec un autre bureau. Hughes indiqua le nom de l'associé de Conner pour la suite de l'enquête, demanda à être tenu au courant et bâilla plusieurs fois avant de regagner un bon lit bien chaud.

Kincaid eut autant de succès avec les deux appels suivants. Il joignit la directrice du laboratoire de criminalistique et l'informa de leur découverte. Le temps était trop mauvais, les conditions météo trop pluvieuses pour justifier l'envoi d'un enquêteur de terrain, répliqua la directrice. On en reparlerait quand la voiture serait à l'abri. Sur ce, Mary Senate retourna se coucher. Idem pour son coup de fil à l'identité judiciaire : impossible de relever des empreintes sur une voiture mouillée, passez-nous un coup de bigophone quand elle sera sèche. Bonne nuit.

Et Kincaid se retrouva seul, trempé jusqu'aux os, à se demander pourquoi il n'était pas devenu comptable comme son père.

Il sortit de sa voiture le temps de mettre le shérif Atkins au courant. Celle-ci était en train d'organiser une petite battue avec ses adjoints. Malheureusement, la pluie tombait toujours à verse et la visibilité était à peu près nulle. Heureusement, en cette nuit de novembre, la température n'était pas descendue en dessous des dix degrés. Encore sacrément frisquet quand on est mouillé, mais pas une menace de mort immédiate.

Dans l'hypothèse où Lorraine Conner se trouverait dans ces bois, à errer.

Qu'est-ce qui pourrait pousser une femme à quitter sa voiture par une nuit pareille ? Surtout un agent de police expérimenté, sur une route aussi sombre, aussi isolée, aussi angoissante ? Kincaid avait bien quelques idées de réponse, mais aucune n'était plaisante.

Il appela l'entreprise de dépannage. Puisque les scientifiques voulaient que le véhicule soit à l'abri, il allait faire en sorte que ce soit le cas.

La remorqueuse arriva, son conducteur sortit sous le déluge, considéra la fange marécageuse autour du véhicule et secoua bientôt la tête. La voiture était embourbée, maintenant. Si on essayait de la dégager, on enverrait de la boue partout et on détruirait le peu de traces qui restait.

La voiture n'irait nulle part avant au moins quelques heures.

Kincaid jura, secoua la tête de dépit et eut finalement une idée lumineuse : il trouva un adjoint qui possédait une tonnelle de jardin et l'envoya chez lui chercher la toile. Trente minutes plus tard, il avait installé la protection improvisée au-dessus du véhicule et de son environnement immédiat. Toute trace avait sans aucun doute disparu depuis longtemps, mais il fallait bien tenter quelque chose. Sous le couvert de la tente, il pouvait au moins se mettre au travail.

Il commença à prendre des photos numériques et il

avait fait la moitié du tour du véhicule quand l'agent Blaney revint, suivi d'une deuxième voiture.

Kincaid regarda celle-ci se ranger derrière le véhicule de patrouille de Blaney et un homme en sortir sous les trombes d'eau. Il portait un manteau London Fog qui coûtait sans doute la moitié du salaire mensuel de Kincaid. Des chaussures de luxe. Un pantalon impeccablement repassé. Ainsi donc, voilà Pierce Quincy. Ancien profileur du FBI. Époux de Lorraine Conner. Le suspect évident. Kincaid le dévisagea longuement.

Quincy s'approcha sans perdre de temps.

« Commandant Kincaid, dit-il en tendant la main, les cheveux déjà plaqués sur le crâne par la pluie.

— Vous devez être Quincy. »

Ils se serrèrent la main. Kincaid songea que le profileur avait une poignée ferme, un visage émacié et des yeux d'un bleu presque cristallin. Un dur à cuire. Habitué à tenir les commandes.

« Que s'est-il passé ? Où est ma femme ? Je voudrais voir Rainie. »

Kincaid se contenta de hocher la tête, campé sur ses talons, et continua son évaluation. Il était sur son territoire. Autant mettre tout de suite les points sur les *i* et leur épargner à tous les deux des combats de coqs à répétition.

« Chouette manteau, dit-il enfin.

— Commandant...

— J'aime beaucoup vos chaussures aussi. Un peu crottées néanmoins, vous ne trouvez pas ?

— Ça se nettoie. Où est ma femme ?

— Je vais vous dire : commencez par répondre à

30

mes questions et ensuite je répondrai aux vôtres. Ça marche ?

– J'ai le choix ?

– En fait, dans la mesure où c'est mon affaire, non. »

Quincy, les lèvres pincées, ne protesta pas. Kincaid s'accorda un instant pour bomber le torse. Un à zéro pour la police d'État.

Il aurait quand même dû rester couché.

« Monsieur Quincy, quand avez-vous vu votre femme pour la dernière fois ?

– Il y a une semaine.

– Vous étiez en déplacement ?

– Non.

– Vous ne travaillez pas ensemble ?

– Pas pour le moment.

– Vous ne vivez pas ensemble ? »

La mâchoire de Quincy se contracta. « Pas pour le moment. »

Kincaid pencha la tête sur le côté. « Voudriez-vous préciser ?

– Pas pour le moment.

– Okay, d'accord, prenez-le comme ça, seulement voyez-vous, monsieur Quincy...

– Je vous en prie, commandant, l'interrompit Quincy en levant une main. Si vous tenez vraiment à me faire danser comme un pantin au bout d'une ficelle, vous aurez tout le loisir de me mettre à l'épreuve dans les heures qui viennent. Mais maintenant, je vous le demande, d'enquêteur à enquêteur, où est ma femme ?

– Vous l'ignorez ? »

– Sincèrement, commandant, je n'en sais rien. »

Kincaid l'observa encore un instant avant de céder avec un léger haussement d'épaules.

« Un adjoint du shérif a trouvé sa voiture peu après deux heures du matin. Mais aucune trace d'elle, ni ici ni chez elle. Je vais être franc : nous sommes inquiets. »

Kincaid vit le profileur déglutir, puis, très légèrement, vaciller.

« Vous voulez que je vous laisse un moment ? demanda brusquement Kincaid. Je peux vous apporter quelque chose ?

– Non. C'est juste... Non. »

Quincy fit un pas. Puis un autre. Son visage paraissait livide sous la lumière des projecteurs. Kincaid commença à remarquer les détails qui lui avaient échappé jusque-là. La façon dont le manteau tombait sur la silhouette efflanquée du profileur. Ses mouvements, heurtés, tendus. Un homme qui ne dormait pas bien depuis des jours.

S'il jouait les époux éplorés, l'ancien fédéral donnait plutôt bien le change.

« Vous voudriez peut-être une tasse de café, dit Kincaid.

– Non. Je préférerais... Est-ce que je pourrais voir la voiture ? Je peux vous aider... il manque peut-être des choses. »

Kincaid considéra cette requête. « Vous pouvez regarder, mais ne touchez à rien. Le labo n'est pas encore passé. »

Il le conduisit à la Toyota abandonnée. Il avait refermé la portière conducteur après avoir pris des photos et noté sa position d'origine. Il la rouvrit.

« Vous avez fait le tour des bars du coin ? » demanda Quincy.

Il parlait d'une voix plus claire maintenant, celle d'un enquêteur qui s'attelait à la tâche.

« Pas grand-chose dans les parages.

– Et les bois ?

– Quelques adjoints fouillent la zone en ce moment-même.

– Et tous les véhicules, bien sûr », murmura Quincy. Il désigna la boîte à gants. « Je peux ? »

Kincaid contourna la Toyota et, de sa main gantée, l'ouvrit. Il en connaissait déjà le contenu pour l'avoir vérifié : une demi-douzaine de serviettes McDonald's, quatre cartes et le manuel du véhicule, avec les papiers de la voiture rangés à l'intérieur. Il regardait maintenant Quincy étudier ce contenu d'un air absorbé.

« Le sac ? » réclama Quincy.

Kincaid le tint docilement ouvert. Quincy jeta un œil à l'intérieur.

« Son arme, dit enfin Quincy. Un Glock .40, semi-automatique. Rainie le gardait généralement dans sa boîte à gants, ou alors sur elle.

– Elle se déplace toujours armée ?

– Toujours.

– Où étiez-vous ce soir, monsieur Quincy ?

– Je suis rentré après dix heures. Vous pouvez demander à Mme Thompson, qui tient la chambre d'hôtes. Elle était en bas quand je suis arrivé.

– C'est toujours elle qui ouvre ?

– Non.

– Donc vous auriez pu ressortir plus tard sans qu'elle le sache ?

– Je n'ai pas d'alibi, commandant. Rien que ma parole. »

Kincaid changea de tactique. « Votre femme se promène souvent en voiture au milieu de la nuit, monsieur Quincy ?

– Quelquefois, quand elle n'arrive pas à dormir.

– Sur cette route ?

– Elle mène à la plage. Rainie aime écouter l'océan la nuit.

– C'est ce qu'elle faisait le 10 septembre, quand elle a été arrêtée pour conduite en état d'ivresse ? »

Quincy n'eut pas l'air étonné que Kincaid soit au courant. Il dit simplement : « À votre place, je ferais le tour des bars du coin.

– Votre femme boit, monsieur Quincy ?

– Je crois qu'il faudrait lui poser la question.

– Ça ne se présente pas bien. »

Ce n'était pas une question et le profileur ne répondit pas.

« Qu'allons-nous trouver dans les bois, monsieur Quincy ?

– Je ne sais pas.

– Que pensez-vous qu'il s'est passé ici, sur cette route, en pleine nuit ?

– Je ne sais pas.

– Vous ne savez pas ? Voyons, monsieur Quincy. N'êtes-vous pas un profileur de haut vol, un soi-disant expert en nature humaine ? »

Quincy sourit enfin. Son visage parut alors plus lugubre que Kincaid ne s'y attendait. « Il est évident, commandant, dit-il à mi-voix, que vous ne connaissez pas ma femme. »

3

MARDI 04 HEURES 45

Quincy ne tenait pas en place. Premier réflexe : plonger dans l'obscurité des sous-bois, appeler frénétiquement sa femme disparue. Deuxième réflexe : s'en prendre à la voiture de Rainie, la dépecer, chercher... n'importe quoi. Un mot. Des traces de lutte. L'indice magique qui dirait : Rainie est là. Ou peut-être : Ta femme t'aime encore.

Naturellement, le commandant Kincaid le tenait en respect. La courtoisie professionnelle a ses limites quand on est l'époux séparé de la personne disparue. Quincy dut plutôt repasser le ruban qui délimitait la scène de crime et il fit les cent pas un moment, toujours plus mouillé, plus sale, plus furieux.

Pour finir, il se réfugia dans sa voiture. Il s'assit sur le siège de cuir noir, fixa son tableau de bord dernier cri, avec ses magnifiques finitions en décor bois, et prit toute sa voiture en horreur.

Rainie avait disparu. Comment pouvait-il rester assis dans une berline de luxe ?

Il essaya de suivre les opérations à travers son pare-brise, mais la pluie trop violente lui masquait la vue. Au mieux, il distinguait le clignement occasionnel d'une lampe torche là où les enquêteurs zigzaguaient dans les bois alentour. Quatre adjoints. Point final. Des gamins de la région, d'après Kincaid, qui avaient l'habitude de rechercher les chasseurs égarés, ce qu'ils pouvaient déployer de mieux dans ces circonstances. Naturellement, quand le jour se lèverait, ils feraient appel à des volontaires, mettraient en branle toutes les opérations de secours. Ils établiraient un PC, feraient venir les chiens, découperaient les bois environnants selon un quadrillage complexe.

À supposer que Rainie soit encore portée disparue. À supposer que quatre adjoints, évoluant à l'aveuglette au milieu de la nuit, ne trouvent pas par magie l'aiguille au milieu de la botte de foin.

Rainie avait disparu. Son pistolet aussi.

Il devait réfléchir. C'était sa spécialité. Personne ne devinait les esprits pervers comme Pierce Quincy. Non, d'autres sont doués, disons, pour le jonglage. Lui était doué pour ça.

Il essaya de rassembler ses idées. Il pensa à d'anciennes affaires d'enlèvement. Aux différents stratagèmes employés pour entraîner des femmes sans méfiance vers leur mort. Ted Bundy feignait de préférence une blessure, se plâtrait le bras pour inciter ses petites camarades d'université à porter ses livres. L'Eco-Killer de Virginie pistait les femmes depuis un bar après avoir déposé un clou derrière leur roue arrière. Il n'avait plus ensuite qu'à suivre leur voiture jusqu'à ce que le pneu soit à plat. Besoin d'aide, ma petite dame ?

D'autres avaient une technique d'attaque éclair. Tendre une embuscade à la victime, la prendre par surprise. Tant de méthodes, tant de procédés possibles. Au milieu de la nuit, sur une route déserte, en pleine forêt. Ce ne serait pas sorcier.

Mais Rainie était armée. Elle était avertie. Elle avait vu les clichés des scènes de crime, elle aussi.

Le fil de ses pensées se rompit à nouveau. Il tenta d'échafauder une hypothèse, d'imaginer ce qui s'était passé à cet endroit, après deux heures du matin environ. Son esprit s'y refusa, tout simplement. Il était incapable de se comporter en enquêteur chevronné. Il était trop occupé à être le mari atterré, bouleversé.

Rainie avait disparu. Son pistolet aussi.

Et, dans ces deux phrases, Quincy découvrit sa peur, la vraie. Celle sur laquelle il n'arrivait pas encore à mettre des mots. Celle qu'il ne pouvait franchement, réellement, pas affronter.

Rainie avait disparu. Son pistolet aussi.

Quincy ferma les yeux. Il posa son front sur le volant. Et il désira, comme trop souvent dans sa vie, ignorer toutes ces choses qu'un homme comme lui savait parfaitement.

JEUDI, TROIS SEMAINES PLUS TÔT, 17 HEURES 45

« Tu es bien silencieuse, ce soir. »

Il vit que le son de sa voix l'avait fait sursauter. Elle leva brusquement les yeux, cligna des paupières en sortant de sa rêverie. Puis ses mots durent enfin arriver jusqu'à elle ; elle eut un pauvre sourire.

« Ce n'est pas moi qui dis ça d'habitude ? »

Il essaya de sourire à son tour en entrant dans la grande salle, tout en gardant ses distances. À une époque, il aurait trouvé tout naturel de s'approcher d'elle, assise sur le canapé. Il l'aurait embrassée sur la joue, aurait peut-être replacé une mèche rebelle châtain foncé derrière son oreille. Ou peut-être même rien d'aussi intrusif. Peut-être qu'il se serait installé dans son coin préféré, la bergère près de la cheminée à gaz, qu'il aurait ouvert un livre, communié dans le silence.

Mais pas cette fois.

« À quoi tu penses ? » Il avait la gorge nouée ; il détestait ça.

« Le boulot, c'est tout », dit-elle. Elle rejeta ses cheveux par-dessus son épaule, puis se leva de la causeuse en s'étirant. Octobre était normalement un mois doux et agréable dans l'Oregon. Mais ce mois-ci avait vu des précipitations records et la succession de journées grisâtres et bruineuses créait un froid qui vous transperçait jusqu'aux os. Rainie avait déjà ressorti ses vêtements d'hiver. Elle portait un pull beige à torsades trop grand pour elle et son vieux jean préféré. Ce pantalon soulignait ses longues jambes minces. Le pull mettait en valeur les reflets roux de ses cheveux en cascade.

Quincy pensa qu'elle était belle.

« Il faut que j'y aille, dit Rainie.

– Tu sors ?

– Je dois voir Dougie. Je croyais te l'avoir dit hier soir.

– Mais tu viens d'y aller.

– *C'était mardi, on est jeudi. Écoute, Quincy, je t'avais prévenu dès le début que ça me prendrait beaucoup de temps.*

– *Rainie... »*

Il ne savait pas comment tourner ça.

« Quoi ? » demanda-t-elle avec impatience en s'approchant finalement de lui, les mains sur les hanches. Il voyait ses pieds maintenant. Nus, sans chaussettes. Une rangée de dix doigts de pied sans vernis. Je suis foutu, se dit Quincy. Il aimait jusqu'aux orteils de sa femme.

« Je crois que tu ne devrais pas sortir. »

Les yeux bleus de Rainie s'agrandirent. Elle le regardait avec incrédulité. « Tu crois que je ne devrais pas sortir ? Qu'est-ce que c'est que cette histoire ? Tu n'es quand même pas jaloux de Dougie.

– *En fait, j'aurais beaucoup à redire sur Dougie. »*

Elle recommença à protester ; il leva une main pour lui imposer le silence. « Mais je sais que Dougie n'est pas le vrai problème. » Et il n'en fallut pas plus, ce fut comme s'il avait craqué une allumette.

Rainie s'éloigna de lui avec raideur, ses mouvements étaient saccadés, nerveux. Elle trouva ses chaussettes et ses chaussures à lacets à côté du canapé, s'assit avec un air de défi et commença à les enfiler.

« Laisse tomber, dit-elle avec fermeté.

– *Je ne peux pas.*

– *Bien sûr que si. C'est très facile. Admets une fois pour toutes que tu ne peux pas me guérir.*

– *Je t'aime, Rainie.*

– Tu parles ! L'amour, c'est accepter l'autre, Quincy. Et tu ne m'as jamais acceptée.

– Je crois qu'on devrait parler. »

Elle finit de remonter ses chaussettes, puis attrapa une chaussure. Mais elle était tellement furieuse (ou triste peut-être, il ne savait plus, c'était bien une partie du problème) que ses doigts s'empêtraient dans les lacets. « Il n'y a rien à dire. Nous y sommes allés, nous avons vu ce que nous avons vu, et maintenant nous allons travailler comme nous travaillons d'habitude. C'était juste deux meurtres comme les autres, bon sang. Pas comme si on n'avait jamais rien vu de pire. »

Elle n'arrivait pas à mettre sa chaussure. Ses doigts étaient trop malhabiles, trop tremblants. Elle finit par enfoncer son pied gauche d'un seul coup, laissa le lacet défait et enfila brutalement la chaussure droite.

« Rainie, je t'en prie, je ne prétends pas comprendre ce que tu ressens...

– Et voilà, tu recommences ! Encore une phrase tout droit sortie d'un manuel psy. Tu es mon mari ou mon thérapeute ? Rends-toi à l'évidence, Quincy : tu ne sais pas faire la différence.

– Mais je sais que tu as besoin de parler de ce qui s'est passé.

– C'est faux !

– Mais si, voyons.

– Pour la dernière fois : laisse tomber. »

Elle allait passer en coup de vent à côté de lui, ses lacets battant sur le tapis. Il l'attrapa par le bras. Un instant, le regard de Rainie s'assombrit. Il la vit tentée d'être violente. Rainie, acculée, ne savait que se

40

battre. Une partie de lui-même fut encouragée de voir ses joues se colorer enfin. L'autre abattit la dernière carte qu'il lui restait.

« Rainie, je sais que tu bois.

– Ce n'est pas vrai...

– Luke m'a dit pour l'amende.

– Luke est un imbécile. »

Quincy la regarda en silence.

« Bon, d'accord, j'ai pris un verre.

– Tu es alcoolique. Tu ne peux pas prendre un verre.

– Très bien, excuse-moi d'être humaine. J'ai fait une bêtise, je me suis piégée toute seule. Deux bières en quinze ans, il n'y a peut-être pas de quoi appeler la police.

– Où vas-tu ce soir, Rainie ?

– Voir Dougie. Je te l'ai déjà dit.

– J'ai discuté avec lui cet après-midi. Il n'était pas au courant pour ce soir.

– C'est un gosse, il s'embrouille...

– Il n'était pas non plus au courant pour mardi soir. »

Elle cala. Cernée, prise au piège. L'expression de son visage fendit le cœur de Quincy.

« Rainie, murmura-t-il, quand est-ce devenu si facile de mentir ? »

Le feu quitta finalement ses joues. Elle le regarda longuement, le fixa avec une telle intensité qu'il commença à espérer. Puis son regard se refroidit et prit un doux reflet gris qu'il ne connaissait que trop bien. Les lèvres figées, les mâchoires serrées.

« Tu ne peux pas me guérir, Quincy », dit-elle posé-

ment avant de dégager son bras et de se diriger vers la porte.

MARDI, 05 HEURES 01

Assis dans sa voiture, Quincy scrutait l'obscurité. « Oh, Rainie, murmura-t-il, qu'as-tu fait ? »

4

L'agent spécial Kimberly Quincy n'aimait pas perdre de temps. Cinq heures du matin, elle roulait hors du lit, des années d'habitude la réveillant un instant avant la sonnerie. Cinq heures quarante-cinq, elle bouclait ses dix kilomètres de jogging. Six heures, sortie de la douche, elle enfilait un pantalon noir satiné et un haut de soie crème près du corps. Passage à la cuisine pour un jus d'orange, des toasts et un café, avant d'attraper sa veste et de se mettre en route.

Dès six heures et demie, le trafic matinal se densifiait. La circulation était ralentie, mais pas bloquée. Kimberly aimait mettre à profit ses quarante-cinq minutes de trajet pour composer mentalement le programme de la journée. Ce matin, elle voulait demander l'exécution de quelques analyses, ce qui impliquait de remplir des formulaires pour les scientifiques. Le FBI fournit à ses agents les armes à feu les plus puissantes du monde, mais le ciel vous vienne en aide si vous avez besoin d'accéder à un ordinateur.

Après la paperasserie, elle devait trier des piles de

cartons pour sa dernière affaire : une série de contre-façons artistiques de premier ordre apparues sur le marché d'Atlanta. L'équipe qui travaillait sur ce dossier avec Kimberly essayait d'établir un lien entre les pièces en retraçant leur parcours dans les différentes galeries et chez les marchands d'art.

Dans la mesure où elle avait déjà travaillé sur deux affaires de tueurs en série, Kimberly avait un temps imaginé être affectée à la brigade criminelle ou, mieux encore, au contre-terrorisme/contre-espionnage. Il n'en demeurait pas moins vrai qu'elle était une femme et que, au FBI, la délinquance en col blanc reste le meilleur tremplin pour les femmes.

Par chance, il semblait qu'une des brigades allait délivrer un mandat d'arrêt cet après-midi et on avait demandé à Kimberly de l'accompagner. Les renforts sont toujours utiles pour ce genre d'opération et, comme son supérieur aimait à le lui rappeler, c'était une bonne expérience pour un jeune agent. Cela pimenterait donc un peu la journée.

Deux ans après avoir intégré le FBI, Kimberly sentait qu'elle commençait enfin à prendre ses marques. Elle aimait Atlanta ; la ville était plus jeune, plus branchée qu'elle ne l'aurait cru, tout en conservant le charme désuet du Sud. Elle adorait la douceur du climat ; elle adorait la culture du plein air, la randonnée, le vélo, la course à pied, la natation. Et il n'était pas tout à fait impossible qu'elle soit follement amoureuse de Mac.

Ils se voyaient depuis deux ans maintenant. Qui l'eût cru ? Une jeune et ambitieuse fédérale avec un très séduisant, quoique légèrement arrogant, enquêteur de la police d'État. Pas exactement une relation classique. Elle ne comptait même plus les sorties du vendredi soir annulées, les week-ends d'escapade sabordés. Son téléphone portable, le téléphone portable de Mac. On aurait dit qu'il fallait systématiquement que l'un ou l'autre soit appelé ailleurs.

Mais cela marchait entre eux. Ils aimaient tous les deux leur métier et appréciaient les petits moments qu'ils arrivaient à voler. À ce propos, ils avaient prévu de se rejoindre à Savannah pour le week-end. Il était donc probable que l'un d'eux allait être mis sur une grosse affaire d'une minute à l'autre.

D'une certaine manière, Kimberly attendait la suite de la semaine avec curiosité.

Elle se gara, entra dans le bâtiment, se servit une deuxième tasse de café et se dirigea vers son bureau. Elle dut se faufiler entre les piles de cartons qui cernaient sa chaise puis se retrouva bien calée dans son petit coin de paradis, à boire un mauvais café en maniant l'arme la plus communément employée par les agents du FBI : le stylo-bille.

Elle arriva jusqu'à huit heures sans que son portable ne sonne. Même alors, en voyant un numéro familier s'afficher sur l'écran, elle ne s'inquiéta pas.

« Bonjour, papa. »

La liaison était mauvaise. Elle entendit d'abord beaucoup de friture, puis un grésillement, suivi de son nom. « ... Kimberly.

– Papa, je ne t'entends pas.

– Rainie... Deux heures du matin... Police d'État...

– Papa ?

– Kimberly ?

– Il faut que tu changes d'endroit. Je t'entends de moins en moins. »

Encore des grésillements, de la friture. Puis deux déclics. Communication coupée. Kimberly, contrariée, regarda le téléphone d'un air furibond. Il résonna. Elle répondit immédiatement.

« Allô, papa. »

Silence. Rien.

Enfin, pas tout à fait. Elle entendait des bruits de fond. Quelque chose de sourd, de rythmique. Des crissements. Des crachotements. Presque comme une voiture.

« Papa ? » demanda-t-elle, déconcertée.

Une respiration bruyante. Un grognement. Un bruit mat.

Puis à nouveau la respiration. Plus proche. Rapide. Presque... angoissée.

« Allô ? » essaya-t-elle encore.

Encore du bruit blanc. Kimberly tendit l'oreille, sans pouvoir identifier aucun son précis. Elle eut finalement l'idée de vérifier le numéro du correspondant. Mais cette fois, ce n'était pas celui de son père.

« Rainie ? » s'étonna-t-elle.

La liaison se détériorait. Encore des parasites, une zone de silence, puis la respiration bruyante.

« Rainie, il va falloir que tu parles plus fort, dit Kimberly en élevant la voix. On va être coupées. »

Grésillement, friture, rien.

« Rainie ? Rainie ? Tu es là ? »

Kimberly regarda son téléphone avec agacement, mais l'écran indiquait que la communication n'était pas interrompue. Au dernier moment, le bruit blanc indistinct revint. Puis un étrange tintement métallique. Ping, ping, ping. Pause. Ping, ping, ping. Pause. Ping, ping, ping.

Puis l'appel fut terminé pour de bon.

Kimberly referma son téléphone, écœurée. Il résonna sans tarder. Cette fois-ci, c'était son père.

« Mais où êtes-vous ? demanda-t-elle. Je vous entends très mal.

– Sur des petites routes. Près de Bakersville.

– Eh bien, je ne sais pas ce qui se passe, mais il va falloir tout reprendre depuis le début. Je n'ai rien compris de ce que tu disais, sans parler de Rainie. »

Suivit une longue plage de silence.

« Rainie t'a appelée ? demanda son père d'une voix étrange, forcée.

– Il y a quelques secondes, avec son porta...

– Son portable, l'interrompit Quincy. Pourquoi on n'y a pas pensé ? »

Kimberly entendit alors beaucoup de bruits. Une portière qu'on ouvrait, qu'on claquait. Son père qui appelait un certain commandant Kincaid.

« Papa, tu me fous la trouille.

– Elle a disparu.

– Qui ça ?

– Rainie. » Il parlait de toute évidence en marchant, d'une voix rapide et sèche. « On a retrouvé sa voiture. À deux heures du matin. Le moteur tournait encore, les phares allumés. Son sac posé sur le siège passager. Mais aucune trace de son pistolet. Ni de son portable, bien sûr. Bon, dis-moi, Kimberly. Répète-moi mot pour mot ce qu'elle a dit. »

Alors, Kimberly comprit enfin. Le bruit d'une voiture en mouvement, la respiration bruyante, les tintements métalliques. « Elle n'a rien dit, papa. Mais elle a fait du morse. Je crois... je crois que ça disait SOS. »

Quincy n'ajouta rien. C'était inutile. Dans le silence, Kimberly pouvait imaginer les pensées qui défilaient dans sa tête. L'enterrement de sa sœur. Celui de sa mère. Tous les êtres chers qui l'avaient quitté beaucoup trop tôt.

« Je prends le prochain avion avec Mac, dit-elle, tendue.

— Tu n'es pas obligée...

— On prend le prochain avion. »

Puis Kimberly bondit de sa chaise pour se ruer dans le bureau de son supérieur.

5

« Que je comprenne bien : votre fille a reçu un appel depuis le portable de Lorraine.

– Exactement.

– Mais pas de Rainie. Juste de son téléphone.

– À aucun moment, elle n'a entendu sa voix, répéta Quincy, mais elle a entendu le bruit d'une respiration bruyante dans ce qui semblait être une voiture en mouvement. Ensuite elle a distinctement entendu une série de petits coups métalliques, elle pense que c'était peut-être une tentative de SOS. »

Le commandant Kincaid soupira. Il se trouvait sous la toile blanche tendue au-dessus de la Toyota de Rainie. Il avait passé les vingt dernières minutes à la photographier. À présent, il faisait un croquis de la position du siège et des rétros, relevait tous les indicateurs – combien de kilomètres au compteur, combien d'essence dans le réservoir. Ses cheveux étaient trempés, son visage noir et lisse mouillé ; il avait exactement l'air de ce qu'il était : un homme tiré de son lit douillet au milieu de la nuit pour affronter une tempête.

« Monsieur Quincy...

— Ma fille est agent du FBI. Elle travaille pour le bureau d'Atlanta depuis deux ans. Vous n'allez quand même pas négliger l'intuition d'une collègue, commandant Kincaid.

— Monsieur Quincy, je "négligerais l'intuition" de mon propre capitaine s'il venait me voir avec une histoire comme ça. Tout ce que vous savez, c'est que votre fille a reçu un appel d'un téléphone donné ; vous ne m'avez fourni aucune preuve sur la personne qui appelait.

— C'est le téléphone de Rainie !

— C'est un portable ! Ça se perd, ça se laisse tomber, ça se prête à des amis. Voyons, mon fils de huit mois a déjà passé un appel depuis mon portable en appuyant sur une touche pré-programmée. Ça n'a rien de compliqué.

— Demandez un relevé des appels, insista Quincy.

— Je vais très certainement le faire dans le cadre de mon enquête. Et je regarderai aussi sa ligne fixe. Ainsi que les opérations sur sa carte de crédit et une reconstitution détaillée de ses dernières vingt-quatre heures. Je n'en suis pas à ma première enquête, vous savez ! »

Kincaid sembla s'apercevoir que sa voix était montée dans les aigus. Il prit une profonde inspiration, puis expira lentement. « Monsieur Quincy...

— Moi non plus, je n'en suis pas à ma première enquête.

— Oui, oui, je sais, c'est vous l'expert...

— J'ai perdu ma fille aînée à cause d'un forcené, commandant Kincaid. Il a tué mon ex-femme, raté ma

50

cadette de peu. Peut-être que ce genre de crimes n'arrive pas dans votre monde, mais dans le mien, oui. »

Kincaid prit à nouveau une profonde inspiration. Quincy voyait qu'il refusait de le croire. Et, d'une certaine manière, il le comprenait. Le travail d'enquête exige par nature de tenir compte des probabilités. Or les statistiques veulent que sur les 200 000 adultes portés disparus chaque année, seuls 11 000 le restent et, parmi ceux-là, seuls 3 400 sont considérés comme enlevés contre leur gré. Si Rainie avait été une enfant, voire une étudiante, les choses seraient peut-être différentes. Mais c'était une adulte et un membre armé des forces de l'ordre.

Kincaid se trouvait là devant deux hypothèses : premièrement, que la conductrice du véhicule, peut-être en état d'ivresse, se soit aventurée dans les bois et égarée, ou, deuxièmement, que la conductrice du véhicule, peut-être en état d'ivresse, se soit enfoncée dans les bois pour se suicider.

Il examinerait toutes les pistes, naturellement. Mais une enquête s'appuie forcément sur une théorie. Kincaid en avait une ; maintenant Quincy avait aussi la sienne.

« D'accord, dit brusquement Kincaid, à la surprise de Quincy. Suivons votre idée, juste un instant. Votre femme a été kidnappée dans cette voiture, c'est bien ce que vous croyez.

– J'aimerais qu'on étudie cette éventualité.

– Comment ? D'après vous, elle se baladait en permanence avec un flingue. Et elle est formée à l'autodéfense. À mon sens, une femme comme ça ne disparaît pas sans résistance. Regardez autour de vous, monsieur Quincy. Quelle résistance ?

– Primo, je n'ai pas la certitude qu'elle avait son Glock. En règle générale, elle l'avait sur elle, mais il faudrait une fouille approfondie du domicile pour confirmer cette hypothèse. Deuxio, nous ne pouvons pas, à l'heure qu'il est, écarter la possibilité qu'elle ait bu et que cela ait diminué sa capacité à se défendre. Tertio, regardez autour de vous, commandant Kincaid. C'est un immense bourbier, quelle preuve y a-t-il dans un sens ou dans l'autre ? »

Kincaid fronça les sourcils, considéra la boue, puis jeta à Quincy un regard inquisiteur. Au moins, il jouait le jeu.

« Très bien. Qui aurait fait une chose pareille ? Qui aurait une raison d'enlever Lorraine Conner ?

– À part le mari brouillé, vous voulez dire ? demanda Quincy, pince-sans-rire.

– Exactement.

– Rainie a travaillé sur un grand nombre d'affaires quand elle était adjointe du shérif de Bakersville, puis détective privée et enfin mon associée. Ça l'a mise en contact avec une certaine frange de population dans la région.

– Vous pourriez nous fournir une liste de noms ?

– Je peux essayer. Il faudrait aussi contacter Luke Hayes, l'ancien shérif de Bakersville...

– Le prédécesseur du shérif Atkins ? demanda Kincaid d'une voix lourde de sous-entendus.

– Luke a décidé de démissionner pour des raisons personnelles, répondit Quincy. Je n'ai pas encore rencontré le shérif Atkins, mais on m'en a dit du bien.

– Très bien, donc M. Hayes devrait accepter de nous parler du bon vieux temps. Et les affaires en cours ? Vous travaillez sur un dossier sensible en ce moment ? »

Quincy secoua la tête. « Nous avons collaboré sur une affaire de double meurtre à Astoria, mais nous travaillons en coulisses. Si le suspect en question avait la frousse, il s'en prendrait peut-être au directeur d'enquête, mais pas à nous.

– Attendez une minute : vous parlez de ce fameux double meurtre à Astoria ?

– On n'en a pas si souvent dans les parages.

– Au début du mois d'août, hein ? » Et là, le commandant Kincaid prouva qu'il était vraiment intelligent : « La conduite en état d'ivresse du 10 septembre, murmura-t-il.

– La conduite en état d'ivresse du 10 septembre », confirma Quincy.

Le regard de Kincaid se reporta vers les bois, vers l'obscurité impénétrable, là où les puissants spots ne portaient plus. Cette fois encore, Quincy savait ce que pensait le commandant, mais il ne pouvait toujours pas le suivre dans cette direction. Seulement jamais non plus il n'aurait pensé que Rainie se remettrait à reboire, alors on a peut-être raison de dire que le mari est toujours le dernier averti.

« J'ignorais qu'il y avait un suspect dans cette affaire, dit tout à coup Kincaid.

– Notre analyse en a mis un très clairement en évidence. Mais aux dernières nouvelles, les preuves sont insuffisantes. Les enquêteurs sont toujours sur le coup, naturellement. Mais à ce stade, je ne suis pas très optimiste.

– Quelle merde, murmura Kincaid.

– Quelle merde, convint Quincy avec flegme.

– Et les photos dans son coffre ? s'enquit Kincaid. Une sale affaire, apparemment. Le pauvre Mitchell est encore en train de dégueuler ses boyaux.

– 1985. Aujourd'hui, la majeure partie de notre activité consiste à voir si on peut apporter un nouvel éclairage sur de vieilles affaires. Quelquefois ça marche, quelquefois non.

– Les vieilles affaires nous ramènent au présent, murmura Kincaid. Les meurtriers en liberté auraient encore des raisons de ne pas vouloir se faire pincer.

– Exact, mais comment auraient-ils connaissance de notre travail ? Nous sommes consultants, Rainie et moi. Nous agissons essentiellement dans l'ombre. »

Quincy avait rouvert son portable. Il essayait à nouveau le numéro de Rainie. Toujours sans succès. Mais ça sonnait, ce qui prouvait qu'il était allumé. Le téléphone était peut-être dans une zone où ça ne passait pas, ou à un endroit où elle ne pouvait plus l'atteindre.

Ou bien peut-être qu'elle n'était pas en état de le prendre.

Il ne voulait pas penser à ça. Même si Rainie refusait de le croire, l'affaire d'Astoria lui avait fichu un coup, à lui aussi.

« Bon, où est-ce que ça nous mène ? demandait Kincaid. De votre propre aveu, il n'y a en fait personne qui pourrait s'en prendre à votre femme.

– Peut-être. Enfin, attendez une minute, dit Quincy, une main levée, les sourcils froncés. D'une part, nous ne pouvons pas encore exclure l'hypothèse d'un crime de circonstance. D'autre part, il y a une piste à explorer : Rainie venait de se lancer dans le bénévolat...

– Le bénévolat ?

– Elle voulait défendre les enfants placés. Les représenter au tribunal ; il y a une association à laquelle on peut adhérer... »

Kincaid repoussa d'un geste l'explication de Quincy. « Oui, oui, je connais. Alors comme ça, elle allait aider des gamins », continua-t-il, montrant une nouvelle fois qu'il savait lire entre les lignes. « Assez logique.

– Elle avait déjà son premier dossier. Un petit garçon, Douglas Jones. Douglas (on l'appelle Dougie) prétend que son père nourricier le bat. Mais, d'après la famille d'accueil, il invente toute cette histoire parce qu'il a enfin trouvé à qui parler grâce à leurs méthodes éducatives "musclées". Il faut préciser que Dougie a déjà derrière lui un long passé de vols, cruauté envers les animaux et incendies volontaires.

– Quel âge ?

– Sept ans.

– Sept ans ? reprit Kincaid, ébahi. Vous voulez que je soupçonne un gamin de sept ans ?

– Non, non, répondit Quincy. Encore qu'il ne se passera pas longtemps avant que vous n'ayez des doutes sur la question. On a demandé à Rainie de travailler avec Dougie essentiellement pour savoir s'il dit la vérité, auquel cas elle parlera en son nom au tribunal, ou bien établir une fois pour toutes qu'il ment, auquel cas elle essaiera de servir de médiateur entre lui et sa famille d'accueil pour trouver une solution.

Le père s'appelle Stanley Carpenter. Trente-six ans, travaille sur le quai de chargement à l'usine de fromage, connu pour être capable de soulever une demi-palette de fromage à lui tout seul.

– Costaud.

– Très. Le plus drôle, c'est que c'est l'argument qu'il donne pour sa défense : un homme de sa stature qui frapperait un garçon de la taille de Dougie... la maltraitance ne ferait aucun doute. Le légiste serait en train de faire son rapport à la morgue. »

Kincaid éclata de rire. « C'est l'argument le plus délirant que j'aie jamais entendu. Et pourtant...

– Ce n'est pas aberrant.

– Non, ce n'est pas aberrant. »

Kincaid se retourna vers la voiture, plus pensif à présent. Quincy avait ressorti son téléphone. Il appuyait compulsivement sur la touche Appel. Rainie ne répondait toujours pas, mais le bruit de la sonnerie ne retentissait pas non plus dans les bois. Ça lui donnait un infime espoir.

« Elle le croit coupable ? demanda Kincaid. Ce Stanley bat son gamin ?

– Elle a des doutes. Et ces doutes pourraient la pousser à porter plainte auprès de la police, ce qui pour Stanley...

– Ne serait vraiment pas bon.

– Certes.

– Et un gars aussi costaud, compléta Kincaid, pourrait sans doute enlever une femme contre son gré, même quelqu'un d'entraîné. En supposant, naturellement, qu'elle n'était pas armée.

– En supposant qu'elle ne l'était pas.

— Okay, dit tout à coup Kincaid. C'est bon. De toute façon, on ne peut rien faire ici tant que ça n'aura pas séché. On décolle.

— Je viens aussi ?

— Tant que vous restez dans mon champ de vision et que vous promettez de ne rien toucher.

— Je serai sage, affirma Quincy. On va où ?

— Chercher le pistolet, bien sûr. Avec votre permission, nous allons fouiller votre maison. »

6

Au moment où Quincy et Kincaid s'entassaient dans la voiture de ce dernier, le soleil luttait pour percer une couverture nuageuse si épaisse que le jour n'était qu'une variante plus pâle de la nuit. On aurait dit que le mois de novembre s'était résumé à cela : une interminable journée de bruine entrecoupée de déluges torrentiels.

Quincy ne s'était pas encore complètement fait au climat de l'Oregon. Originaire de la Nouvelle-Angleterre, il s'accommodait du froid vif tant qu'il s'accompagnait d'un soleil d'hiver radieux, mais franchement, il ne savait pas comment les habitants de l'Oregon supportaient aussi longtemps cette chape de nuages de pluie au-dessus de leur tête. Rainie disait toujours que la grisaille lui procurait une impression de confort, blottie bien à l'abri de leur maison. Mais ces derniers temps, cette grisaille avait donné à Quincy l'envie de se taper la tête contre les murs.

« Et donc vous êtes séparés depuis quand, Rainie et vous ? » demanda Kincaid, assis au volant. Manifestement, il n'était pas du genre à tourner autour du pot.

« Je suis parti il y a une semaine, répondit laconiquement Quincy.

– Vous ou elle ?

– Officiellement, c'est moi qui suis parti.

– Une demande de divorce ?

– J'espère qu'on n'en arrivera pas là. »

Kincaid grogna, déjà sceptique. « Vous voyez un conseiller ?

– Pas en ce moment.

– Mmm-hmmm. Retraite fédérale, hein ?

– Oui, j'en ai une. »

Quincy savait déjà où le conduisaient les réflexions de Kincaid. En tant qu'agent du FBI ayant travaillé les vingt années requises, Quincy avait pris sa retraite avec une pension à taux plein. Ce genre de systèmes de retraite ne courait plus les rues. D'autant que la plupart des retraités du FBI étaient encore assez jeunes pour continuer à exercer une activité dans le privé et engrangeaient donc un revenu supplémentaire tout en se constituant une deuxième retraite. Des cumulards, comme on dit. Et, oui, ça marchait bien pour Quincy. D'où la voiture, les vêtements, la maison.

« Divorcer me coûterait cher, reconnut Quincy.

– Mmm-hmmm, dit encore Kincaid.

– Vous ne posez toujours pas la bonne question, commandant.

– C'est-à-dire ?

– Est-ce que je l'aime ?

– L'aimer ? Vous l'avez quittée.

– Bien sûr que je l'ai quittée, commandant. Je ne voyais pas d'autre moyen pour qu'elle arrête de boire. »

Ils étaient au pied de l'allée de graviers. Kincaid prit le virage serré à droite, les pneus crissèrent sur la pierre concassée, peinant à adhérer. L'allée n'était guère praticable. Un cauchemar absolu par mauvais temps. L'hiver précédent, Rainie et Quincy s'étaient juré d'y remédier dès les beaux jours. De la faire niveler, de mettre des pavés.

Ils ne l'avaient jamais fait. Ils aimaient leur petit château de bois perché tout en haut. Et, sans jamais se le dire, ils aimaient cette allée qui était pour eux comme un rempart. N'importe quel véhicule ne pouvait pas la gravir. Et absolument personne ne pouvait approcher la maison sans être entendu.

Kincaid rétrograda et fit rugir le moteur. La Chevrolet arriva au sommet de la colline juste à temps pour surprendre un cerf qui léchait le bloc de sel placé dans le jardin par Rainie. Le cerf se renfonça dans la forêt avec un craquement. Kincaid se gara près d'un talus de fougères détrempées.

Il descendit de voiture, lançant déjà à Quincy un regard interrogateur.

Il y avait tout juste un an que Quincy et Rainie avaient trouvé cette maison. Elle n'était pas immense, mais cette demeure d'architecte de style « bungalow » était ce qui se faisait de mieux à tous points de vue. Une baie imposante qui offrait une vue panoramique sur les montagnes. Une ligne de toit découpée où alternaient pics et vallées. Une galerie majestueuse en façade et les fauteuils à bascule Adirondack assortis.

Rainie avait adoré le plan ouvert du rez-dechaussée, les poutres apparentes et l'énorme cheminée en pierre. Quincy avait aimé les grandes fenêtres et la multitude de lucarnes qui tiraient le maximum du peu de lumière que l'on pouvait arracher à des journées aussi grises. La maison valait cher, sans doute plus qu'ils n'auraient dû dépenser. Mais au premier coup d'œil, ils s'y étaient vus. Rainie blottie devant la cheminée avec un livre. Quincy retiré dans le bureau pour y écrire ses mémoires. Et un enfant, de nationalité encore inconnue, assis au milieu de la grande pièce, à empiler des jouets.

Ils avaient acheté cette maison le cœur rempli d'espoir.

Quincy ignorait ce que pensait Rainie quand elle la regardait à présent.

Il gravit le perron le premier, puis s'arrêta devant la porte. Il laissa Kincaid essayer la poignée. La porte était verrouillée ; Rainie n'aurait jamais quitté la maison autrement.

Sans un mot, Quincy sortit sa clé. Kincaid actionna le pêne.

La lourde porte s'ouvrit majestueusement sur un vestibule sombre, la lumière gagna peu à peu le sol en pierre. L'escalier, avec sa rampe en bois brut, se trouvait immédiatement sur la gauche. La grande pièce s'ouvrait sur la droite. D'un regard, les deux hommes pouvaient embrasser le séjour voûté avec sa grande cheminée de pierre et, au-delà, le coin-repas et la cuisine.

Quincy enregistra plein de choses en même temps : le plaid à carreaux rejeté en tas devant la cheminée ; le livre de poche à moitié lu, ouvert sur l'ottomane. Il vit un verre d'eau vide, les chaussures de jogging de

Rainie, un cardigan gris posé négligemment sur le dossier du canapé vert sapin.

La pièce était en désordre, mais rien qui suggérât la violence. On aurait plutôt dit une scène interrompue – Quincy s'attendait presque à surprendre Rainie au sortir de la cuisine, une tasse de café à la main, l'air perplexe.

« *Qu'est-ce que tu fais là ?* demanderait-elle.

– *Tu me manques* », répondrait-il.

Sauf que ce ne serait peut-être pas une tasse de café qu'elle aurait à la main. Plutôt une bière – peut-être.

Kincaid entra finalement. Quincy suivit dans son sillage, heureux que le commandant soit trop occupé à étudier la pièce pour s'apercevoir de l'expression douloureuse que devait avoir son visage.

Kincaid expédia rapidement le séjour. Il sembla remarquer le livre, le verre, les chaussures de jogging. Puis il alla vers le coin-repas. La note se trouvait toujours sur la table.

Kincaid la lut, lança un regard vers Quincy, puis la relut. Il ne dit rien et se contenta d'entrer dans la cuisine. Quincy ne savait pas si cela atténuait ou aggravait son intrusion dans sa vie privée.

Le commandant ouvrit le réfrigérateur. Il surprit le regard de Quincy et ouvrit la porte plus largement, jusqu'à ce que Quincy puisse voir le pack de six. Quincy hocha la tête et l'autre continua. Pas grand-chose à manger dans le frigo, mais la cuisine était propre. Une tasse et un bol dans l'évier. Les plans de travail essuyés.

Rainie n'avait jamais été la meilleure ménagère du monde, mais manifestement elle s'en sortait. Ce n'était pas la cuisine d'une femme qui aurait totalement sombré dans la dépression. Cela dit, Quincy avait un jour travaillé sur le cas d'une mère de famille de quarante ans qui avait nettoyé sa maison de fond en comble avant d'aller se pendre dans la salle de bains. Dans la lettre expliquant son suicide, elle donnait des instructions à son mari pour réchauffer tous les plats qu'elle avait préparés pour lui et leurs trois enfants. Cette femme (qui avait arrêté ses antidépresseurs) ne souhaitait embêter personne. Simplement elle ne voulait plus vivre.

Kincaid longea le couloir qui menait au bureau à l'arrière de la maison. C'était une des rares pièces avec de la moquette, une laine épaisse que Quincy aimait arpenter quand il cherchait une bonne tournure de phrase. C'était son domaine et, en y entrant après une semaine, il surprit les légers effluves de son propre after-shave. Il se demanda si Rainie était entrée dans cette pièce au cours des derniers jours. Si elle avait senti ce parfum et pensé à lui.

La table était dégagée, le fauteuil en cuir noir soigneusement repoussé. La pièce avait déjà un petit air d'abandon. Ce n'était peut-être pas du tout un lieu de souvenir, plutôt un présage des choses à venir.

Kincaid ressortit d'un pas nonchalant et pénétra dans la dernière pièce du rez-de-chaussée : la grande chambre.

Cette pièce était plus anarchique. La couette, recouverte d'une housse verte, or et bordeaux, avait été rejetée au pied du lit. Les draps couleur crème étaient en bouchon, un monceau de vêtements mangeait tout un coin de la pièce. Cela sentait le renfermé, le linge sale et la sueur récente.

Et parce que Quincy connaissait Rainie encore mieux que lui-même, il pouvait en regardant chaque objet de la pièce deviner ce qui avait dû transpirer au milieu de la nuit. Les couvertures rejetées pendant un nouveau cauchemar. L'abat-jour de travers parce qu'elle avait cherché la lumière à tâtons.

Son trajet jusqu'à la salle de bains, repoussant chaussettes et jeans à coups de pied. Le désordre autour du lavabo quand elle avait essayé d'effacer le rêve de son esprit en se passant de l'eau sur le visage.

Mais ça ne marchait pas. Du moins, pas quand Quincy était encore là. Elle se débarbouillait et il l'observait depuis le pas de la porte.

« *Envie d'en parler ?*

– Non.

– Il a dû être horrible, celui-là.

– Tous les cauchemars sont horribles, Quincy. En tout cas, pour nous, simples mortels.

– J'en ai fait après la mort de Mandy.

– Et maintenant ?

– Maintenant, c'est moins dur. Maintenant, je me réveille et je te cherche de la main. »

Il se demanda si c'était à ce moment-là qu'elle avait commencé à le haïr. Parce que l'amour de Rainie le réconfortait alors que son amour à lui semblait ne lui être d'aucune utilité.

Kincaid en avait fini avec la salle de bains. Il fit le tour de la commode, ouvrit chaque tiroir, puis examina les tables de chevet.

« Quand Rainie était à la maison où conservait-elle son arme ?

— Nous avons un coffre-fort.

— Où ça ?

— Dans le bureau. »

Quincy raccompagna Kincaid dans la pièce lambrissée. Il désigna une reproduction au mur, le portrait en noir et blanc d'une petite fille qui épiait de derrière un rideau de douche blanc. La plupart des gens croyaient qu'il s'agissait simplement d'une œuvre d'art achetée, qui sait, pour le sourire mutin et édenté de la petite fille. En fait, c'était une photo de Mandy, prise quand elle avait six ans. À une époque, il l'avait dans son portefeuille. Des années plus tôt, Rainie l'avait fait agrandir et encadrer pour lui.

Et quelquefois, quand il travaillait sur une affaire particulièrement sordide, le crime d'Astoria par exemple, Quincy s'asseyait là et restait à contempler la photo de sa fille. Il pensait au mariage qu'elle n'avait jamais pu avoir, aux enfants qu'elle n'avait jamais pu porter. Il pensait à toute la vie qu'elle n'avait jamais pu vivre et se sentait écrasé de chagrin.

Certains croient qu'il existe un endroit spécial pour les enfants au paradis. Un lieu où ils ne connaissent jamais ni la maladie, ni la douleur, ni la faim. Quincy ne savait pas ; son esprit incurablement analytique était désarmé devant les questions de foi. Les enfants qui avaient eu des parents et des grands-parents aimants les retrouvaient-ils ? Qu'arrivait-il au nouveau-né mort de faim pendant que sa mère partait pour une beuverie d'une semaine ? À l'enfant de cinq ans jeté du haut des escaliers par son père ? Y avait-il des familles adoptives au paradis ?

Ou bien ces enfants passaient-ils l'éternité tout seuls ?

Quincy ne connaissait pas la réponse à ces questions. Il se contentait de se lever tous les matins pour aller au travail. C'était sa vie.

Kincaid décrocha la photo de Mandy. Le coffre-fort était installé derrière.

Quincy donna la combinaison. Kincaid fit tourner le cadran. La porte s'ouvrit et ils observèrent tous deux le contenu.

« Je compte trois armes, dit Kincaid avec une pointe de triomphe.

– Il n'est pas là.

– Mais regardez...

– Rien que des armes de réserve. Il y a un vingt-deux, un neuf-millimètre et mon ancien revolver de service. Je ne vois pas son Glock.

– L'aurait-elle laissé ailleurs ?

– Non. La règle voulait que le pistolet soit au coffre quand nous étions à la maison. Nous voulions être sûrs d'avoir pris l'habitude. Vous voyez. » Pour la première fois, sa voix se brisa, puis il se reprit et poursuivit : « Pour quand nous aurions adopté un enfant.

– Vous êtes en train d'adopter ? demanda Kincaid, complètement sidéré.

– Étions. C'est du passé. Ça n'a pas marché.

– Pour quelle raison ?

– La conduite en état d'ivresse. Cet incident, associé à quelques éléments du passé de Rainie, ont fait penser qu'elle était instable.

– Tu penses, murmura Kincaid.

– Ce n'est pas fait pour être facile.

– Mais vous pensiez adopter ? Jusqu'en septembre ?

– Pendant un temps, nous avons eu une photo de l'enfant.

– La vache », dit Kincaid.

Il regarda à nouveau le coffre-fort, les rouages de son esprit manifestement en train de tourner : une enquêteuse au bout du rouleau, bouleversée par l'échec de son mariage, de l'adoption, se supprime. Dans la police, une fois encore, il faut parier sur le plus probable.

« Bon, conclut Kincaid avec philosophie, le jour s'est levé, les conditions s'améliorent. Je crois que le mieux à faire maintenant, c'est d'envoyer les chiens dans les bois. Vous avez de la famille ?

– Ma fille arrive.

– Bien, bien. C'est sans doute préférable.

– Ne la laissez pas tomber, dit Quincy, tendu. Ma femme est un ancien membre des forces de l'ordre. Elle mérite mieux que de devenir un énième dossier négligé sur le bureau d'un commandant de la Crime débordé...

– Holà...

– Je peux aussi tirer des ficelles, commandant. Ça ne vous a pas encore traversé l'esprit ? Vous n'avez qu'un mot à dire, et je peux me faire renvoyer des ascenseurs. Il y a des gens dans cette ville qui connaissent et qui aiment Rainie. Ils ont confiance en elle. Ils ratisseront ces bois, ils pataugeront dans la boue et sous la pluie...

« – Eh, je ne suis pas en train de laisser tomber l'affaire !

– Vous tirez des conclusions hâtives !

– En tant que témoin objectif...

– Vous ne connaissiez pas ma femme !

– Précisément ! »

Kincaid respirait péniblement. Quincy aussi. Pendant un long moment, ils se regardèrent en chiens de faïence, chacun attendant que l'autre cède.

C'est alors que le téléphone de Quincy sonna.

Il jeta un coup d'œil à l'écran et leva immédiatement une main pour demander le silence.

« Est-ce que... ?

– Chut. C'est Rainie. »

7

Mardi, 08 heures 04

« Allô ? »

Friture. Un bip. Puis un déclic, comme si la communication était interrompue.

« Allô ? » essaya encore Quincy, d'une voix plus pressante, les articulations des doigts devenues blanches sur le téléphone.

L'appel était perdu. Quincy jura, tenté de balancer le minuscule téléphone à l'autre bout de la pièce, lorsqu'il sonna à nouveau. Il l'ouvrit d'une pichenette avant la fin du premier carillon.

« ... journal du matin.

– Rainie ? Tu es où ?

– Elle ne peut pas venir au téléphone maintenant. »

La voix semblait déformée, mécanique.

« Qui est à l'appareil ?

– Lisez le journal du matin, dit une voix monocorde.

– Je suis le détective Pierce Quincy. Je cherche Rainie Conner. Pouvez-vous me dire où elle est ?

– Lisez le journal du matin.

– Est-ce que vous la détenez ? Que voulez-vous ?

– Comme tout le monde : la gloire, la fortune et une tarte aux pommes bien cuite. Au revoir.

– Allô ? Qui est à l'appareil ? Où êtes-vous ? »

Mais il était parti. Quincy le savait avant même que la première syllabe ne sorte de sa bouche. Il rappela immédiatement, mais, à l'autre bout, le téléphone de Rainie sonnait dans le vide.

« Qui était-ce ? Qu'est-ce qu'elle a dit ? demanda derrière lui Kincaid, qui semblait aussi nerveux et impatient que Quincy.

– Un homme, je crois. Il se servait d'un appareil pour déformer la voix. Il n'arrêtait pas de me répéter de lire le journal du matin. Texto. *"Lisez le journal du matin."* Vite, un crayon, du papier. Il faut noter ça tant que c'est frais. »

Quincy fouilla dans son bureau, ouvrit les tiroirs d'un coup sec, dispersa une corbeille de stylos.

Derrière lui, Kincaid fouillait un deuxième tiroir à la recherche d'un calepin. « Pourquoi lire le journal ?

– Je ne sais pas.

– Quel journal ?

– Je ne sais pas. *"Lisez le journal du matin."* Voilà ce qu'il a dit : *"Lisez le journal du matin."* »

Quincy trouva enfin un stylo. Sa main tremblait si fort qu'il parvenait à peine à le tenir entre ses doigts. Trop de pensées se bousculaient dans sa tête. Rainie kidnappée. Rainie blessée. Rainie... Tant de choses pires, bien pires.

Neuf ans plus tôt, Bethie au bout du fil : « *Pierce, il est arrivé quelque chose à Mandy. Il faut que tu viennes vite.* »

Kincaid avait trouvé un carnet à spirale. Il le jeta sur le bureau où il glissa jusque devant Quincy.

Mais Quincy était incapable d'écrire. Ses doigts refusaient de tenir le stylo, sa main refusait de griffonner sur la page. Il tremblait. Pendant toutes ces années, jamais il n'avait vu sa main trembler autant. Et là, il vécut un instant surréel : debout à l'extérieur de son corps, il contemplait la scène et il vit une main, âgée, empâtée, bientôt couverte de taches de vieillesse, qui s'agrippait vainement à un stylo.

Il se sentait impuissant. Sa femme avait été enlevée et, pendant un instant déchirant, il fut désemparé.

Kincaid lui prit le carnet. Il y avait dans son regard plus de compassion que Quincy n'était prêt à en accepter.

« Dictez, dit Kincaid. J'écris. »

Quincy commença par le début. Il n'y avait pas grand-chose à noter en fin de compte. Depuis le téléphone de Rainie, une voix maquillée lui avait ordonné de lire le journal du matin et avait affirmé désirer la gloire, la fortune et de la tarte aux pommes. Quatre répliques, trente-cinq mots au total.

Ils commencèrent par la première instruction : *Lisez le journal du matin.*

« Local, déclara Kincaid.

– Quoi ? L'appel ? La communication n'était pas bonne, mais ça met le correspondant n'importe où sur la chaîne côtière. Et demander un relevé ne servira à rien : on verra seulement un appel vers mon téléphone.

– Non, non, pas l'appel, le journal. Sinon il aurait dit "la *presse* du matin", un collectif. Mais il a dit à chaque fois le "*journal*". C'est précis. Je parie sur le *Daily Sun* de Bakersville.

– Ah, le fameux oxymore, marmonna Quincy. Nous ne sommes pas abonnés. Mais... » Il réfléchit et ajouta : « On devrait pouvoir trouver quelque chose sur Internet.

– Laissez tomber, on va remonter directement à la source.

– Vous avez un contact ?

– Mieux que ça. J'ai un chargé des relations publiques. Il peut joindre directement le propriétaire au besoin. » Kincaid sortit son portable et appuya sur deux touches.

Quelques instants plus tard, il parlait à un certain lieutenant Mosley et, au bout de quelques secondes, faisait frénétiquement signe de lui rendre le carnet à spirale.

« Il y a une adresse d'expéditeur ? De quand date le cachet de la poste ? Non, non, non, je ne veux pas qu'on y touche ! Écoutez, je vous envoie tout de suite deux scientifiques du labo de Portland et l'identité judiciaire. Il faut isoler tous ceux qui ont touché la lettre ; peu importe si c'est le proprio. On arrive. »

Kincaid referma son téléphone et se dirigea immédiatement vers la porte. Il était déjà presque au pas de course ; Quincy pressa bientôt l'allure.

« Que se passe-t-il ? Qu'est-ce qu'il a dit ?

– Une demande de rançon. Le rédacteur en chef du *Daily Sun* de Bakersville l'a signalé à notre chargé des relations publiques il y a vingt minutes. Ils ont trouvé une lettre dans le courrier du matin. Ça dit qu'une femme a été enlevée et que si quelqu'un veut la revoir en vie, ça lui coûtera dix mille dollars en liquide.

– L'expéditeur ?

– Pas clair.

– Quand ?

– Tamponnée hier.

– Mais c'est impossible. »

Ils étaient à la voiture. Kincaid sauta sur le siège du conducteur pendant que Quincy faisait le tour par l'avant.

« Oui et non, dit Kincaid, qui faisait déjà démarrer la Chevrolet. Il est impossible que l'homme ait enlevé votre femme hier après-midi. Mais la demande de rançon ne donnait ni nom précis ni description.

– Le type ne connaissait pas sa victime, compléta Quincy. Il ne savait pas qui il allait kidnapper. Il savait juste qu'il allait kidnapper quelqu'un.

– Exactement. Un crime de circonstance.

– Qui prend pour cible un agent expérimenté ?

– Il a peut-être eu de la veine. Ou bien... Nous ne savons pas encore comment il a choisi sa cible. Peut-être, dit posément Kincaid, qu'il l'a suivie depuis un bar. »

Quincy ne répondit rien. Kincaid dévala l'allée escarpée à une allure déraisonnable. Quincy s'agrippa au tableau de bord.

« Écoutez, dit Kincaid. Une lettre, c'est bon signe. Le type entre en contact avec nous, et chaque contact est une chance supplémentaire. On a commencé avec l'appel sur votre portable. Maintenant, on a une enveloppe, une lettre et un timbre qui seront tous intéressants à analyser. Tout ce qu'il nous faut, c'est un peu de salive pour coller l'enveloppe et on a de l'ADN. Une lettre tamponnée près de chez lui, et on a un indice géographique. Ajoutez l'échantillon d'écriture et on coince un suspect. C'est une bonne nouvelle.

– Je veux qu'on envoie cette lettre au labo du FBI.

– Ne faites pas chier.

– Commandant, avec tout le respect que je vous dois...

– Notre division Documents est excellente, merci.

– Celle du FBI est meilleure.

– Leur labo est à l'autre bout du pays. On perdrait une journée rien qu'en transport. Mes gars se débrouilleront très bien avec cette lettre et ils peuvent commencer dès cet après-midi. Vous comprenez certainement qu'il faut faire vite.

– Ça tient toujours à quelques minutes, répondit sèchement Quincy, le regard maintenant tourné vers la fenêtre. Toujours.

– Ça vous est déjà arrivé de travailler avec un membre de la police locale que vous ne jugiez pas trop bête ?

– Seulement celle que j'ai épousée. »

Kincaid leva un sourcil. Il conduisait toujours trop vite, coupait ses virages, se faufilait entre les voitures. Il était évident pour Quincy qu'il avait été un grand fan de *Starsky et Hutch*.

« Donnez-moi trente minutes, déclara tout à coup Kincaid, et je crois que vous changerez de musique.

– Vous pouvez retrouver ma femme en une demi-heure ?

– Non, mais je peux savoir si l'auteur du message l'a réellement kidnappée.

– Comment ça ?

– La lettre contenait une carte. Suivez les instructions de la chasse au trésor et vous découvrirez une preuve de vie. Ce type cherche le contact, monsieur le profileur, et c'est comme ça qu'on va le pincer.

– Je vous accompagne », dit tout de suite Quincy.

Kincaid lui décocha finalement un sourire. « Je ne sais pas pourquoi, mais je n'en ai jamais douté. »

8

MARDI, 08 HEURES 33

Le centre-ville de Bakersville se résumait à peu de choses : une rue principale longue de quatre pâtés de maisons abritant divers établissements familiaux, dont la plupart tiraient le diable par la queue depuis qu'un Wal-Mart s'était construit à la périphérie de l'agglomération. Les Elk tenaient encore une pension, en fait installée dans un ancien bowling repeint en bleu vif. Ensuite, il y avait le fleuriste au coin de la rue, le snack Ham'n Eggs trois portes plus loin, un magasin de fournitures de bureau et un minuscule JC Penney's. Ces commerces servaient la clientèle locale ; la plupart des estivants passaient sans s'arrêter en allant des plages du Sud vers l'usine à fromage de Tillamook au nord.

Quincy ne se souvenait pas de la dernière fois où il était venu, mais Kincaid semblait se repérer. Il prit un virage sur les chapeaux de roues, tourna violemment à droite au suivant. Pendant ce temps, il faisait chauffer son portable. Il appelait pour qu'un enquêteur se rende immédiatement au *Daily Sun* et mette cette lettre en lieu sûr. Il appelait son lieutenant pour demander des renforts. Il appelait le laboratoire de criminalistique et l'identité judiciaire pour qu'ils ramènent leurs fesses sur la côte. Et puis le shérif Atkins, qui dirigeait toujours les recherches.

Pour finir, Kincaid eut de nouveau le chargé des relations publiques en ligne, histoire de se rencarder sur les gens et leur fonction au *Daily Sun*.

Le travail d'enquête exige de l'organisation. Il exige de lancer un million de balles en l'air et de les garder en mouvement sans jamais franchir la ligne jaune ni enfreindre les règles. Il y avait longtemps que Quincy ne s'était pas retrouvé dans le feu de l'action, à travailler sur une affaire à rebondissements. Il sentit un flot d'adrénaline remonter le long de sa colonne vertébrale, ce frisson d'excitation reconnaissable entre tous, et il en eut un vague sentiment de culpabilité. Sa femme venait d'être enlevée. Ça n'était sûrement pas censé lui rappeler le bon vieux temps.

Kincaid referma son téléphone d'une claque. Un bâtiment en béton de deux étages se profilait sur leur gauche, un immeuble de bureaux des années 70, tout en toit plat et angles droits. Kincaid entra sur le parking dans une embardée et coinça la Chevrolet entre deux 4 × 4. Bienvenue au *Daily Sun* de Bakersville.

« C'est moi qui parle, dit Kincaid en sortant prestement de la voiture, vous écoutez.

– Sur combien d'affaires d'enlèvement avez-vous déjà travaillé ?

– Fermez-la un peu », répondit Kincaid en se dirigeant vers le bâtiment.

À l'intérieur, l'émoi était palpable. Des journalistes,

secrétaires de rédaction et coursiers assistants, au lieu de s'affairer aux innombrables tâches nécessaires à la fabrication d'un quotidien, rôdaient sur la pointe des pieds dans le vestibule. Certains serraient des dossiers en papier kraft sur leur poitrine. Mais la plupart ne se donnaient pas la peine de faire semblant. Tout le monde savait qu'il s'était produit un événement important et chacun attendait la suite avec impatience.

Kincaid ne déçut pas. Il bomba le torse, s'approcha du réceptionniste et présenta son badge avec une décontraction toute télévisuelle. « Commandant Carlton Kincaid, pour Owen Van Wie, *immédiatement.* »

Van Wie était le propriétaire de la feuille de chou. Il avait été contacté dès la première heure et, au grand dam du chargé des relations publiques, il avait déjà fait venir un avocat. Pour le moment du moins, Van Wie promettait l'entière coopération du journal. On verrait combien de temps ça durerait.

Le réceptionniste les accompagna et Kincaid gratifia l'assistance d'un signe de tête.

« Carlton ? murmura Quincy derrière lui.

– Fermez-la un peu. »

Le *Daily Sun* était un quotidien de petite ville, et le bureau du propriétaire reflétait sa situation. Une pièce aveugle et exiguë, une rangée de meubles-classeurs en métal gris strictement utilitaires et une table littéralement submergée de paperasses. Van Wie était assis derrière. En face de lui, un autre homme en costume-cravate. L'avocat, devina Quincy.

Les deux hommes occupaient les seuls sièges de la pièce et ils laissèrent Kincaid et Quincy côte à côte dans l'embrasure de la porte étroite. Kincaid produisit son badge et procéda sans tarder à des présentations sommaires.

Quincy serra la main de Van Wie, puis salua son avocat, Hank Obrest. Un costume de prêt-à-porter, une cravate en polyester bon marché. L'avocat du coin pour le journal du coin, se dit Quincy. Ces deux-là avaient sans doute fréquenté le même lycée et étaient restés les meilleurs amis du monde.

« Vous avez la lettre ? demanda Kincaid, qui n'aimait manifestement pas perdre son temps en mondanités.

– Ici. »

Van Wie désigna deux feuilles de papier au milieu du bureau. Les deux hommes regardaient la lettre avec méfiance, comme s'il s'agissait d'une bombe susceptible d'exploser à tout instant.

« Vous avez conservé l'enveloppe ?

– Juste à côté de la lettre. Cynthia, notre rédacteur en chef, l'a ouverte en premier. Elle aime se servir d'un coupe-papier, donc c'est coupé bien net en haut. J'ignore si ce genre de détails vous est utile. »

Kincaid sortit vivement un mouchoir et s'en servit pour rapprocher les deux feuilles de lui. Quincy essaya de parcourir le document le premier, mais l'épaule de Kincaid l'en empêcha.

« Qui d'autre l'a touchée ? demanda Kincaid.

– Le service du courrier, répondit Van Wie, en comptant sur ses doigts. Jessica, qui trie les lettres. Et probablement Gary, l'assistant de Cynthia.

– Il faudra prendre leurs empreintes pour faire des comparaisons.

– Je suis sûr que ça ne posera pas de problème, répondit le propriétaire.

– J'en suis sûr également », confirma Kincaid avec fermeté.

Quincy se pencha vers la gauche et, avec le capuchon d'un stylo pris dans sa poche de poitrine, fit glisser la lettre jusque dans son champ de vision.

Elle était dactylographiée sur un papier photocopieur blanc bon marché, format standard. Pas d'entête, pas de pied de page. La seule adresse mentionnée était celle du journal.

Cher rédacteur en chef,

Vous ne me connaissez pas. Je n'habite pas ici. Mais je connais cette ville. La nuit dernière, j'ai kidnappé une femme qui vit ici. Ne vous affolez pas. Je ne suis pas un pervers.

Je veux de l'argent. Dix mille dollars en liquide. Je rendrai la femme vivante. Je suis sérieux. Je suis professionnel. Si vous suivez les règles, tout se passera bien. Si vous m'ignorez, elle mourra.

Je joins une carte qui montre où trouver une preuve de vie. Trouvez le X avant midi ou elle mourra.

Si vous ignorez cette lettre, elle mourra. N'oubliez pas : je suis un homme de parole.

Bien à vous,

Le Renard.

Quincy lut la lettre trois fois. Puis il la poussa sur le côté avec précaution. Sur la deuxième feuille, également du papier de bureau blanc bon marché, un schéma rudimentaire dessiné au gros feutre noir. Comme le laissait entendre la lettre, un X signalait littéralement l'endroit.

Certaines impressions commençaient déjà à se former dans la tête de Quincy, et sa première intuition avait été que la carte serait compliquée. Quelque chose qui démontrerait clairement que le sujet X était aux commandes et que la police devait lui obéir au doigt et à l'œil.

Au lieu de cela, la carte était d'une simplicité de bande dessinée, pour ainsi dire. Il fallait sortir du journal, prendre la 101 vers le sud, tourner à gauche, puis à droite et rejoindre un cimetière adjacent au musée de l'Air de Tillamook. Une idée d'amateur. D'adolescent. Et pourtant géniale. Le lieu était suffisamment isolé pour que la probabilité qu'on y remarque un homme au milieu de la nuit soit faible. Et suffisamment identifiable pour que la police n'ait pas de mal à découvrir l'« indice ».

Quincy relut la note. Et puis encore.

Il n'aimait pas la sensation de froid glacial qui commençait à naître au creux de son ventre.

Kincaid examinait à présent l'enveloppe. « L'adresse de l'expéditeur indique les initiales W.E.H. et une rue de Los Angeles, murmura-t-il à Quincy. Tentative pour démontrer qu'il n'est pas du coin ?

— Possible.

— Mais le cachet est celui de Bakersville, il l'a postée en ville. »

On frappait à la porte. Ron Spector, capitaine au commissariat du comté de Tillamook, était arrivé. Kincaid repassa dans le couloir, où il s'entretint en tête à tête à voix basse avec Spector.

Quincy se pencha à nouveau sur la carte. Une part de lui-même avait envie de se ruer dehors et d'aller près du musée de l'Air arpenter le cimetière au pas de charge pour y chercher, paradoxalement, une preuve de vie. Mais son côté plus calme, analytique, savait qu'un enquêteur ne doit jamais se précipiter. La demande de rançon était en elle-même une mine d'informations à ne pas négliger. On pouvait découvrir tellement de choses dans ce petit assortiment de mots. Sans parler du type de papier, du choix de l'encre, des empreintes digitales sur la feuille, de la salive sur l'enveloppe. Il fallait demander à un agent d'enquêter sur l'adresse de l'expéditeur. Quincy lui-même voulait faire des recherches sur les initiales W.E.H., qui commençaient à le titiller.

Quelque chose qu'il avait déjà vu ? Quelqu'un qu'il connaissait ?

Il y avait tellement de pièces du puzzle qu'ils n'avaient même pas commencé à assembler. Ils devaient encore ratisser les hôtels et motels de la région, interroger les hommes âgés de vingt à quarante ans voyageant seuls. Ils devaient aussi reconstituer les derniers faits et gestes de Rainie, établir qui avait pu la voir. Avait-elle bu quelque part ? Avait-elle encore son pistolet ?

Cette dernière pensée lui donna matière à réfléchir. Si cet enlèvement était le fruit du hasard, peut-être le ravisseur ne s'était-il pas encore rendu compte qu'il avait kidnappé un membre des forces de l'ordre... À un moment donné, Rainie avait pu attraper son portable. *Quid* de son arme ?

L'idée lui donna étrangement la nausée. Certes, si Rainie tenait tête à son agresseur, il y avait une chance qu'elle puisse s'échapper. Mais d'un autre côté, combien des tueurs qu'il avait interrogés au fil des années avaient affirmé que leur soif sanguinaire avait été déclenchée par la résistance d'une femme ? *Elle s'est débattue, alors je l'ai tuée.* Pour certains hommes, c'était vraiment aussi simple que cela.

Kincaid était de retour. Il informa Van Wie que le capitaine Spector mènerait dorénavant l'enquête au *Daily Sun*. Puis Kincaid ramassa avec précaution les deux feuilles de la demande de rançon, toujours à l'aide de son mouchoir. Le capitaine Spector classerait les originaux parmi les indices et lancerait la procédure de protection des éléments de preuve. Mais Kincaid et Quincy allaient avoir besoin d'une copie de la lettre et de la carte pour la suite des opérations.

Au dernier moment, Kincaid fit signe à Quincy de le suivre dans le couloir.

« Qu'est-ce que vous en dites ? demanda Kincaid en s'approchant de la photocopieuse.

— Simple, répondit Quincy, mais malin.

— Simple mais malin ? Allons, monsieur le profileur. On ne vous paye sûrement pas des fortunes pour en rester là.

— Je veux qu'on passe la lettre au détecteur de foulage, répondit sèchement Quincy, qu'on cherche des empreintes en creux sur le papier. Vos experts en écriture savent faire ça ?

— Il paraît qu'ils connaissent leur métier.

– Vous allez demander ce test ?

– Il paraît que je connais aussi le mien.

– Bon, dit Quincy, sans tenir compte des sarcasmes de l'autre. Je pense que l'auteur de la lettre ment. Je pense qu'il dit ce qu'il a envie de nous faire croire, mais pas nécessairement la vérité.

– Ah, donc votre première intuition, c'est la paranoïa galopante. Dites voir.

– Il se prétend professionnel. Il prétend qu'il fait ça pour l'argent. Mais vous avez déjà vu une demande de rançon où la victime était prise au hasard ? Étant donné la population locale, il avait de bonnes chances de kidnapper quelqu'un qui n'aurait pas les moyens de satisfaire sa demande.

– Dix briques, ce n'est pas énorme, protesta Kincaid.

– Justement, dit Quincy. Pourquoi dix mille dollars ? Ce n'est pas grand-chose pour une prise d'otage.

– Il faut qu'il demande une somme abordable. Vous l'avez dit vous-même, ce n'est pas la région la plus riche de l'État. Et puis, ne le prenez pas mal, mais pour certains, se faire dix briques en vitesse ne serait pas si mal. »

Quincy se contenta de hausser les épaules. « Pourquoi faire intervenir la police ? La plupart des demandes de rançon ne précisent-elles pas spécifiquement de ne *pas* contacter les autorités ? Pour quelqu'un qui essaie de se faire dix briques en vitesse, pour reprendre votre expression, il se complique singulièrement la vie.

– C'est que, avec son système, le type n'a pas le choix, vous voyez. Si nous n'étions pas là pour affirmer qu'il s'agit bien d'une demande de rançon et vérifier la preuve de vie, la famille de la disparue ne prendrait pas la lettre au sérieux. Auquel cas, le *señor* Renard n'obtiendrait pas son fric. »

Kincaid avait fini de photocopier les deux feuilles. À présent, il posait l'enveloppe sur la vitre.

« Que je vous dise ce que je pense maintenant. Premièrement : en fait, je suis d'accord avec vous. Je crois que cette lettre est un tissu de mensonges. Seulement voilà où nous divergeons : vous croyez que si le type ment, c'est forcément un pervers ; moi, je crois qu'il ment parce que c'est un parfait amateur.

— Ah, donc votre première intuition à vous, c'est la bêtise crasse, dit Quincy en écartant les mains. Racontez-moi ça.

— Alors, voilà. Notre type...

— Le sujet X.

— Ouais, c'est ça. Il faut toujours que vous jargonniez au FBI. Bon, alors notre sujet X. Il a besoin de se faire un peu d'argent. Bon, je suppose qu'il n'est pas trop futé ni trop équilibré. Pour ce genre d'abruti, dix briques, ça peut représenter une somme. Peut-être pour effacer une dette de jeu. »

Le regard de Kincaid était lourd de sous-entendus ; il y avait un grand nombre de casinos sur la côte, et ils engendraient les problèmes classiques : jeux d'argent, prêts usuraires, alcoolisme. Il poursuivit : « Ou bien simplement pour rembourser son nouveau tout-terrain. Que sais-je. Le truc, c'est que dix briques, ça lui suffit, surtout pour une journée de boulot.

— Une journée ?

— Oui, ce qui m'amène à mon deuxièmement :

notre sujet X n'est pas assez pointu pour une grosse opération. Il lui faut quelque chose de rapide et facile. Donc au lieu, par exemple, d'identifier une cible, de la suivre pendant des jours et ensuite d'essayer d'imaginer comment l'enlever chez elle ou au travail, il décide de prendre une victime au hasard. Quelque chose de facile. Disons une femme, peut-être ivre, arrachée à sa voiture au milieu de la nuit.

» Naturellement, il ignore qui est cette femme, il ne sait rien de sa vie, alors comment établir le contact ? C'est simple : par le journal local. Et peut-être qu'en l'occurrence, nous n'avons pas réagi assez vite – je ne sais pas –, alors il a décidé de prendre aussi directement contact avec nous. Toujours rien de très compliqué. Il a le portable de la victime, il se sert d'un déformateur de voix que le premier venu peut acheter au Radio Shack. Boum, c'est fait.

» Ensuite, s'il a déjà été au cinéma, il sait que la première chose nécessaire dans ce genre d'affaires, c'est une preuve de vie. Bon, il improvise tout ça, alors encore une fois, comment communiquer ? Hé, j'ai une idée, enterrons ça au milieu du cimetière. Ça fera l'affaire et en plus il pourra s'en payer une bonne tranche en imaginant un bel et élégant enquêteur d'État faire de son mieux pour ne pas déterrer d'ossements. Dieu sait que ça me fera sûrement rire un jour.

» Ensuite le sujet fixe quelques délais, parce que ce plouc ne peut pas se permettre de laisser les choses s'éterniser. Il poste la lettre avant cinq heures la veille au soir pour être sûr qu'on nous appellera dès le petit matin. Il nous donne une heure limite pour découvrir la preuve de vie, histoire d'être certain qu'on se bouge.

Maintenant je vous parie que si on va au cimetière, on trouvera des consignes pour la remise de rançon, avec un autre délai, probablement dans une ou deux heures. Et probablement une autre carte en prime. Déposez le fric derrière la tombe A, vous découvrirez une carte pour aller à l'arbre B, où se trouve la fille.

» Rapide, sans bavures, pas une mauvaise méthode pour se faire dix briques. » Kincaid enleva prestement l'enveloppe de la vitre, ramassa les copies et referma la photocopieuse. « Maintenant, à mon tour de vous poser une question : Vous avez dix briques ?

— Oui.

— Vous les donneriez pour payer la rançon de la femme que vous avez quittée ? »

Quincy ne cilla pas. « Oui.

— Nous y voilà. Ça va être une belle journée. C'est parti pour la chasse au renard.

— Je ne crois pas qu'il fasse ça pour l'argent, insista tranquillement Quincy.

— Encore de la paranoïa galopante ?

— Possible. Seulement je sais quelque chose que vous ignorez.

— C'est-à-dire, monsieur le profileur ?

— Je sais qui est le Renard. »

9

MARDI, 09 HEURES 45

Dougie était dehors dans les bois. Il y passait sa vie. Peu lui importaient la pluie, le vent, le froid. Dehors, c'était bien. Dehors, il y avait les arbres, les aiguilles de pin et la mousse verte agréable au toucher, mais pas toujours au goût. Ce matin, il avait essayé trois mousses de nuances différentes. La première avait un goût de terre. Une autre d'écorce. La troisième avait provoqué un picotement bizarre dans sa gorge.

Il n'en avait plus mangé.

À présent, Dougie déterrait les débris d'un arbre mort. Le tronc épais était probablement tombé depuis bien longtemps, avant la naissance de Dougie au moins. C'était maintenant un gros tronçon tout pourri sur lequel poussaient des champignons intéressants et qui abritait des tonnes de bestioles. Armé d'un bâton, Dougie creusait, creusait, creusait. Et plus il creusait, plus des bestioles intéressantes s'enfuyaient.

Dougie avait sept ans. C'était ce qu'on lui disait, du moins. Il ne se souvenait pas de la date de son anniversaire. Peut-être quelque part en février. Sa première « deuxième famille » lui avait inventé une date, l'« anniversaire de son arrivée ». C'était en février et on lui avait donné du gâteau et de la glace.

Sa première deuxième famille était bien. En tout cas, il ne se souvenait de rien de mal. Mais un jour, la dame en tailleur violet était venue et lui avait dit de faire son sac. Il allait dans une nouvelle deuxième famille, mais pas d'inquiétude, ils l'aimeraient aussi beaucoup.

« Dougie, lui avait dit gentiment la dame en tailleur violet quand ils furent sortis de la maison, il ne faut pas jouer avec les allumettes comme ça ; ça inquiète les gens. Promets-moi, plus d'allumettes. »

Dougie avait haussé les épaules. Il avait promis. Pendant que, derrière eux, le garage de sa première deuxième famille gisait en ruines fumantes.

La deuxième deuxième famille n'avait pas fêté son anniversaire ni l'« anniversaire de son arrivée ». Ils ne fêtaient pas grand-chose. Sa nouvelle maman avait un visage mince, sévère. « L'oisiveté est mère de tous les vices », lui disait-elle, juste avant de lui ordonner de nettoyer le sol ou de récurer les plats.

Dougie n'aimait pas les corvées. Elles supposaient d'être dans une maison et Dougie n'aimait pas être enfermé. Il voulait être dehors. Au milieu des arbres. Là où il pouvait sentir l'odeur de la terre et des feuilles. Là où il n'y avait personne pour le regarder de travers ou parler de lui dans son dos.

Il avait tenu trois semaines dans sa deuxième deuxième famille. Après quoi il avait tout simplement attendu qu'ils s'endorment, était allé à la cheminée et s'était amusé comme un petit fou avec ces super allumettes extra-longues. Ils n'avaient qu'à cramer, ces cons-là.

Il se souvenait encore du visage effaré de sa nouvelle maman quand elle était sortie en trombe de sa chambre. « Est-ce que c'est de la fumée que je sens ? Oh mon Dieu, un feu ? *Dougie ! Qu'est-ce que tu as fait, fils de Satan !* »

Sa deuxième deuxième maman dormait dans le plus simple appareil. Son deuxième deuxième papa aussi. Les pompiers en avaient fait des gorges chaudes quand ils étaient arrivés. Ensuite ils l'avaient vu, assis sur les branches du gigantesque chêne, en train d'écouter la maison craquer, péter, crépiter. Ils s'étaient arrêtés, l'avaient montré du doigt, dévisagé.

À la suite de ça, il était allé dans un foyer pour jeunes garçons. Un centre pour « adolescents en difficulté », lui avait-on dit. Mais la dame en tailleur violet était à nouveau arrivée. Dougie était trop jeune pour ce genre d'endroit, l'avait-il entendue dire. Dougie avait encore une chance.

Il ne savait pas ce que cela signifiait. Il fit simplement son sac et fila dans la maison suivante. Celle-là était près de la ville. Pas de forêt, pas de parc, pas même un jardin digne de ce nom. Dougie n'avait trouvé qu'un seul avantage à cette maison minuscule, envahie par toutes sortes de nouveaux frères et sœurs (qui n'étaient pas du tout frères et sœurs, mais juste d'autres enfants qui se détestaient mutuellement) : elle n'était qu'à un pâté de maisons de l'épicerie.

Il apprit à voler. Puisqu'on gardait toutes les allumettes hors de sa portée, il volerait, faute de mieux. Il commença petit : des Twinkies, des beignets, les petits bonbons stockés près du sol. Le genre de choses que personne ne remarque vraiment. La première fois, il avait rapporté son butin à la maison et une de ses « sœurs » le lui avait pris. Quand il avait protesté, elle lui avait collé une beigne. Ensuite elle était restée assise là, à manger toutes ses friandises pendant que son œil se fermait sous la boursouflure.

Dougie avait retenu la leçon. Il avait trouvé une brique branlante à l'arrière de la station-essence, et c'était là qu'il planquait son butin. C'était bien d'avoir sa propre réserve de nourriture, vous voyez. Quelquefois, rien qu'en regardant tout ça, il sentait son ventre gargouiller. Il y a faim et *faim*, or Dougie se savait déjà plus affamé que la plupart des gens.

Un jour, le propriétaire du magasin le coinça, les poches bourrées de HoHos et de gâteaux aux pommes. Il lui tira les oreilles. Dougie pleura et rendit la marchandise. « Je ne le ferai plus », avait-il promis en s'essuyant le nez du dos de la main. D'autres friandises tombèrent de la manche de son manteau.

Et ce fut tout pour la maison numéro trois.

La dame en tailleur violet décida qu'il avait besoin de plus d'attention. Une maison avec autant d'enfants ne lui convenait pas. Il lui fallait une approche personnalisée. Peut-être un Modèle Masculin.

Dougie partit pour la maison numéro quatre, où on lui présenta avec exaltation son « grand frère » de dix ans, Derek. Derek faisait du scoutisme, Derek jouait au football américain, Derek était un « gamin formidable » et il allait avoir une bonne influence sur lui.

Derek avait attendu que les lumières s'éteignent avant de lui faire faire le tour de la maison.

« Tu vois cette chaise, minus ? Elle est à moi », dit-il en lui donnant un coup de poing dans le ventre.

« Tu vois cette balle, minus ? Elle est à moi. » Trois doigts dans un rein.

« Tu vois cette Xbox ? Elle est à moi. » Un coup de karaté à la nuque.

Dougie resta plus longtemps dans cette maison. Essentiellement parce qu'il avait peur de quitter son lit la nuit. Mais un jour, Derek partit chez sa grand-mère pour le week-end. Dougie se leva pile à une heure du matin. Il commença par la chambre. Il retira les draps du lit de Derek, sortit les vêtements de ses tiroirs, tira les jouets de son placard. Il prit la chaise. La balle. La Xbox.

Il fit un énorme tas devant la maison. Ensuite, désormais plus aguerri, il trouva le bidon d'essence et commença à en répandre. Une petite flamme et *wouff* !

Dougie perdit les deux sourcils et l'essentiel de sa frange. Il fut aussi emmené en quatrième vitesse par la dame en tailleur violet, qui avait bien du mal à gronder un enfant qui semblait perpétuellement surpris maintenant que tous les poils de son visage avaient brûlé.

Dougie avait de GROS PROBLÈMES.

On allait mettre ça dans son DOSSIER. Plus personne ne voudrait s'occuper de lui maintenant. Est-ce qu'il ne voulait pas une FAMILLE ? Est-ce qu'il ne voulait pas avoir une CHANCE ? Comment avait-il PU ?

Il avait pu parce que c'était comme ça et qu'il le ferait encore. Il le savait. La dame en violet le savait. Dougie aimait le feu. Il aimait la lueur flamboyante d'une allumette. Il aimait la façon dont la flamme dévorait le bâtonnet de papier pour venir lui lécher le bout des doigts. Cela faisait mal. Il s'était brûlé les doigts un nombre incalculable de fois, il s'était même fait des cloques sur la paume de la main. Le feu fait mal. Mais ce n'est pas une mauvaise douleur. C'est réel. C'est franc. C'est du feu.

Dougie aimait ça.

Et maintenant, il était là. Il vivait chez les Carpenter. Des gens bien, lui avait dit la dame en tailleur violet. Honnêtes, travailleurs. Ils avaient spécifiquement demandé un enfant à problèmes (« Le Ciel leur vienne en aide », avait murmuré la dame en tailleur violet), donc ils sauraient peut-être quoi faire avec lui. Son nouveau deuxième père, Stanley, avait la réputation de savoir très bien s'y prendre avec les garçons. Adjoint de l'entraîneur de foot du lycée, il avait lui-même grandi au milieu de quatre frères.

Ce serait peut-être lui qui le reprendrait enfin en main.

La nouvelle chambre de Dougie dans sa cinquième deuxième maison ne contenait qu'un matelas. S'il voulait des draps, lui expliqua-t-on, il devait les gagner. S'il voulait des couvertures, il devait les gagner. S'il voulait des jouets, pareil.

Un tableau compliqué était affiché au mur de la cuisine. Rendre un service, un point. Demander quelque chose poliment, un point. Faire ce qu'on lui disait, un point.

Dire des gros mots, un point en moins. Être insolent, un point en moins. Enfreindre une règle, un point en moins. Et ainsi de suite.

Ses nouveaux parents étaient aussi prudents. Pas

d'allumettes, pas d'essence, aucun liquide inflammable dans toute la maison. Du moins Dougie n'avait-il pas réussi à en trouver. Évidemment, il n'avait pas beaucoup le temps de chercher. Tous les soirs, dès sept heures, il était raccompagné à sa chambre et enfermé à clé.

La première nuit, il s'était levé à trois heures du matin et avait uriné dans le placard. Au matin, Stanley lui avait simplement tendu une éponge et l'avait raccompagné dans sa chambre.

« Tu peux te servir de l'éponge ou de ta langue, mais tu me nettoies ça, Dougie. Allez, au travail. »

Stanley était resté là tout le temps, ses bras puissants et musclés croisés sur un torse puissant et musclé. Dougie avait nettoyé. Au moins, la nuit suivante, on lui avait laissé un seau.

Dougie attendit jusqu'à minuit, puis renversa le seau et s'en servit pour atteindre la fenêtre. Son nouveau « modèle paternel » l'avait déjà clouée.

Stanley était rusé. Mais Dougie aussi.

Il consacra trois jours entiers à son nouveau projet. Oui, madame, je vais faire la vaisselle. Oui, madame, je vais manger des carottes. Oui, madame, je vais me brosser les dents. En échange, il gagna un drap et la petite mallette artistique qu'il avait explicitement demandée.

La cinquième nuit, debout sur son seau, il se servit du capuchon d'un feutre pour retirer chaque clou lentement, méthodiquement. Cela lui prit jusqu'à quatre heures du matin, mais il réussit. Et ensuite, pendant deux semaines complètes, il put aller et venir à sa guise. Ils l'enfermaient dans sa chambre et l'instant d'après, il était reparti vers les bois ou bien il se traînait jusqu'en ville pour y chercher des allumettes. Mais la troisième semaine, Stanley le surprit.

Il s'avéra que son nouveau deuxième père s'y connaissait beaucoup plus que Dougie en punition.

La dame en tailleur violet lui avait rendu visite peu de temps après.

« Dougie, lui avait-elle dit, tu ne te rends pas compte que c'est ta dernière chance ? »

Elle semblait au bord des larmes. Ses yeux s'étaient gonflés. Sa lèvre inférieure tremblait. Cela évoqua un vague souvenir à Dougie. D'un temps et d'un lieu qu'il ne se rappelait pas vraiment. Juste une sensation dans sa tête, comme une odeur, ou la caresse du vent sur son visage.

Il avait eu envie d'aller vers la dame. De se blottir contre elle, d'enfouir son visage dans son cou, comme il avait vu d'autres enfants le faire. Il avait eu envie qu'elle le prenne dans ses bras, qu'elle lui dise que tout allait s'arranger. Il avait eu envie qu'elle l'aime.

Et cela l'avait incité à regarder le tailleur violet en se demandant s'il brûlerait bien.

« Stanley me bat », avait-il dit.

Et cela changea tout.

La dame en tailleur violet lui amena une autre dame, en jean. Elle s'appelait Rainie et c'était sa défenseuse. Cela signifiait qu'elle travaillait pour lui, lui expliqua-t-elle. Elle avait pour mission d'évaluer la situation, de déterminer s'il y avait vraiment des problèmes dans la famille. Si oui, elle l'aiderait à défendre ses droits. Sinon, elle devait servir d'intermédiaire pour trouver une solution entre lui et ses nouveaux parents nourriciers qui, d'après elle, n'étaient pas encore disposés à renoncer, même si, pour reprendre les mots de Stanley, Dougie avait « besoin d'un sérieux changement de comportement ».

Au moins, Rainie n'était pas trop embêtante. Elle aimait être dehors, elle aussi, et elle ne l'obligeait pas trop à parler, surtout de ses sentiments, et c'était bien. Dougie n'avait pas beaucoup de sentiments qui ne soient pas liés au feu et, en son for intérieur, même lui comprenait que ça faisait de lui un monstre.

Il arracha encore de l'écorce. Un gros insecte noir et poilu détala et Dougie le pourchassa avec son bâton. L'insecte était rapide. Dougie plus encore.

« Dougie. »

La voix venait de derrière lui. Dougie se retourna. Sa deuxième maman se tenait prudemment à distance. Les bras croisés pour se protéger du froid, elle portait un sweat gris délavé. Elle avait l'air fatiguée et malheureuse. Elle avait toujours l'air fatiguée et malheureuse.

« Rentre prendre ton petit déjeuner, Dougie.

– J'ai déjà mangé. »

Il ouvrit la bouche, révélant un festin de trois insectes.

« Dougie... »

Elle le regarda, il la regarda. Une patte d'insecte bougeait entre ses lèvres. Il la renfonça avec son index.

« Tu as vu Rainie aujourd'hui ? lui demanda tout à coup sa deuxième maman.

– Quoi ? »

La voix de sa maman s'impatienta. Elle se détournait déjà de lui et de ses joues agitées par les insectes.

« Est-ce que tu as vu ta défenseuse, Rainie Conner, aujourd'hui ? Est-ce qu'elle est passée, ou bien est-ce qu'elle a appelé ?

– Non.

– Très bien. C'est tout ce que j'avais besoin de savoir.

– On la cherche ? »

Sa deuxième maman s'arrêta. « Qu'est-ce que tu veux dire, Dougie ?

– On la cherche ? Elle a disparu ?

– Tu sais quelque chose, Dougie ? Il y a quelque chose que tu voudrais me dire ?

– J'espère qu'elle est morte, répondit-il simplement avant de se retourner vers le tronc pour faire sortir un autre insecte de ses profondeurs en décomposition. Elle m'a menti. Et les menteurs récoltent ce qu'ils méritent. »

10

L'averse se calmait enfin. En voiture sur la 101, Quincy voyait les nuages de brume relâcher leur étreinte sur la chaîne côtière et laisser des crêtes vert sombre émerger çà et là dans la pénombre.

Rainie adorait ces montagnes. Elle avait grandi là, à l'ombre des imposants sapins de Douglas, à un jet de pierre de la côte rocheuse. Elle pensait que la nature se devait d'être grandiose, une présence suffisamment majestueuse pour faire trembler dans leurs bottes les simples mortels. Quand Rainie était heureuse, elle sortait. Quand elle était inquiète, elle sortait. Quand elle était joyeuse, apeurée, stressée ou contente, elle sortait toujours.

Quand elle était déprimée, Quincy en avait fait la cruelle expérience, elle restait ramassée sur elle-même dans sa chambre plongée dans le noir.

Kincaid mit son clignotant à droite. Perdu dans ses pensées, le commandant conduisait enfin à une allure plus raisonnable.

Avec l'arrivée de la lettre, l'affaire prenait enfin

tournure et Kincaid semblait trouver ses marques. Il avait un adversaire. Il avait une revendication. Il avait aussi une lettre qui générait une foule de pistes concrètes et de tâches logiques. Il pouvait maintenant jouer de son téléphone comme un général organisant ses troupes à la bataille.

Au contraire, Quincy sentait qu'il commençait lentement à se décomposer. Il était détective, il s'y connaissait en matière de crime. Il savait aussi, mieux que la plupart des gens, qu'il peut vous arriver malheur. Pourtant, jusqu'à cet instant, la nuit avait eu quelque chose d'irréel. Rainie était forte. Elle était pleine de ressources. Il s'inquiétait au sujet de son alcoolisme et de son moral, mais jamais il ne s'était vraiment inquiété à l'idée qu'un étranger puisse lui faire du mal physiquement.

Et voilà qu'il vivait un de ces instants où il aurait voulu ne jamais être devenu profileur. Où il aurait voulu être ingénieur, prof de maths au lycée ou même producteur de lait. Parce qu'alors il aurait pu être un homme comme les autres, un mari inquiet. Il aurait pu se consoler à l'idée qu'il avait ces dix mille dollars et qu'il paierait volontiers dix fois plus pour serrer une Rainie saine et sauve dans ses bras.

Il aurait pu se dire que tout allait bien se passer. Se persuader que ce n'était qu'un petit intermède insolite et que, d'ici quelques heures, il retrouverait sa femme.

Il n'aurait pas eu à connaître toutes ces statistiques, indiquant, par exemple, que la majorité des demandes de rançon aboutissent à la découverte du corps sans vie de la victime.

Kincaid prit le virage. Devant eux, le musée de l'Air de Tillamook se dessinait enfin.

En temps normal, on pouvait difficilement le rater. Installé dans un vieux hangar à dirigeables de la Seconde Guerre mondiale, il avait le privilège d'être le plus grand bâtiment en bois du monde. Il se dressait sur quinze étages et engloutissait une surface phénoménale, près de quatre hectares. La collection du musée, une trentaine d'avions de guerre, ouvrait à peine une brèche dans cet espace sombre et caverneux.

Rainie et lui l'avaient visité une fois. À la fin, Rainie s'était retournée, avait regardé Quincy d'un air songeur et dit : « Tu sais quoi ? ça ferait une super-planque pour un cadavre. »

Le hangar faisait partie d'une station aéronavale. Bien que désaffectée depuis 1948, la station de Tillamook avait encore tout d'une base de la Navy. Des bâtiments peu élevés et tentaculaires pour loger les officiers, les hommes. De grands espaces pour diverses manœuvres d'entraînement. Un lacis de routes sinueuses à l'intérieur et autour de l'enceinte.

Outre le musée de l'Air, une compagnie de charters y avait pris ses quartiers. Il y avait aussi la prison voisine, ses murs surmontés de miradors et de rouleaux de fils barbelés.

Il y avait de l'activité, mais pas trop. Avec le passage des voitures de touristes qui se rendaient au musée, un étranger ne détonnerait pas. Même en dehors des heures d'ouverture, Quincy aurait parié que n'importe qui pouvait passer là sans qu'on lui pose de questions pourvu qu'il ait l'air de savoir ce qu'il faisait. Autrement dit, l'endroit idéal pour un rendez-vous clandestin.

Suivant la carte, ils prirent un virage à droite serré avant d'arriver au musée, ce qui les conduisit tout droit à un petit cimetière parachuté au milieu de vastes pâturages.

« C'est le cimetière catholique », remarqua Kincaid pendant qu'il se garait et qu'ils descendaient tous deux de voiture. « Notre ravisseur a peut-être un compte à régler.

– Qui n'en a pas ? » murmura Quincy en s'approchant pour examiner la carte.

Il fallut un moment pour orienter le dessin schématique dans l'espace. Une route avait été esquissée sur la gauche de la carte, un petit bosquet en haut. C'était rudimentaire. Rien n'était à l'échelle et, étant donné l'absence d'arbres ou d'arbustes, aucun des points de repère n'était clairement identifiable.

« Eh bien, en tout cas je peux vous dire une chose, dit Kincaid après quelques instants : il n'a pas été premier prix de dessin.

– Je crois que le truc, c'est de ne pas se donner trop de mal. De considérer les repères comme des points cardinaux. On veut avoir les bosquets au sud, les arbres à gauche. Si on se tient comme ça...

– Ce n'est pas un X qui marque l'endroit, compléta Kincaid, mais une croix.

– Allons-y. »

La croix en granite gris d'un mètre cinquante était grêlée par les ans, verdie par des décennies de pluie. De la mousse avait poussé sur les arêtes. Des fougères avaient surgi à sa base. La tombe conservait malgré

tout une certaine dignité intemporelle. Dernière senti-
nelle d'une famille entière, elle continuait à veiller sur
quatre générations.

Tu es poussière et tu retourneras en poussière, songea Quincy.

« Je ne vois rien, dit Kincaid. Et vous ? »

Quincy fit non de la tête en continuant à tourner
autour de la tombe. La concession familiale était
ancienne et ne paraissait pas avoir été touchée. Pas de
fleurs fraîches, pas de terre fouillée. Il fronça les sourcils, recula, fronça encore les sourcils.

Le cimetière était en activité. Des monticules noirs
de terre fraîchement retournée signalaient de nouvelles
tombes. Des drapeaux de couleurs vives ornaient de
nombreux monuments, vestiges sans aucun doute du
11 novembre. Çà et là, des vases arboraient de nouveaux bouquets d'œillets, de marguerites, de roses. Il
prit la carte des mains de Kincaid, l'étudia et décida
qu'il détestait tout ce petit jeu.

« Quelle heure ? demanda Kincaid.

– Dix heures cinquante-huit.

– Donc il nous reste une heure, dit le commandant
en observant le cimetière. Si nous avons une heure
entière, à quel point est-ce que ça peut être difficile ?

– Laissez-moi vous poser une question, dit tout à
coup Quincy. Cette heure limite... Comment saura-t-il
si on la dépasse ? »

Kincaid eut le bon sens de ne pas faire brusquement
volte-face. Au lieu de cela, son corps resta d'une
parfaite immobilité. « Vous croyez qu'il guette ?
murmura-t-il.

– Il a peut-être un poste d'observation. Ou... un système de télésurveillance ?

– Pas facile ici.

– S'il a installé un système de surveillance sans fil, je crois que ça le sort de la catégorie des "crétins finis", convint Quincy.

– Merde. Tout juste ce qu'il nous faut, un petit MacGyver du crime.

– Je ne suis pas sûr que ça me plairait beaucoup non plus. »

Quincy élargit son parcours, se déplaçant avec plus de précaution maintenant, essayant de repérer un peu mieux les parages. Les bâtiments voisins pouvaient très facilement dissimuler quelqu'un. Les herbes hautes aussi. Quant à des caméras... derrière un drapeau, épiant depuis un panier de fleurs, nichées au creux des fougères. Les possibilités étaient innombrables. Il leur faudrait toute une équipe d'enquêteurs entraînés pour explorer un ensemble aussi vaste. Impossible d'accomplir cela à deux en une heure.

« Vous devriez peut-être me parler de ce Renard, dit Kincaid d'une voix tendue en scrutant les bâtiments environnants, les routes envahies par la végétation, toutes les pierres tombales de plus d'un mètre cinquante.

– Il a kidnappé la fille de douze ans d'un grand banquier de Los Angeles », répondit Quincy. Il commença à s'approcher du buisson isolé, toujours l'air de rien. Il remarqua que Kincaid avait une main dans le blouson, à peu près là où un policier pouvait suspendre un pistolet. « Son père a reçu plusieurs demandes de rançon, qui exigeaient toutes quinze cents dollars en liquide, signées "Le Renard".

– Quinze cents dollars, ce n'est pas énorme.

– C'était en 1927.

– Pardon ?

– Perry Parker, le père, a rassemblé la somme. Conformément aux instructions, il a tendu le sac à un jeune homme qui l'attendait dans une voiture. Il a vu sa fille sur le siège passager. Mais dès qu'il a eu donné l'argent, le suspect a filé avec Marion Parker encore dans la voiture. Au bout de la rue, il a balancé son cadavre sur le trottoir. »

Quincy avait maintenant atteint le rhododendron. Il allait encore faire un pas quand le buisson se mit soudain à trembler.

« Baissez-vous », rugit Kincaid.

Quincy se baissa. Le corbeau noir prit son envol. Et Kincaid faillit lui exploser sa tête de linotte.

« Bordel de...

– C'est un oiseau, un oiseau ! Ne tirez plus, bon sang. »

Kincaid se redressa, encore tremblant, et le blanc de ses yeux écarquillés ressortait sur son visage noir. Il avait ôté son doigt de la détente, mais restait en position de tir, tous muscles bandés. Quincy était dans le même état.

Son regard allait d'un point à l'autre dans toutes les directions. Essayait de tout voir, ne se fixait sur rien. Il était en train de perdre pied, et Kincaid aussi. Ils avaient commencé en professionnels et se retrouvaient comme deux gamins terrifiés dans le cimetière du village.

« Je ne vois rien, dit soudain Kincaid.

– Moi non plus.

– Mais je suis presque sûr que s'il était dans le coin, il saurait que nous avons suivi sa stupide carte.

– Il y a des chances. »

Kincaid inspira. Expira. Il se détendit enfin, et son Glock .40 disparut dans son blouson. Il fit quelques pas, puis secoua les bras. « Il va falloir que j'explique que j'ai déchargé mon arme à cause de ce connard de piaf, marmonna-t-il, d'une voix encore excédée mais au moins plus assurée.

– Et l'oiseau s'est envolé, observa Quincy.

– Et merde. J'aurais dû me faire comptable. Ça vous arrive de penser ça ? Mon père est expert-comptable. Peut-être pas le boulot le plus exaltant du monde, mais il est en vacances presque tout l'été et le mieux, c'est que je crois qu'il n'a jamais eu à traquer des hommes en cagoule dans un cimetière. Il s'assoit à un bureau et fait des additions. Ce serait dans mes cordes.

– En ce qui me concerne, j'ai toujours voulu être prof. Ça m'obligerait encore à passer pas mal de temps avec des délinquants, mais au moins ils seraient au début de leur carrière, ils n'auraient pas encore tué une demi-douzaine de personnes. »

Kincaid le dévisagea. « Vous avez vraiment une façon intéressante de voir les choses, monsieur le profileur.

– J'ai un succès fou dans les cocktails », lui assura Quincy.

Kincaid soupira et se remit en quête du X. « Vous disiez ? À propos de ce Renard ?

– Oh. Monsieur Parker a payé la rançon et le Renard l'a récompensé en balançant le cadavre de sa gamine. Les jambes de Marion avaient été sectionnées, elle était éviscérée et ses paupières avaient été cousues en position ouverte pour faire croire qu'elle était vivante. Par la suite, la police a découvert ses organes éparpillés dans tout Los Angeles. »

Kincaid sembla se trouver légèrement mal. « Seigneur. C'est vraiment arrivé ?

– L'affaire est assez célèbre.

– 1927 ? Celle-là, on ne peut pas vraiment la mettre sur le compte des jeux vidéo violents, hein ? Mais je ne comprends pas. Ça remonte pratiquement à quatre-vingts ans. Ça m'étonnerait qu'on ait affaire au même animal aujourd'hui.

– Oh, je suis sûr que c'est un autre "animal". Le Renard est mort. Monsieur Parker a tout de suite reconnu un de ses anciens employés, la police l'a arrêté et il a été pendu en 1928.

– Autrement dit, rien à voir avec nous, dit Kincaid en fronçant les sourcils. L'un signait le Renard, l'autre aussi. Il trouvait probablement que ça faisait chic.

– En réalité, répondit posément Quincy, le Renard s'appelait William Edward Hickman. »

Kincaid se figea, l'air à nouveau pris d'un léger malaise. « W.E.H.

– Adresse de l'expéditeur à Los Angeles.

– Ah, seigneur... Pourquoi les criminels ne peuvent-ils plus être simplement *normaux* ? Je vous jure, même les malfaiteurs regardent trop la télé.

– Le pseudo, le plan, le cimetière, dit Quincy en désignant la grisaille environnante. Je ne sais pas à

106

quoi nous avons affaire ici, mais je doute que ce soit juste une question d'argent. Sincèrement, quand ceux qui ont des tendances criminelles veulent du fric, ils peuvent braquer une station-service. Ces histoires de demandes de rançon cachent toujours autre chose. »

Kincaid plissa les yeux. « Bon, je m'incline : sur combien d'affaires de ce type avez-vous travaillé ?

– Six.

– Pourcentage de familles réunies ?

– Trente-trois pour cent. Deux des six personnes enlevées ont été rendues vivantes.

– Les quatre autres familles avaient payé ?

– Oui. Mais c'était sans importance. Dans les quatre autres affaires, les victimes avaient été tuées dans l'heure suivant l'enlèvement. Jamais le ravisseur n'avait eu l'intention de les rendre en vie. C'est compliqué de garder un otage, vous savez. Pour commencer, il vous identifiera plus tard s'il a vu votre visage. Ensuite, il y a tout bêtement l'organisation nécessaire pour le loger, le nourrir, s'en occuper. Il y a beaucoup moins d'inconvénients à le tuer dès le départ.

» Trois d'entre eux étaient des enfants, ajouta Quincy. Dont une fillette d'à peine deux ans. On a coincé le type plus tard. C'était un ancien associé de ses parents ; il trouvait qu'ils ne lui avaient pas donné assez d'argent quand ils lui avaient racheté ses parts. Alors il a tué leur gamine en essayant de leur extorquer cinquante mille dollars. Ce genre de prédateurs... Ce n'est jamais qu'une question d'argent, commandant Kincaid. Il y a presque toujours des raisons un peu personnelles.

– Je n'aime pas ce que vous savez.

– Moi non plus, la plupart du temps. »

Kincaid jeta un œil à sa montre. « On a quarante minutes.

– Je crois qu'il ne nous en faudra plus que dix. À condition que vous ayez apporté une pelle, évidemment. »

Quincy montrait le sol du doigt. Kincaid dessina un petit « o » avec sa bouche et se dirigea vers le coffre de sa voiture.

11

Mardi, 11 heures 19

Quincy ne l'avait pas remarqué tout de suite. Kincaid non plus. Mais à bien y regarder, toutes les fougères au pied du monument en croix n'étaient pas nées égales. Quatre d'entre elles étaient des fougères des bois communes, petites, un peu jaunies par le soleil et tachetées sur les bords. Mais la cinquième était plus verte, plus touffue et fraîche. Une fougère de culture, détermina Quincy en l'examinant de plus près. Probablement achetée chez un quelconque fleuriste ou dans une serre et plantée près du repère pour camoufler des traces de fouille récente.

Il tâta autour avec les doigts, mais ne décela aucune présence d'un pot en plastique. La terre était plus meuble cependant, riche, un terreau de rempotage du commerce.

Quincy commença à creuser à la main. La fougère vint facilement, les racines encore moulées en forme de pot de fleurs. Mais comme il l'avait craint, la terre friable et boueuse s'ébuola rapidement dans le trou et en cacha le fond.

Kincaid revint avec une pelle de taille moyenne, comme celle d'un petit enfant. Il surprit le regard interrogateur de Quincy et haussa les épaules.

« On a parfois besoin de creuser dans la région et cette taille est parfaite pour le coffre.

— Il va nous falloir une bâche en plastique, lui dit Quincy. Deux en fait. Vous avez une mallette de recueil de preuves dans votre coffre ?

— Hé, je travaille dans la police d'État. J'ai *tout* dans mon coffre. »

Kincaid disparut à nouveau. Quincy en profita pour replonger les doigts dans le trou. Il tâta rapidement, furtivement, avec un léger sentiment de culpabilité. Il n'était pas encore sûr de ce qu'ils cherchaient et, en tant que directeur de l'enquête, l'indice revenait à Kincaid. Mais Quincy en avait davantage besoin. C'était son seul lien avec Rainie.

Ses doigts rencontrèrent finalement un objet, solide, dur, comme une pierre. Ils en suivirent les contours jusqu'à ce que la forme ne fasse plus aucun doute.

Il rebascula alors sur les talons, s'affala dans l'herbe mouillée. Il avait de la boue sur les mains, des traces de mousse sur le pantalon. Pour la première fois, il sentit réellement le poids de tout cela – ses vêtements humides, ses cheveux mouillés, la suite sans fin de nuits sans sommeil.

Ses yeux le piquaient. Il essaya de se les frotter d'un geste large, de se ressaisir avant le retour de Kincaid, mais ne réussit qu'à s'étaler davantage de boue sur le visage.

Kincaid était de retour et, armé d'une mallette, il le dévisageait avec une expression difficile à déchiffrer.

Quincy se racla la gorge. Ses yeux étaient toujours brûlants ; il parla d'une voix râpeuse et âpre :

« Vous avez déjà déterré des indices ?

– Ouais.

– L'idée, c'est de prélever la terre sur le pourtour du trou, une pelletée à la fois. Ensuite on la dépose sur le plastique. Après on la protège avec une autre bâche, en attendant que les techniciens du labo l'analysent. On ne sait jamais ce que le ravisseur a pu apporter sur ce site. Des échantillons de terre sur sa pelle, des fragments de cheveux, des fibres de moquette provenant du coffre de sa voiture...

– Je sais.

– C'est important de faire ça dans les règles, murmura Quincy.

– Je sais, mon vieux. Je sais. »

Kincaid prit la relève. Quincy resta là comme une souche. Il aurait fallu qu'il se lève. Il ne trouvait pas l'énergie. Au lieu de cela, il écoutait le raclement rythmique de la pelle contre la terre en observant les nuages chargés qui s'amoncelaient au nord. Il voyait la barre grise, mauvaise, se former à l'horizon, le rideau de pluie semblable à un épais brouillard qui s'apprêtait à déferler sur la vallée. Une journée pluvieuse succédait à une nuit pluvieuse.

Il sentit l'humidité sur son visage et se dit que c'était seulement les nuages qui pleuraient.

« Je l'ai », dit Kincaid.

Quincy se retourna. Le commandant se tenait devant un éventail de bâches couvertes de terre. Devant lui, deux objets. Le premier était un récipient en plastique. L'autre un pistolet.

Kincaid enfilait une paire de gants en latex. Il désigna d'abord le pistolet.

« Le sien ?

— Oui.

— Vous êtes sûr ?

— Il faudrait vérifier le numéro de série, mais c'est un Glock .40, d'un modèle un peu ancien...

— Ouais, d'accord. » Kincaid passa au récipient. « Une boîte Gladware, observa-t-il. C'est hermétique, mais jetable, pas cher. Il est malin. »

Quincy se contenta de hocher la tête. Il ne s'était pas rendu compte à quel point, jusqu'à cet instant, il avait espéré que Rainie avait encore son pistolet. Si l'enlèvement avait été le fruit du hasard, si le ravisseur avait réellement été un quelconque amateur, qui ignorait sur qui il était tombé...

Peut-être qu'elle était éméchée, avait-il pensé dans un coin de sa tête. Mais quand elle aurait compris ce qui se passait, quand elle aurait retrouvé ses esprits...

Il s'était raccroché au souvenir de la battante, de la gagneuse. Sauf que, depuis l'affaire d'Astoria, il n'était plus sûr que cette femme existait encore.

« C'est un autre message, dit Kincaid. Le salopard. »

Quincy se leva. Il secoua les gouttes de pluie de son manteau et se força à s'approcher de Kincaid. « Qu'est-ce que ça dit ?

— Un autre rendez-vous, à seize heures. Suivez les instructions pour la remise de rançon.

— C'est comme ça qu'il s'assure que nous avons pris son premier message au sérieux, dit tranquillement Quincy. Sans ça, nous ne saurions pas où aller pour la remise de rançon.

— Assez efficace.

— Ça commence aussi à faire beaucoup de boulot pour dix mille dollars.

— Mais ça joue en notre faveur, dit Kincaid en brandissant triomphalement le message. Regardez : celui-là est manuscrit. On vient juste de récolter de nouveaux indices. »

Mais Quincy secouait la tête. « Ne vous cassez pas. Je peux déjà vous dire qui a écrit ce message. C'est sa preuve de vie, en fin de compte : l'écriture est celle de Rainie. »

12

MARDI, 11 HEURES 58

Elle rêve. Elle gravit l'escalier, passe la porte, pénètre dans l'obscurité. Des gouttes d'eau tombent de sa capuche sur la moquette élimée.

« *Arrêtez-vous là, ordonne un agent en tenue au visage juvénile. Ce sont les consignes : pas de chaussures, pas de cheveux.* » *L'adjointe du shérif désigne un coin du petit passage couvert. Il y a une longue étagère basse qui contient probablement les chaussures, les sandales et toutes les affaires de plein air sales de la propriétaire, maintenant recouvertes d'une bâche. Sur celle-ci, une pile de blouses pour scène de crime, de chaussons protecteurs jetables et de charlottes.*

Quincy et Rainie échangent un regard. Généralement, on ne porte les combinaisons hermétiques qu'en cas de fort risque de contamination croisée avec des fluides corporels. C'est le premier indice que cette scène va être vraiment épouvantable.

Sans un mot, ils replient le parapluie, enlèvent leurs imperméables et leurs chaussures. Ils enfilent les combinaisons, les chaussons, les charlottes. Quincy est prêt le premier ; Rainie éprouve quelque difficulté à faire rentrer sous le filet toute la masse de sa longue et lourde chevelure.

Dehors il pleut encore à verse. Il est onze heures du matin, mais l'orage d'été plonge le vieux duplex dans un noir presque complet.

Quincy tient la porte à Rainie. Une habitude si ancrée qu'il ne pense jamais à ne pas le faire sur une scène de crime. Elle trouve cela à la fois touchant et un peu poignant. Dans un tel lieu, la courtoisie paraît déplacée.

Elle franchit le seuil et c'est l'odeur qui la frappe en premier. L'odeur rouillée du sang et, par en dessous, la puanteur de la colique, des intestins à découvert. Rainie a vu tant de scènes de crime que son odorat lui en apprend presque autant que ses yeux. Elle comprend immédiatement, alors qu'elle n'a qu'un pied à l'intérieur, que c'est une boucherie. Couteau, grande lame, multiples mutilations post-mortem.

D'où les chaussons, raisonne-t-elle. L'agresseur a fait un carnage puis il a marché dedans et laissé derrière lui des traces ensanglantées. Le genre d'indices que même la police locale a le bon sens de ne pas foutre en l'air.

Ils entrent dans une pièce plus vaste, cuisine ouverte à droite, séjour à gauche. Toujours pas de cadavre à l'horizon, mais il y a maintenant du sang partout. Des traînées sombres, presque comme de la peinture, s'étalent sur les murs, dégoulinent par terre. Il y a des taches sur le canapé, des empreintes de main sur le fauteuil.

Rainie n'a vu qu'une seule autre scène aussi pénible et, à ce souvenir, elle tend la main en arrière et serre celle, gantée de latex, de Quincy. La main de ce dernier est calme et ferme dans la sienne. Lui tient le choc.

Ils se tournent vers la cuisine où ils aperçoivent maintenant deux enquêteurs côte à côte devant la cuisinière.

« Ça commence là, expliquait le premier au deuxième. Elle tend la main pour attraper un truc dans le frigo et boum !

— Mais comment il est entré ?

— La porte coulissante a été forcée. C'est un modèle assez basique, alors ça n'a pas été trop compliqué.

— Il entre par effraction, agresse la femme.

— Il entre par effraction et il attend, corrige le premier. Elle aurait obligatoirement entendu qu'on forçait la porte. À mon avis, il a fait ça des heures plus tôt. Quand, c'est la question à dix mille dollars, bien sûr. Mais le type a vu que l'endroit était désert et il a fait son coup. Peut-être qu'elle est arrivée pendant qu'il était encore dans la maison et il a été obligé de se planquer, ou peut-être qu'il avait toujours eu l'intention de lui tendre une embuscade. Ça, je ne sais pas encore. Mais il est entré et il s'est planqué. C'est la seule façon d'expliquer qu'elle ait pris le temps de coucher la gosse. »

Gosse ? Rainie s'arrête net sans même s'en rendre compte. Maintenant elle sent les doigts de Quincy agripper les siens.

« Okay, donc il se planque, attend que la gosse se couche, et ensuite...

– Il la trouve dans la cuisine.

– Il lui enfonce la tête dans le réfrigérateur.

– Et la tuerie commence.

– Elle n'a probablement rien vu venir », dit le premier.

Et le deuxième : « On ne peut pas en dire autant de la gamine. »

MARDI, 12 HEURES 08

Secousse. Violente douleur fulgurante dans la hanche. Les yeux de Rainie s'ouvrirent d'un coup, ne virent que du noir, et elle pensa : Enfin, je suis morte.

Nouvelle secousse. Plus violente. Elle sentait le véhicule entier se cabrer sous elle, les pneus chercher leur prise. De nouvelles sensations lui parvenaient maintenant au goutte-à-goutte, un fouillis d'impressions pour ses yeux aveugles. Du métal, dur contre sa joue. De l'essence, astringente dans ses narines. Du coton, en bouchon dans sa bouche.

Elle essaya de bouger les mains, mais n'y parvint pas. Les liens étaient trop serrés. Ses doigts fourmillaient dans une agonie de sensations précédant l'engourdissement complet de ses mains. Elle interrogea ses pieds, arriva au même résultat.

Le véhicule bondit à nouveau, fit sursauter son corps ligoté vers le hayon. Sa tête redescendit la première, heurta quelque chose d'encore plus dur et de moins souple. Cric, mallette à outils. Les possibilités étaient infinies. Elle ne gémissait même plus. Elle se contentait de serrer les paupières contre la douleur.

Elle était désorientée, plus qu'elle n'aurait dû l'être. Dans la zone la plus lucide de son cerveau, elle soupçonna qu'elle avait été droguée, mais même cette idée était difficile à garder en tête. Elle s'était trouvée dans sa voiture. Lumière blanche. Puis le noir. Une impression de mouvement. L'envie de donner des coups de pied, de se débattre. Pistolet, avait-elle pensé. Pistolet. Ses mains étaient trop lourdes. Elle était incapable de lever les bras.

Ensuite, pendant un moment, elle n'avait plus rien pensé du tout.

Maintenant, alors qu'elle s'efforçait de reprendre conscience, que ses yeux cherchaient éperdument à voir, l'obscurité absolue la paniquait. Elle sentait la porte du coffre à quelques centimètres de son visage, entendait le martèlement de la pluie. Elle se trouvait dans un véhicule, emportée Dieu sait où, ligotée, bâillonnée, impuissante.

Elle essaya une nouvelle fois de bouger les mains. Les pieds. Et puis, d'un seul coup, elle devint comme enragée.

Elle frappa son tombeau métallique, donna des coups de tête, se fracassa le nez. Mais elle se tordait encore furieusement. Les voleurs de voiture ne vous ficellent pas comme une dinde de Noël. Les simples voleurs à la tire ne se donneraient pas la peine de droguer une femme pour lui faire perdre conscience. Mais elle connaissait le genre d'individus qui font ça. Des violeurs, des assassins, des hommes qui se repaissent de la terreur et de la souffrance d'une femme.

Trop d'idées affluaient dans sa tête. Des photos de femmes aux membres amputés. Des cassettes audio de malheureuses qui avaient accepté une balade avec celui qu'il ne fallait pas et qui imploraient maintenant sa pitié pendant qu'il faisait des choses abjectes avec des tenailles.

Elle avait besoin de son pistolet. De ses mains. Elle ne voulait pas mourir avec un tel sentiment d'impuissance.

Elle battit encore l'air, se retourna, donna des coups de pied. Ses pensées arrivaient plus vite, plus claires : trouver les feux arrière et les désactiver, réussir peut-être à attirer l'attention d'un policier en patrouille dans les parages. Ou bien repérer la serrure du coffre et la forcer, donner le choc de sa vie au conducteur de la voiture suivante. Il y avait des solutions, il y en a toujours, il suffisait de les trouver.

Elle sentit un liquide dégouliner lentement sur son menton. Du sang qui coulait de son nez éclaté. Les vapeurs d'essence lui donnaient la nausée, l'obscurité gagnait à nouveau les frontières de son esprit.

Si seulement elle parvenait à trouver la serrure, à remuer les doigts.

Elle entendit quelque chose qui raclait au niveau de sa taille. Son téléphone portable. Elle avait son portable !

Une rapide contorsion, et son téléphone se libéra avec un cliquetis. Elle se tortilla pour le trouver, ses doigts coururent dans le minuscule espace. Elle sentit qu'ils ralentissaient maintenant, entendit les pneus crisser tandis que la voiture prenait un violent virage à gauche.

Ses doigts repérèrent une touche. Elle la maintint

pressée et enfin, au bout de ce qui lui parut une éternité, fut récompensée par une voix. Kimberly.

Au secours, essaya-t-elle de dire. *Au secours*, essaya-t-elle de hurler.

Mais pas le moindre son ne sortit de sa gorge.

Au moment même où elle gagnait, elle perdait. La communication s'interrompit. La voiture s'arrêta. Et Rainie glissa à nouveau dans l'abîme.

Samedi, quatre mois plus tôt, 09 heures 58

Ils assistaient à l'enterrement, essayaient de se fondre dans le cortège tout en étudiant la foule du regard. Les chances étaient minces, mais tout enquêteur averti se devait de tenter le coup. Certains tueurs prennent la fuite après avoir frappé, mais d'autres aiment revenir sur les lieux du crime. Ils avaient donc mis des enquêteurs sur les funérailles et un système de surveillance avait été installé pour la nuit.

Pour une affaire aussi médiatisée, aussi bouleversante, toutes les demandes de budget recevaient le feu vert.

Une vieille femme pleurait au premier rang. La grand-mère, arrivée de l'Idaho. Son mari se tenait à ses côtés, bras croisés, visage impassible. Il tenait bon pour sa femme. Ou peut-être était-il encore sous le choc de voir qu'on faisait des cercueils aussi petits.

Rainie était censée scruter la foule. Passer au crible cette mer de visages par centaines, une ville entière, dans un cimetière, unie dans un sentiment d'horreur et glacée jusqu'au sang.

Elle ne cessait d'entendre les gémissements plaintifs de la grand-mère. De voir cette petite culotte à fleurs roses, jetée au sol.

« De l'urine », avait constaté Quincy après avoir examiné le sous-vêtement. Parce que c'est ce qui arrive quand une fillette de quatre ans se réveille la nuit et voit un inconnu sur le pas de sa porte. Quand elle le voit entrer dans sa chambre.

Avait-elle crié « Maman » ? Ou bien n'avait-elle rien dit du tout ?

Les grands-parents avaient choisi une pierre tombale surmontée d'un chérubin, recroquevillé dans un sommeil éternel. Rainie resta longtemps devant le monument après la cérémonie et le départ du cortège.

« Tu crois au paradis ? demanda-t-elle doucement à Quincy.

— Quelquefois.

— Tu y penses forcément, non ? Tu as enterré la moitié de ta famille, Quincy. Si le paradis n'existe pas, quel espoir as-tu ?

— Je suis désolé que tu souffres », souffla-t-il – *c'était vraiment tout ce qu'il pouvait dire.*

« Dieu est un connard. Il est inconstant, barbare, comme si un enfant pouvait mériter une chose pareille...

— Rainie...

— Les grands-parents disent qu'elle allait à la messe. Est-ce que ça ne sert à rien ? Ce n'était pas une mécréante. C'était une petite fille de quatre ans qui aimait sa maman et qui croyait au Christ. Comment se fait-il que ça ne serve à rien ?

— Rainie...

121

– Je suis sérieuse, Quincy. Le paradis n'est qu'une vaine tentative pour prétendre que nous sommes supérieurs aux animaux. Mais c'est faux. Nous venons au monde comme des animaux et nous mourons comme des animaux. Certains d'entre nous mettent beaucoup de temps pour en arriver là et d'autres sont assassinés dans leur sommeil. C'est idiot, absurde et cette pauvre petite fille, Quincy. Sa mère s'est tellement battue pour elle et malgré cela... Oh mon Dieu, Quincy. Oh mon Dieu...

– On va trouver qui a fait ça. On va faire en sorte que ça n'arrive plus...

– Elle avait quatre ans, Quincy ! Elle ne voulait pas la justice. Elle voulait vivre. »

Il essaya de lui prendre la main, mais elle se dégagea.

MARDI, 12 HEURES 17

Une portière s'ouvrit, claqua. Le bruit la réveilla, la fit passer en sursaut d'un monde de ténèbres à un autre. Un deuxième grincement métallique et le coffre devait être ouvert, car elle sentit tout à coup la pluie sur son visage aveuglé.

Bats-toi, pensa-t-elle obscurément en s'efforçant de recouvrer sa lucidité. Donne des coups de pied, des coups de poing. Elle ne parvenait pas à se ressaisir. Les vapeurs d'essence avaient imprégné son cerveau et elle restait dans un épais brouillard où son seul désir était de vomir.

122

Elle gisait repliée sur elle-même dans la voiture, poids mort.

« Je vais défaire tes liens, dit posément une voix masculine. Si tu fais ce que je dis, tout se passera bien. Si tu résistes, je te tue. Compris ? »

Son accord était implicite ; avec le bâillon dans la bouche, ils savaient tous les deux qu'elle ne pouvait pas répondre.

Elle sentit des mains s'agiter devant elle. Les doigts de l'homme étaient rugueux et pas particulièrement habiles ; il se débattait avec ses propres nœuds.

Frappe-le, pensa-t-elle à nouveau. Mais son corps refusait toujours d'obéir à son cerveau.

L'homme lui gifla les mains. Une douleur intense déferla dans ses avant-bras, les terminaisons nerveuses privées de sang protestaient contre leur brutal retour à la vie. Il lui secoua les doigts et ceux-ci s'efforcèrent d'obéir. Déjà, il avait plus de contrôle sur son corps qu'elle-même.

« C'est un stylo. Prends-le. » Il lui plia les doigts de la main droite autour du cylindre métallique froid. « C'est un bloc de papier. Prends-le. » Il lui fourra le papier dans la main gauche et, une nouvelle fois, ses doigts s'animèrent sous ses ordres.

« Maintenant, écris. Exactement ce que je dis. Mot pour mot. Si tu obéis, tu pourras avoir un peu d'eau. Si tu désobéis, je te tuerai. Compris ? »

Cette fois, elle réussit à hocher la tête. Ce mouvement lui procura un certain plaisir : c'était le premier qu'elle accomplissait toute seule.

Il dicta. Elle écrivit. Pas trop de mots, en fin de

compte. La date. L'heure. L'endroit où aller, quelles instructions recevoir.

Elle était kidnappée. Il voulait une rançon. Pour une raison quelconque, elle partit d'un rire nerveux qui le mit hors de lui.

« Qu'est-ce qu'il y a de drôle ? C'est quoi, ton problème ? » Quand il se mettait en colère, sa voix devenait plus aiguë, plus juvénile.

« Tu te fous de ma gueule ? »

Et cela la fit rire de plus belle. Au point que des larmes s'échappèrent de ses yeux et trempèrent le bandeau. Et cela lui fit prendre conscience de plusieurs autres choses. Qu'il pleuvait encore, par exemple, et qu'en tendant l'oreille elle entendait l'océan se briser sur le rivage.

Il lui retira vivement le stylo et le papier. Lui ramena brutalement les poignets à la taille, les attacha cette fois-ci avec un lien de serrage en plastique.

« Je tiens ta vie entre mes mains, connasse. Si tu te fous de ma gueule, je te jette illico hors de la voiture et je te laisse dégringoler la falaise. Qu'est-ce que tu en penses ? »

Elle pensait que ça n'avait aucune importance. Il avait réussi à enlever la seule femme au monde qui se fichait de vivre ou de mourir. Et qu'allait-il faire maintenant ? Demander une rançon à la seule famille qu'elle avait : un mari qui l'avait quittée ? C'était clair que ce type n'avait pas la baraka.

« Pauvre imbécile », murmura-t-elle, la bouche pleine de coton.

L'homme changea brusquement d'attitude. Il se pencha, le visage à peine à quelques centimètres du sien. Elle sentait presque son sourire près de son oreille. « Oh, ne t'en fais pas pour moi, Rainie Conner. Tu crois que je suis jeune, que je suis stupide ? Que j'ignore complètement qui j'ai entre les mains ? Notre relation ne fait que commencer. Tu vas faire absolument tout ce que je dirai. Ou alors quelqu'un de très proche va mourir. »

Il la fourra à nouveau dans le coffre. Le toit métallique se referma, l'odeur d'essence lui envahit les narines.

Rainie était allongée dans le noir. Elle ne pensait plus à Astoria. Elle ne pensait pas à sa situation. Elle ne pensait même pas à Quincy. Elle avait juste envie d'une bière.

13

MARDI, 13 HEURES 43

À peine les roues de l'avion avaient-elles touché le sol de l'aéroport international de Portland que Kimberly fouillait dans son sac pour trouver son portable. L'hôtesse de l'air surprit son geste et fit un pas en avant désapprobateur avant de voir l'expression de Kimberly et de faire brusquement volte-face. Mac pouffa. Kimberly appuya sur la touche pré-programmée pour appeler son père.

Quincy répondit pendant la première sonnerie.

« On est à l'aéroport, indiqua Kimberly. Tu es où ?

— Au service de la pêche et de la faune sauvage.

— Tu pars à la pêche ?

— On installe un poste de commandement dans leur salle de réunion. Ils ont plus de place, apparemment. »

Kimberly digéra la nouvelle (on en était à installer un QG pour une cellule de crise) et demanda plus sereinement : « Et Rainie ?

— Il semble que ce soit un enlèvement avec demande de rançon, peut-être un crime de circonstance, répondit son père avec un calme sinistre. Le journal local a reçu une lettre ce matin. En suivant les instructions données, on a trouvé une preuve de vie et d'autres consignes pour remettre l'argent.

– Une preuve de vie ? »

Elle n'était pas sûre d'avoir envie de savoir. L'avion avait rejoint sa passerelle. Mac se leva d'un bond, attrapa leurs sacs dans les compartiments à bagages. Il se fraya un passage avec énergie dans l'allée, Kimberly sur ses talons.

« Son pistolet, répondit Quincy à l'autre bout du fil.

– Bon. » Pas de doigts ou autres extrémités comme Kimberly l'avait craint. Son père avait probablement eu la même pensée. « Comment tu vas ?

– Je m'active.

– Et le directeur d'enquête ?

– Le commandant Carlton Kincaid, police d'État. Paraît compétent.

– Waouh, dit Kimberly en se tournant vers Mac. Mon père vient de juger compétent un officier de la police d'État.

– Le chagrin, certainement. Ou alors cet enquêteur s'appelle Einstein. »

La porte de l'avion s'ouvrit enfin ; Kimberly et Mac sortirent sur la passerelle.

« Bon, c'est où le service de la pêche et de la faune sauvage ? se renseigna Kimberly.

– Troisième Rue, à côté du parc des expositions.

– On y sera dans une heure.

– Bien. Le prochain contact est dans deux heures vingt. »

Le bâtiment du service de la pêche et de la faune sauvage à Bakersville semblait relativement récent. Très aéré. Un grand hall ouvert avec d'immenses poutres apparentes. Une façade entièrement vitrée surplombant des pâturages verdoyants encadrés par la chaîne côtière. La première idée de Quincy fut que l'endroit plairait à Rainie. La deuxième, qu'il travaillerait beaucoup mieux si une gigantesque tête d'élan n'épiait pas ses moindres mouvements. Et puis il y avait la loutre. Empaillée, posée sur un rondin, elle le dévisageait de ses yeux de verre noirs.

Tuée par une voiture, avait fièrement expliqué un garde-chasse. Un magnifique spécimen. Incroyable de l'avoir retrouvée en aussi bon état.

Cela n'amena Quincy qu'à se demander ce que cet homme avait d'autre dans son congélateur et, étant donné le métier de Quincy, l'idée n'était guère réconfortante.

Les portes battantes du bâtiment s'ouvrirent. Une femme mûre, râblée, entra d'un pas décidé, vêtue de l'uniforme beige du bureau du shérif de Bakersville. Un chapeau à large bord descendu sur les yeux, un ceinturon noir à la taille. Elle s'avança vers Quincy sans hésiter et lui saisit la main dans une poignée étonnamment ferme.

« Shérif Shelly Atkins. Ravie de vous rencontrer. Désolée des circonstances. »

Elle avait des yeux brun profond dans un visage franc. Quincy lui donnait un âge proche du sien, avec pour preuve les rides qui lui plissaient les yeux. Personne n'aurait dit que c'était un canon, et pourtant elle avait des traits fascinants. Énergiques. Carrés. Directs. Le genre de femme à qui un homme payerait volontiers une bière.

« Pierce », murmura Quincy en lui rendant sa poignée de main. Ces préliminaires accomplis, le shérif lui libéra la main et se dirigea vers la table de réunion en chêne. Quincy la suivit du regard. Il se demandait encore pourquoi il avait dit Pierce, alors qu'il s'était toujours fait appeler Quincy.

« Où on en est ? » demanda le shérif.

Au bout de la table, Kincaid leva enfin les yeux de la pile de papiers qu'il était en train de trier. Il y avait déjà un grand nombre de fonctionnaires de la police d'État et de la police locale dans la pièce. Mais avec l'arrivée du shérif Atkins, la réunion pouvait, semble-t-il, commencer. Kincaid prit la première pile de feuilles et commença à la faire circuler.

« Bon, dit-il d'une voix de stentor, tout le monde s'assoit. »

Personne ne s'y étant opposé, Quincy prit le siège libre à côté de Kincaid et fit de son mieux pour se fondre dans la masse.

Les documents comprenaient des copies des deux premiers messages du ravisseur, de même qu'une transcription dactylographiée de sa conversation avec Quincy. Kincaid avait, en outre, préparé une chronologie approximative des événements et la maigre liste de ce qu'ils savaient sur le « sujet W.E.H. ».

Rien dans le polycopié n'était nouveau pour Quincy. Il en parcourut brièvement les quatre pages, puis s'intéressa à la cellule de crise.

L'affaire prenant de l'ampleur, Kincaid s'était employé à rassembler ses troupes. Il avait été rejoint par le capitaine Ron Spector, de la police d'État à Portland, ainsi que par une jeune femme, Alane Grove, qui était attachée au comté. Aux yeux de Quincy, elle avait l'air d'avoir fêté ses dix-huit ans la veille, mais comme lui-même devait lui paraître limite sénile, il supposa que les préjugés étaient réciproques.

Le chargé des relations publiques, le lieutenant Allen Mosley, était aussi à la table. D'âge mûr, charpenté, les cheveux blond platine taillés en brosse, il portait l'uniforme de la police d'État et servirait de porte-parole officiel pendant l'enquête. Quincy savait déjà que les enlèvements étaient suffisamment rares et captivants pour exciter l'appétit d'information du public. Et comme ce rapt concernait l'épouse d'un ancien profileur du FBI, l'affaire allait tout bonnement faire sensation. Oubliez l'enquête – Quincy aurait dû prendre un agent pour commencer à négocier des contrats d'édition ou de cinéma.

Il aurait voulu ne pas se sentir aussi en colère. Il n'avait pas envie d'être là, à discuter les détails insignifiants d'une enquête jusqu'ici inefficace. Il avait surtout envie de plaquer ses deux mains sur la table et de crier à Kincaid : « Arrêtez vos conneries et *retrouvez ma femme* ! »

Il agita ses papiers et s'appliqua à respirer profondément.

Kincaid prit place devant le tableau blanc. Des agents continuaient à arriver (membres de la police d'État, policiers du comté, adjoints du shérif de

Bakersville) et le commandant semblait réellement électrisé.

« Voilà ce que nous savons, expliquait-il : Vers deux heures du matin... »

Rainie était-elle allée dans un bar ? Voilà ce que Quincy ne comprenait pas. Avec la tempête, les conditions météo. Avait-elle eu à ce point besoin de boire ? Il avait espéré que le choc de son départ la rendrait sobre. Il n'avait pas vraiment envisagé que ça la fasse tout simplement plonger.

Peut-être que ce n'était pas un guet-apens. Peut-être qu'elle n'avait jamais eu à se battre. Peut-être que ce n'était qu'une histoire de femme isolée, dans un bar isolé, qui avait fait une (mauvaise) rencontre.

Quincy se pinça l'arête du nez entre le pouce et l'index. Il ne voulait pas penser à ces choses-là. Il ne voulait pas avoir ces images-là dans la tête.

« En même temps que la preuve de vie, expliquait Kincaid, nous avons découvert un deuxième message placé dans une boîte Gladware. Ce deuxième message comprend des instructions pour une prochaine remise de rançon. Merci de prendre un instant pour le lire. »

Quincy mit docilement la pièce à conviction B sur le dessus de la pile. Le message disait :

Chers policiers,

Si vous êtes arrivés jusqu'ici, c'est que vous savez suivre des instructions. Bien. Continuez comme ça et vous retrouverez la femme vivante. Je ne suis pas un monstre. Faites ce que je dis et tout se passera bien.

L'agent de liaison doit être une femme. Elle apportera 10 000 dollars au parc des expositions. Du liquide. Rien de plus gros qu'un billet de vingt.

Elle devra avoir le téléphone portable de Pierce Quincy. Je la contacterai. À la minute où j'aurai l'argent, vous aurez l'otage. Seize heures. Ne soyez pas en retard. Désobéir aux ordres serait fatal.

Souvenez-vous, je suis un homme de parole.

Bien à vous,

Bruno Richard Hauptmann

Le capitaine Grove fut la première à finir sa lecture. Elle releva la tête, interloquée. « Il a signé de son vrai nom ? »

Quincy allait ouvrir la bouche, mais le shérif Atkins le surprit en dégainant la première. « Seulement si vous croyez à la réincarnation. Hauptmann a été exécuté en 1936. Après sa condamnation pour l'enlèvement et le meurtre du fils de Charles Lindberg.

— C'est lui qui a pris le petit Lindberg ? » s'exclama cette fois le lieutenant Mosley avec une égale stupéfaction.

Le shérif Atkins hocha la tête, examina à nouveau la première lettre et jeta à Quincy un regard pénétrant. « Cette première lettre... Le Renard. C'était aussi quelqu'un ?

— Oui. William E. Hickman. Autre kidnappeur assez célèbre.

— Des années 1930 ? s'enquit le capitaine Grove.

— Des années 1920. Il y a eu toute une série d'enlèvements médiatisés dans les années 1920-1930.

Toutes concernaient des familles riches. Et toutes se sont soldées par un drame. »

Chacun digéra la nouvelle.

« Peut-être qu'il espère nous lancer sur de fausses pistes en se servant d'autres noms, spécula timidement le jeune capitaine Grove. On perdrait du temps à courir après des fantômes.

— Peut-être qu'il est obsédé par le passé, suggéra Mosley. Nostalgique du bon vieux temps.

— C'est un petit jeu, intervint Quincy, conscient du regard franc du shérif Atkins toujours posé sur lui. Il nous nargue, il essaie de faire le malin. D'un côté, il fait des choses qui lui donnent l'air d'un amateur (lettres manuscrites, plans rudimentaires) et, de l'autre, il veut que nous sachions qu'il a appris sa leçon.

— Il connaît votre nom, dit le shérif.

— C'est moi qui le lui ai donné. La première fois qu'il a appelé, je me suis présenté. »

Quincy flancha, s'apercevant trop tard de la quantité d'informations qu'il avait inutilement fournies au ravisseur. Une erreur de débutant ; il avait honte.

« Il est expérimenté ? demanda le shérif Atkins sans sourciller.

— Je ne sais pas.

— Ce n'est pas très futé de laisser une lettre manuscrite. Ça nous donne une piste.

— Ce n'est pas son écriture. C'est celle de la victime. »

La voix de Quincy se brisa sur ce mot. Il ajouta plus doucement : « C'est celle de Rainie. »

Au bout de la salle, Kincaid s'éclaircit la voix.

133

Toute l'attention se reporta vers lui et Quincy fut heureux de cette diversion. Kincaid feuilleta le polycopié jusqu'à la dernière page, la pièce à conviction D, et la brandit pour que tout le monde la voie.

« Nous avons déjà commencé à rassembler les informations sur le ravisseur. Comme vous le constatez, nous ne savons pas grand-chose. Il s'agit d'un homme, probablement âgé d'une vingtaine d'années. Il prétend qu'il n'est pas d'ici, mais le tampon de la poste est local, donc je pense qu'on ne peut pas encore spéculer là-dessus. Vu le caractère rudimentaire de ses méthodes, je pencherais pour un niveau d'éducation limité, certainement pas plus loin que le lycée. Et vu la relative faiblesse de la rançon demandée, je ferais l'hypothèse qu'il s'agit de quelqu'un qui vit avec des revenus inférieurs à la moyenne. Pour les communiqués : il faut que la population essaie de localiser un homme seul, surtout un inconnu, au volant d'un vieux pick-up... »

Il s'interrompit, regarda Quincy.

« Une camionnette, compléta Quincy. Ce genre d'individu a besoin d'un moyen de transport bon marché assez spacieux pour transporter une victime et servir de logement pendant sa cavale. Dans ce type d'affaires, on voit beaucoup de camionnettes d'occasion. Rien d'extravagant. Disons, un véhicule dans les mille ou deux mille dollars. » Son regard se reporta sur le shérif Atkins. « Ce serait bien que vos agents vérifient les campings. À cette époque de l'année, ça ferait une planque particulièrement bon marché et relativement discrète.

– On peut faire ça, répondit le shérif. Naturellement, vous oubliez l'évidence. »

Kincaid s'étonna : « À savoir ? »

Atkins haussa les épaules. « La tournée des suspects habituels. Les types que nous connaissons déjà sont des rapaces qui vendraient leur mère sans hésiter pour de l'argent, sans parler d'enlever une femme dans la rue. Vous avez dit vous-même qu'on n'est pas sûr qu'il ne soit pas d'ici. Il me semble qu'on devrait secouer quelques cocotiers dans le coin pour voir ce qui tombe.

– Qu'est-ce que vous comptez faire ? répliqua sèchement Kincaid. Aller de porte en porte pour demander à ces chéris s'ils ont kidnappé quelqu'un récemment ? »

Le shérif Atkins ne cilla pas. « Personnellement, je pense que je ferais un petit tour chez eux au cas où je remarquerais un pick-up ou un 4×4 flambant neuf qui aurait pu les mettre dans le rouge de dix mille dollars. Ensuite, je me signalerais peut-être, je demanderais à faire un petit tour de la maison. Jeter un œil aux différentes pièces, aux dépendances, voir si je peux leur ficher la frousse. Qui sait, je pourrais peut-être même mettre la main sur quelques nouveaux labos d'amphètes pour que vos gars s'en occupent. »

Ce dernier commentaire était une pique contre les efforts (ou l'absence d'efforts) de la police d'État pour juguler le problème grandissant de métamphétamine que connaissait le comté. Kincaid prit l'allusion pour ce qu'elle valait.

« Ça me paraît une idée, dit le commandant,

tendu. Mais je vous conseille d'y aller deux par deux et d'être bien prudents pendant vos visites. Si on surprend quelqu'un avec un otage, ça peut déraper, très vite.

– Merci bien, commandant. On va tâcher de se rappeler comment faire notre boulot.

– Parfait. »

Kincaid s'éclaircit à nouveau la voix, remua ses papiers : « Reste à prospecter les hôtels et motels de la région et à reconstituer les derniers faits et gestes de la victime. Je veux un profil détaillé de toutes les personnes que Lorraine Conner a vues dans les dernières vingt-quatre heures, et de tous les lieux qu'elle a fréquentés. Grove, pourquoi tu ne te chargerais pas de ça ? Estime le nombre d'agents dont tu as besoin, je ferai en sorte que tu les aies.

– Bien, commandant. »

Alane Grove se redressa vivement. Responsable d'une mission importante, elle rayonnait.

« Le capitaine Spector coordonnera les scientifiques. L'identité judiciaire et les deux enquêteurs du labo de Portland devraient maintenant être là d'une minute à l'autre. Il faut encore analyser la voiture, plus deux messages, une enveloppe, une boîte en plastique et le pistolet. Ça devrait être une mine d'informations. Ce qui m'amène à notre dernière tâche urgente : s'occuper du *Daily Sun*. Bonne nouvelle, le propriétaire, Owen Van Wie, nous a promis son entière coopération. Il a aussi demandé à son meilleur reporter, Adam Danicic, de travailler avec nous sur la couverture de l'affaire. »

Le lieutenant Mosley hocha la tête, prit son stylo.

« Il faut faire une conférence de presse dès que possible. Mieux vaut que les médias tiennent les détails de nous plutôt que de rumeurs extravagantes. Bien sûr, la première question sera : allons-nous faire appel au FBI ? »

Kincaid ne se démonta pas. « Non. Rien n'indique que la victime soit sortie des frontières de l'État et il n'y a rien ici dont notre propre laboratoire de criminalistique ne puisse s'occuper. Il va sans dire que nous sommes très reconnaissants à la police de la ville et du comté de nous apporter leur concours.

– Y a pas de quoi », répondit le shérif Atkins.

Kincaid lui décocha un sourire tout aussi gracieux.

Pour Quincy, cependant, la coupe était pleine.

« Dernière tâche urgente ? s'insurgea-t-il, incrédule. Et sécuriser le parc des expositions ? Trouver l'argent de la rançon ? Équiper une policière d'un micro ? Les tâches que vous venez de décrire prendront des jours entiers. Nous avons deux heures. »

Kincaid refusait de le regarder. Mosley aussi. La pièce retenait soudain son souffle. Et dans ce silence, Quincy comprit enfin. Il tapa du poing sur la table.

« Je vais payer, aboya-t-il. Bon sang, vous ne pouvez pas m'en empêcher.

– Monsieur Quincy...

– C'est ma femme ! C'est une collègue, comment osez-vous...

– Nous allons faire tout ce qui est en notre pouvoir pour la retrouver.

– Sauf suivre les instructions !

– Nous n'allons pas non plus les négliger. Le

lieutenant Mosley et moi-même en avons déjà discuté ; je crois tout indiqué d'entamer un dialogue...

– Non ! C'est trop risqué. Nous n'en savons pas assez, je ne le permettrai pas. »

Kincaid se tut à nouveau. Le lieutenant Mosley aussi.

Et alors Quincy comprit tout le reste. Il avait été tellement content que Kincaid le laisse participer à l'enquête qu'il n'avait jamais pris le temps de s'interroger sur ses motivations. Par exemple, Kincaid appréciait-il réellement son aide ou bien était-il juste désireux d'occuper l'ancien enquêteur ?

Lorsque Quincy reprit la parole, sa voix n'était plus pleine de colère. Elle était d'un calme trompeur. « Quand ? »

Kincaid jeta un œil à sa montre. « L'édition spéciale du *Daily Sun* sort probablement des rotatives en ce moment même.

– Qui a rédigé le communiqué ? »

Kincaid ne flancha pas. « C'est moi.

– Vous n'êtes pas qualifié. Appelez le FBI. Demandez un profileur. Faites les choses dans les règles.

– Jamais je ne mettrais inconsidérément la vie d'un otage en danger, répondit fermement Kincaid. Notre communiqué est simple et clair. Nous avons bien l'intention de payer la rançon, mais il nous faut plus de temps. Ça joue en notre faveur à tous, monsieur Quincy, y compris Rainie.

– Vous ne comprenez toujours pas. L'enjeu n'est pas l'argent, commandant Kincaid. L'enjeu, c'est le pouvoir : son désir d'en avoir et de le brandir au-dessus de nos têtes...

– Merci, monsieur Quincy.

– Un mot de travers de votre part et il la tuera par dépit.

– Merci, monsieur Quincy.

– Il faut que vous fassiez appel à un profes-sionnel...

– C'est *fait*, monsieur Quincy. C'est fait. »

Dans le silence qui suivit, Quincy ressentit ces mots comme un coup de poing à la poitrine. L'air se bloqua dans ses poumons. Il sentit son cœur qui battait la chamade, l'adrénaline, la colère, l'angoisse. Trente ans. Trente ans à acquérir un savoir, à aigui-ser son flair, à se construire une réputation de meil-leur des meilleurs. Et maintenant, au moment où cela comptait le plus, où Rainie était là-bas, impuissante, vulnérable, où elle avait besoin de lui...

Il rassembla ses affaires. Il franchit la porte à l'instant même où les cieux s'ouvraient et où il recommençait à pleuvoir.

14

MARDI, 14 HEURES 38

Shelly Atkins le rattrapa sur le parking. Elle courait derrière lui. Quincy se retourna au dernier moment, voûté, les lèvres pincées. Il n'était pas d'humeur et ne ressentait aucun besoin de s'en cacher.

Le shérif s'arrêta à quelques pas. Elle ne parla pas tout de suite. La pluie tombait à verse entre eux, ruisselait du chapeau de Shelly et formait des flaques à leurs pieds.

« Longue nuit », dit-elle enfin.

Quincy haussa les épaules. Ils étaient tous debout depuis les premières heures du matin ; rien à ses yeux qui vaille la peine d'être commenté.

« La police d'État aime être seule aux commandes, essaya-t-elle encore.

— C'est toujours comme ça.

— J'ai discuté avec Luke Hayes, ce matin. Il avait beaucoup de bien à dire sur votre femme. En tant que personne, en tant que détective. Il a été vraiment surpris d'apprendre sa disparition. Il m'a dit qu'il mènerait sa petite enquête de son côté.

– C'est gentil.

– Il m'a aussi dit que vous aviez travaillé au FBI, que vous n'étiez pas mauvais. »

Quincy se contenta de hausser une nouvelle fois les épaules.

« Vous croyez qu'il est du coin ? » demanda-t-elle de but en blanc.

Inutile de préciser qui.

« Je crois qu'il connaît la région, répondit prudemment Quincy. Je crois qu'il a vécu ici par le passé ou qu'il est venu assez souvent pour se trouver en terrain très familier. Les enlèvements impliquent une logistique complexe ; le ravisseur aura envie d'être dans un lieu où il se sent à l'aise.

– J'ai lu quelque part que la plupart des demandes de rançon viennent de gens liés à la victime. Un associé, un parent ou, je ne sais pas, un usurier qui chercherait à récupérer son dû.

– Rainie ne jouait pas, je suis son associé et notre seule dette est notre emprunt immobilier. Quoique, avec les banques aujourd'hui... elles en seraient bien capables. »

La pluie redoublait, il commençait à tomber des trombes d'eau. Le shérif ne semblait pas s'en apercevoir. Quincy avait déjà passé une si grande partie de la journée mouillé et fatigué que lui-même ne s'en souciait guère. Peut-être qu'ils n'auraient jamais dû venir dans l'Oregon, se surprit-il à penser. Peut-être que s'il avait exigé de rester à New York, Rainie serait encore en sécurité.

« Kincaid n'est pas un mauvais bougre, avança finalement Shelly.

– Il a ses heures.

– Et nous allons tous nous donner à fond sur cette affaire.

– C'est gentil.

– Naturellement, à votre place, je ne croirais personne sur parole. »

Quincy redressa la tête, regardant enfin le shérif avec intérêt.

« J'aurais envie de mener ma propre enquête, disait Shelly. D'avoir quelques tuyaux sur l'endroit où commencer.

– Oui, convint Quincy, ça me plairait.

– J'ai envoyé un adjoint faire quelques visites ce matin, vérifications de routine dans des lieux que Rainie avait l'habitude de fréquenter. Vous voyez, au cas où elle réapparaîtrait comme par magie. Une de ces visites concernait la mère nourricière de Dougie Jones, Laura Carpenter. D'après elle, à la seconde où elle a prononcé le nom de Rainie, Dougie a demandé si elle avait disparu. Le gamin avait l'air de penser que Rainie était une menteuse et que les menteurs récoltent ce qu'ils méritent.

– Qu'est-ce qu'il a dit d'autre ?

– Mme Carpenter n'avait rien d'autre à signaler. Naturellement, les propos de Dougie sembleraient justifier qu'on creuse un peu cette piste, seulement Dougie n'est pas très copain avec la police. Ni avec les hommes, d'ailleurs.

– Alors l'arrivée de ma fille est une bonne chose, répondit Quincy.

– Eh bien, oui, sans doute. »

Shelly Atkins se fendit finalement d'un sourire. Cela la rajeunit de dix ans et il remarqua à nouveau ses yeux. Elle avait des yeux de velours bruns. Difficile d'imaginer qu'une femme avec de tels yeux puisse jamais proférer un mensonge.

« Qu'est-ce qui vous a amenée à Bakersville, shérif Atkins ? s'entendit-il lui demander.

– Le boulot. Je travaillais à La Grande avant. En comparaison, c'est une grosse promotion.

– Vous regrettez votre tranquillité ?

– Jamais de la vie », lui répondit-elle avec un grand sourire.

Shelly regagnait le service de la pêche au pas de course quand une voiture entra sur le parking. Quincy aperçut Kimberly derrière le volant, Mac à ses côtés.

Quincy avait un plan. Désormais il disposait de sa propre équipe. Il possédait aussi un dernier objet dont Kincaid avait négligé de s'emparer quand il était sorti de la pièce en coup de vent : son téléphone portable. Le ravisseur l'avait déjà appelé une fois. Quincy était prêt à parier qu'il recommencerait bientôt.

Mardi, 15 heures 01

« Bon, il faut leur accorder que le communiqué n'est pas trop mal ficelé », dit Kimberly quinze minutes plus tard. Ils se trouvaient au Martha's Diner, à la périphérie de la ville. Cela avait toujours été un des endroits préférés de Rainie ; elle était accro à la tarte aux myrtilles maison. Quincy en avait commandé une part. Elle trônait sur la table, intacte, comme un hommage.

Kimberly fit glisser le *Daily Sun* vers Quincy en face d'elle. L'enlèvement de Rainie faisait la une, mais son nom et sa profession n'étaient pas révélés. Quincy devinait partout la patte de la police d'État. Certains éléments clés étaient tus pour ne pas fournir au ravisseur des renseignements qu'il ignorerait encore. D'autres étaient volontairement mentionnés (la victime avait peut-être été vue pour la dernière fois dans un bar) dans l'espoir de susciter des témoignages.

L'article se terminait par une déclaration officielle du chargé des relations publiques : « Nous sommes tout à fait désireux de collaborer avec le ravisseur, expliquait le lieutenant Mosley, et de faire tout ce qui est en notre pouvoir pour nous assurer que la victime soit rendue saine et sauve. Malheureusement, les nouvelles procédures bancaires fédérales ne nous permettent pas de répondre dans les délais aux exigences actuelles du ravisseur. Nous invitons celui-ci à nous contacter immédiatement, sur une ligne ouverte tout spécialement à son intention, afin que nous puissions en discuter avec lui et nous mettre d'accord sur les modalités de versement. Encore une fois, nous comprenons ses demandes et nous souhaitons lui apporter notre concours, il nous faut juste un peu plus de temps. »

Le numéro figurait à la fin de l'article, une ligne directe qui conduisait sans doute tout droit au PC,

144

où toute une cellule de crise attendait de pied ferme avec un magnéto. La ficelle était trop grosse, pensa Quincy. Il avait sa petite idée sur le numéro que le ravisseur appellerait, et ce n'était pas celui d'une ligne surveillée par la police.

« Donc le ravisseur appelle, dit Kimberly, et ils ont un expert prêt à négocier.

– Je crois qu'ils ont Kincaid prêt à négocier. Je ne le qualifierais peut-être pas encore d'expert.

– Mais tu ne penses pas que c'est un sombre crétin.

– Je le mettrais un cran au-dessus de la crétinerie.

– La lune de miel est terminée, à ce que je vois », murmura Mac.

Il dévorait une énorme escalope de poulet avec un plaisir manifeste.

De son côté, Kimberly avait hérité du manque d'appétit de son père. Sa salade au thon n'avait pratiquement pas été touchée ; idem pour le bol de soupe de Quincy.

« Quelle est la stratégie de la police ? demanda Kimberly.

– Kincaid n'a pas jugé utile de m'en informer dans le détail, mais je suppose qu'ils ont opté pour la technique classique : gagner du temps pour permettre à la police d'approfondir son enquête et de prendre la situation en main. Si tout se passe comme prévu, ils trouveront Rainie avant même qu'on en arrive à une remise de rançon.

– Nouvelles procédures bancaires fédérales, dit Mac, qui finissait sa dernière bouchée d'escalope et repoussait son assiette. Finement joué, mais ça suppose que le type ne connaisse pas son affaire.

– L'hypothèse actuelle de Kincaid est que le ravisseur a un niveau d'instruction limité. Que c'est un péquenaud, si vous voulez. »

Mac eut un grand sourire.

« Et la vôtre ?

– Les modes de communication sont simples mais malins. Les messages, certes courts, ne comportent pas de fautes d'orthographe et sont convenablement rédigés. Certains de ses procédés manquent de finesse, mais, là encore, ils sont très efficaces.

– Simple ne rime pas forcément avec stupide, murmura Kimberly.

– Exactement.

– D'ailleurs, ce type devait bien avoir quelque chose pour réussir à kidnapper une femme comme Rainie. Je ne la vois pas tomber dans un piège classique ou aller au tapis sans résister. »

Quincy ne répondit pas. Le silence se prolongea, et dans ce silence il entendit des mois de conflit, de disputes et d'inquiétude. Il n'en avait jamais rien dit à Kimberly. Il n'avait pas voulu violer l'intimité de Rainie. Ou bien peut-être qu'il n'avait tout simplement pas voulu admettre devant quiconque, même sa fille, que son deuxième mariage battait de l'aile.

Kimberly et Mac échangèrent un regard. Quincy le surprit, mais ne put cependant se résoudre à parler.

« Elle était vraiment dans un bar ? demanda finalement Kimberly d'une voix douce.

– Je l'ignore. Nous n'avons pas encore reconstitué ses derniers faits et gestes.

– Papa, tu devrais les connaître.

– Ça supposerait que je vive toujours à la maison.

– Oh, papa. »

Kimberly tendit le bras par-dessus la table, étreignit la main de Quincy. Mac et elle échangèrent un autre regard, et Mac déclara soudain : « Je crois que je vais faire un tour aux toilettes.

– Non, non. »

Quincy retira sa main, rejetant la sollicitude de sa fille et la manœuvre cousue de fil blanc de Mac. Il s'obligea à parler d'une voix ferme, neutre. Pour un homme qui avait passé l'essentiel de sa vie à dissimuler, ce n'était pas si difficile après tout. « Ce n'est pas un secret, rien en tout cas que la police ne sache déjà. Rainie et moi étions séparés. Depuis la semaine dernière. J'espérais que ce serait provisoire. Je pensais que mon départ pourrait être un électrochoc et qu'elle arrêterait enfin de boire.

– Oh, papa », dit à nouveau Kimberly, consternée. Mac, au contraire, alla droit au fait.

« Depuis quand ?

– Ça a commencé il y a plusieurs mois. À ma connaissance, en tout cas. Nous avons été appelés sur un double homicide en août. Une petite fille et sa mère. Rainie ne va pas bien depuis.

– Ce n'était pas votre première scène de meurtre pénible, à tous les deux, remarqua Mac.

– Ça dépend de ce qu'on appelle pénible, lui renvoya Quincy en haussant les épaules. En tant que professionnel, je peux avancer des hypothèses. Dire que le poids cumulé des enquêtes a fini par la rattraper – autrement dit, le point de rupture. Ou que se préparer activement à adopter un enfant l'a rendue plus vulnérable à cette affaire-là – manque de compartimentation, si vous voulez. Rien de tout cela n'a vraiment d'importance. Au bout du compte, il semble que tout policier rencontre un jour l'affaire qui le touche de trop près. Vous avez eu la vôtre il y a quelques années, Mac. En août, Rainie a trouvé la sienne. »

Mac détourna le regard. Il n'allait pas relever, et ils le savaient.

« Et ce projet d'adoption ? demanda Kimberly. Ça a dû lui donner quelque chose à espérer.

– Ça a capoté.

– Oh, papa, murmura encore une fois Kimberly.

– Naturellement, notre séparation me place sous un jour légèrement différent aux yeux de la police, constata sèchement Quincy. Le commandant Kincaid a choisi de me confier certains détails de l'enquête, mais il en a manifestement gardé beaucoup plus pour lui.

– Charmant, marmonna Mac. Comme si vous n'aviez pas assez de motifs d'inquiétude.

– Du côté des bonnes nouvelles, continua Quincy, il semble que j'aie trouvé une alliée dans le shérif Shelly Atkins, qui a pris la suite de Luke Hayes. Elle m'a fourni une piste : apparemment, Dougie Jones, le garçon avec lequel Rainie travaillait, a expliqué au saut du lit ce matin que Rainie avait peut-être disparu. Il a dit que c'était une menteuse et que les menteurs récoltent ce qu'ils méritent.

– Tu crois que c'est un enfant qui a fait ça ? s'étonna Kimberly.

– Dougie a sept ans, ce qui rend la chose peu probable. Pour autant..., dit Quincy avec un haussement d'épaules. C'est un gamin tourmenté, perturbé, qui a connu une existence tourmentée, perturbée. Il est très possible qu'il soit au courant de quelque chose.

– Bon, quand est-ce qu'on va discuter avec lui ? demanda Mac, qui s'écartait de la table en demandant l'addition.

– Je me disais que Kimberly l'interrogerait. Dès que possible.

– Moi ? demanda Kimberly en les regardant tour à tour.

– Dougie n'apprécie ni les flics ni les hommes.

– Et pendant que je continuerai l'enquête auprès de ce délicieux jeune homme, qu'est-ce que vous ferez tous les deux ? demanda Kimberly avec suspicion.

– On ira au parc des expositions, bien sûr. Kincaid a consacré beaucoup de temps et d'énergie à préparer son article, mais il est aussi parti d'un présupposé de taille : que le ravisseur le lirait avant seize heures.

– Oooh, on va rire, murmura Mac, qui avait compris à demi-mot.

– C'est bien ce que je pense », répondit Quincy.

15

MARDI, 15 HEURES 09

« Tu crois au grand amour ? »

La voix venait de loin, au milieu d'un bruit de casseroles. Elle rêvait encore, se dit Rainie. Elle rêvait d'un vide obscur empli d'une voix tonitruante. Le paradis, peut-être.

Le paradis sentait le bacon, réalisa-t-elle sans une once d'ironie. Puis la voix retentit à nouveau :

« Ma maman y croyait. Elle y croyait quand elle couchait avec mon père. Quand elle lui lavait ses vêtements, achetait son whisky, se couvrait de bleus sous ses coups de poing. Ouais, c'était une vraie romantique. Elle a probablement aimé mon père jusqu'au moment où il l'a battue à mort. Ma mère appelait ça de l'amour, mon père appelait ça de l'obéissance. Franchement, je crois qu'ils racontaient tous les deux des conneries. »

Une main toucha l'épaule de Rainie. Elle tressaillit, découvrit qu'elle se trouvait en équilibre précaire au bord d'une chaise en bois et faillit tomber.

« Du calme, dit la voix avec impatience. Il serait temps de te ressaisir. Tu as du boulot. »

Encore des bruits, l'individu (un homme seul, probablement la vingtaine ou la petite trentaine, à la voix) se déplaçait dans la pièce. Une porte de réfrigérateur s'ouvrit avec un bruit de succion, se referma en claquant. Un craquement, un grésillement, puis une odeur nouvelle se répandit dans la pièce. Des œufs sur le plat. Du bacon et des œufs. Le petit déjeuner.

Ça doit être le matin, pensa-t-elle, mais cette estimation ne lui sembla pas tout à fait correcte. Les yeux bandés, les mains liées, il était cependant difficile de prendre ses repères. Elle avait été droguée, elle flottait. Elle se souvenait d'une lumière blanche, de mouvement, d'avoir écrit une lettre. Ces choses avaient dû prendre du temps. Mais combien ?

Elle devrait se redresser, s'éclaircir les idées. Il était plus facile de rester dans son cocon obscur, ligotée, affaissée au milieu de Dieu sait où. Les prisonniers n'ont pas besoin de réfléchir. Les prisonniers n'ont pas besoin de sentir.

Elle se rendit vaguement compte que le bâillon avait disparu, mais sa bouche était tellement sèche qu'elle n'était pas pour autant capable de former des mots. Encore un moment et elle s'aperçut qu'elle pouvait bouger les pieds. Donc il lui avait enlevé le bâillon et délié les pieds. Pourquoi ? Parce qu'elle avait du boulot ?

Ça ne peut pas être le matin, décida-t-elle. Elle était sortie de chez elle peu après une heure du matin. Elle avait l'impression que cela faisait au moins douze heures. Son ravisseur avait dû se recoucher. Cela lui paraissait logique. Après s'être déchaîné au milieu de la nuit, il s'était recouché et il prenait maintenant un petit déjeuner tardif ou un déjeuner précoce. Midi. Ça lui paraissait mieux.

Il raclait une poêle maintenant. L'air de la pièce était enfumé, avec un trait de graisse. Elle se représenta une petite pièce, sans bien savoir pourquoi. Une cuisine minuscule dans une maison barricadée. Sous la graisse, il lui sembla sentir une odeur de linge moisi et d'air confiné, renfermé.

Le grincement d'un objet (une chaise) traîné sur le linoléum. L'homme s'assit lourdement et Rainie sentit soudain une fourchette pleine d'œuf pressée contre ses lèvres.

« Mange, mais lentement. Les drogues peuvent donner la nausée. Si tu vomis, tu te démerderas toute seule. Pas question que je m'occupe de ce genre de saloperies. »

La simple odeur des œufs lui soulevait le cœur. Rainie se passa la langue sur les lèvres, essaya de former un mot, dut s'y reprendre à deux fois. « De l'eau », dit-elle d'une voix rauque. Puis, légèrement plus fort : « De l'eau. »

Sa voix lui semblait inconnue. Rude, gutturale, irritée. Une voix de victime.

La chaise grinça à nouveau. L'homme était debout, il bougeait. Elle sentit son impatience dans le claquement rude du gobelet en plastique sur le plan de travail, la secousse du robinet ouvert d'un coup sec.

Un instant après, le gobelet était poussé contre ses lèvres. « Quatre gorgées, ensuite un peu d'œuf, ensuite encore de l'eau. Allez, bois. Je n'ai pas toute la journée. »

Elle obtempéra. D'une certaine façon, elle en fut surprise. Ou bien peut-être pas. Depuis combien de temps maintenant avait-elle ce sentiment d'impuissance ? Cela avait commencé bien avant que le ravisseur A ne la découvre au point B. Elle se sentait accablée et désarmée depuis qu'elle était entrée dans cette maison à Astoria, depuis qu'elle avait posé les yeux sur ce petit corps sans vie. Depuis qu'elle avait ressenti la terreur dont la chambre était encore imprégnée, depuis qu'elle savait ce que cette petite fille avait été obligée d'apprendre. Plus personne pour l'aider. Personne pour la sauver. Et cet homme qui devait paraître si grand et si puissant, tandis qu'il lui arrachait son pyjama, qu'il s'apprêtait à faire ce qu'il allait faire.

Pas de *happy end* dans cette histoire. L'homme avait fait ce qu'il voulait, après quoi il avait posé un oreiller sur le visage d'Aurora Johnson, quatre ans, et l'avait étouffée. Quelle justice y avait-il là-dedans ? Où était Dieu ?

Et depuis lors Rainie s'était sentie sombrer. Tout ce temps passé sur Internet à chercher des histoires qu'elle n'aurait pas dû lire, elle en avait conscience. Une fillette de trois ans violée et assassinée par un garçon de douze. Une mère et trois jeunes enfants tués par une coulée de boue juste au moment où le mari sortait leur acheter des glaces. Et puis le tsunami. Plus de deux cent mille personnes disparues en un clin d'œil, dont un tiers d'enfants qui n'avaient eu aucune chance. Non pas d'ailleurs que les survivants en aient eu beaucoup plus. D'après les reportages, les trafiquants d'esclaves avaient rapidement profité du chaos pour enlever les orphelins et en faire des esclaves sexuels.

Tous ces enfants venus au monde pour ne mener que des vies de terreur, de malheur et de souffrance.

Que pouvait-on faire ? Pour chaque meurtre qu'elle contribuait à élucider, des millions d'autres se produisaient. Et les meurtriers n'étaient plus des criminels endurcis, avec des dents jaunes de travers et des petits yeux de fouine. C'était de charmants époux de banlieue. Des mamans modèles. Des enfants même, de dix, onze, douze ans.

Rainie avait la tête farcie de choses qu'elle voulait ignorer. D'images qui la torturaient. De questions qui la hantaient. La petite Aurora était-elle morte en sachant combien sa mère l'avait aimée, avec quel acharnement elle s'était battue jusqu'à la dernière extrémité ? Ou bien était-elle morte en haïssant sa propre mère, qui avait à ce point failli ?

« Encore une bouchée », exigea son ravisseur.

Elle ouvrit là bouche, avala docilement, puis, à la grande surprise des deux protagonistes, projeta un jet de vomi sur la table.

« Ah, Seigneur ! » s'exclama l'homme en faisant un bond en arrière, en renversant sa chaise avec fracas. « C'est dégueulasse. Oh, putain... »

Il semblait désemparé. Rainie resta assise, masse impassible, et le laissa se débrouiller. Elle avait un goût de bile dans la bouche. De l'eau, ce serait bien. Peut-être du jus d'orange. N'importe quoi qui adoucirait sa gorge.

C'est alors qu'elle pensa à Quincy. Elle le vit devant elle avec une telle netteté qu'elle essaya de tendre ses mains liées. Elle se trouvait dans le bureau. Il était tard dans la soirée. Il se tenait sur le pas de la porte, son peignoir vert foncé noué à la taille.

« Viens te coucher », disait-il.

Mais elle ne pouvait pas. Elle était encore en train de lire une histoire épouvantable dont il lui était littéralement impossible de se détacher. Telle une éponge, elle absorbait tous les malheurs du monde et sentait les derniers lambeaux d'elle-même se désagréger en silence.

« Rainie, qu'est-ce que tu cherches ? » lui avait-il demandé doucement.

Elle n'avait pas de réponse à lui donner et lorsqu'elle leva à nouveau les yeux, il était parti. Alors elle se pencha vers le classeur à tiroirs et en sortit sa bière.

« Merde, merde, merde, maugréait maintenant son ravisseur. Oh puis, zut. Fait chier. » De l'eau qui coulait dans l'évier. Le bruit d'une éponge essorée. Donc il nettoyait, en fin de compte. Son seul autre choix était de lui délier les mains et il ne pouvait pas faire ça.

L'idée l'amusa. Son ravisseur était donc lui aussi impuissant, victime de ses propres agissements. Elle sourit.

Une seconde plus tard, l'homme lui asséna une gifle qui l'envoya par terre.

« Efface-moi ce petit sourire à la con de ton

visage, rugit-il. Ne t'avise pas de te foutre de ma gueule ! »

Elle le sentait, imposant, au-dessus d'elle, sa colère était une présence physique qui remplissait tout à coup la pièce. Dans sa tête, elle le voyait clairement. Les poings fermés. Les mâchoires crispées. Il avait envie de le faire, de la tabasser, de la frapper encore et encore. De la battre comme son père avait battu sa mère. Comme la mère de Rainie avait été battue par un défilé sans fin de petits amis sans visage.

On récolte ce qu'on a semé. Les petites victimes d'aujourd'hui sont les monstrueux bourreaux de demain.

Et alors, même les yeux bandés, Rainie sut exactement qui était son ravisseur. Elle l'avait connu presque toute sa vie. C'était une partie d'elle-même, son passé qui la rattrapait. À l'instant où elle avait ouvert cette première bière trois mois plus tôt, elle s'était précipitée dans le gouffre, et cet homme n'était que le démon qui l'avait guettée toute sa vie.

L'homme l'attrapa par le col de sa chemise. Il la mit brusquement sur ses pieds, lui traîna l'épaule dans le vomi pour barbouiller ses vêtements de l'insupportable puanteur. Elle vacilla, déséquilibrée. Il la repoussa et ses mollets rencontrèrent quelque chose de dur. Une table basse, une chaise. Ça n'avait pas d'importance. Aucun endroit où aller. Nulle part où battre en retraite. Elle resta sur place, le souffle court, consciente de son infériorité.

« Ton mari t'a quittée, Lorraine », ricana l'homme.

Elle ne dit rien, légèrement perplexe. Comment pouvait-il savoir une chose pareille ?

« Qu'est-ce que tu as fait ? Tu t'es conduite comme une pute ? Tu as couché avec son meilleur ami ?

– N-n-non », murmura-t-elle finalement.

Sa tête allait exploser. Chose curieuse, la supériorité physique de l'homme ne l'intimidait guère, mais ses questions la terrifiaient.

« Tu es une salope, Lorraine ? »

Elle releva la tête. Ne répondit pas.

« Ouais, ça se voit. T'as probablement baisé avec toute la ville. Ton mari n'a pas eu d'autre choix que de s'enfuir la queue entre les jambes. »

Rainie se surprit elle-même. Elle rassembla le peu de liquide qu'elle put trouver dans sa bouche et cracha vers l'homme.

En réponse, son ravisseur l'attrapa par les cheveux et lui rejeta la tête en arrière. Elle ne put réprimer tout à fait le cri qui s'échappa de sa bouche.

« Est-ce qu'il te déteste ?

– N-n-non. »

Du moins ne le pensait-elle pas. Pas encore.

« Tu as écrit la lettre, tu sais ce que je veux. Est-ce qu'il va payer, Lorraine ? Est-ce que ton mari va cracher dix briques pour sa minable salope de femme ?

– Oui. »

Elle avait répondu avec plus d'aplomb. Quincy paierait. Il aurait payé dix fois plus, cent fois plus. Pas seulement parce que c'était un homme responsable ou un ancien agent du FBI, mais parce qu'il l'aimait réellement, qu'il l'avait toujours aimée. Voilà ce qu'il avait écrit dans son mot. Pas « Adieu », ni « Sors-toi la tête du cul » ou « Arrête de boire, connasse ». « Je t'aime », voilà ce qu'avait écrit son homme taciturne. Point final.

« J'espère pour toi que tu dis vrai, reprenait à présent son ravisseur. J'espère pour toi que ton bonhomme crachera le fric. Parce que je n'ai pas besoin d'une colocataire, Lorraine. Dans l'heure qui vient, ou j'ai l'argent, ou tu crèves. Alors pas de petits jeux. Ne t'avise pas de me faire chier. »

La main de l'homme lui enserrait toujours les cheveux. Il se servit de sa crinière comme d'un lasso pour l'envoyer vers la porte.

« Le grand amour n'existe pas, répéta-t-il. Il n'y a que la beauté froide et dure de l'argent. Et le moment est venu pour Quincy de payer. »

16

MARDI, 15 HEURES 32

Kimberly gara sa voiture, regarda autour d'elle et poussa un profond soupir. La pluie s'était enfin calmée pour laisser place à un léger brouillard, mais il n'y avait pas moyen d'y couper : elle allait fusiller sa paire de chaussures préférée.

Son pantalon noir ajusté et son haut en soie impeccable étaient parfaits pour une journée à plus de vingt degrés à Atlanta. Malheureusement, son départ précipité pour l'aéroport ne lui avait pas laissé le temps de repasser chez elle. Elle n'avait pu qu'attraper son paquetage d'urgence dans le coffre de sa voiture. Celui-ci contenait un coupe-vent bleu marine du FBI, des sous-vêtements de rechange, une brosse à dents, du dentifrice, une brosse à cheveux et du déodorant. Point.

En d'autres termes, pas de chaussures correctes pour crapahuter dans la boue sur quinze mètres. Aucune tenue décontractée qui serait plus appropriée pour entrer en contact avec un jeune enfant. Pas de pull pour protéger ses bras du froid glacial. Elle pouvait essayer le coupe-vent, mais étant donné l'aversion du sujet pour les forces de l'ordre, arriver dans un blouson aux couleurs du FBI n'était probablement pas la chose à faire.

Non, elle était endimanchée, avec un beau pantalon, une belle chemise et une paire de talons hauts absolument irrésistibles. Et maintenant, elle allait en baver. Seigneur, il fallait vraiment aimer ce boulot.

Elle ouvrit la portière de sa voiture de location et sortit dans l'allée fangeuse. Son talon s'enfonça immédiatement de cinq centimètres. Elle tira dessus et la boue produisit un gigantesque bruit de succion.

Elle tenta un deuxième pas, arc-boutée dans l'effort, et faillit tomber à la renverse quand une voix s'éleva soudain dans les bois.

« Elles sont jolies, ces chaussures. »

Kimberly se tourna vers le bruit, en équilibre précaire, un pied enfoncé vers l'avant, l'autre vers l'arrière. Elle vit un jeune garçon qui la dévisageait sous un majestueux sapin. Il avait de grands yeux bruns qui lui mangeaient le visage. Le reste de son corps était mince et décharné, son sweat bleu et son jean crotté flottaient pour ainsi dire autour de lui.

Comme elle le regardait, il enfonça ses mains dans ses poches et se voûta. Il était manifestement dehors depuis un moment. Son sweat paraissait trempé, ses cheveux mouillés formaient des épis sombres sur son front. Il avait une traînée de boue sur la joue et des aiguilles de pin accrochées à ses vêtements. Il ne semblait pourtant pas s'en apercevoir et se contentait de la regarder fixement.

« Oui, répondit enfin Kimberly, elles sont jolies.

Joliment inutiles. » Elle grimaça, souleva une deuxième fois son pied avant, ce qui lui valut de nouvelles protestations du bourbier. Oh puis, merde. Elle retira ses chaussures, les prit à la main par la lanière et s'avança pieds nus vers le garçon. La boue s'infiltrait entre ses orteils, ce qui lui rappelait un peu cette autre fois en Virginie... Mieux valait ne pas y penser.

Elle progressait péniblement et le garçon se mit à ricaner.

« Ne me dis pas que tu n'as jamais marché pieds nus dans la boue, dit Kimberly. Ou pataugé dans les flaques ? Oh, on ne connaît rien à la vie tant qu'on n'a pas marché pieds nus sous la pluie. »

Dougie Jones (supposait-elle) mordit à l'hameçon. Il mit un genou à terre et s'attaqua avec empressement aux lacets de ses chaussures de tennis immondes. Ses doigts, pourtant fins et agiles, peinaient à défaire les nœuds trempés, ce qui donna à Kimberly le temps de s'approcher.

« Tu veux de l'aide ? » lui demanda-t-elle.

Sans un mot, il avança un pied.

Ses vêtements étant déjà irrécupérables, Kimberly s'accroupit dans la boue et s'attela aux lacets du garçon. « L'autre pied. »

Il obtempéra. Elle lui enleva ses deux chaussures, puis Dougie retira ses chaussettes avec impatience. C'étaient des chaussettes de sport bon marché, les blanches avec des bandes de couleur en haut. Le talon était élimé, l'extrémité tachée comme par de la nicotine. Leur état déplorable attrista un peu Kimberly. Ce ne serait pas trop demander, semblait-il, d'acheter une nouvelle paire de chaussettes à ce gamin.

« Tu es Dougie Jones, n'est-ce pas ? »

Le garçon acquiesça distraitement.

« Bonjour, dit-elle d'une voix douce. Je m'appelle Kimberly. »

Dougie ne semblait pas intéressé. Il enfonça ses pieds dans le bourbier. Il remua ses doigts de pied, observant la boue qui s'infiltrait entre chaque orteil.

« J'aime bien les scarabées, dit Dougie. Vous voulez en voir un ? »

Il plongea la main dans sa poche. Agent du FBI bien entraînée, Kimberly réussit à ne pas hurler lorsque le garçon sortit une énorme bestiole noire de son pantalon et la laissa retomber sur son bras à elle. La bestiole était énorme. Et rapide. Elle fila sur son épaule vers la cascade de ses cheveux mouillés.

« C'est un bel insecte », dit faiblement Kimberly, d'une immobilité de statue. Dougie continuait à la regarder, observant, guettant, testant.

Le scarabée arriva dans son cou. Avant de céder à son instinct et de faire feu sur l'insecte, Kimberly l'attrapa de la main gauche. Des pattes gluantes battirent tout de suite l'air avec frénésie. Elle le laissa retomber par terre.

« C'est un beau scarabée, Dougie. Mais il n'a rien à faire dans ta poche. Les scarabées doivent être dehors, dans les bois. Il va mourir en captivité. »

Dougie la regarda droit dans les yeux. Puis il leva son pied nu et écrasa sa mascotte dans la boue. Il resta longtemps sur le scarabée en contemplant Kimberly avec de grands yeux impassibles.

Kimberly eut brusquement une idée de ce qui avait pu pousser Rainie à boire.

« Pourquoi tu marches sur ce scarabée, Dougie ? souffla-t-elle.

– Parce que j'en ai envie.

– Il pourrait mourir. »

L'enfant haussa les épaules.

« Si tu ne t'intéresses pas à ce scarabée, Dougie, qui le fera ? »

Dougie fronça les sourcils, comme pris au dépourvu par la question. Il leva son pied, presque avec curiosité. Le scarabée tournait en rond dans l'empreinte, encore à la recherche d'une échappatoire.

Dougie l'observa longtemps. Kimberly resta accroupie près du garçon, épaule contre épaule, dans la boue.

« C'est l'agence qui vous envoie, lui dit Dougie.

– Non. »

Dougie tiqua. « C'est l'agence qui vous envoie, répéta-t-il, plus fermement. Vous allez m'emmener ? Parce que je veux bien. On peut y aller. Comme ça. Où est la dame en tailleur violet ?

– Dougie, je suis une amie de Rainie. Je suis venue ici parce que je la cherche. »

Dougie se renfrogna. Les épaules voûtées, il se détourna de Kimberly. « Je ne veux plus vous parler.

– J'en suis désolée.

– Elle boit, vous savez.

– Rainie boit ?

– Oui.

– Tu l'as vue boire ?

– Non, répondit-il d'une voix neutre. Mais je le sais. Elle dit qu'elle veut m'aider. Qu'elle est mon amie. Mais c'est une alcoolique. Je sais tout ça.

– Je vois. Dougie, est-ce que tu savais que Rainie a disparu ? »

Il haussa les épaules.

« Ça me rend triste. Je suis son amie et je voudrais la retrouver. »

Dougie la regarda. « Vous êtes bête. »

La violence de ses paroles la prit par surprise. Elle bascula en arrière, faillit perdre l'équilibre et dut se rattraper avec une main dans la boue. « Pourquoi tu dis ça ? »

Mais Dougie refusait de répondre. Sa lèvre inférieure saillante tremblait. Il attrapa à nouveau le scarabée et le mit cette fois dans sa bouche. Sa joue droite se bomba, puis la gauche, tandis que le scarabée continuait sa lutte affolée pour la vie.

Kimberly ne savait plus très bien quoi faire. Les professeurs qui les formaient aux interrogatoires à l'Académie n'avaient certes jamais rencontré les semblables de Dougie Jones.

Elle ramassa un bout de bois. Elle commença à faire des dessins dans la boue ; cela semblait mieux que de regarder les joues rebondies et remuantes de Dougie.

« Quand j'étais jeune, dit-elle doucement, plus vieille que toi mais quand même encore trop jeune, ma grande sœur est morte. Et puis, un an plus tard, ma mère est morte. Elle a été assassinée en fait, dans sa propre maison, par celui qui avait déjà tué ma sœur. Il a pourchassé ma mère de pièce en pièce avec un couteau. J'ai vu ça dans les journaux. J'ai vu des photos de la scène du crime. »

Kimberly fit un autre dessin. Elle n'avait pas vraiment la fibre artistique. Elle commença par un carré, puis le transforma en une maison rudimentaire. La porte d'entrée était trop petite, les fenêtres trop grandes. Elle essaya de dessiner un arbre devant, mais il éclipsa bientôt la minuscule maison, ce qui donnait au dessin une allure inquiétante. Elle savait que les enfants victimes font souvent des dessins sombres, effrayants. C'était son passé. C'était peut-être aussi celui de Dougie.

« Cet homme, ce tueur, a essayé de s'en prendre à moi ensuite. Je me suis enfuie. J'ai pris l'avion de New York à Portland dans l'espoir de lui échapper. Mais il m'a poursuivie, Dougie. Il m'a retrouvée. Il a braqué un pistolet sur ma tempe. Il m'a décrit dans le détail comment il allait me tuer et, dans ma tête, je me voyais déjà morte. »

Kimberly leva finalement les yeux. Dougie la regardait, captivé.

« C'est dur de perdre sa maman, murmura-t-elle. Ça fait qu'on est seul au monde. Et quand on est seul, on a peur. On ne sait pas ce qui va se passer après. On n'a personne pour nous aider. Tu sais pourquoi je suis encore en vie, Dougie ? Tu sais pourquoi cet homme ne m'a pas tuée ? »

Lentement, Dougie fit non de la tête.

« Rainie, dit simplement Kimberly. Elle est intervenue, elle l'a fait parler sans arrêt, elle a détourné son attention. Et ça nous a permis de gagner du temps. Pour finir, c'est lui qui a été abattu, pas moi.

Rainie m'a sauvé la vie, Dougie. C'est pour ça que c'est mon amie. »

Dougie lui prit le bâton. Il raya le dessin rudimentaire, ne s'arrêtant que lorsqu'il ne resta plus rien que de la terre gorgée d'eau. Puis il ouvrit la bouche et sortit le scarabée entre son pouce et son index. Les pattes du scarabée battaient encore. Dougie le regarda se tortiller.

« Les amis ne sont pas parfaits, dit Kimberly. Ils commettent des erreurs. Je parie que tu connais plein de gens qui ont fait des erreurs, Dougie. Je parie que tu en connais plein qui t'ont déçu. J'aimerais pouvoir te dire que ça n'arrivera plus, seulement les erreurs font partie de la vie.

– Stanley me bat, dit brusquement Dougie.

– Stanley ?

– Mon père nourricier. Il me bat. Je l'ai dit à la dame en violet et elle l'a dit à Rainie. Rainie est censée empêcher Stanley, mais elle ne l'a pas fait.

– Je suis désolée, Dougie. Stanley t'a frappé récemment ?

– Oui.

– Tu as une marque ? »

Dougie secoua la tête. « On peut faire mal aux petits garçons sans laisser de marques. Stanley le sait. »

Malgré elle, Kimberly eut un frisson. Elle regarda la maison, à trente mètres de là. La terrasse couverte assombrissait les fenêtres. Les sapins gigantesques plongeaient tout le bâtiment dans une obscurité profonde. La maison était petite et sombre, de style gothique américain. Kimberly n'aurait certainement pas voulu habiter là.

« Dougie, est-ce que Stanley a parlé de Rainie ? Est-ce qu'il t'a dit qu'elle avait disparu ?

— Je ne parle pas à Stanley.

— Tu l'as déjà vu se disputer avec Rainie ? »

Dougie se pinça les lèvres. Il relâcha finalement le scarabée. Celui-ci détala comme un fou vers le rocher le plus proche.

« Ils se sont peut-être disputés récemment, insista Kimberly. Est-ce que Stanley a déjà menacé de frapper Rainie ?

— Rainie était censée me voir jeudi. Elle n'est pas venue. Elle est allée dans un bar.

— Qui t'a dit ça, Dougie ? Comment tu sais qu'elle est allée dans un bar ? »

Le garçon refusa à nouveau de répondre, les lèvres figées en une ligne dure, le menton relevé en signe de défiance. Mais Kimberly pensa qu'elle connaissait la réponse cette fois-ci. Le gamin avait raison ; Stanley savait comment faire mal sans jamais laisser de trace.

« Dougie, dit-elle doucement. Une dernière fois : Est-ce qu'il y a quelque chose que tu voudrais me dire ?

— J'espère que Rainie va mourir », répondit Dougie, puis il courut vers le rocher, ramassa le scarabée et regagna les bois à toutes jambes.

17

MARDI, 15 HEURES 53

Quincy et Mac se garèrent à un pâté de maisons du parc des expositions, devant l'ancienne salle des marchés rose où l'on vendait autrefois des vaches laitières tous les mardis matin et qui était désaffectée depuis des années. À l'abri de sa voiture, Quincy scrutait l'horizon. En théorie, il restait plusieurs heures avant la tombée de la nuit, mais les épais nuages noirs chargés de pluie masquaient le soleil et donnaient à l'après-midi les teintes gris sombre du crépuscule.

Il ouvrit sa portière, sortit sous la bruine régulière et fit le tour jusqu'au coffre de sa voiture. Mac le suivit.

Pendant la majeure partie de sa vie, Quincy avait dû se tenir prêt à partir au pied levé et il avait du mal à se défaire des vieilles habitudes. Le coffre de sa berline de luxe contenait toujours l'équipement de base de tout profileur émérite : un paquetage avec une tenue de rechange ; une vieille paire de chaussures de marche pour accéder aux profonds ravins où tant de tueurs aiment se débarrasser des corps ; deux appareils photo ; une boîte de gants en latex ; une fine combinaison hermétique blanche ; des balises lumineuses, des torches ; du matériel de premiers secours ; et, naturellement, un coffre cadenassé en métal contenant des armes à feu : un fusil, une carabine et un .22 de réserve, avec une demi-douzaine de boîtes de munitions.

Sans un mot, les deux hommes se préparèrent. Quincy prit la carabine ; Mac le fusil. Ils se saisirent tous deux d'une torche. De son propre sac, Mac sortit un coupe-vent, siglé GBI, et le surmonta d'une casquette fournie par l'administration. De son côté, Quincy resta une vraie couverture de catalogue Brooks Brothers avec son trench-coat beige, siglé rien du tout.

« À votre place, je porterais mon identité bien en évidence, conseilla Quincy à Mac.

– Pour que je ne me fasse pas tirer dessus comme ravisseur présumé ?

– Kimberly me ferait la peau.

– Vous savez, un de ces quatre, vous devriez essayer d'organiser une petite réunion familiale normale. Faire une randonnée, un pique-nique, se balader. Se retrouver sans que personne ne soit en train d'essayer de tuer l'un d'entre vous.

– Ça ne marcherait jamais. Au cas où vous ne l'auriez pas remarqué, aucun de nous n'est doué pour la causette. »

Quincy finit de nouer la ceinture de son imperméable par-dessus la carabine. Accessible mais pas trop visible. Une réserve de munitions alla dans ses poches. Il garda la torche à la main.

Mac était de toute évidence contrarié par l'absence de signe distinctif sur la tenue de Quincy. « Vous n'avez rien du tout qui dise FBI ? Même pas un sweat pourri ?

– Le FBI considérerait ça comme de la publicité mensongère. D'ailleurs, la plupart de ces policiers m'ont déjà vu. Ils ne me prendront pas pour un kidnappeur qui aurait agi au hasard. Beaucoup plus probable qu'ils me tirent dessus en pensant que c'est bien le mari fâché qui a fait le coup en fin de compte.

– Eh bien, on peut dire que vous savez mettre de l'ambiance. »

La pluie s'intensifia, commença à mitrailler le visage de Quincy. Il sourit sous le déluge. « C'est ce que tout le monde dit. »

Le parc des expositions du comté de Bakersville était tout simplement immense. Quincy le savait pour y être venu dans la chaleur du mois d'août profiter de sa charmante fête foraine, avec tout le tremblement, grandes roues, courses de chevaux, concours de bestiaux et kyrielles de stands proposant de la crème glacée bien fraîche. Maintenant, accroupi près d'une gigantesque sculpture représentant un fromage de Tillamook, il contemplait le complexe tentaculaire, rapidement submergé par l'accablement.

Pour commencer, il y avait les extérieurs : des

hectares et des hectares de terrain plat à découvert conçu pour les manèges de foire, les boutiques des marchands et les barbes à papa. Ensuite il y avait les bâtiments : le grand hall de deux étages avec son toit en coupole, flanqué de part et d'autre de deux énormes édifices, eux-mêmes divisés chacun en deux espaces distincts, auditorium et palais des congrès à gauche, ferme pédagogique et halle agricole à droite. Et ce n'était que l'entrée principale. Derrière ces structures voûtées se profilaient les tribunes, le champ de courses et les paddocks, l'étable et l'écurie du mouvement éducatif 4-H.

À cette période de l'année, la ferme pédagogique abritait des courts de tennis – pas mal une fois qu'on s'était fait à l'odeur suffocante du fumier. Un autre bâtiment avait été converti en patinoire pour rollers, tandis que divers organismes louaient l'auditorium pour leurs réceptions.

Mais on n'avait jamais prodigué beaucoup d'efforts pour faire vivre le parc des expositions pendant l'arrière-saison, et le résultat sautait aux yeux : quatre heures de l'après-midi un mardi, pas une seule voiture dans le parking désert.

Le parc restait un vaste espace vide et sonore. Il faudrait toute une équipe d'intervention pour sécuriser les lieux. Voire deux ou trois. Le ravisseur avait bien choisi et, pour la première fois, Quincy se sentit vaciller.

Sont-ce les années qui vieillissent un homme ? Ou la simple prise de conscience progressive que tant de choses échappent à son contrôle ? Qu'identifier un prédateur ne permet pas toujours à la justice de passer. Que même lorsque les tribunaux accouchent finalement d'un verdict de culpabilité, cela ne ramène pas un enfant assassiné à la vie, et n'aide pas non plus ses parents à mieux dormir la nuit.

Tout ce que voulait Quincy, c'était retrouver sa femme. Il voulait être dans leur salon, devant une belle flambée. Rainie serait en train de lire un livre, blottie contre lui. Et lui, caressant son bras, regarderait les flammes se refléter dans ses longs cheveux châtains. Ils seraient bien, tous les deux, sans se parler, comme six mois plus tôt.

Cela ne semblait pas trop demander à la vie et, pourtant, il ne savait franchement pas s'il retrouverait jamais ça. Pour Quincy, le bonheur avait toujours été un luxe, jamais une certitude.

Mac l'observait, attendant des instructions, un plan d'attaque.

« Je ne vois aucune trace des autres policiers, dit-il enfin.

– Ce qui prouve simplement qu'ils font leur boulot.

– Vous êtes sûr que ce Kincaid est ici ?

– Il ferait preuve de négligence s'il n'envoyait pas au moins quelques agents. Il a peut-être une façon agressive de gérer cette affaire, mais il n'est pas stupide.

– Bon, on entre juste comme ça ?

– Non. Si le ravisseur ne nous tire pas dessus, les agents de Kincaid s'en chargeront probablement. Ils font leur boulot ; ne le foutons pas en l'air maintenant. »

Quincy prit une profonde inspiration en regardant

encore une fois le vaste espace. « Le bâtiment de l'entrée principale est trop exposé, murmura-t-il. La galerie de l'étage offre une vision d'ensemble du rez-de-chaussée, ce qui le rend inutilisable. Les étables sont aussi de grands halls ouverts sans nulle part où se cacher. Pareil pour l'auditorium, le palais des congrès. Ce sont des lieux conçus pour laisser un maximum d'espace d'exposition, pas offrir une cachette à un kidnappeur. Alors où irait-il ? Il a choisi cet endroit. Pourquoi ? Ça lui offre quoi, comme possibilités ?

– Le terrain est immense, difficile à surveiller.

– Mais c'est à double tranchant. Plus c'est grand, plus ça lui prendra de temps pour arriver et repartir. »

Mac acquiesça, embraya sur son raisonnement. « Comme nous, il va vouloir cacher son véhicule. Ça suppose de rentrer à pied, seulement il a aussi un otage. Peut-être qu'elle peut marcher toute seule, guidée par lui, ou bien peut-être... »

Mac hésita, il ne voulait pas prononcer ces mots devant Quincy, alors celui-ci les dit à sa place :

« Peut-être qu'il transporte un cadavre.

– Oui, souffla Mac. Peut-être. Dans ce cas, il préférera être près d'une entrée, un endroit facilement accessible, mais qui lui permettrait tout de même de se cacher.

– Ici, c'est l'entrée principale, mais ça ne colle pas.

– Trop visible, convint Mac. Ça donne directement dans la Troisième Rue.

– Il y a des prairies qui servent de parkings d'appoint derrière ces bâtiments, plus près du champ de courses.

– Le champ de courses », dit Mac, songeur, et Quincy sut que l'enquêteur du GBI avait compris au même instant que lui.

« Les tribunes, annonça Mac. Plein de recoins où se cacher...

– Tout en faisant un bon poste d'observation sur les alentours...

– Et les policiers qui s'approcheraient.

– Près de l'entrée de derrière », conclut Mac.

Et d'un seul coup, Quincy sut le reste. « Il ne va pas traverser à pied, dit-il avec excitation. Même s'il entrait près de la tribune, il lui faudrait encore parcourir des centaines de mètres à découvert. Impossible de ne pas être remarqué par quelqu'un à l'aller ou au retour. Le seul moyen, c'est d'arriver en voiture, seulement regardez le sol autour de nous. Il aurait de fortes chances de s'embourber ; Dieu sait que c'est ce qui arrivera à la police à la seconde où elle essayera de se lancer à sa poursuite. »

Mac ouvrit de grands yeux. « Un quad.

– Garé dans les écuries, là où personne ne peut le voir. Facile d'entrer, de ressortir.

– Enfilez un casque...

– Et tout ce que nous pourrons décrire, c'est le dos couvert de boue d'un homme en fuite.

– Laissons tomber les tribunes, déclara Mac. On va direct aux écuries. On trouve le quad et c'en est fini des dix mille dollars dont rêve monsieur X.

– On peut dire que vous savez mettre de l'ambiance, dit Quincy.

174

– Ouais, répondit à son tour Mac avec modestie, c'est ce que tout le monde dit. »

Ils étaient à nouveau sur la route. Comme elle n'était pas droguée cette fois-ci, et qu'elle était assise sur la banquette arrière au lieu d'être fourrée dans un coffre, Rainie essayait d'être plus attentive.

La chaussée était accidentée. Des chemins de terre, partiellement lessivés par la pluie, supposat-elle, tandis que la voiture cahotait sur des kilomètres. Son estomac se soulevait au même rythme qu'elle ; elle avait encore un goût de bile au fond de la bouche et une terrible envie de vomir.

Mauvaise idée. Son ravisseur avait remplacé son bâillon de coton par un adhésif. Si elle vomissait, elle risquait d'inspirer de la matière dans ses poumons, ce qui provoquerait l'asphyxie. En fait, elle s'étoufferait dans son propre vomi. L'idée n'était pas réjouissante.

Le véhicule lui-même sentait vaguement le désodorisant au pin. Elle s'attendait à une odeur de cigarette ; elle s'était imaginé que son ravisseur était fumeur. Mais à bien y repenser, elle n'avait pas le souvenir que ses vêtements ou son haleine puaient la nicotine. Difficile de cacher qu'on fume. Qu'on picole, aussi. Elle en savait quelque chose.

La dernière fois, elle avait supposé qu'elle se trouvait dans le coffre d'une voiture. Mais tout bien considéré, elle avait l'impression d'être plus haut au-dessus de la route que dans une voiture, et par ailleurs elle avait du mal à croire qu'une berline passe sur des routes de ce genre. Peut-être que le ravisseur roulait en pick-up ou en 4 × 4 finalement. Peut-être qu'il l'avait enfermée dans une sorte de cantine à l'arrière. Elle en avait vu dans les nombreuses camionnettes qui circulaient en ville. Il fallait bien que les gars rangent leurs jouets.

Le véhicule heurta une bosse, s'éleva dans les airs, retomba lourdement et l'estomac de Rainie se souleva dangereusement.

Ne pas penser à la nourriture, ne pas penser à l'odeur. Allez, Rainie, concentre-toi. Imagine des champs de fleurs, l'eau d'un ruisseau. Ce truc vieux de plusieurs décennies lui revint avec une extrême facilité, comme s'il ne l'avait jamais quittée. Elle avait de nouveau seize ans, apathique et impuissante pendant que le petit ami de sa mère s'affairait sur son corps. Elle avait vingt-cinq ans, elle était ivre et se laissait tripoter par un gars au fond d'un bar. Elle avait trente ans, Quincy la touchait pour la première fois, et elle se rendait compte à quel point la promesse de l'amour la rendait folle de peur.

Des champs de fleurs, l'eau d'un ruisseau. Des champs de fleurs, l'eau d'un ruisseau.

Le véhicule tourna violemment vers la gauche. Elle tomba sur le côté, incapable de se redresser car ses poignets étaient liés par un nœud serré. Un cahot, un autre, encore un autre. Rythmés, rapides. Un chemin de graviers peut-être ou du bitume dégradé par les intempéries.

Le véhicule s'arrêta d'un seul coup et les pieds

176

de Rainie glissèrent de la banquette, entraînant violemment le poids de son corps vers le sol. Elle essaya en se contorsionnant de se remettre en position, d'abord les hanches, puis les pieds. Elle entendit la portière conducteur s'ouvrir, se refermer. Il allait venir à l'arrière maintenant, récolter son butin.

Donne-lui un coup de pied, pensa-t-elle soudain. Allongée sur le côté, les pieds face à la portière côté passager, elle n'avait qu'à plier les genoux comme un ressort et le frapper violemment en plein bide. Il s'affaisserait et elle pourrait... quoi ? Sortir de la voiture en sautillant comme un lapin, pieds et poings liés, un sparadrap sur la bouche ? Selon toute probabilité, elle tomberait tête la première dans la boue et se noierait dans une petite flaque d'eau.

Elle avait quand même envie de le faire. Elle voulait avoir la satisfaction de sentir ses pieds s'enfoncer dans son ventre mou, d'entendre son *hompf* étonné. Avec lui, elle se sentait petite et désarmée ; elle le haïssait pour ça.

La portière s'ouvrit. Avec un temps de retard, elle lança ses pieds.

Il les attrapa et repoussa ses jambes sur le côté. « Oh, Seigneur, je n'ai pas le temps pour ce genre de conneries. Debout. Magne-toi. »

Il se servit de la corde nouée autour de ses chevilles pour la tirer dehors comme un quartier de bœuf. Sa tête heurta violemment le marchepied. Son épaule se ficha dans le sol boueux, expulsant l'air de ses poumons. Immédiatement, ses narines se dilatèrent, son dos s'arqua. Elle cherchait désespérément de l'oxygène, ses lèvres luttaient contre le sparadrap. Elle ne pouvait pas respirer, elle allait mourir.

Elle se débattait à terre, paniquée et terrifiée. Son ravisseur lui donna un coup de pied, le bout de sa chaussure s'enfonça dans le creux de ses reins.

« Debout, je te dis. Magne-toi ! »

Des points noirs commencèrent à flotter devant ses yeux. *In extremis*, son ravisseur parut comprendre la situation critique dans laquelle elle se trouvait. Il se pencha, la releva et arracha le sparadrap de sa bouche.

« Si tu cries, je te descends. »

Elle ne cria pas, elle en aurait été incapable quand bien même elle l'aurait voulu. Elle aspira de gigantesques et divines goulées d'air humide, pluvieux, et les absorba en elle. Elle sentit le goût des brises côtières, des sapins et de la bouse de vache. Des pâturages et de la boue. Et à cet instant, elle fut terriblement heureuse d'être en vie.

Elle entendit un raclement. Comme un couteau tiré d'un fourreau en cuir.

Elle se tourna vers le bruit, encore un peu hagarde, un peu désorientée.

« Lorraine, dit son ravisseur sur un ton qu'elle entendait pour la première fois. J'ai peur d'avoir de mauvaises nouvelles. »

Elle voulut fuir, mais il était déjà trop tard.

18

S'approcher des écuries du parc des expositions était plus facile à dire qu'à faire. Mac et Quincy avançaient, le dos collé au mur des étables, scrutant la prairie nimbée d'un voile grisâtre, guettant un mouvement. La pluie martelait les toits métalliques au-dessus d'eux et des rideaux d'eau les douchaient périodiquement dans un vacarme incessant.

Quincy glissa, Mac le rattrapa. Ils progressèrent encore sur quelques pas, puis Mac bascula dans la boue qui leur arrivait aux chevilles et les entraîna tous les deux. Ils se relevèrent avec précaution, le souffle laborieux, trempés comme des soupes.

« Tout votre côté gauche est couvert de boue, signala Mac.

– À supposer que ce soit bien de la boue », répondit Quincy.

Mac saisit l'allusion (ils se trouvaient à côté d'une étable, après tout) et fit la grimace.

Ils atteignirent l'extrémité de la deuxième étable et les choses se compliquèrent. Il n'y avait aucun moyen de gagner les écuries sans traverser une cinquantaine de mètres à découvert. Le regard de Quincy se tourna vers le sommet des tribunes, à la recherche d'un tireur embusqué. Les toits semblaient déserts.

Ils détalèrent, traversèrent à toutes jambes le terrain à découvert, contournèrent un grillage, puis se faufilèrent au milieu d'une série de gradins métalliques avant d'atteindre enfin les écuries. Quincy se plaqua contre le bâtiment en bois, bientôt rejoint par Mac.

L'avant-toit leur offrait un répit passager. Mac voyait l'eau dégouliner sur le visage de Quincy, disparaître sous le col de sa chemise. L'homme mûr était moucheté de boue, l'argent de ses cheveux plus prononcé maintenant qu'ils étaient mouillés. L'espace d'un instant, le cœur de Mac se serra d'inquiétude. Quincy avait la cinquantaine et le travail de terrain était une affaire de jeune homme. Mais alors Quincy lui adressa un large sourire et Mac s'aperçut que, malgré le stress et la peur, il prenait son pied. Policier un jour, policier toujours.

« Prêt ? murmura Quincy.

– C'est parti. »

Ils entrèrent furtivement, courbés, Mac en tête avec le fusil, Quincy derrière, la carabine au creux du bras. Le changement d'environnement fut brutal et troublant : d'un marécage glissant à une boue bien tassée, d'un ciel légèrement couvert à une obscurité profonde et envahissante, de l'odeur de pin mouillé et d'herbe coupée au relent âcre de la sciure, du foin et du vieux fumier de cheval.

Mac prit une fraction de seconde pour jeter un œil dans la longue allée centrale, puis disparut dans le premier box ; l'adrénaline battait dans ses veines, ses mains tremblaient sur le fusil. Difficile de tout voir dans un bâtiment aussi long et obscur. Et plus difficile encore d'entendre, avec cette pluie qui martelait le toit dans un grondement assourdissant.

Il leva la main gauche vers Quincy et compta silencieusement un-deux-trois.

Il surgit, lança un deuxième coup d'œil à l'intérieur, puis redisparut derrière la paroi du box.

Il indiqua ses découvertes d'un simple mouvement de tête : rien. Personne dans l'allée, pas de quad arrêté comme par magie au milieu de l'écurie. Leur recherche allait devoir être plus méthodique dorénavant, pied à pied, box par box.

Une fois encore, Mac prit la tête et se faufila dans l'allée centrale. Il restait voûté pour se faire tout petit et avançait à pas de loup. Ses mains se stabilisèrent sur le fusil. Il s'appliqua à prendre de petites inspirations régulières et se sentit entrer dans un état second.

Coup d'œil à gauche, coup d'œil à droite.

Centimètre par centimètre, rangée par rangée, et alors...

Du mouvement. Mac le perçut d'abord du coin de l'œil. Un individu, qui s'élançait de la dernière stalle, fonçait vers la porte du fond.

« Stop ! Police ! » rugit Mac. Il se redressa de toute sa hauteur, mit le fusil en joue, avança un doigt vers la détente.

À cet instant, une autre voix s'éleva dans l'obscurité derrière lui : « Un geste et je descends votre copain. »

Mac se retourna vivement vers un homme noir élégamment vêtu qui braquait un neuf-millimètres sur la tête de Quincy. Mac cherchait encore désespérément quoi faire lorsque Quincy dit avec lassitude : « Kincaid. »

Et l'homme noir de répondre avec le même découragement : « Et merde. »

MARDI, 16 HEURES 38

« Je crois qu'il est un peu vexé », dit Mac un quart d'heure plus tard. Quincy et lui avaient été conduits dans la patinoire à l'avant du parc des expositions. Le lieu, immense et froid, résonnait.

« Irrité, je dirais plutôt. »

Au milieu de la salle, Kincaid, en plein conciliabule avec le capitaine Ron Spector, leva les yeux et leur jeta un regard noir. Quincy et Mac en avaient vu d'autres.

Mac était frigorifié. Assis sur une chaise pliante en métal, il claquait des dents, les vêtements trempés, le visage maculé de boue. Quincy était dans le même état. Personne ne leur avait proposé de serviette, encore moins une tasse de café bien chaud. Mac n'était pas surpris. Une fois déjà, il avait franchi les frontières juridictionnelles en enquêtant sur une affaire en Virginie. Bizarrement, la police de cet État ne l'avait pas non plus très bien pris.

La porte battante de l'entrée s'ouvrit. Un jeune

gars en uniforme beige se présenta, traînant un type débraillé dans son sillage. Mac et Quincy étaient déjà debout lorsque l'adjoint poussa l'individu au milieu de la patinoire.

Celui-ci, vêtu d'un trench-coat kaki que Mac reconnut pour l'avoir vu dans l'écurie, était couvert de boue. En fait, il semblait à peu près dans le même état que Mac et Quincy, ce qui signifiait de toute évidence qu'il circulait dans les parages depuis un petit moment. Il s'avança alors d'un pas mal assuré, cligna plusieurs fois des yeux, puis éructa, les deux mains en l'air : « P-p-presse !

– Et merde », dit encore Kincaid.

Il s'approcha de l'intrus et le dévisagea, furieux. « Qui êtes-vous ?

– Adam Danicic. *Daily Sun* de Bakersville.

– Vos papiers », réclama Kincaid en tendant la main.

Un Danicic très nerveux chercha dans son trench-coat humide et en sortit un portefeuille avec précaution. Il le tendit à Kincaid, qui l'ouvrit d'un coup sec.

« Alors, Adam *Dan-i-chic*, dit Kincaid en insistant sur son nom de famille, qu'est-ce que vous foutiez dans les écuries ? »

Le reporter sourit bravement. « Je cherchais le scoop ?

– Ah, seigneur. Est-ce que quelqu'un dans ce bâtiment est un kidnappeur ? Vous, vous ? Parce qu'il y a un sacré paquet de gens qui n'appartiennent pas à la police d'État dans cette salle, si on considère que cette affaire est de notre ressort ! »

La remarque manquait de tact et Kincaid parut s'en rendre compte à l'instant où les mots quittèrent ses lèvres. L'adjoint du shérif de Bakersville lui décocha un regard qui signifiait « Merci mon chien » et Kincaid soupira profondément, fit quelques pas lents et soupira à nouveau. Pour finir, il se retourna vers le reporter.

« J'avais cru comprendre que votre rôle était de collaborer avec nous. La principale raison étant que vous n'avez certainement pas envie qu'un autre journal apprenne de "sources policières confidentielles" comment un reporter du *Daily Sun*, inexpérimenté, égocentrique et agressif, a inconsidérément mis la vie d'une femme en danger. »

Danicic ne répondit rien. Il avait au moins le bon sens de se taire et d'encaisser.

« Bon, il me semble que pour collaborer avec nos services, vous devriez informer ces derniers de vos activités, continua Kincaid.

– J'enquête seul, j'écris seul, répondit posément Danicic. C'est comme ça qu'un journaliste travaille. Ce que mon patron choisit de publier ne regarde que lui.

– Vous parlez sérieusement ?

– Oui, monsieur. »

Kincaid toisa à nouveau le jeune reporter – visage rasé de près, cheveux sombres coupés court, trench-coat classique. « C'est sûr que vous n'avez pas une tête de gauchiste.

– Fox News, répondit le journaliste avec effronterie. Mon but, c'est qu'ils m'engagent avant mes trente ans. Il faut se rendre à l'évidence : les rédactions auraient besoin de jeunes loups comme moi.

– Vous vous fichez de moi. Vous travaillez pour une feuille de chou...

– Il y a un début à tout.

– Vous venez de foutre en l'air une enquête de première importance.

– Pas vraiment. Soyons honnêtes : nous savons tous que vous n'êtes là que par mesure de précaution et, puisque selon toutes les apparences le ravisseur ne s'est pas pointé, il n'y a pas mort d'homme. Mais ce que j'aimerais vraiment comprendre, c'est la présence de ces deux messieurs. Pourquoi est-ce qu'il y a écrit "GBI" sur son blouson ? Ça veut dire Georgia Bureau of Investigation, non ? Est-ce que ça signifie que l'enquête implique désormais plusieurs services de police qui collaborent au sein d'une cellule multijuridictionnelle...

– Dehors, dit Kincaid, tendu.

– Est-ce que je peux vous citer ?

– *De-hors !* »

L'adjoint de Bakersville qui traînait près de la porte, jouissant manifestement de l'embarras de Kincaid, finit par réagir. Mais la vengeance est un plat qui se mange froid et l'adjoint prit tout son temps pour évacuer le journaliste.

« Je vais continuer ma petite enquête, lança Danicic par-dessus son épaule. Il y a toujours des gens qui ont envie de parler à la presse. Hé, je pourrais peut-être obtenir une interview exclusive avec le ravisseur lui-même. Vous y avez pensé ?

– Ah, bon Dieu de merde. »

La double porte métallique se referma finalement en claquant. Kincaid se tourna vivement vers Mac et Quincy. Un commandant ne pouvait pas grand-chose contre les provocations d'un représentant du quatrième pouvoir. Contre eux, en revanche...

« Vous, dit Kincaid en commençant par Mac. Qui êtes-vous, qu'est-ce que vous foutez là ?

– Mac McCormack, enquêteur, bureau d'enquête de Géorgie.

– Bureau d'enquête de Géorgie ? Qu'est-ce qui se passe, vous vous êtes levé ce matin et vous vous êtes perdu ?

– Je suis avec lui, répondit Mac avec décontraction en désignant Quincy d'un signe de tête. Techniquement, je sors avec sa fille.

– L'agent du FBI, compléta Kincaid.

– Celle-là même. »

Kincaid plissa les yeux d'un air soupçonneux. « Et elle, où est-elle en ce moment ? »

Mac haussa les épaules. « J'évite de lui poser trop de questions. Elle se débrouille vraiment bien avec un flingue. »

Kincaid avait l'air à deux doigts d'étrangler quelqu'un. Mac avait l'habitude maintenant. Apparemment, chaque fois qu'il passait un peu de temps avec Kimberly et son père, quelqu'un cherchait à le tuer.

« Vous avez une gueule de merde, dit Kincaid à Quincy.

– Faut dire que j'en ai plein sur moi, aussi.

– Je ne sais pas si vous savez ce que vous faites, mais ça ne fait pas avancer les choses.

– Exact. Descendre le journaliste pour de bon aurait été beaucoup plus gratifiant.

– Je sais que vous vous considérez comme un expert, monsieur Quincy, mais vous faites aussi partie de sa *famille*. Un homme aussi intelligent que vous comprend certainement qu'il vous est impossible d'être lucide et objectif dans cette enquête.

– Elle n'est qu'un numéro pour vous, répondit doucement Quincy, une statistique qui passe sur votre bureau. Résolvez l'affaire, et la vie continue. Ne la résolvez pas, et la vie continue. Cela ne fait aucune différence. »

Kincaid se pencha en avant. Alors que Mac s'était attendu à ce que le commandant se lance dans une nouvelle diatribe, il parla d'une voix étonnamment solennelle : « Toutes ces affaires sur lesquelles vous avez travaillé, c'étaient des statistiques aussi. Est-ce que pour autant vous faisiez la grasse matinée, vous partiez en week-end et vous rentriez dîner avec votre famille tous les soirs ? Ouais, c'est bien ce que je pensais. J'ai une femme, monsieur Quincy. J'ai un magnifique bébé et, en ce moment, rien ne me ferait plus plaisir que de boucler cette enquête et de rentrer les retrouver. Allez, on balance un paquet de fric, on récupère votre femme et on lève le camp. Je pourrai prendre une douche bien chaude, enfiler des vêtements secs et m'allonger dans mon fauteuil relax préféré avec mon fils sur le ventre. Ça me paraît bien. Faisons ça.

– C'est vous qui avez refusé de payer, répondit Quincy sans se démonter. C'est vous qui compliquez la situation.

– Parce que j'essaye de faire les choses bien, bon sang ! Parce que je vous ai écouté, vous le spécialiste, et ce que vous aviez à dire. Quelle était votre opinion de professionnel, monsieur Quincy, qu'est-ce que vous m'avez expliqué pendant qu'on s'amusait comme des petits fous à creuser dans le cimetière ? » Kincaid n'attendit pas la réponse, mais compta sur les doigts de sa main droite. « Primo, que ce genre d'affaires a presque toujours un caractère personnel. Deuxio, que la majorité se soldent par la découverte du cadavre de la victime. Vous savez pourquoi je fais traîner les choses en longueur, monsieur Quincy ? Vous savez pourquoi je me casse le cul à rédiger des messages à un kidnappeur anonyme alors que même moi je sais que je suis complètement dépassé ? Parce que j'ai la trouille qu'à la minute où on acceptera de verser la rançon, il tue Lorraine. Je ne suis pas en train d'essayer de rentrer chez moi auprès de ma femme, monsieur Quincy. J'essaie de sauver la vôtre. »

Quincy ne répondit rien. Mais ses lèvres restaient obstinément pincées.

« Faire traîner les choses, continua Kincaid plus calmement, oblige le ravisseur à l'épargner pour nous donner des preuves de vie. Et peut-être, seulement peut-être, qu'on arrivera enfin à trouver le lien entre eux deux. J'ai des scientifiques qui bossent sur la voiture et sur les lettres. J'ai des agents compétents qui reconstituent les derniers faits et gestes de votre femme. On a le shérif Atkins qui secoue le cocotier de la petite criminalité locale. Cette enquête

188

ne fait que commencer. On va encore découvrir des pistes.

– Des appels sur la ligne directe ?

– Non.

– Mais étant donné qu'il ne s'est pas montré ici, vous présumez qu'il a lu le journal.

– Il a peut-être besoin d'un peu de temps pour réfléchir. Imaginer un plan B.

– Et vous, vous en avez un, de plan B ?

– Oui, monsieur, j'en ai un. Il va appeler, nous allons être aussi conciliants et chaleureux que possible. C'est lui le patron, nous ne demandons qu'à suivre ses instructions. On adorerait lui donner de l'argent, on a juste besoin d'un peu de temps. Et ensuite, dit Kincaid en prenant une profonde inspiration, nous allons proposer une démonstration de notre bonne foi. S'il nous donne encore une preuve qu'elle est en vie, on lui versera un acompte. Pas toute la rançon demandée, parce que la banque a besoin de plus de temps, mais les premiers milliers de dollars, afin qu'il sache que nous coopérons. »

Mac ferma les yeux. Il perça immédiatement à jour le stratagème à peine voilé, et Quincy aussi. L'ancien profileur s'était déjà levé.

« Vous n'allez pas lui verser la rançon demandée ?

– C'est un acompte...

– Vous essayez de le *gruger*. Nous le voyons, et il le verra.

– Pas si on s'y prend bien...

– Qui ça "on" ? Un commandant surmené qui n'a jamais mené une négociation de sa vie ? »

Kincaid s'empourpra, mais ne fléchit pas. « En

189

réalité, j'ai pris des dispositions pour faire venir une négociatrice professionnelle de notre unité spéciale. Candi, avec un "i". Brillante, à ce qu'il paraît.

– Oh, mon Dieu », répondit Quincy.

La tête entre les mains, il semblait avoir du mal à avaler la nouvelle.

« Ce type de stratégie a déjà été employé avec beaucoup de succès par le passé. Dans une affaire en Grande-Bretagne...

– Oh, mon Dieu », répéta Quincy.

Kincaid poursuivit comme s'il n'avait pas entendu : « Un malfaiteur menaçait d'empoisonner des aliments pour animaux si certains fabricants ne lui versaient pas de coquettes sommes. Plutôt que de tout payer en une fois, les gars l'ont fait marcher avec une série de petits acomptes en liquide. Naturellement, cela multipliait les contacts du maître chanteur avec les entreprises et le nombre de fois où il devait se manifester pour recevoir un versement. Le coincer n'était qu'une question de temps.

– Il ne s'agit pas d'un chantage contre des victimes anonymes.

– C'est d'autant mieux. Plus notre type sera obligé de nous parler, plus il se trahira. Je ne vais pas faire traîner ça indéfiniment. La stratégie, c'est de lui verser un acompte de deux mille dollars en signe de notre bonne foi, à condition qu'il puisse nous fournir une preuve de vie. On considérera même ça comme une prime, étant donné qu'il se montre patient. En fin de soirée tout sera prêt, avec remise des dix mille dollars demain après-midi.

Comme ça, il pourra repartir avec douze mille dollars au lieu des dix mille du départ.

– On table sur sa cupidité », commenta Mac.

Kincaid lui jeta un regard. « Exactement. »

Mac regarda Quincy. Le profileur était livide. Il se rassit avec lassitude sur la chaise métallique et Mac s'interrogea une fois de plus sur la fatigue physique que tout cela occasionnait.

« Tout est affaire de présentation, expliqua posément Kincaid. On lui donne l'impression qu'il reste maître de la situation tout en étant récompensé de ses efforts. On focalise son attention sur le versement à venir, pas sur le changement de plan.

– Il n'y a qu'un seul problème.

– Lequel ? » demanda Kincaid, méfiant.

Un faible carillon s'éleva soudain de la poche de Quincy. « Je doute que le ravisseur soit assez stupide pour appeler votre ligne directe. »

Quincy sortit son téléphone, vérifia le numéro, puis montra l'écran aux deux autres. Le nom de Rainie s'y affichait. « Pourquoi vous appeler, commandant Kincaid, alors que c'est tellement plus simple de m'appeler, moi ?

– Et merde. »

Kincaid fit des signes furieux à l'autre enquêteur pendant que Quincy ouvrait son téléphone et s'apprêtait à parler.

19

MARDI, 17 HEURES 05

Le shérif Shelly Atkins était fatiguée. Elle avait envie d'une tasse de chocolat fumant, d'une douche bien chaude et de son lit, quoique pas nécessairement dans cet ordre. Les longues nuits, elle connaissait ; ses parents élevaient du bétail dans l'est de l'Oregon. Quand on a une ferme, on passe forcément quelques nuits blanches. Mais elle se ressentait des seize heures qui venaient de s'écouler. Ses chaussures étaient trempées, et ses chaussettes de même. La chemise qu'elle avait mise le matin et sa chemise de rechange aussi. Chaque fois qu'elle allumait le chauffage dans la voiture, les vitres s'embuaient à cause de toute l'humidité qui s'évaporait de son corps.

Et ses mains commençaient à lui faire mal, des élancements profonds qui rongeaient ses vieilles articulations malmenées. Elle s'efforçait de ne pas trop les frotter. Non qu'elle crût que son adjoint, Dan Mitchell, le remarquerait. Dan était de service depuis vingt et une heures la veille. Assis sur le siège passager, il était déjà avachi, les yeux mi-clos. Si elle continuait à rouler un moment, il allait s'assoupir tout à fait.

Le salaire d'un adjoint n'était pas bien lourd dans la région. Comme quelques autres membres de son équipe, Dan avait aussi un emploi à temps partiel à l'exploitation laitière du coin. Il assurait la traite du soir avant de rejoindre la brigade de nuit. Elle se demandait parfois comment il restait éveillé nuit après nuit en faisant ces horaires-là. Elle n'avait pas envie de lui poser la question. À dire vrai, Bakersville était une ville assez tranquille. Si ses adjoints piquaient un roupillon de temps en temps aux petites heures du matin, personne ne s'en était jamais aperçu ni plaint.

Il fallait qu'elle commence à réfléchir à la gestion de ses effectifs. Jusque-là, elle avait gardé tout le monde sur le pont depuis trois heures du matin, ce qui n'avait rien d'extraordinaire dans une affaire délicate où une vie était peut-être en jeu. Mais l'enquête semblait maintenant ralentir, prendre son rythme de croisière. Kincaid avait repoussé la remise de rançon fixée à quatre heures de l'après-midi. Elle pressentait que, le soir venu, il gagnerait à nouveau du temps. Si la situation se prolongeait deux, voire trois jours, elle ne pouvait pas continuer à faire travailler tous ses hommes vingt-quatre heures sur vingt-quatre. Le manque de sommeil cumulé ferait d'eux une bande de zombies en armes.

Elle décida de les répartir en deux groupes par tranche de douze heures. De commencer par renvoyer chez eux Dan, Marshall et probablement elle-même ; ils avaient été les premiers debout. Évidemment, elle se voyait mal rester à l'écart douze heures d'affilée. Trois ou quatre heures, ce ne serait pas mal. Dormir suffisamment pour recharger la matière grise, et puis y retourner.

Elle étouffa un autre bâillement et prit à gauche dans un long chemin sinueux. Les gens de la région aiment à dire que le comté de Tillamook tient en trois mots : fromage, bocage et plage. Les exploitations laitières prospèrent grâce à l'usine de fromage, les bûcherons ont du travail grâce aux forêts environnantes et les touristes reviennent grâce aux plages magnifiques. Les gens prennent soin du pays et le pays le leur rend, disait son père.

Mais comme toute région, même une région connue pour le pittoresque de ses pâturages verdoyants et vallonnés, le comté avait son envers moins reluisant. Shelly et Dan avaient laissé derrière eux les exploitations laitières proprettes et modernes, avec leurs étables repeintes de frais, leurs tracteurs verts rutilants et leurs macarons « Ferme primée ». Ils parcouraient à présent des petites routes maigrelettes, passaient devant des villages de mobil-homes, des cahutes croulantes et les autres fermes – petites, mal équipées, avec des étables qui semblaient devoir se disloquer à la première tempête.

Shelly connaissait la faune locale. Les hommes, dégingandés, avaient des barbes de trois jours, les joues creuses et le ventre mou parce qu'ils se nourrissaient principalement de bière. Les femmes aussi étaient maigres et voûtées, le cheveu triste et une tendance à se faire des bleus. Les gamins se déplaçaient en meute, généralement accompagnés d'un ou deux chiens galeux. Aucun d'eux ne se fiait aux étrangers et tous pouvaient vous expliquer pourquoi ce n'était pas leur faute si leur ferme périclitait. Le prix du lait baissait, le prix des vaches laitières baissait. Les banques cupides accordaient trop facilement des crédits trop lourds pour pressurer le petit exploitant. L'État ne les aidait pas assez, les gens autour d'eux voulaient faire comme s'ils n'existaient pas.

Shelly connaissait tout ça par cœur. Elle avait déjà entendu ces discours pendant son enfance à La Grande. Comme son père aimait à le souligner, les fermiers prospères travaillaient beaucoup et parlaient peu, tandis que d'autres semblaient ne jamais avoir grand-chose à faire, mais toujours beaucoup à dire.

Ce genre de visites était quand même la partie la plus pénible de son boulot. Entrer dans des cuisines défraîchies au lino décollé et au plafond taché d'humidité. Essayer d'expliquer pour la deuxième ou troisième fois à une jeune femme de vingt-deux ans qui en faisait quarante, son troisième enfant calé sur sa hanche, qu'elle avait le choix. Qu'elle n'était pas obligée de rester.

Tout en sachant qu'elle reviendrait. Comme son prédécesseur l'avait sans doute fait pour la mère de cette fille bien des années plus tôt. La vie était pleine de cycles et plus Shelly vieillissait, moins elle croyait posséder toutes les réponses. Ses parents n'avaient certes jamais été riches, et Dieu sait que pendant de longues périodes il y avait eu plus de pommes de terre que de viande sur la table du dîner, mais jamais elle n'avait eu à voir son père brisé. Jamais elle n'avait vu sa mère appliquer du maquillage pour camoufler un bleu. Jamais elle n'avait entendu ses parents rendre qui que ce soit responsable de leurs difficultés. Nous n'avons qu'à travailler un peu plus dur, disait toujours son père, et c'était donc ce que Shelly et ses frères avaient appris à faire.

Elle tourna dans un chemin de terre. Elle heurta un nid-de-poule, son pneu droit patina dans la gadoue avec un sifflement aigu et, un instant, elle se crut embourbée. Puis le 4 × 4 fit une embardée vers l'avant, ce qui réveilla Dan en sursaut.

« Qu'est-ce que... »

Il recouvra ses esprits juste à temps pour s'apercevoir qu'il était assis à côté de sa supérieure et ravaler la fin de la phrase. Shelly lui sourit.

« Bien dormi ?

– Désolé.

– Inutile. Il faut que l'un de nous soit reposé. On y est. »

Elle s'arrêta devant une petite ferme avec un trou gros comme un pavé dans la porte d'entrée. La propriété s'enorgueillissait de quatre pick-up, de trois Chevrolet mangées de rouille et de ce qui, apparemment, avait dû être une moissonneuse-batteuse. Pour faire bonne mesure, divers appareils électroménagers cherchaient aussi à occuper le terrain – vieux poêles, fours, congélateurs qui n'attendaient que l'été pour avaler un pauvre gamin sans méfiance.

La propriété appartenait à Hal Jenkins. Cela avait été une ferme à l'époque de son père et, d'après ce que Shelly avait entendu dire, une ferme correcte. Petite, mais bien tenue, convenablement équipée. Hal n'avait pas voulu être fermier. Il avait décidé qu'il avait une vocation pour la réparation automobile, d'où les voitures. Il ne s'y était pas montré mauvais. Non, ce qui l'avait perdu, c'était d'avoir pris des pièces détachées sur les voitures de propriétaires candides pour les recycler dans les véhicules d'autres clients – à qui il faisait payer les pièces au prix fort, naturellement. Quelques gars du pays qui s'y connaissaient aussi un peu en mécanique avaient découvert la combine.

Ça n'était pas trop bien vu dans le coin d'appeler les flics, alors ils lui avaient plutôt cassé la gueule avant de s'attaquer à sa maison à coups de batte de base-ball. La plupart des vitres du rez-de-chaussée n'avaient pas encore été remplacées, d'où les planches de contreplaqué clouées à l'extérieur.

Après un séjour de quatre mois à l'hôpital, Hal avait décidé qu'il n'était peut-être pas fait pour travailler dans l'automobile. Il s'était tourné vers la réparation de fours. L'électroménager ne payait pas aussi bien, cependant. De nos jours, les gens achètent du neuf au lieu de réparer l'ancien.

La source exacte de ses revenus faisait débat. Shelly pariait qu'Hal avait fini par comprendre le véritable intérêt d'une petite ferme isolée avec plein de dépendances et peu de voisins : un laboratoire d'amphètes. L'hélico de la police d'État l'avait survolé plusieurs fois, mais n'avait pas encore repéré la signature infrarouge dont ils avaient besoin pour un mandat. Et jusqu'à présent, Hal ne tenait pas trop à laisser Shelly et ses adjoints faire un tour dans la propriété. Hal ne serait jamais un génie mais, à sa manière, c'était un as de la survie.

Shelly descendit la première. Ses chaussures s'enfoncèrent profondément dans le bourbier. Merde, ils auraient de la chance s'ils arrivaient à dégager la voiture. Dan sortit un peu plus lentement, un œil sur sa montre. Cela irrita Shelly, qui lui lança un regard sévère.

« Pas le moment de s'inquiéter de la traite du soir, Dan.

— Désolé », dit-il, immédiatement penaud.

Dans la maison, ils entendirent une voix. Hal Jenkins qui leur souhaitait officiellement la bienvenue. Pas de porte ouverte. Pas même un regard à travers une vitre brisée. « Quoi ? tonna-t-il quelque part à l'intérieur.

— Salut, Hal. C'est le shérif Atkins et l'adjoint Mitchell. On se demandait si tu nous accorderais une minute de ton temps.

— Non.

— Pour l'amour du ciel, Hal. Il pleut des cordes et nous sommes couverts de boue. La moindre des choses serait de nous offrir un café.

— Non.

— Bon, alors j'ai une mauvaise nouvelle. Notre voiture est enlisée... (Dan lui lança un regard interloqué. Elle lui fit signe de se taire.) On dirait qu'on va être obligés de fouiller ce tas de machines et de pièces détachées pour trouver de quoi nous dégager. Ça ne prendra qu'une minute de toute façon. »

La porte s'ouvrit d'un coup sec. Hal apparut fina-

lement, arborant une barbe de trois jours, une chemise à carreaux vert foncé et le jean le plus
pitoyable que Shelly ait jamais vu. « Vous avisez
pas de toucher quoi que ce soit.

– Tu vois, Hal, on n'a pas envie de rester plantés
là toute la journée. Nous sommes en mission officielle. »

Hal la regarda d'un œil mauvais. Paradoxalement,
il était encore jeune et aurait assez belle allure s'il
se rangeait un jour. Il était grand, avec des cheveux
noirs ondulés et la silhouette athlétique d'un homme
qui vivait au grand air. Il avait une réputation de
fine gâchette, de chasseur capable de dépouiller et
de rentrer lui-même ses cerfs, souvent après en avoir
tiré la carcasse pendant des kilomètres dans les bois.
Et même si les gars du coin lui avaient filé une
sacrée dérouillée, tout le monde disait qu'il s'était
défendu comme un lion. Ses trois assaillants avaient
été arrêtés aux urgences ; deux se faisaient faire des
points de suture et le troisième avait deux os cassés.

Shelly se disait qu'une femme d'un mètre
soixante-sept ne lui poserait aucun problème. Et,
encore une fois, quand il était sobre et suffisamment
motivé, il pouvait être rusé.

Shelly gravit les marches du perron. Elle essayait
de scruter discrètement l'obscurité. Elle voulait voir
si ce cher vieux Hal avait la dernière édition du
Daily Sun. Impossible à dire. La luminosité était
trop faible et Hal n'était pas exactement une fée du
logis ; on avait du mal à distinguer quoi que ce soit
dans les monceaux d'ordures.

« Vous avez un mandat ? demanda Hal.

« – Tu as quelque chose à cacher ? répondit Shelly sur le même ton.

– Ouais. La meilleure bouffe chinoise du monde. Je ne voudrais pas que ça s'ébruite. Alors si ça ne vous fait rien, shérif, je crois que je vais retourner à mon dîner.

– Et moi qui te prenais pour un amateur de pizzas. »

Shelly s'appuya contre le montant de la porte, pour occuper le terrain et faire reculer Hal d'un pas. Encore une minute, et elle aurait un pied dans la porte. Mieux encore, elle lui boucherait complètement la vue, ce qui donnerait à Dan plus de latitude pour parcourir la propriété.

Hal toussa trois fois, sans se donner la peine de mettre la main devant sa bouche. Son truc à lui pour gagner du terrain. Shelly ne bougea pas d'un pouce, mais il faudrait sérieusement qu'elle envisage de brûler ses vêtements dans la soirée.

« Besoin d'un sirop contre la toux ? demanda-t-elle négligemment. Je parie qu'il y en a chez toi.

– Et comment. Avec toute cette pluie, il y a de quoi choper un rhume.

– C'est pour ça que tu en achètes des cartons entiers ? »

Hal se contenta de sourire largement. Certains antitussifs en vente libre contenaient de la pseudo-éphédrine, composant chimique nécessaire à la fabrication de métamphétamine. La soudaine pénurie de sirop contre la toux dans les pharmacies était le premier signe d'un accroissement de cette activité dans une région donnée, de sorte que ces commerces

200

représentaient un nouveau champ de bataille intéressant dans la lutte anti-drogue. Pour commencer, on avait demandé aux magasins de signaler les grosses commandes. Les pharmaciens clandestins en herbe s'étaient alors simplement mis à « picorer » dans leur marché local, achetant une bouteille par-ci, une bouteille par-là.

À la demande de la police, les magasins avaient arrêté de délivrer ces médicaments, pourtant en vente libre, sans ordonnance. Si vous vouliez du Sudafed enfant dans l'Oregon, il fallait le demander personnellement à un pharmacien. Cependant, cette méthode n'était pas infaillible et, pour le dernier round en date, les géants de l'industrie pharmaceutique avaient promis des sirops sans pseudoéphédrine pour ces marchés. Ils soigneraient encore le rhume classique sans mettre en danger la moitié de la population adolescente.

Naturellement, restaient encore les pharmacies sur Internet, le trafic avec le Canada, etc. Les délinquants étaient stupides, mais pas autant que la police l'aurait voulu.

« J'ai entendu dire que tu avais des dettes, dit Shelly, qui essayait de relancer la conversation en agitant un petit leurre.

– Moi ? Des clous. Jamais je n'emprunte ni ne prête.

– Dis donc, Hal, tu cites Shakespeare », dit Shelly en battant des cils.

Hal se fendit d'un grand sourire. Ça ne le mettait pas vraiment à son avantage, étant donné les ravages que des années de tabac à chiquer avaient faits sur ses dents. « Shakespeare ? Merde, mon vieux disait qu'il avait écrit ça lui-même. Le fils de pute ; j'aurais dû savoir qu'il mentait.

– C'est du plagiat plutôt. Bon, tu comptes réparer ta maison un jour ?

– Pour quoi faire ? Il y a toujours des gens pour soupçonner un gars comme moi de leur avoir causé du tort. Des vitres neuves feraient juste de nouvelles cibles.

– Tu leur as causé du tort ?

– Oh, shérif, je voudrais juste manger mon repas chinois et réparer un autre four. Y a pas moyen de gagner sa croûte ? »

Shelly hocha la tête, se mordilla la lèvre. Hal l'empêchait de voir l'intérieur de la maison et faisait languir la conversation. Il avait manifestement quelque chose à cacher, mais c'était précisément pour cette raison qu'ils étaient là. Hal avait toujours quelque chose à cacher, et il avait bien raison de ne pas s'embêter à remplacer les carreaux.

« Et il n'y a pas des gars qui t'auraient causé du tort, à toi ? »

C'était une nouvelle tactique. Hal tiqua, leva un sourcil interrogateur, essaya de comprendre. « Qu'est-ce qu'on vous a dit ?

– Que certains gars essaient de ramasser du fric rapidement. En faisant toutes sortes de conneries. Le type d'activités qui attire la police d'État dans le coin, et bientôt le FBI. Ces trucs-là foutent tout le monde dans la merde, tu ne crois pas ? »

Hal comprit enfin où elle voulait en venir – et

prouva qu'il avait lu la dernière édition du *Daily Sun*.
« Le kidnapping, murmura-t-il.

– Oui, monsieur. »

Pour changer, Hal répondit immédiatement et volontiers : « Ah, jamais de la vie. C'est pas mon truc. Enlever une bonne femme, demander une rançon ? Tout ça pour dix malheureuses briques ? C'est n'importe quoi. J'arrive à peine à supporter le bavardage d'une fille assez longtemps pour la baiser. Tu parles si je vais en enfermer une chez moi.

– Ben, tu as une grange.

– Oh, putain.

– Laisse-nous jeter un œil. Comme ça on pourra te rayer de la liste des suspects et t'épargner une visite du FBI.

– Tant qu'ils auront le même genre de mandat que vous, je n'ai pas de souci à me faire. Mon dîner m'attend... »

Hal voulut claquer la porte. Shelly mit son pied en travers. « C'est du sérieux, dit-elle avec calme. C'est pas les conneries habituelles, Hal. Le moindre bruit, la moindre rumeur indiquant qu'elle se trouve dans les parages et un juge nous donnera la permission de démolir ta baraque planche par planche. Oublie les vitres, tu n'auras plus de maison quand on en aura fini avec toi.

– Je ne fais pas dans le macchabée.

– Tu sais qui pourrait ? »

Hal la dévisagea. Shelly de même. « Un simple murmure me suffira...

– D'accord, répondit-il brusquement. Vous avez du papier ? Je vais vous écrire cette putain de liste. »

Dix minutes plus tard, Shelly et Dan remontaient dans le 4 × 4 de l'administration. Le véhicule s'était enfoncé, les pneus étaient bloqués. Hal ressortit de chez lui en les maudissant. Il attrapa un marteau, arracha le contreplaqué des fenêtres et plaça de grandes planches derrière chaque roue.

La voiture accrocha. Hal fut couvert de boue. La dernière image qu'eut Shelly fut celle d'un homme de grande taille qui ramassait des planches dans la boue d'un air morose et s'apprêtait à les reclouer à ses fenêtres.

« Qu'est-ce que tu en dis ? demanda-t-elle à Dan.

– Plein de matériel neuf dans la troisième grange à l'arrière.

– Bon endroit pour planquer Rainie Conner ?

– Possible, mais étant donné la superficie et la situation, il se ferait beaucoup plus d'argent avec un labo.

– C'est aussi mon avis. Aucun doute que c'est un truand, mais ce n'est pas le nôtre. »

Dan jeta de nouveau un œil à sa montre.

« Les heures sup' paient mieux que la traite, Dan.

– Ouais, mais un jour comme aujourd'hui, les vaches me manquent. »

20

La voix à l'autre bout du fil était à nouveau monocorde, étrangement mécanique. « Je n'aime pas la foule.

– Moi non plus. Je préfère les réunions plus intimes », répondit Quincy.

Son esprit s'emballait. Il aurait voulu avoir des notes sous les yeux, une analyse plus approfondie du dossier. En temps normal, il jouait un rôle d'intervenant extérieur, fraîchement débarqué d'un avion pour ce genre de situation. On lui transmettait un dossier contenant les noms et les photos de gens qui ne lui étaient rien. Il pouvait alors disséquer froidement les faits et définir les principaux points du message à faire passer, avant de se retirer en coulisses pour regarder d'autres gens mettre en œuvre sa stratégie.

Les profileurs ont l'habitude de travailler après coup, quand le mal est fait. Ils lisent des notes rédigées par d'autres et guident ceux-ci dans leurs actions. Ils n'interviennent pas eux-mêmes. Pour donner un exemple, ils ne discutent pas au téléphone avec un individu qui a enlevé leur femme.

Quincy s'assit au bord de la chaise métallique, il ne pouvait pas se permettre ce tremblement dans la voix.

« Vous n'avez pas suivi mes instructions, proféra la voix.

– Je veux vous donner l'argent », dit fermement Quincy.

Temporiser, ne pas contester. Apaiser, puis contraindre. « Je fais absolument tout ce que je peux pour obéir. Mais la banque ne pouvait pas me donner tout ce liquide en une seule fois. Il y a des règlements bancaires...

– Vous mentez.

– Je suis allé à la banque...

– *Vous mentez !* »

La voix mécanique devenait suraiguë.

Quincy interrompit sa phrase, suffoqué. Il s'était trompé. Le ravisseur était au courant de quelque chose, il avait accès à plus d'informations que prévu. Il se mit à l'accuser :

« Vous n'êtes pas allé à la banque. »

Kincaid commença à faire des gestes furieux de la main, il mima quelqu'un avec un téléphone à l'oreille. Voulait-il que Quincy dise avoir appelé la banque ? Quincy fit non de la tête. Trop d'inconnues. Peut-être que le ravisseur avait surveillé son agence. Peut-être qu'il avait un contact là-bas ou, pire, peut-être même qu'il y travaillait. Ils n'avaient pas fait leur boulot et ils le payaient.

« J'ai du liquide, dit soudain Quincy, chez moi. Grâce à... des activités sur lesquelles je ne souhaite pas m'étendre. »

Le sous-entendu fut efficace. La voix partit d'un rire métallique.

« Je croyais que ce serait suffisant, enchaîna rapidement Quincy. J'aurais pu vous payer, personne n'en aurait rien su. Mais quand j'ai compté l'argent, il n'y avait pas assez. Et j'ai eu peur que ça vous mette en colère si j'arrivais avec la moitié de la somme. Je ne voudrais pas que ça se produise.

— Vous avez fait appel à la police.

— Ce n'est pas moi. C'est le *Daily Sun*, quand ils ont reçu votre lettre. Ensuite la police est venue me voir. J'essaie de collaborer avec vous. Je suis prêt à faire ce que vous demandez.

— Pourquoi ? »

La question surprit Quincy, qui, un instant, fut déconcentré. « C'est ma femme, s'entendit-il répondre.

— Vous l'avez quittée. »

Il ne trouvait pas de réponse. Comment savait-il cela ? Rainie le lui avait-elle dit, avait-elle essayé de s'en servir comme argument de négociation ? *Inutile de me kidnapper : ma seule famille est mon mari qui m'a quittée et il ne va certainement pas payer pour me récupérer.*

Ou bien peut-être le ravisseur n'était-il pas un étranger finalement. Peut-être s'agissait-il de quelqu'un qu'ils connaissaient tous les deux, un collègue ou même un ami. Quincy eut alors un désagréable soupçon. Un soupçon qui ne lui plaisait pas du tout.

« Vous aimez votre femme ? » demanda la voix mécanique.

Quincy ferma les yeux. Ce n'était pas bon, comme

question. Il sentait la menace sous-jacente, la promesse de souffrances prochaines.

« Rainie a toujours été une épouse merveilleuse, répondit-il calmement. Nous espérions bientôt adopter ensemble. Elle fait beaucoup pour les autres. En fait, elle travaille à un monument pour une petite fille assassinée à Astoria l'été dernier. Vous en avez peut-être entendu parler ? »

Le ravisseur ne mordit pas à l'hameçon. « Elle est pleine d'attentions, railla la voix. Pleine de compassion. Elle fait honneur au genre humain.

– Vous prétendez que vous n'êtes pas un monstre. J'aurais pensé que ce genre de choses compterait pour vous. Est-ce que je peux parler à Rainie ? Passez-la-moi. Prouvez, vous aussi, votre bonne foi.

– Vous n'avez pas payé.

– J'ai de l'argent...

– Ça ne suffit pas.

– Je vais trouver les dix mille dollars...

– Ça ne suffit pas. Vous avez désobéi. Vous allez être puni. Je suis un homme de parole. »

Il allait raccrocher.

« Attendez, dit désespérément Quincy. Passez-moi Rainie. Laissez-moi lui parler. Si je sais qu'elle va bien, je peux vous trouver plus d'argent. J'ai des actions que je peux vendre, de l'argent à la banque. J'aime ma femme. Je suis prêt à payer !

– L'amour n'existe pas, dit la voix. Au revoir. »

Et la voix ne fut plus là. Fin de partie.

« MERDE ! » Quincy balança le téléphone en travers de la salle. Cela ne suffisait pas. Il attrapa la chaise pliante en métal, la brandit bien haut au-dessus de sa tête. Mac lui saisit le bras gauche, Kincaid essaya de lui attraper le bras droit. Il se débattit contre eux deux. Il était fatigué et transi de froid, couvert de boue et de bouse de vache. Il entendait cette voix horrible carillonner dans son oreille. Il sentait maintenant les larmes ruisseler sur son visage.

Il avait échoué. Pas posé assez de questions, pas fait tout ce qu'il aurait dû. Il aurait dû retirer l'argent, ou au moins une partie, si c'était leur version. Simple précaution, juste au cas où quelqu'un ferait attention, seulement il avait été trop occupé à discuter avec Kincaid, à vanter sa propre expertise, à se dire qu'il était encore génial, pour prendre quelques mesures élémentaires.

C'était un imbécile, et maintenant Rainie allait souffrir. Et elle allait savoir qu'il avait manqué à ses devoirs envers elle. Mieux que quiconque, elle comprendrait ce que cela signifiait quand son kidnappeur s'approcherait d'elle avec un couteau.

Ils le plaquèrent au sol. Il eut vaguement conscience de sa joue pressée contre le bois froid, du poids de deux hommes qui essayaient de le maîtriser.

« Appelez les secours, criait Kincaid, faites venir un médecin, vite ! »

Abruti, pensa Quincy. C'était Rainie qui avait besoin d'aide.

Et alors, bizarrement, tout devint noir.

MARDI, 17 HEURES 43

Kimberly roulait vers le poste de commandement basé au service de la pêche et de la faune sauvage lorsqu'elle vit l'ambulance sortir du parking du parc des expositions. Elle freina d'un coup sec, vira dans l'allée circulaire et était à moitié descendue de voiture avant même que celle-ci ne s'immobilise. Une foule d'agents en tenue traînaient devant les grandes portes métalliques sur la gauche. Elle se fraya un chemin, cherchant fébrilement Mac, son père, Rainie.

« Qu'est-ce qui s'est passé ? Qu'est-ce qui s'est passé ? »

Mac fut le premier à la repérer. Il s'approcha rapidement et lui passa les bras autour de la taille avant même de dire quoi que ce soit.

« Papa ? Papa ? *Papa ?*

— Holà, holà. Respire à fond. Il faut te reprendre. Du calme. »

Elle ne voulait pas se calmer. Son père était à terre. Sous des couvertures, le visage d'une pâleur spectrale, les doigts de pied vers le ciel, tandis qu'un homme d'un certain âge vêtu d'un costume de funérailles et tenant un stéthoscope le regardait. Ce n'était pas normal. Bon sang, elle ne l'avait quitté qu'un instant.

« Mais qu'est-ce qui s'est passé ? » Sa voix stridente retentit dans la salle caverneuse. Mac lui mit la main sur la bouche, la serra fort contre lui, comme si sa seule présence pouvait dissiper cette vision.

« Chérie, chérie, chérie, ça n'est pas aussi grave que ça en a l'air. Ton père a eu une crise. Kincaid a appelé le SAMU et ensuite le shérif Atkins a fait venir un médecin. Il est auprès de lui maintenant.

— Mais l'ambulance vient de partir. S'il a eu une "crise", il ne devrait pas être dedans ? En route vers un hôpital ? Ce n'est pas ce qui se passe en cas de "crise" ?

– Il a refusé de partir.

– Espèce de... Je vais le tuer.

– Du calme. »

Mac lui caressa le bras d'une main, l'autre toujours ferme autour de sa taille. Elle s'aperçut alors qu'elle frissonnait, tremblait comme une feuille. Si Mac ne l'avait pas soutenue, elle serait tombée.

« Il a reçu un appel, murmura-t-il à voix basse pour elle seule. Le ravisseur. Ça ne s'est pas bien passé. Le sujet a sous-entendu que puisque sa demande de rançon n'était pas satisfaite, il allait punir Rainie.

– Oh non !

– Ton père a... craqué. Quand on a essayé de le calmer, quelque chose a lâché. Sérieusement, on aurait dit qu'il avait pété un plomb.

– Son cœur ? demanda-t-elle, paniquée.

– Je ne sais pas, chérie. Je ne suis pas médecin. Mais physiquement, ton père aurait vraiment besoin de repos. »

Elle acquiesça, la tête contre sa poitrine. Elle l'étreignait aussi fort que lui, et ne pouvait pourtant pas se défaire de l'image de son père complètement immobile à terre. « Je ne l'ai jamais vu paraître aussi vieux, murmura-t-elle.

– Je sais.

– Rainie et lui allaient lever le pied, adopter. J'ai toujours imaginé qu'il avait toute cette nouvelle vie devant lui.

– Je sais, chérie.

– Oh, Mac, soupira-t-elle. Pauvre papa. » Et une fraction de seconde plus tard : « Pauvre Rainie. »

MARDI, 18 HEURES 04

Le docteur en termina enfin. À sa demande, Mac rapprocha la voiture de Quincy. Kincaid et lui aidèrent Quincy à aller jusqu'au véhicule et l'installèrent sur la banquette arrière, où il pourrait se reposer plus confortablement. Kimberly essaya deux fois de jeter un œil. Deux fois, Mac l'emmena à l'écart.

« Pas avant d'avoir discuté avec le docteur, lui ordonna-t-il.

– C'est juste parce que tu as peur que je l'engueule.

– Je *sais* que tu vas l'engueuler. Pas avant d'avoir discuté avec le docteur. »

Le médecin était enfin disponible et elle avait déjà envie de gueuler.

« Est-ce que c'était une crise cardiaque ? voulut-elle savoir.

– La pression artérielle est élevée, le pouls arythmique et le teint anormal, répondit le médecin. Ça me conduit malheureusement à penser qu'il pourrait s'agir d'un épisode cardiaque. Mais il faudrait procéder à quelques examens avant de tirer une conclusion quelconque.

– Alors faites-le.

– Il faudrait que votre père soit admis à l'hôpital. »

Kimberly plissa les yeux. « Il refuse toujours de partir ?

– Votre père a le sentiment que c'était une simple

212

crise d'angoisse – ce qui, soit dit en passant, est également possible.

– Mon père est médecin maintenant ?

– Il a des opinions très arrêtées.

– Est-ce qu'on lui a pris son arme ? Parce que s'il n'a pas son pistolet, ça fait de moi le seul membre de la famille armé, auquel cas je pense qu'on devrait faire comme je dis. »

Le médecin recula discrètement. « Parmi les paramètres à prendre en compte, il y a les antécédents familiaux. Savez-vous si l'un ou l'autre de vos grands-parents souffrait de problèmes cardiaques ?

– La mère de mon père est morte jeune. Un cancer, je crois. Quant à mon grand-père... » Elle hésita. « Alzheimer », dit-elle finalement. Un truc du genre.

« Et leurs parents, vos arrière-grands-parents ?

– Je ne sais pas. »

Le docteur considéra l'information. « En tant que médecin, je pense que le plus prudent serait de se rendre immédiatement à l'hôpital pour une batterie de tests. Mais si le patient s'y refuse absolument, dit le docteur en levant les yeux au ciel, je recommanderais au minimum beaucoup de repos, une douche chaude, des vêtements secs et aucun effort excessif au cours des prochaines quarante-huit heures.

– Ouais, je vois. » Kimberly jeta un regard autour d'elle, poussa un profond soupir. « Vous savez ce que tous ces policiers font ici ?

– J'ai cru comprendre que c'est un moment très difficile.

– Tant qu'on n'aura pas retrouvé sa femme, je n'arriverai jamais à l'envoyer se détendre chez lui.

– Alors installez-le au moins plus confortablement. Des vêtements secs, une soupe chaude, quelques heures de repos. S'il se plaint d'une indigestion, appelez immédiatement les secours. Et, mademoiselle Quincy : si j'étais vous, je ne le quitterais pas des yeux. »

Le docteur rangea ses affaires. Kimberly s'approcha de la voiture. Les yeux de son père étaient fermés, mais elle ne crut pas une seconde qu'il dormait. Elle se glissa sur la banquette arrière, mit les pieds de son père sur ses genoux, lui caressa les chevilles. Elle étudia son visage, soulagée d'y voir s'épanouir au moins quelques touches de rose sous son teint de cendre.

« On va continuer à essayer, chuchota-t-elle, et elle ajouta : Rainie sait que tu l'aimes, papa. »

Quincy ouvrit enfin les yeux. « Non, chérie, ça a toujours été ça, le problème. Elle n'en a jamais cru un mot. »

Kimberly se pencha et prit son père dans ses bras. Pour une fois dans sa vie, il ne s'écarta pas.

MARDI, 19 HEURES 04

Le message arriva une heure plus tard. Le reporter du *Daily Sun*, Adam Danicic, affirma qu'il avait tant bien que mal regagné sa voiture garée à un kilomètre de là pour y découvrir le sachet en plastique hermétique sur son pare-brise.

Dans un esprit de coopération, assura-t-il à Kincaid au téléphone, il apportait le paquet sans délai. Inutile de préciser, supposa Kincaid, qu'il photocopierait d'abord la lettre.

Une fois produit, le paquet se révéla composé de deux éléments : un petit message emballé dans du film alimentaire et un sac à congélation Ziploc plus volumineux, contenant quelque chose de sombre et d'inquiétant qui avait tendance à bouger. Les deux objets étaient couverts de gouttelettes d'eau, de sorte qu'on pouvait difficilement voir à l'intérieur.

« On va commencer par la lettre », déclara finalement Kincaid. Il se tenait au bout de la table de réunion du PC, le shérif Atkins à ses côtés, Quincy, Kimberly et Mac dans un coin. Depuis sa « crise », Quincy était très calme. Conscient que cela lui facilitait le travail, Kincaid avait quand même de la peine pour lui. Ce n'était pas le genre de choses faciles à dire, mais Kincaid commençait réellement à apprécier l'ancien fédéral. Et une chose était sûre : il s'inquiétait vraiment de ce qui allait arriver à sa femme.

Kincaid enfila une paire de gants en latex et décolla précautionneusement l'emballage plastique de la lettre. À l'intérieur, la feuille avait été pliée deux fois pour former un carré. Malgré le film protecteur, elle était mouillée et l'encre avait bavé. Kincaid dut la manipuler avec soin pour ne pas la déchirer.

Une fois le papier déplié, Kincaid fit les honneurs d'une lecture à haute voix :

Chers journaliste et représentants des différentes forces de l'ordre,

Je vous ai donné des instructions simples. Je vous ai

promis que si vous faisiez ce que je demandais, tout se passerait bien.

Vous avez choisi d'enfreindre mes ordres. Vous avez choisi de défier mon autorité. Vous avez choisi de déchaîner le monstre, et vous en assumerez les conséquences.

La rançon est maintenant de 20 000 dollars. En liquide. Vous comprendrez bien assez tôt pourquoi. Demain matin. Dix heures. L'agent doit être une femme. Donnez-lui le téléphone de Quincy. Je l'appellerai de là-bas avec des instructions.

Désobéissez-moi encore et les choses empireront.

Comme vous le voyez, je suis un homme de parole.

Bien à vous,

Nathan Leopold.

« Leopold ? » demanda Kincaid.

Le shérif secoua la tête. Quincy aussi.

« Je peux faire une recherche sur Internet », dit Kimberly, sans toucher cependant à l'ordinateur. Elle ne quittait pas des yeux le deuxième objet, le sac Ziploc. Il roulait d'un côté et de l'autre, bougeait tout seul.

Kincaid jeta un regard sévère au reporter qui rôdait encore dans la pièce. « Vous avez touché ça ? demanda-t-il en désignant le sac mouvant.

— Non, répondit Danicic.

— Je ne plaisante pas. Est-ce que vous l'avez ouvert de quelque manière, même pour essayer de jeter un coup d'œil ? »

Danicic rougit. Il releva la tête, apparemment blessé par l'accusation, mais gâcha tout en répondant : « Eh

216

bien, j'y ai pensé. Mais le sac a comme, euh... tressailli dans ma main...

– Tressailli ?

– Oui, tressailli. Je vous jure. Après ça, j'ai décidé qu'il valait mieux laisser faire les pros. »

Kincaid leva un sourcil étonné. Pour la première fois, il remarqua la position de Danicic, le plus près possible de la porte. Manifestement, le principal journaliste d'investigation du *Daily Sun* ne voulait courir aucun risque.

Kincaid poussa un profond soupir et tendit la main vers le sac. Il entendit distinctement un petit bruit sec derrière lui, le shérif Atkins qui ouvrait son étui de revolver. Kincaid s'interrompit.

« Vous savez ce qui bouge là-dedans ? demanda le shérif.

– Non, mais j'aimerais bien conserver l'usage de mes deux pouces.

– Très bien, je vais éviter les pouces. Les petits doigts, en revanche... »

Kincaid ramassa le sac Ziploc constellé de pluie. Il le fit rouler plusieurs fois entre ses doigts. À l'intérieur, la substance était épaisse, torsadée. Il n'aimait pas cette sensation tactile.

« Si jamais ça siffle, murmura-t-il à Shelly, tant pis pour mes pouces. Explosez-lui la tête. Mais ne le manquez pas.

– Compris.

– J'aurais dû devenir comptable. »

Kincaid ouvrit le sac et laissa tomber son contenu sur la table. Une épaisse tresse humide, attachée à une extrémité, dénouée à l'autre, atterrit sur la table avec

un petit bruit mat. Kincaid attendit presque hystérique-
ment qu'il se produise quelque chose. Un sifflement,
une morsure, un craquement. Rien. La torsade sombre
restait simplement posée là.

« Des cheveux », constata le shérif Atkins en regardant par-dessus l'épaule de Kincaid.

Quincy s'était levé de sa chaise, il s'approchait déjà.
Un coup d'œil à la riche couleur châtain, et Kincaid
vit sa propre hypothèse confirmée sur le visage de son
aîné.

« Les cheveux de Rainie, dit doucement Quincy. Il
les a coupés. Regardez l'extrémité. Il s'y est pris avec
un couteau. »

Quincy poussa du doigt l'extrémité nouée de la tresse
mouillée, quand quelque chose jaillit en dessous.

Kincaid fit un bond en arrière. Le shérif glapit. Le
petit insecte noir détala à toute allure sur la table pour
aller aussitôt s'enfouir sous un tas de papiers.

« Mais qu'est-ce que c'est que ce truc ? » demanda
Kincaid.

Dans un coin de la pièce, Kimberly soupira : « Oh,
Dougie. »

21

Le bruit des gouttes d'eau réveilla Rainie. Sa tête partit brusquement en arrière, elle sursauta comme si on la sortait d'un rêve profond et s'assomma immédiatement contre une poutre en bois. Elle grimaça et toutes les douleurs de sa longue liste de blessures l'assaillirent en même temps.

Elle se trouvait dans un autre endroit. Même vide noir abyssal, naturellement, mais une nouvelle odeur âcre. Terre humide, moisi, pourriture. Ça ne sentait pas le *happy end*.

Ses mains étaient encore ligotées devant elle, ses pieds liés, le bandeau serré sur ses yeux. Bonne nouvelle cependant : sa bouche n'avait toujours ni bâillon ni sparadrap. Elle pouvait avaler, bouger la langue, petits luxes que les gens qui ne sont pas kidnappés n'apprécient jamais à leur juste mesure. Un instant, elle fut tentée de lever la tête et de hurler, mais elle ne pensait pas en avoir la force. Puis une autre pensée lui vint : pourquoi n'avait-il pas remis le bâillon ? Peut-être parce que cela n'avait plus d'importance qu'elle crie. Peut-être qu'elle était à ce point isolée.

Le sol en dessous d'elle était humide. Elle commença à frissonner, puis réalisa pour la première fois combien elle avait froid. L'eau avait imbibé ses vêtements, pénétré sa peau. Elle était recroquevillée, cherchant inconsciemment à préserver sa chaleur. Cela ne suffisait pas. Elle claquait des dents, ce qui aggravait les élancements dans sa tête. Ses bras tremblaient, si bien que ses diverses coupures et contusions lui cuisaient.

Un sous-sol, pensa-t-elle. Un endroit froid, détrempé, où des mois de pluie suintaient encore le long des murs pour former des flaques au sol. Un endroit empuanti par une odeur de plantes pourrissantes et de linge moisi. Un endroit humide et oublié, où de grosses araignées tissaient d'énormes chefs-d'œuvre de dentelle gluante et où de petits animaux venaient mourir.

Elle essaya de se redresser et échoua. Sous le bandeau, elle était pratiquement sûre que son œil gauche avait gonflé jusqu'à se fermer. La suite de l'inventaire révéla une lèvre fendue, une tête meurtrie et toute une cascade de coupures qui descendaient depuis le cou, certaines superficielles, d'autres dangereusement profondes, bien trop nombreuses pour les compter toutes. Elle avait la tête qui tournait, à cause des hémorragies, du manque de nourriture, cela n'avait pas vraiment d'importance. Elle était officiellement dans un sale état, et sa cage thoracique la faisait souffrir de manière redoutable à chaque fois qu'elle essayait de prendre une inspiration profonde.

Et puis elle mourait de froid, littéralement. Elle ne supportait pas le contact de sa propre peau, froide et moite au toucher, comme un corps tiré du réfrigérateur de la morgue. Il fallait qu'elle se trouve un endroit sec. Il lui fallait d'autres vêtements, des piles de couvertures et une bonne flambée. Elle se réchaufferait les mains à la flamme. Elle se laisserait aller en arrière dans le fauteuil et se souviendrait de l'époque où elle pouvait encore se blottir contre Quincy, sentir ses mains caresser ses cheveux.

Le souvenir de ses cheveux fut la goutte qui fit déborder le vase. Elle commença à sangloter, submergée par d'immenses vagues de chagrin spasmodique qui exacerbaient la douleur de ses côtes et le vide de son estomac. Elle pleura et en arriva à la conclusion incontournable : elle n'allait pas bien. En fait, à moins que quelque chose ne change rapidement, elle allait probablement mourir.

Curieux comme ce sont parfois les petits détails qui nous permettent de saisir une situation dans son ensemble. Curieux qu'il ait fallu la tondre pour qu'elle ait enfin peur.

Elle ne comprit pas tout de suite ce que son ravisseur allait faire. Elle entendit le bruit râpeux du couteau. Sentit l'homme empoigner sa chevelure torsadée. Il lui tira violemment la tête en arrière et sa première idée fut de protéger sa gorge. Ses mains entravées montèrent désespérément vers sa clavicule, tandis que défilaient dans sa tête les photos prises sur des scènes de crime où des gorges blanches étaient tailladées en forme de sourires macabres.

Il commença à cisailler ses cheveux et il se produisit un phénomène étrange : Rainie devint folle.

Elle pouvait supporter les mains liées. Elle pouvait

endurer les pieds immobilisés, le bandeau qui lui masquait la vue, le bâillon qui lui desséchait totalement la bouche. Mais l'idée de perdre ses cheveux lui était intolérable. C'était sa seule fierté, son seul titre à la beauté. Comment Quincy pourrait-il jamais l'aimer à nouveau sans ses cheveux ?

Elle décocha un coup de coude. Comme il ne s'y attendait pas, elle eut la chance de l'atteindre violemment dans les côtes. Il fit un étrange bruit sourd, comme un homme suffoqué. Puis, avec férocité, il taillada ses dernières mèches.

« Mais qu'est-ce que tu fous ? hurlait-il. J'ai un couteau de chasse dans les mains, bon Dieu. Tiens-toi tranquille ! »

Rainie ne se tint pas tranquille. Elle chargea de toutes ses forces, atteignant son ravisseur en plein ventre. Il s'écroula. Elle s'écroula. Puis ils roulèrent dans la boue, elle qui se tortillait comme un ver avec ses membres ligotés, lui qui se débattait comme un rhinocéros tombé à la renverse. Elle avait vaguement conscience d'être en train de hurler, un cri profond, primal, cri de rage, de chagrin et de haine. Mais aucun son ne sortait de sa gorge. Même sans sparadrap pour lui sceller les lèvres, sa rage restait bien enfermée dans sa poitrine.

Il n'avait pas menti, pour le couteau. La première entaille qu'il lui fit au bras était peut-être accidentelle. La deuxième, ils le savaient tous les deux, était intentionnelle et, malgré cela, elle ne pouvait se résoudre à arrêter.

Elle le haïssait. Avec une violence bien plus grande qu'elle-même, une fureur inscrite depuis des décennies au plus profond de son être. Elle le haïssait pour le père qu'elle n'avait jamais connu. Pour toutes les fois où un des petits copains de sa mère lui avaient ouvert la joue. Pour Lucas, qui l'avait prise de force alors qu'elle était trop jeune pour se défendre et trop paumée pour que quiconque la croie. Pour Aurora Johnson, parce que les enfants ne devraient pas avoir à connaître tant de terreur et de souffrance.

Et elle le haïssait pour Quincy, surtout pour Quincy, parce qu'il était censé la sauver. Au tréfonds de son cœur, elle avait toujours cru que, envers et contre tout, Quincy réussirait à la sauver. C'était comme ça que ça marchait. Elle était excessive, pleine de hargne, portée à l'autodestruction. Mais Quincy était son roc. Il attendait, tenait la barre. Il l'aimait. Même quand elle était exécrable, même quand elle avait du mal à se supporter, il l'aimait.

Il était la seule bonne chose qui lui soit arrivée dans la vie.

Elle avait réussi sans savoir comment à grimper sur son ravisseur. Sur le dos, celui-ci était incapable de reprendre son équilibre dans la boue glissante. Si seulement elle parvenait à le maintenir au sol, aussi embourbé et paralysé qu'elle-même...

Il lui entailla à nouveau l'avant-bras. Elle suivit aveuglément la direction de la douleur, le frappant en vain de ses poings liés. Puis ses doigts trouvèrent son poignet. Elle planta ses pouces dans le délicat nœud de nerfs et de tendons à la base de la paume et fut immédiatement récompensée par un petit cri strident.

« Je vais te tuer ! rugit l'homme.

— Vas-y, fais-le ! » hurla-t-elle en retour.

Il se cabra, l'envoya rouler dans la boue. Elle ne lâcha pas son poignet, les pouces cramponnés comme les dents d'un pitbull.

« Salope ! »

Elle sentait qu'il essayait tant bien que mal de se relever. Elle lança ses pieds, faucha une cheville, et il retomba.

Il la frappait maintenant de la main gauche, rouait sa tête et ses épaules de coups de poing. Elle s'en fichait. Elle était trop près de lui, dans la zone mortelle, de sorte qu'il ne pouvait donner aucune puissance à ses coups. Elle s'acharnait sur son poignet, visualisait les doigts qui s'ouvraient, le couteau qui tombait...

Il lui donna un coup de poing dans les côtes. Elle eut le souffle coupé. Il parut s'apercevoir de son avantage et lui enfonça deux doigts dans les reins. Une nouvelle douleur fulgurante dans le bas du dos, accompagnée d'une chaleur entre les jambes. Elle s'était pissé dessus. Il l'avait réduite à l'état d'un animal terrorisé qui se pisse sur les pattes dans son désir de s'enfuir.

Merde. Elle lâcha son poignet et planta profondément ses dents dans son bras.

Son ravisseur cria : « Aaaaaaaah ! » Elle remuait la tête de droite et de gauche, revoyant tous les chiens féroces qu'elle avait pu observer. Elle voulait aller jusqu'à l'os, sentir le goût du sang. Elle lui mordait obstinément le bras, enfonçait ses crocs.

« Espèce de... » Il ne pouvait toujours pas se servir du couteau dans sa main droite ni la frapper suffisamment fort de la main gauche pour lui faire lâcher prise.

Elle était en train de gagner, pensa-t-elle, et, dans son délire, elle se vit arracher son bras, recracher sa main. Quand on lui demanderait comment elle avait pu échapper à son ravisseur armé alors qu'elle-même était ligotée et qu'elle avait les yeux bandés, elle répondrait : « J'ai juste imaginé que c'était un bon steak saignant. »

Il lui donna encore un coup de doigt dans les reins, essaya d'atteindre sa rate. Il avait maintenant les jambes enroulées autour de celles de Rainie, il essayait de monter sur elle, de la plaquer dans la boue. Elle le repoussait avec ses mains, pour garder sa précieuse position, à moitié sur lui, les dents enfoncées dans son bras.

Elle se battait, pleine de haine, pleine de rage. Son ravisseur, de son côté, fit enfin preuve d'astuce.

Il lui pinça le nez et aussitôt ce fut terminé. Continuer à mordre et s'asphyxier. Arrêter et être poignardée.

Bizarrement, jusqu'à cet instant, Rainie ne s'était jamais rendu compte à quel point elle voulait vivre.

Elle repensa à Aurora Johnson. À toutes les petites filles qui n'avaient jamais eu la moindre chance. Et elle pensa, pour la première fois depuis longtemps, à la fille de Quincy, Mandy.

Je suis désolée, pensa Rainie, seulement cette fois-ci elle ne s'excusait plus auprès des victimes mais de Quincy. Il avait déjà tant perdu, elle aurait voulu lui épargner cette souffrance.

Elle lâcha. Le ravisseur arracha son bras. Il poussa un cri rauque, mi-soulagement, mi-imprécation. Puis il lui mit une beigne dans l'œil.

La force du coup l'envoya en arrière. Elle bascula au sol, roula dans la boue. Son orbite explosa. Derrière le bandeau se déroulait un miraculeux feu d'artifice de lumières blanches, étincelantes.

Ensuite, elle l'entendit se relever sous la pluie, s'extraire du bourbier. Il s'avançait vers elle à pas lourds. Elle imagina une bête énorme, colossale, genre Créature du lac Noir.

Je t'aime, Quincy, pensa-t-elle.

Puis son ravisseur leva le couteau et l'assomma avec le manche.

Rainie, recroquevillée, se força à quitter le sol humide et à se lever. Ses muscles meurtris protestèrent en se contractant. Elle était incapable de se tenir droite ; trop douloureux pour ses côtes. Voûtée, les chevilles attachées, elle traversa la pièce en traînant les pieds, comme une petite vieille.

Ses doigts entrèrent en contact avec le mur, eurent un mouvement de recul. Du ciment froid, visqueux, indéniablement humide. Elle choisit une autre direction et explora son domaine à petits pas. À un moment donné, elle heurta une structure dure en bois et la douleur déferla dans ses tibias. La suite de l'inspection révéla un établi, maintenant dépourvu d'outils. Puis elle s'empêtra dans une première toile d'araignée, recula et se prit dans une deuxième. Une grosse chose poilue lui effleura la joue ; elle fit de son mieux pour ne pas hurler.

À l'autre bout de la pièce, elle découvrit un escalier en bois. Avec ses mains, elle compta plus de dix marches avant qu'elles ne deviennent trop hautes pour elle. Elles conduisaient probablement à une porte. Mais dans son état, elle ne se faisait pas suffisamment confiance pour les gravir et elle ne doutait pas un instant que la seule issue serait verrouillée plutôt deux fois qu'une. Elle retourna à l'établi. La surface poussiéreuse, en bois, semblait chaude comparée au sol. Elle lança ses pieds sur l'établi dans un mouvement de balancier et se pelotonna, essayant de se persuader qu'elle était au Club Med.

Sa gorge était irritée. Elle toussa et cela lui fit mal aux côtes. Elle se demanda ce que Quincy faisait. Il était probablement en train de rendre cinglé le directeur d'enquête, décida-t-elle, ce qui eut au moins le mérite de la faire sourire.

Ses mains bougèrent sur l'établi. D'un doigt, elle traçait les seuls mots qu'il avait besoin de savoir : *Moi aussi, je t'aime.*

Puis il y eut un bruit au-dessus d'elle. Une porte qui s'ouvrait. Des pas dans l'escalier.

Elle se raidit, essaya par une contorsion de descendre de l'établi, de se préparer à lutter.

Il y eut un léger son mat, immédiatement suivi d'un gémissement.

« Je t'ai apporté quelque chose », dit l'homme, puis ses pas remontèrent l'escalier. La porte claqua, elle entendit un verrou se fermer. Ensuite, le silence.

« Bonjour ? » lança timidement Rainie.

Lentement, elle gagna l'escalier, les mains tendues devant elle, les doigts tâtonnant dans l'obscurité. Elle trouva le corps au pied des marches, recroquevillé par terre comme elle-même peu de temps auparavant. Plus petit qu'elle ne s'y attendait, engoncé dans un jean mouillé et un sweat encore plus mouillé.

Ses doigts se déplacèrent, trouvèrent la bosse de l'arrière de la tête, puis découvrirent le visage.

« Oh non. Oh non. »

Elle hissa l'enfant sur ses genoux. Elle berça sa forme inerte contre elle, caressa ses joues glacées, désirant de toutes ses forces lui communiquer un peu de la chaleur de son propre corps frigorifié.

« Ça va aller, ça va aller », ne cessait-elle de murmurer.

Mais elle ne savait plus qui d'elle-même ou de Dougie Jones elle essayait de convaincre.

22

Quincy était assis seul dans un coin du PC. Il avait une couverture sur les genoux, une tasse de café noir dans les mains. Devant lui, les policiers s'affairaient autour de la table de réunion avec la démarche vive de gens qui ont une tâche importante à accomplir et nettement pas assez de temps pour ce faire. Kincaid et le shérif Atkins étaient en plein débat animé, tous deux semblaient fatigués et tendus. Mac parlait dans son téléphone portable et, en baby-sitter zélé qu'il avait promis d'être, jetait de temps en temps un regard vers Quincy. Kimberly avait été envoyée en mission à la demande personnelle de Quincy ; sa fille n'était partie qu'après avoir arraché à Mac le serment solennel de ne pas le quitter des yeux.

Lorsque Mac le regarda pour la troisième fois, Quincy ne résista pas à l'envie de lui adresser un signe de la main. *Pas encore trouvé le moyen de claquer. Je vous en prie, poursuivez.*

Voilà donc, se dit-il, ce qu'il aurait à vivre le jour où son bourreau de travail de fille le collerait dans une maison pour vieux. Il prit une longue gorgée de café et fit comme si sa main ne tremblait pas.

Contrairement à ce que croyait sa fille, il ne se pensait pas sur le point de tomber raide. Pas d'étau dans la poitrine, pas de fourmillement dans les extrémités, pas de crampe à l'estomac. Il était juste fatigué. Lessivé jusqu'à la moelle, il atteignait un stade officiellement au-delà du stress.

Ce n'était plus seulement que Rainie lui manquait. Ce n'était plus seulement qu'il s'inquiétait, qu'il se posait des questions, qu'il souffrait. Il sentait que lentement mais sûrement il renonçait à elle. Il neutralisait les petits détails : le gris flanelle de ses yeux, sa façon de traverser la pièce d'un pas rapide et souple, en femme qui ne fait rien pour être sexy et fascine donc tous les hommes de son entourage.

Leur première rencontre avait été professionnelle. Elle était alors adjointe du shérif à Bakersville, responsable pour la première fois d'une grosse affaire : une fusillade à l'école de la ville. Le suspect numéro un était le fils du shérif, ce qui mettait bien sûr une pression énorme sur tout le bureau.

Quincy avait débarqué comme une diva (agent fédéral, expert en tueries, chargé d'une enquête spéciale sur les fusillades dans les écoles), s'attendant à être accueilli à bras ouverts. Possible qu'il ait eu une assez haute opinion de lui-même, voire la grosse tête.

Rainie s'était moquée de son titre, avait tourné ses références en ridicule et fait quelques commentaires peu flatteurs sur sa cravate. Et le superflic Quincy avait plongé. Certains tombent amoureux au cours d'un dîner aux chandelles ou d'une balade sur la plage.

Quincy était tombé amoureux dans le bureau de l'adjointe au shérif d'une petite ville qui aimait réduire des crayons HB en miettes quand elle était en colère.

Il lui offrait toujours une boîte de crayons pour la Saint-Valentin. Et elle éclatait de rire en les répandant sur la table comme une enfant ravie.

« Je n'ai plus besoin de casser des crayons, le taquinait-elle. J'ai épousé l'homme idéal. »

Les crayons allaient sur son bureau. Tôt ou tard, il les retrouvait éparpillés par terre, en mille morceaux. Parce que c'est ça, le mariage, une accumulation de petites choses que les autres ne comprendront jamais. Des crayons HB pour elle, des cravates républicaines pour lui. Elle avait encore un faible pour Bon Jovi ; lui préférait de loin le jazz.

Ils avaient leur propre mode de fonctionnement. Il n'aurait pas convenu à tout le monde, mais, jusqu'à récemment, il avait toujours marché pour eux.

Le haïrait-elle quand viendrait la fin ? Lui reprocherait-elle d'avoir échoué dans sa dernière affaire ? Ou bien comprendrait-elle ? Personne ne peut gagner à tous les coups, même l'ancien as de Quantico.

Ce n'est pas le passé qui vous brise, songea Quincy. C'est le vide de l'avenir, la succession sans fin des journées que n'habite plus aucun des êtres qui comptaient le plus.

Mac s'approcha. Il se pencha vers Quincy, les mains sur les genoux.

« Parlez-moi d'Astoria », ordonna-t-il.

Et, à sa grande surprise, Quincy obtempéra.

La négociatrice spécialisée dans les prises d'otages arriva vingt minutes plus tard. Les portes de la salle de réunion s'ouvrirent en coup de vent. Une femme d'une beauté saisissante entra à grandes enjambées. Kincaid leva les yeux. Mac se retourna. La plupart des hommes présents dans la pièce en firent autant.

Candi avec un « i » s'avéra être une Latino d'un mètre quatre-vingts dotée d'une indomptable crinière de cheveux noir de jais bouclés qui la grandissait encore de cinq centimètres. Elle portait un jean moulant, une chemise rouge près du corps et un blouson court en cuir noir. Oubliez la police ; elle avait plutôt une allure à défiler sur les podiums parisiens.

« Candi Rodriguez », lança-t-elle en guise de présentation. Puis, sans attendre de réponse : « C'est le téléphone ? Vous avez testé l'installation ? Parce que laissez-moi vous dire que ces magnétos ne tiennent jamais leurs promesses. Il va me falloir un résumé de tout ce que nous savons actuellement sur le ravisseur. Âge, profession, centres d'intérêt, origine ethnique. Tout ce que nous savons (ou soupçonnons), je le veux devant moi sous la forme d'une liste avec des tirets. Je vous demanderai aussi beaucoup d'eau et assez d'espace pour bouger. J'aime faire les cent pas quand je parle. Ça m'aide à réfléchir. »

Elle faisait les cent pas à l'instant même. Le reste de la pièce la regardait, bouche bée.

Quincy prit une autre gorgée de café. Il se demanda ce que Kimberly ferait si elle était là. Elle tirerait d'abord, poserait des questions après ? Ou simplement plaquerait au sol la femelle dominante, plus grande, plus exotique ? Les hommes peuvent toujours improviser un petit match de basket, voire un concours du plus gros buveur au bar du coin. Avec les femmes, c'est beaucoup plus compliqué.

« Quoi ? demanda Candi avec un "i", manifestement exaspérée. On m'a dit de me manier, course contre la montre et *tutti quanti*. Pourquoi vous croyez que j'ai traversé la montagne à cent cinquante à l'heure ? Je suis là. Action. »

Kincaid s'éclaircit finalement la voix. « Commandant Kincaid, se présenta-t-il. Il y a quelques faits nouveaux.

– Vous avez une note ?

– On n'a pas eu le temps de rédiger un rapport.

– Dans ce cas, vous feriez mieux de commencer à parler, commandant Kincaid, parce que je ne sais pas encore lire dans les pensées. »

Quincy prit une autre gorgée de café, essentiellement pour dissimuler son sourire.

Kincaid résuma les événements. L'échec de la tentative pour repousser la remise de rançon grâce à un article dans le journal local. Le message ensuite laissé par le ravisseur sur le pare-brise d'un journaliste.

La police avait immédiatement pris contact avec Laura et Stanley Carpenter, la famille d'accueil de Dougie Jones. Laura avait vu le garçon pour la dernière fois à quatre heures et demie, quand il était rentré pour demander un soda. Personne ne l'avait vu depuis. Les adjoints du shérif étaient en train de passer les bois au peigne fin. C'était leur deuxième opération de recherche en quinze heures et ils étaient à peu près sûrs d'aboutir au même résultat.

« Donc il détient maintenant une femme et un enfant ? résuma Candi.

– C'est notre hypothèse actuelle.

– Et quelle est la relation entre Lorraine Conner et Douglas Jones ?

– Rainie, intervint Quincy. Rainie et Dougie. Si vous n'utilisez pas leurs surnoms, il saura que vous ne les connaissez pas. »

Candi lui décocha un regard. « Et vous êtes ?

– Le mari brouillé. »

Au tour de Kincaid d'être gratifié d'un sourcil étonné. « Vous le laissez se promener dans le PC ? demanda la négociatrice.

– Seigneur, la moitié du temps, je le laisse tenir les rênes. C'est un profileur, ancien du FBI.

– Eh bien, on va s'amuser comme des petits fous. Autre chose que je devrais savoir ?

– Rainie jouait un rôle de défenseur auprès de Dougie, répondit Quincy. Elle travaillait avec lui depuis deux mois, elle lui rendait visite au moins une à deux fois par semaine.

– Et qui pouvait être au courant ? »

Candi avec un « i » n'était pas qu'une ravissante idiote.

« Tous les intervenants dans le dossier : le personnel du tribunal de la région, les services sociaux, les parents et amis des Carpenter. Comme par ailleurs les gens aiment parler, ça signifie probablement les trois quarts de la ville.

– Donc il est d'ici ? »

Kincaid ouvrit la bouche, l'air désapprobateur, mais sembla se raviser au dernier moment. Toujours en désaccord avec Quincy sur ce point, il était peut-être néanmoins en passe de se rallier à son opinion.

« Oui, dit Quincy avec assurance. Je crois qu'il est d'ici.

– Il a donc une motivation personnelle ?

– Le ravisseur entretient des relations avec Rainie et/ou Dougie, répondit Quincy. Pour autant, il n'est pas impossible que ces relations soient à sens unique. »

Candi fronça les sourcils. « Un harceleur ?

– C'est mon idée. Rainie est quelqu'un de réservé. Elle a un cercle d'amis restreint et fidèle. Je doute que l'un d'eux s'en soit pris à elle. Mais il est tout à fait possible qu'un individu à la marge, un visage qui pour elle fait seulement partie du paysage quotidien, se soit intéressé à elle de plus près. »

Kincaid se racla la gorge. Le commandant répugnait davantage à abandonner totalement l'hypothèse d'un ravisseur ne connaissant pas la victime. Quincy de son côté n'avait pas le moindre doute. Le sujet avait pris le revolver de Rainie. Ensuite il lui avait coupé les cheveux. Enfin il avait enlevé Dougie Jones. Un complet étranger n'aurait jamais connu ces trois manières idéales de lui faire du mal.

Il consulta discrètement sa montre. Kimberly devait être arrivée à destination. Bien.

« Il s'agit donc d'un habitant de la région qui connaît les victimes, dit Candi. Ça nous ramène à quoi, trois, quatre mille suspects ? »

Shelly Atkins prit enfin la parole : « Hé, je peux faire mieux que ça pour vous. J'ai une liste.

– Vraiment ?

– Dressée par un truand en herbe pour balancer les autres, concéda le shérif. Mais je crois qu'on peut s'en servir.

– Et comment. J'ai besoin de connaître quelque chose d'unique sur chacun des noms de cette liste. Quelque chose de personnel, qui ne soit pas de notoriété publique. Dans le jargon des négociations, on appelle ça un leurre.

– Si l'interlocuteur réagit...

– Alors votre liste pourrait être meilleure que vous ne le pensez, shérif. »

Shelly sembla réellement impressionnée. Elle poussa un petit grognement d'approbation ; Candi avec « i » n'était peut-être pas qu'une tignasse en fin de compte.

« Vous partez du principe que vous allez parler avec le sujet, dit calmement Quincy. Il n'est pas censé appeler avant dix heures demain matin et alors, ce sera tout de suite silence, moteur, action. Il appellera ce numéro de téléphone et donnera des instructions à une policière pour la remise de rançon. Le moment me paraîtrait mal choisi pour renégocier.

– Vous ne croyez pas que je peux me charger de la remise de rançon ?

– Je crois que ma fille s'en chargera.

– Votre fille ? »

Nouveau regard vers Kincaid.

Le commandant haussa les épaules. « Agent du FBI.

– Elle est négociatrice ?

— Elle court vite, dit Quincy.

— Mais elle est négociatrice ?

— Elle a pris des cours. »

Candi avec un « i » leva les yeux au ciel. « Je vais vous dire, le papounet. Je veux bien que votre fille soit les jambes, mais je reste la voix. Vous avez eu toute la journée pour faire les choses à votre sauce, et laissez-moi vous dire que c'est un sacré merdier. »

Kincaid voulut protester ; Quincy de même. Candi n'eut qu'à lever la main pour leur imposer le silence à tous les deux. « En moins de vingt-quatre heures, non seulement vous n'avez pas réussi à négocier la libération du premier otage, mais vous avez provoqué l'enlèvement d'un deuxième. Alors je ne sais pas si vous êtes allés dans la même école de police que moi, les gars, mais on considère ça comme une très mauvaise journée. Enfin, vous avez au moins eu raison sur un point.

— Nous avons fait appel à vous ? dit sèchement Kincaid.

— Exactement, commandant, répondit-elle en lui décochant un sourire renversant. Maintenant, si vous voulez bien m'excuser, je vais chercher de l'eau. »

Candi avec un « i » sortit de la pièce d'un pas nonchalant, laissant dans son sillage un océan de silence hébété. Mac fut le premier à reprendre ses esprits.

« Vingt dollars que Kimberly lui botte le cul avant cinq heures demain soir. »

Les policiers firent cercle autour de lui. Personne ne voulait manquer ça.

23

Il était déjà sorti à l'abri de sa véranda lorsqu'elle se gara ; il avait probablement entendu sa voiture de location vrombir furieusement en remontant l'allée. La pluie dégoulinait du toit en pente de la véranda, creusant une profonde tranchée dans le sol détrempé. Luke Hayes ne semblait pas s'en apercevoir. En polo à manches courtes, il se tenait en haut des marches, ses bras musclés croisés sur un torse athlétique, apparemment insensible aux éléments. Après toutes ces années, songea Kimberly, l'ancien shérif de Bakersville savait encore faire impression.

Elle prit son temps pour descendre de voiture. Elle était déjà transie, mouillée et pleine de boue. Patauger à nouveau sur quelques mètres dans une allée détrempée n'avait guère d'importance. Seulement, elle ne savait pas par quel bout prendre cette conversation, et progresser en équilibre précaire dans le bourbier lui fit gagner de précieuses secondes pour rassembler ses idées.

Aucun doute, ses chaussures à talons étaient foutues. Son pantalon aussi, probablement. Après ça, il faudrait qu'elle aille au Wal-Mart pour s'acheter une nouvelle tenue. Étant donné qu'elle aimait s'habiller chez Ann Taylor, Mac allait être mort de rire. Ça lui était égal. Au point où elle en était, tout ce qu'elle demandait à des vêtements, c'était d'être chauds et secs. Par pitié, faites qu'elle trouve quelque chose de chaud et sec.

« Salut, dit Luke en l'accueillant.

– Salut. »

Kimberly le connaissait depuis près d'une dizaine d'années. C'était un vieil ami de Rainie et il avait un jour contribué à sauver la vie de Quincy. Entre autres choses qu'elle ne dirait jamais à son père, Kimberly avait eu un béguin monstrueux pour lui. Oh, toutes ces nuits où elle s'était endormie en rêvant à ces yeux bleu acier, à ce corps ferme et musclé, à ces mains rugueuses, calleuses. Aucun doute, Luke Hayes savait s'y prendre avec les femmes.

Elle se serait vraiment bien passée de cette conversation.

Il repoussa la rampe. « Entre, ma belle. Je viens de mettre un café en route.

– Tu es sûr que ça ne t'embête pas ? Je suis trempée jusqu'aux os et couverte de boue...

– Et moi qui croyais que tu sauterais sur l'occasion d'inspecter ma maison, dit Luke en tenant la porte ouverte, l'air sombre. Entre, Kimberly. Viens prendre un café. »

Elle rougit et suivit Luke à l'intérieur. C'était un petit pavillon de plain-pied avec deux chambres, une grande pièce commune et une minuscule cuisine. Parfait pour un célibataire. Étonnamment propre aussi, mais plein d'indices qui trahissaient le divorcé de fraîche date : du mobilier miteux ramassé dans le garage d'un copain ; une cuisine qui contenait essentiellement de la vaisselle en carton ; des murs nus, une pièce sans personnalité.

Ce n'était qu'une étape, un endroit où se poser pour réfléchir à la suite.

Luke lui versa un café. Le gobelet en carton était bouillant, alors il le mit dans un second avant de décider que ça irait. « Lait, sucre, ou bien tu es comme ton père ?

— Je le préfère noir », reconnut-elle en souriant.

Luke lui rendit son sourire. À l'approche de la quarantaine, il était toujours séduisant. Des yeux d'un bleu vif saisissant encadrés de rides du sourire. Une silhouette mince et musclée. Un visage dur et buriné.

Rainie avait dit une fois qu'il était l'ancre du bureau du shérif de Bakersville. Elle-même pouvait être excessive et lunatique, sujette à de petits accès de colère. Luke, de son côté, était capable de tenir tête à n'importe qui. Quelque chose dans sa façon de bouger, la sérénité de son regard. Il semblait toujours maître de la situation, même quand, tous le savaient à présent, ce n'était pas le cas.

« C'est sympa, ici, dit-elle enfin.

— Je déteste.

— Bon, un coup de peinture ne ferait certainement pas de mal.

— Mon truc, c'est les maisons en rondins. Il m'a fallu quatre ans pour construire la nôtre. Elle m'a toujours dit que c'était trop masculin. Mais bien sûr, elle l'a gardée après le divorce. »

« Elle », c'était Deanna Winters, ancienne opératrice au central de la police locale. Luke et elle s'étaient mariés deux ans plus tôt, mettant enfin un terme à son règne de célibataire le plus convoité de la ville. Il y avait de cela dix mois, Luke avait surpris Deanna *in flagrante delicto* avec un de ses adjoints. Ils les avaient jetés dehors tous les deux. Littéralement. Balancés nus comme des vers sur le perron. Après quoi, le vaudeville tourna de mal en pis.

Luke demanda le divorce. Deanna lui colla des accusations de violence conjugale. Il affirma qu'elle l'avait trompé depuis le début. Elle riposta qu'il lui avait, « en pleine connaissance de cause », caché qu'il était stérile, la privant sciemment de la possibilité d'avoir des enfants.

Le regard de la population braqué sur lui, Luke avait démissionné de son poste de shérif. Deanna était immédiatement allée pleurer chez un juge en disant qu'il essayait de la gruger en diminuant ses revenus pour qu'elle ne reçoive pas toute la pension alimentaire à laquelle elle avait droit.

Kimberly ne connaissait pas tous les détails, mais dans cet affrontement de rancœurs et de volontés, Luke céda apparemment le premier. Il obtint son divorce. Deanna obtint tout ce qu'il avait jamais possédé. Au moins, se félicitait-on dans leur dos, il n'y avait pas d'enfants.

« On pourrait passer au salon, proposa Luke, mais je dois tout de suite te prévenir que le canapé n'a pas de ressorts et que le fauteuil rend les hommes stériles.

– Alors quoi, tu t'assois par terre ?

– Je marche de long en large. J'ai découvert que, tant que je suis en mouvement, je risque moins de casser quelque chose. »

Kimberly eut l'air étonnée. Luke haussa les épaules, prit son café et passa au salon.

« Tu es ici pour Rainie, dit-il, le dos tourné.

– Oui.

– Quincy veut savoir si j'ai quelque chose à y voir.

– Il se demandait si tu étais au courant de quelque chose...

– N'importe quoi. Quincy est un connard qui ne fait confiance à personne. Il a toujours été comme ça, il ne changera jamais. Vu son métier, je ne peux pas vraiment l'en blâmer, dit Luke en s'asseyant au bord de la table basse. Mais il se trompe sur Rainie et moi.

– En quoi il se trompe, Luke ?

– On n'a jamais eu de liaison, ça ne nous a même jamais effleurés. On est proches, bien sûr, mais pas de cette manière. Elle est plutôt comme la sœur que je n'ai jamais eue.

– Le divorce a été difficile, murmura Kimberly.

– Explique.

– Deanna t'a laissé sur la paille.

– Je vois que les langues marchent toujours aussi bien. Alors quoi ? J'ai traversé une mauvaise passe financière, donc j'ai décidé de kidnapper une collègue ? Dis à ton père que c'est un raisonnement paranoïaque, même de sa part. Je n'ai pas épousé une femme bien. Ça ne veut pas dire que je ne sois pas un type bien. »

Kimberly s'approcha finalement de lui. Elle s'accroupit pour pouvoir le regarder dans les yeux. De près, elle voyait les rides récentes qui lui fripaient le visage, la pâleur malsaine née de l'accumulation des nuits sans sommeil. Un homme blessé. Mais qui gardait la tête haute, le dos droit.

« Je suis vraiment désolée, dit-elle doucement.

— On en est tous là, répondit-il en haussant les épaules.

— Luke, tu savais que Rainie buvait ?

— Ouais, ouais, je le savais, soupira Luke, avant de prendre une gorgée de café. J'ai appelé Quincy pour la conduite en état d'ivresse. Ce que je ne lui ai pas dit, c'est que c'était la deuxième. J'avais caché la première en espérant qu'elle se reprendrait. Ensuite, quand elle a prouvé que je m'étais trompé... j'ai agi comme j'aurais dû le faire la première fois. Depuis, elle ne me parle plus.

— Oh, Luke.

— Rainie est forte. Elle remontera la pente. En tout cas, c'est ce que je préfère me dire.

— Tu as une idée de ce qui a pu se passer hier soir ? De la personne qui a pu l'embarquer ? »

Il secoua la tête.

« Je n'arrête pas d'y penser depuis le coup de fil de Shelly Atkins. Évidemment, il y a des types ici qui n'ont rien contre l'idée de se faire un peu de blé en douce. Mais un enlèvement avec demande de rançon... C'est du sérieux. Ça exige de l'organisation, de la logistique, un contact direct avec la victime. Franchement, la plupart de ces gars sont trop paresseux. Ils préfèrent cultiver des "plantes médicinales" dans la forêt ou monter un labo dans la ferme. Quant aux violents, ça m'ennuie de le dire, mais c'est pour ça qu'ils ont des femmes. »

Luke fit la grimace. Kimberly lisait dans ses pensées : le monde était rempli de salauds et voilà que lui, un type bien à la base, il se faisait débiner par sa femme.

« Tu sais où elle a été vue en dernier ? demanda-t-il.

– Pas encore. On y travaille, bien sûr.

– Si c'était dans un bar...

– Elle a pu y rencontrer n'importe qui, y compris quelqu'un qui ne serait pas d'ici, compléta Kimberly.

– Exactement. Bien entendu, Rainie aime se balader en voiture, surtout quand elle ne va pas bien. Il est possible qu'elle n'ait été nulle part. Auquel cas...

– On en revient à l'idée que ça pourrait être n'importe qui. » Kimberly se redressa, étira ses jambes. « Je vais être franche, Luke, nous ne pensons pas que le crime soit le fait d'un inconnu. »

Luke fronça les sourcils et se leva de la table basse en la regardant avec curiosité. « Mais je croyais, quand Shelly a appelé... elle a dit que la lettre avait été postée avant l'enlèvement, que le type avait en fait décidé de kidnapper une femme avant même d'avoir mis le grappin sur Rainie.

– C'était l'impression que ça donnait au début. Mais il y a eu des rebondissements depuis. Il a kidnappé une deuxième personne...

– Qui ?

– Dougie Jones.

– *Dougie Jones ?*

– Combien de personnes étrangères à la ville

auraient pu faire ce lien-là ? Et il nous a fait parvenir quelque chose de très personnel en même temps que la nouvelle. »

Kimberly vit Luke se raidir, durcir ses abdominaux, serrer la mâchoire, comme pour se préparer à recevoir un coup. S'il jouait la comédie, il était très, très bon.

Elle dit : « Il a coupé les cheveux de Rainie.

— Non ! »

Kimberly hocha la tête d'un air pensif. « S'il avait regardé trop de films, on aurait pu penser qu'il choisirait un doigt ou peut-être une oreille. Les cheveux, c'est presque trop anodin. Sauf que...

— Rainie a des cheveux sublimes, compléta Luke.

— Sa seule fierté. Ça paraît un geste très intime.

— Ah, seigneur. » Luke se rassit, brutalement, au bord de la table. Le café déborda du gobelet, éclaboussa son jean. Il ne sembla pas s'en apercevoir. « Donc vous recherchez un homme, probablement du coin. Quelqu'un qui veut se faire du fric rapidement...

— Pas nécessairement. Quincy pense que la rançon n'a peut-être qu'une importance secondaire. L'objectif du ravisseur n'est pas l'aboutissement (recevoir de l'argent), mais l'acte lui-même et le sentiment de domination que ça lui donne sur Rainie et la cellule de crise. »

Luke ferma les yeux. Il poussa un profond soupir et, lorsqu'il rouvrit les yeux, Kimberly eut l'impression qu'il avait vieilli de plusieurs années. « Alors Quincy passe à côté d'une évidence.

— Une évidence ?

— Vous cherchez un homme qui connaît Rainie.

Quelqu'un qui aurait une raison personnelle de s'en prendre à elle et au bureau du shérif de Bakersville.

– Le bureau du shérif ?

– Oh oui, ça ne fait aucun doute. Vous vous êtes demandé ce qui avait récemment changé dans la vie de Rainie, le plus flagrant étant qu'elle s'est remise à boire. Et ça a détourné votre attention, ça vous a amenés à chercher du côté des bars minables et des étrangers alcoolisés. Mais quel est l'autre changement majeur ? Rainie et Quincy sont revenus à Bakersville. Rainie rentre chez elle et boum elle a des problèmes. »

Kimberly secoua la tête. « Je ne comprends toujours pas.

– Elle ne t'a jamais dit qu'elle a tué un homme ? demanda Luke d'une voix égale.

– Oh non...

– Lucas Bensen a été porté disparu pendant près d'une quinzaine d'années. C'est seulement il y a huit ans que Rainie a avoué l'avoir tué et enterré quand elle avait seize ans. L'affaire est passée en justice et Rainie a été déclarée innocente en raison des circonstances atténuantes : Lucas avait violé Rainie et descendu sa mère quand celle-ci avait voulu intervenir. On comprend que la fois suivante où Rainie l'a vu s'approcher de chez elle, elle a tiré avant de poser des questions.

– On m'a raconté cette histoire. C'est encore quelque chose dont elle a du mal à parler.

– Voilà où je veux en venir : Rainie a avoué, Rainie a rendu le corps et ensuite Rainie a quitté la ville.

– Tu penses que, maintenant qu'elle est de retour, Lucas est revenu de l'au-delà ? »

Il la regarda curieusement. « Pas Lucas, bien sûr. Rainie ne te l'a jamais dit ? Il avait un fils. »

24

Mardi, 20 heures 26

Shelly Atkins avait horreur du café. Ce n'était pas quelque chose d'avouable dans la police. Planques, longues nuits, petits matins – un infect café amer était toujours le breuvage de choix. Franchement, ça ne faisait pas le même effet de dégainer sa boîte de tisane.

Shelly ne pouvait pas se permettre d'avoir l'air différente. C'était une femme qui commandait dans un monde d'hommes. Déjà, la bonne nouvelle, c'est qu'elle n'était pas jolie. Elle avait des épaules larges, des bras musclés et des jambes trapues. Elle était capable de labourer un champ, de baratter une bassine de beurre et de porter un veau. Dans la région, les hommes respectaient ces choses-là.

Pour autant, elle n'était pas faite pour le mariage. Ou peut-être n'avait-elle pas rencontré l'homme qu'il lui fallait. Allez savoir. Mais Shelly avait consacré sa jeunesse aux travaux de la ferme ; sa vie d'adulte, elle se la gardait pour elle-même.

Shelly quitta le PC installé dans la salle de réunion et passa dans le grand hall. À cette heure tardive, le bâtiment était désert, les portes fermées au public, les employés du service de la pêche et de la faune sauvage avaient fini leur journée. Elle alla dans un coin dominé par un morceau de tronc d'arbre et une ramure magnifiquement montée. Là, elle chercha son sachet de camomille dans sa poche de poitrine et le plongea dans sa tasse d'eau chaude. Elle remit le couvercle et, ni vu ni connu, arracha l'étiquette du sachet qui pendouillait.

Chacun ses petits secrets, pensa Shelly avec ironie, un peu attristée à l'idée qu'elle n'avait pas mieux en fait de secret. Elle allait sur ses cinquante ans, nom d'un chien. Il lui faudrait bientôt filer à Paris pour coucher avec un peintre si elle ne voulait pas devenir une vieille dame parfaitement ennuyeuse. À Paris, on la trouverait peut-être exotique. Les femmes y sont tellement pâles, spectrales. Il y avait certainement un artiste quelque part sur la Rive gauche qui aimerait relever le défi de peindre le dernier spécimen d'une espèce en voie de disparition : la quintessence de la fermière américaine. Elle s'attellerait à une charrue. Elle poserait nue.

Ça lui ferait des souvenirs pour toutes les nuits blanches à venir. Moi, Shelly Atkins, j'ai bu à la coupe de la vie. Moi, Shelly Atkins, fût-ce l'espace d'un instant, je me suis sentie belle.

« À quoi vous pensez ? »

La voix de Quincy arrivait de nulle part.

« Nom de Dieu ! » s'exclama Shelly.

Elle écarta brusquement la tasse de tisane bouillante de son corps, de sorte qu'elle réussit à n'en renverser que par terre. Son cœur battait la chamade dans sa poitrine. Elle dut prendre plusieurs grandes inspirations avant que ses mains veuillent bien arrêter de trembler.

« Désolé », dit Quincy d'un air contrit.

Il entra dans son champ de vision et elle comprit qu'il l'avait suivie depuis la salle de réunion. Il avait meilleure mine qu'une heure plus tôt. Le calme retrouvé, les joues qui reprenaient un peu de couleur, le dos bien droit. Merde, il était vachement séduisant – pensée que Shelly n'avait pas envie d'avoir à cet instant précis.

Elle en savait plus sur Quincy qu'il ne l'aurait souhaité. Elle avait une certaine fascination pour le crime, et lorsque la rumeur publique lui avait appris que sa ville abritait un authentique profileur à la retraite, elle avait évidemment cherché tout ce qu'elle pouvait dénicher sur lui. Les affaires épouvantables, les histoires palpitantes. Elle avait passé les dernières semaines à essayer de trouver le courage de prendre contact avec lui. Elle aurait adoré l'entendre parler de son travail, faire appel à ses lumières pour les affaires importantes. Mais elle ne savait pas comment l'aborder sans avoir l'air d'une sorte de groupie du FBI. Ce qu'elle était peut-être.

Pour dire la vérité, Shelly n'avait pas réellement envie d'aller à Paris. En revanche, elle aurait vendu son âme pour suivre les cours de l'école nationale de police à Quantico. Si seulement le bureau du shérif de Bakersville avait les moyens pour ce genre de choses...

Shelly poussa un profond soupir. Son cas était désespéré, il n'y aurait pas de bonnes anecdotes à raconter à la maison de retraite en fin de compte.

« Comment vous sentez-vous ? » demanda-t-elle avec brusquerie.

Quincy était à côté d'elle maintenant. Grand, mince, distingué, avec ces mèches argentées dans sa chevelure sombre. Il sentait la pluie, la boue et le pin, véritable réclame ambulante pour les grands espaces. Elle aurait aimé ne plus remarquer ces choses-là.

« Pas assez bien manifestement pour que les gens arrêtent de me poser la question, répondit Quincy avec flegme.

— Vous nous avez fichu une sacrée frousse. Je n'ai jamais vu un homme s'écrouler comme ça.

— Quand êtes-vous arrivée ?

— Juste au moment où vous souleviez la chaise pliante tout en essayant de dépecer Kincaid.

— C'était de la sublimation. Je médite secrètement d'écharper le commandant Kincaid depuis qu'il a décidé de ne pas satisfaire la première demande de rançon. Devenir fou suite à la disparition de ma femme m'en a simplement fourni l'occasion.

— Il a vite réagi, le jeune homme.

— Mac ? C'est un type bien.

— Ça fait combien de temps qu'il est avec votre fille ?

— Quelques années.

— Vous pensez que c'est sérieux. ?

— Je ne sais pas. Kimberly parle rarement de ses affaires de cœur, dit Quincy pensivement. Mais je n'aurais rien contre. Les pères ne trouvent jamais personne assez bien pour leur fille, mais en l'occurrence...

— Il a l'air de savoir la prendre, compléta Shelly.

— Quelque chose comme ça.

– Elle est ravissante, vous devez être très fier.

– Elle est ravissante, intelligente et têtue comme une mule. Je suis extrêmement fier. De votre côté ?

– J'ai fait l'impasse. Pas de mari, pas d'enfants. Je dois faire filer droit tous ces lourdauds, dit Shelly avec un signe de tête vers la salle de réunion. Je joue assez les mamans comme ça.

– Bien dit. »

Shelly prit une gorgée de tisane. Une bouffée de vapeur s'en échappa et Quincy en huma le parfum.

« Camomille, commenta-t-il.

– Cinquante dollars pour que vous ne le répétiez pas.

– La tisane est contre la religion de vos adjoints ? »

Elle se renfrogna. « Les hommes. Vous savez ce que c'est. »

Quincy sourit. Son visage en fut illuminé, ses yeux encadrés de rides. Son sourire atteignit Shelly en plein cœur, ce qui la mit encore dix fois plus mal à l'aise.

« Et comment », dit-il.

Shelly se détourna. Elle étudia la ramure, la souche, la poussière qui s'accumulait au bord des objets d'exposition. Seigneur, elle était nulle pour ces trucs-là, elle avait toujours été très nulle. C'était ça, la véritable explication de son célibat prolongée : sérieux, elle n'était pas foutue de parler d'autre chose que de boulot.

« J'ai fait des recherches sur Nathan Leopold, dit-elle.

– Et alors ?

– Comme les autres. Célèbre affaire d'enlèvement dans les années 1920. Leopold était un gosse de riches qui se prenait pour une sorte de génie du crime. Il a persuadé son ami Richard Loeb, lui aussi riche et gâté, d'enlever et d'assassiner un garçon de quatorze ans "pour voir". Ils ont rédigé une demande de rançon mais, comme dans les autres affaires, ils n'ont jamais eu l'intention de rendre le gamin vivant. Après la découverte du corps par la police, Leopold s'est immiscé dans l'enquête. Mais les flics n'ont pas mis longtemps à comprendre. Pour commencer, le génial Nathan avait laissé tomber ses lunettes près du corps. Il s'est avéré qu'il n'existait que trois montures comme la sienne dans tous les États-Unis. Ah, le bon vieux temps où tout n'était pas encore standardisé.

– Un crime à deux, médita doucement Quincy. Avec plus ou moins l'idée de jouer à se faire peur.

– Oui, mais Leopold était clairement l'instigateur, le partenaire dominant, aucun doute là-dessus. Le point commun que je vois entre les noms donnés par notre type, c'est qu'il s'agit chaque fois d'affaires célèbres où aucun des ravisseurs n'avait jamais eu l'intention de rendre l'otage vivant. »

Shelly se rendit compte au dernier moment à quel point ses paroles manquaient de tact. « Désolée, murmura-t-elle maladroitement avant de prendre à la hâte une gorgée de tisane.

– Vous n'avez pas à vous excuser.

– C'est juste que... c'est votre femme. Je ne peux même pas imaginer combien ça doit être dur.

– Je doute que ce soit jamais facile.

– Vous pourriez rentrer chez vous, vous savez, dormir un peu. On peut s'en occuper.

– Shérif Atkins...

– Shelly, appelez-moi Shelly.

– Shelly, si vous rentriez chez vous, vous pourriez dormir ?

– Sans doute pas.

– C'est plus facile d'être ici. C'est même plus facile de discuter du genre de psychopathe qui a enlevé ma femme. Au moins, je fais quelque chose. Et peut-être que, si je continue à m'occuper, ça m'évitera de devenir fou en pensant à tout ce que j'aurais dû faire avant. Les signaux auxquels je n'ai pas réagi, les conversations que je n'ai pas eues, les symptômes que je n'ai pas reconnus. Vous savez : tous ces moments où je n'ai probablement pas fait ce qu'il fallait pour ma femme.

– Les j'aurais pu, j'aurais dû, il aurait fallu, murmura Shelly.

– Rainie est alcoolique, dit brusquement Quincy. Et pourtant, depuis que je la connais, elle n'est jamais allée aux Alcooliques Anonymes. Quand on lui en parlait, elle répondait : "J'étais alcoolique." Ça paraît très franc, ouvert, et pourtant...

– Elle en parlait au passé.

– Comme si elle avait été guérie par enchantement, comme si ce n'était plus un problème pour elle. Ce qui bien sûr...

– ... était en soi un déni.

– Je ne l'ai jamais bousculée. Je ne lui ai jamais posé de questions. Elle m'a toujours accusé de vouloir la guérir. Je n'étais pas d'accord, bien sûr, mais c'était peut-être ma propre forme de déni. Sinon comment j'aurais pu accepter aussi facilement ce qu'elle disait, comme si elle avait été cassée et qu'elle était maintenant réparée ? La psychologie n'est pas si simple. Les dépendances ne vous lâchent pas comme ça. »

Shelly ne savait pas quoi répondre. Elle reprit de la tisane.

« Je suis désolé, dit tout à coup Quincy.

— De quoi ? dit Shelly en regardant autour d'elle, sincèrement déconcertée.

— De parler autant. Je n'avais pas l'intention de venir ici pour déblatérer. Je suis désolé. Vous... vous savez très bien écouter. »

Shelly haussa les épaules, prit encore de la tisane. Ouais, c'était son lot dans la vie : savoir écouter.

« Je suis censé vous informer que le commandant Kincaid tiendra une réunion à neuf heures, dit Quincy. Prière d'être prêts.

— Une réunion sur quoi ? ronchonna Shelly. Sur le fait que mes adjoints n'ont toujours pas retrouvé Dougie Jones ? Que nous ne savons toujours pas qui a enlevé votre femme ? Bon sang, j'aimerais bien avoir quelque chose à préparer.

— Je ne pense pas que le commandant ait l'intention de se servir de cette réunion pour revenir sur tout ce que nous n'avons pas fait.

— Bien, Dieu soit loué, alléluia.

— Je crois qu'il va s'en servir pour discuter de la suite des événements.

— C'est-à-dire ?

— La remise de rançon à dix heures du matin. Fini les conneries. On a essayé de faire les choses à la manière de Kincaid. Maintenant, on va laisser le sujet aux commandes.

— Et merde, dit Shelly d'une voix fatiguée.

– C'est la phrase du jour. »

Shelly se ressaisit, essayant avec retard de se rappeler qu'il était le mari de la victime et que proférer des grossièretés n'était pas ce que le shérif pouvait faire de plus utile pour lui.

« On se donne à fond, se reprit-elle. On va la retrouver. Ça va s'arranger. »

Quincy se contenta de sourire à nouveau.

« Règle numéro un dans le métier, Shelly, murmura-t-il posément : ne pas faire de promesses qu'on ne pourra pas tenir. »

25

25

Kimberly avait une dernière visite à faire avant de reprendre la direction du PC. Luke eut la gentillesse de lui chercher le nom et l'adresse. Elle partit de là.

Bakersville ne comptait pas beaucoup de résidences et celles qui existaient n'étaient pas dans le meilleur état qui soit. Cet immeuble en particulier semblait affaissé sur ses fondations et le deuxième étage penchait dangereusement au-dessus du premier. Le bâtiment avait probablement été un motel de bas étage dans le passé – d'où le parking au bitume fissuré, la pitoyable tentative de terrain de jeux où restait encore un portique, bien que dépourvu de balançoires, la piscine qui avait été comblée à la va-vite. Lorsque Kimberly se gara, ses phares révélèrent la peinture blanche qui s'écaillait et les volets rouges de travers. Pas grand-chose dans la propriété pour aider à se sentir chez soi.

Elle lut les numéros sur les portes jusqu'à trouver le 16. Petits coups sur la porte. Le rideau de la fenêtre près de la porte s'écarta et une jeune femme la regarda.

Kimberly montra ses papiers. « Kimberly Quincy, FBI. J'ai des questions au sujet de Dougie Jones. »

Cela fut suffisant. Le rideau retomba en place. La porte s'ouvrit.

Peggy Ann Boyd semblait avoir à peu près l'âge de Kimberly et ses longs cheveux noirs étaient rassemblés en une queue de cheval. À cette heure tardive, son visage était démaquillé. Elle avait troqué son tailleur pour un bas de jogging gris et un sweat noir et orange qui proclamait fièrement *Go Beavs !* Ce qui signifiait soit qu'elle avait étudié à l'université de l'Oregon, soit qu'elle était fan de son équipe de foot. Privés d'une équipe professionnelle bien à eux, la plupart des habitants de l'État prenaient les compétitions universitaires très au sérieux.

« Désolée de vous déranger à cette heure indue », dit Kimberly en entrant. Le studio confirma son hypothèse : un motel converti en appartements de location. Même moquette marron terne, mêmes rideaux à fleurs dorées. Un mur du fond doté d'une simple kitchenette, contiguë à la salle de bains. Kimberly ne put s'empêcher de se dire que s'il y avait bien quelqu'un à qui dix briques rendraient service, c'était Peggy Ann Boyd.

« Qu'est-ce qu'il a encore fait ? demanda l'assistante sociale avec lassitude.

– Il ne s'agit pas de ce qu'il a fait, mais de l'endroit où il peut être.

– Il a fugué ?

– Il a disparu. »

Peggy Ann s'assit lourdement au bord du lit double. Ne restait alors qu'un siège dans la pièce. La jeune femme le désigna et Kimberly s'assit dans le vieux fauteuil.

« Au moins il n'a rien brûlé cette fois, constata laconiquement Peggy Ann. C'est un progrès, en un sens.

– Vous connaissez bien Dougie ? »

Peggy Ann sourit ; ce qui ne diminua pas la fatigue de son visage. « Je ne suis pas sûre que quiconque le connaisse. J'ai essayé. D'autres ont essayé. Mais c'est un sujet résistant s'il en est. Pauvre bonhomme. Je ne sais vraiment pas quoi faire de lui après.

– J'ai cru comprendre qu'il est déjà passé dans quatre familles, qu'il a même fait un séjour dans un centre pour délinquants. Je dois avouer que, vu son passé de voleur et d'incendiaire, je suis surprise que vous ayez réussi à le placer encore une fois. Je suis même surprise que vous ayez essayé. »

Peggy Ann ne répondit pas tout de suite. Elle se tordait les mains sur les genoux, dans un sens, dans l'autre, comme si elle essayait ses propres doigts pour voir s'ils étaient de la bonne taille. « En tant qu'agent fédéral, vous devez travailler sur un grand nombre d'affaires, dit-elle brusquement.

– Oui.

– Certaines ne sont que de la routine, j'imagine. Vous faites ce que vous êtes censée faire, par automatisme.

– Bien sûr.

– Dougie n'était pas que de la routine pour moi. Ce n'était pas qu'un dossier. Je voulais... je veux *encore* arranger cette histoire. Oui, il a des problèmes. Oui, il a des difficultés. Mais... vous auriez dû le voir il y a quatre ans. Il y a quatre ans, Dougie Jones était un petit garçon vraiment super, très aimé. »

Kimberly fronça les sourcils, déconcertée. Elle n'avait pas vu le dossier administratif de Dougie ; il lui faudrait attendre le lendemain pour consulter ces documents avec un mandat. Mais d'après ce qu'elle avait pu reconstituer, Dougie n'était dans le circuit que depuis trois ans.

« Dans quelles circonstances avez-vous rencontré Dougie pour la première fois ? demanda-t-elle prudemment.

– Je le connais depuis le jour de sa naissance. »

Kimberly écarquilla les yeux. « Vous n'êtes pas... Ce ne serait pas convenable...

– Je ne suis pas sa mère, répondit Peggy Ann en riant, pas même une parente. Je suis sa voisine. Dougie est né dans cette résidence. Appartement 22. C'est ici que Dougie a vécu sa petite enfance.

– Vous connaissiez ses parents ?

– Oui et non, dit Peggy Ann en haussant les épaules. Mon chemin croisait de temps en temps celui de sa mère. On allait chercher le courrier en même temps ou bien je me garais au moment où elle déchargeait ses courses, ce genre de choses. La première fois, on sourit, ensuite on dit bonjour, et la troisième ou quatrième fois, ça ne paraît pas anormal d'échanger quelques mots.

» Elle était jeune, le type même de la mère célibataire. Elle était tombée follement amoureuse du père de Dougie. Malheureusement, ce n'était pas réciproque. Le coup classique. Autant que je sache, elle n'avait pas de famille dans la région. L'État lui versait des allocations et elle s'était engagée dans un programme local qui aide les mères isolées à passer leur diplôme d'études secondaires. Géré par l'Église épiscopale. Les femmes proposent une garderie pour les gamins et des cours pour les mères. L'État donne un petit quelque chose pour chaque jour de présence des filles. Ce n'est pas énorme, mais le programme a du succès. Gaby (la mère de Dougie) aurait pu être une des plus belles réussites.

— Pas de drogue, pas d'alcool, pas d'autres hommes ?

— Non, non, autant que je sache, elle menait une vie très tranquille. Je passais la voir de temps en temps, jamais dans le cadre de mon travail, mais en tant que voisine. J'ai grandi avec une mère célibataire, je sais à quel point c'est difficile. Quelquefois je gardais même Dougie une heure ou deux pendant que Gaby courait à l'épicerie, ce genre de choses. Il était précoce. Vivre en appartement n'est pas facile pour un tout-petit, surtout dans des logements aussi exigus. Je ne vous dirais pas que c'était miraculeusement un petit ange quand sa mère était en vie. Il est devenu un as de l'évasion dès l'âge de deux ans. Je crois que nous l'avons tous retrouvé hors de son appartement à un moment ou à un autre et ramené chez lui. Mais il était aimé, choyé. Des vêtements propres, bien nourri. Elle lui dénichait toutes sortes de jouets dans des vide-greniers. Elle lui a même trouvé un tricycle pour ses trois ans. Gaby se donnait vraiment du mal pour son fils. Elle voulait leur faire une vie meilleure à tous les deux.

— Et qu'est-ce qui s'est passé ?

— Elle est morte. Renversée par un chauffard, un

soir où elle rentrait de la supérette. Dougie était couché et elle était sortie chercher du lait. Aucune famille ne s'est jamais présentée pour le réclamer. Il est devenu pupille de la nation et on m'a confié son dossier.

— Vous n'avez jamais pensé à l'adopter ?

— Moi ? s'étonna Peggy Ann. Je suis seule, j'ai un boulot de fonctionnaire qui suffit à peine à payer mon loyer et qui me conduira probablement au surmenage avant mes trente-cinq ans. Qu'est-ce que j'avais à offrir à Dougie Jones ? Il méritait une famille. Alors je lui en ai trouvé une.

— La première famille d'accueil.

— Les Donaldson sont des gens bien. Dans le jargon des services sociaux, c'est la Rolls des familles d'accueil. Couple solide, jolie maison, classe moyenne au train de vie confortable. Je leur ai raconté l'histoire de Dougie et Mme Donaldson s'est empressée de remplir le dossier pour l'accueillir. Voilà un gamin qui avait eu un bon départ dans la vie. Il était aimé, il s'était attaché, il avait plus de potentiel que quatre-vingt-dix pour cent des gamins qui défilent dans mon bureau. Et voilà que des gens étaient prêts à reprendre là où sa mère s'était arrêtée. L'histoire aurait dû bien se terminer, mademoiselle...

— Kimberly, appelez-moi Kimberly.

— Bon, ça aurait dû bien se terminer. Or, à ce jour, je suis incapable de vous dire pourquoi ça n'a pas été le cas.

— Il a mis le feu à leur garage.

— Seulement après avoir démoli l'essentiel de leur mobilier, déchiré sa literie et creusé des trous grands comme des ballons de basket dans le mur de sa chambre. Le garage a été la goutte qui a fait déborder le vase. Ils ne se sentaient plus capables de s'en occuper. Mme Donaldson m'a avoué qu'elle avait réellement peur.

– De Dougie ?

– De Dougie.

– Mais vous lui avez trouvé une autre famille. »

Peggy Ann eut un pauvre sourire. « Accueillir un enfant placé rapporte de l'argent, Kimberly. Tant qu'il y a de l'argent, je peux toujours leur trouver une autre famille.

– Oh.

– Eh oui ! Le contexte n'était pas aussi bon, et le résultat prévisible. Soit dit en passant, j'ai fait jouer quelques leviers pour lui obtenir une aide psychologique quand il a mis le feu à sa deuxième maison. L'État a débloqué un budget et j'ai trouvé un psychologue pour enfants dans la région. Malheureusement, la troisième mère d'accueil de Dougie ne l'a jamais amené aux rendez-vous. Elle avait cinq enfants à charge ; trois rendez-vous par semaine, c'était trop, tout simplement. Et, oui, Dougie a implosé, oui, elle l'a jeté dehors, oui, on a repris le cycle à zéro. Et encore, et encore.

» Dougie est un petit garçon en colère. J'aimerais pouvoir vous dire pourquoi. J'aimerais pouvoir vous dire comment le guérir. Tout ce dont je suis sûre, c'est qu'il est très, très remonté. Contre le monde entier, contre le système des placements et même contre moi. Pour le moment, disent les spécialistes, il préfère être en colère qu'aimé.

– Je l'ai rencontré cet après-midi », dit Kimberly.

Peggy Ann eut l'air étonnée. « Eh bien, au moins vous avez l'air en un seul morceau.

– Il jouait avec un scarabée, sous la pluie, il s'amusait dans la boue. Je pensais pouvoir parler de Rainie Conner avec lui. Mais à la minute où j'ai prononcé son nom, il s'est mis en colère.

– Ah bon ? Aux dernières nouvelles, c'était une des seules personnes qu'il tolérait. »

Kimberly pencha la tête sur le côté. « Vous n'êtes pas au courant ?

– De quoi ?

– Rainie a été enlevée.

– Oh non !

– Nous nous demandions si Dougie ne serait pas au courant de quelque chose.

– Un *enlèvement* ? Il n'a que sept ans. Je veux dire, s'il avait incendié sa maison, je comprendrais. Mais un enlèvement ?

– D'après Laura Carpenter, il savait que Rainie avait disparu avant même qu'on le lui ait dit.

– Ça n'a pas sens.

– C'est pour ça que je suis allée le voir.

– Et il vous a donné une explication ?

– Non. Mais j'ai eu l'impression... Certaines de ses phrases ne ressemblaient pas à un enfant de sept ans. On aurait dit un petit garçon qui répétait le discours d'un adulte. »

Au tour de Peggy Ann de froncer les sourcils. « Vous pensez qu'il pourrait connaître le ravisseur de Rainie ?

– Je n'en suis pas encore certaine. Mais je crois

qu'il sait quelque chose. Voyez-vous d'autres amis proches qu'il pourrait avoir ? Quelqu'un à qui il se confierait ?

— Je ne m'occupe pas du quotidien. Il faudrait poser la question à Laura...

— N'y voyez rien de personnel, mais je ne crois pas que Laura Carpenter soit tellement proche de Dougie.

— Stanley, peut-être ?

— Je ne l'ai pas encore rencontré, répondit Kimberly, qui marqua une pause. Et les accusations de sévices formulées par Dougie ? »

Peggy Ann soupira. « Entre nous ?

— Oui.

— Si je pensais que Dougie court un quelconque danger, je le retirerais de cette maison en moins de temps qu'il ne faut pour le dire. Je n'ai nulle part où l'envoyer évidemment, mais je me débrouillerais. Je me suis renseignée sur Stanley et Laura Carpenter ; je n'ai trouvé personne qui ait du mal à en dire, en revanche j'ai trouvé une demi-douzaine de joueurs de l'équipe de foot du lycée qui m'ont affirmé que M. Carpenter les avait aidés à remettre de l'ordre dans leur vie. Et j'ai rendu visite à Dougie à de nombreuses reprises ; je n'ai jamais vu de traces de coups sur lui, rien qui évoque la violence. Vu son passé tourmenté...

— Vous pensez qu'il ment.

— Je pense que Dougie ressent les méthodes "musclées" de Stanley Carpenter comme une agression. Mais c'est peut-être aussi le dernier espoir qu'il lui reste.

— Vous savez si Rainie s'est fait une opinion ?

— Je n'ai vu aucun rapport.

– Des rumeurs ? »

Peggy Ann réfléchit, secoua la tête. « Je n'ai pas non plus entendu de rumeurs. Aux dernières nouvelles, elle enquêtait encore. »

Kimberly hocha la tête, s'adossa dans le fauteuil. Rainie, avait suggéré Quincy, commençait à penser qu'il y avait du vrai dans ce que disait Dougie. Mais, lorsqu'elle avait discuté avec Laura Carpenter, celle-ci n'avait semblé au courant de rien, et Peggy Ann non plus. Dans l'esprit de Kimberly, la vraie question n'était pas de savoir à quelle conclusion Rainie était arrivée, mais ce que les autres *croyaient* qu'elle avait conclu. Selon toutes apparences, Rainie était néanmoins restée très discrète.

Kimberly soupira alors, le front plissé, cherchant dans quelle direction poursuivre. « Dougie allait à l'école ?

– Au cours préparatoire.

– Pouvez-vous me donner le nom de son enseignant ? Il ou elle saura peut-être quelque chose. »

Peggy Ann se leva et s'approcha de la table, dont Kimberly vit qu'elle faisait aussi office de bureau. « Elle s'appelle Karen Gibbons. Je suis sûre qu'elle ne verra aucun inconvénient à ce que vous l'appeliez. Soit dit en passant, Dougie n'est pas exactement le chouchou de la maîtresse.

– Je m'en serais doutée. Il y a un psychologue ? Maintenant qu'il vit chez les Carpenter, il va à des rendez-vous ?

– Pas que je sache, mais, là encore, Laura pourrait vous en dire plus. »

Kimberly avait échangé quelques mots avec Laura

après sa prise de bec avec Dougie. Autant qu'elle puisse en juger, Laura ne savait rien. Réellement, sincèrement, elle ne savait rien, ce que Kimberly avait jugé curieux pour une mère nourricière. C'était comme si Stanley avait décidé d'accueillir un enfant, qu'il avait mis sur pied un programme et qu'il s'occupait maintenant de lui. Laura n'était là qu'en spectatrice.

Kimberly n'avait vu aucune trace de coups, mais à son avis, Laura avait le profil de la femme battue. Elle se demanda si Rainie avait pensé la même chose.

Peggy Ann finit de recopier un nom et un numéro de téléphone sur une feuille de calepin. Elle la tendit à Kimberly.

« Il pleut toujours dehors ? demanda Peggy Ann.

– Il bruine, oui.

– Vous avez regardé ? Il a peut-être pris un manteau, ou un parapluie, un bonnet, des gants », dit-elle pensivement.

Elle s'inquiétait à nouveau pour Dougie et Kimberly comprit qu'elle ne fermerait pas l'œil de la nuit.

« Quand il a été vu pour la dernière fois, il portait un sweat et un jean, répondit-elle, impassible. Le bureau du shérif le recherche en ce moment même.

– Je vois, dit Peggy Ann, encore soucieuse. Attendez une minute. Si le bureau du shérif est à sa recherche... Vous n'avez pas dit que vous étiez du FBI ?

– En réalité, nous ne pensons pas qu'il se soit perdu, répondit Kimberly avec autant de douceur que possible. Nous croyons qu'il a pu être enlevé. »

Peggy Ann porta sa main à sa bouche. « Oh, non. »

Kimberly se leva. « Si vous voyiez quelqu'un d'autre à qui je devrais parler...

– Je vous le ferais savoir immédiatement.

– Et si, pour une raison quelconque, vous aviez des nouvelles de Dougie...

– Je vous le ferais savoir immédiatement. »

Kimberly était à la porte. Peggy Ann restait figée au milieu de la pièce. Elle faisait pitié à voir maintenant, voûtée dans son sweat trop grand, quelques mèches de cheveux sombres entortillées autour de son visage pâle.

« Peggy Ann, si nous arrivons à entrer en contact avec Dougie, demanda tout à coup Kimberly, vous voyez quelque chose qu'on pourrait lui dire, quelque chose ou quelqu'un qui pourrait capter son attention ? Il a un jouet préféré ou un ami invisible ? Peut-être un souvenir de sa mère ? »

Peggy Ann lui sourit tristement. « De quoi croyez-vous qu'il s'est servi pour allumer l'incendie dans le garage des Donaldson ? Il a rassemblé tous ses effets personnels (ses vêtements, ses jouets, les photos de sa maman) et il les a brûlés. Tous jusqu'au dernier. Il ne reste même pas un portrait de sa propre mère. »

Kimberly ne savait vraiment pas quoi dire.

Peggy Ann eut un sourire désolé. « J'espère pour lui que Dougie a une boîte d'allumettes ce soir.

– Pourquoi ?

– Vous avez regardé le thermomètre ? Il fait quelque chose comme cinq degrés. Et s'il est déjà frigorifié et mouillé... »

La suite allait sans dire. « On fait le maximum », dit Kimberly.

Peggy Ann ne fut pas dupe. « Et pourtant, quand il s'agit de Dougie Jones, le maximum n'est jamais suffisant. »

26

MARDI, 21 HEURES 01

Kincaid donna le coup d'envoi de la réunion en demandant à Shelly Atkins de prendre la parole en premier. C'était une pique subtile mais efficace en direction du bureau du shérif de Bakersville, puisque Shelly avait déjà reconnu qu'elle n'avait rien à dire.

« On va faire un tour de table, annonça Kincaid à neuf heures précises. Pour mettre chacun au courant de l'avancement de nos travaux respectifs. Ensuite on se mettra d'accord sur une procédure pour l'échange de demain. Shelly, vous en êtes où ? »

Shelly, assise en face de lui, cligna des yeux de surprise. Elle regarda le capitaine Spector, à droite de Kincaid, puis la négociatrice, Candi Rodriguez, à sa gauche. Pour finir, elle soupira, sachant reconnaître un guet-apens quand elle en voyait un, et s'exécuta.

Kimberly entra dans la salle de réunion à l'instant où Shelly se levait pour faire son rapport. Elle se glissa vivement dans le fauteuil que Quincy avait réservé entre lui et Mac et se passa la main sur le visage pour en essuyer la pluie. Seul un autre siège restait libre, pour le capitaine Alane Grove. Apparemment, Kincaid n'était pas d'humeur à attendre même ses propres subordonnés. Il fit un geste de la main et Shelly commença.

Aussi discrètement que possible, Kimberly toucha le coude de son père et résuma brièvement les dernières nouvelles sur le calepin jaune devant lui. Elle écrivit : *Luke Hayes = non. Le fils de Lucas Bensen ? ? ?*

Quincy regarda longtemps cette note.

« Donc, suite à notre dernière réunion, résumait Shelly, le bureau du shérif a principalement agi dans deux directions. Premièrement, nous avons vérifié les alibis des délinquants du coin et secoué les puces à quelques-uns. Deuxièmement, nous avons participé aux recherches concernant Dougie Jones, sept ans. Pour ce qui est de notre première mission, nous avons dressé une liste de vingt-sept personnes "possibles". À l'heure qu'il est, nous avons personnellement rendu visite à douze de ces individus. Huit ont été clairement mis hors de cause grâce à leurs alibis. Trois sont passés dans la catégorie "peu probable". Un est resté "possible", de même que les quinze autres, que nous espérons aller voir rapidement.

» Par ailleurs, au cours d'une de ces visites, l'individu concerné a spontanément fourni une liste de personnes susceptibles à ses yeux de kidnapper une femme pour de l'argent. Plusieurs des noms figuraient déjà sur notre liste, mais trois de plus sont apparus ; nous les avons ajoutés dans la colonne des "possibles", ce qui nous amène à un total de dix-neuf hommes. »

Elle regarda Kincaid en face d'elle, s'éclaircit la

gorge. « Je vais être franche. Vu l'heure qu'il est et toutes les autres missions confiées à mes gars, je doute qu'on puisse disculper dix-neuf personnes avant demain, dix heures. On va continuer jusqu'à minuit, ensuite je commencerai à renvoyer mes agents chez eux par tranches de cinq heures pour que tout le monde puisse au moins fermer un peu l'œil avant le matin. Quant à ceux que nous n'aurons pas innocentés (une bonne douzaine, à vue de nez), j'en dresserai un mini-portrait pour Mlle Candi. Oui, je mettrai des tirets. »

Shelly lança à la négociatrice un regard ironique. Candi lui renvoya un sourire doucereux bien à elle.

« D'autre part, pour ce qui est de Dougie : trois de mes adjoints coordonnent les opérations avec les secouristes du coin, les pompiers et une douzaine de volontaires. Ils vont continuer encore quelques heures, mais les bois autour de la maison Carpenter ont été pas mal ratissés. Soit Dougie se cache et ne veut pas être retrouvé, soit il a disparu, kidnappé comme nous le suspectons.

– Vous avez parlé avec la famille d'accueil ? demanda Kincaid.

– Pas moi, un de mes adjoints.

– Alors ?

– Alors quoi ? » répondit Shelly en haussant les épaules. « Stanley Carpenter pense que c'est une fugue. D'après lui, Dougie reste un vaurien prêt à tout pour ne pas assumer ses actes. Naturellement, aux dernières nouvelles, Dougie accusait Stanley de maltraitance. La personne chargée de débrouiller tout ça était Rainie Conner, première victime du kidnapping, et on ne peut donc pas vraiment la joindre pour lui demander son avis. Est-ce que je crois que Stanley dit la vérité ? Aucune idée. Est-ce que je crois que Dougie a été kidnappé ou qu'il s'est enfui volontairement ? Aucune idée. Je n'ai dormi que quatre heures en deux jours. Je suis juste contente de tenir encore debout. »

Kincaid cligna des yeux. « Un point pour vous, dit-il. Vous êtes rentrée dans la maison ?

– Non, c'est l'adjoint Mitchell qui est allé les voir. Les Carpenter coopèrent. Les alibis de Stanley (travail toute la journée, entraînement de foot le soir) ont été vérifiés tous les deux. Laura a passé la journée seule chez elle, alors c'est un peu plus difficile de rendre compte de son emploi du temps. Ils ont permis à Mitchell de visiter la maison et de voir la chambre du gamin. C'est assez dépouillé, juste un matelas et un drap. La fenêtre est clouée et la porte se verrouille de l'extérieur, ce qui a mis l'adjoint Mitchell mal à l'aise. Mais d'après Stanley, Dougie a un passé de fugueur et d'incendiaire, ce qui concorde avec nos informations.

– J'aimerais y envoyer le labo de criminalistique, voir ce qu'ils pourraient trouver.

– On peut toujours essayer, dit Shelly. Je crois que Mitchell vous dirait qu'il n'y a pas grand-chose à examiner dans la chambre de Dougie. Pas de bureau, pas de livres, pas de commode, pas de coffre à jouets. Pendant son inspection sommaire, il n'a même pas pu trouver de poubelle. Je ne sais pas. Peut-être que transformer la chambre d'un gamin en cellule de prison est la seule solution. Vous voyez, c'est pour ça que je me cantonne aux chevaux.

– Est-ce que l'adjoint Mitchell a discuté avec Laura Carpenter ? intervint Kimberly.

– Elle était présente quand il est entré dans la maison, répondit Shelly en se tournant vers elle, mais j'ai l'impression que c'était surtout Stanley qui parlait.

– Et est-ce que ça a semblé bizarre à l'adjoint Mitchell ?

– Vous me demandez si Stanley dirige la maisonnée d'une main de fer ?

– J'ai rencontré Laura Carpenter aujourd'hui. Je me suis... interrogée sur son apparent manque d'intérêt ou d'attention pour l'enfant qu'on lui a confié. »

Shelly réfléchit. « Mitchell n'a rien dit, mais je pourrais lui poser la question.

– Est-ce que vous avez un adjoint que vous considérez comme un spécialiste des affaires de violence conjugale ? Ou peut-être un agent que vous jugez plus apte à interroger une femme battue ?

– J'ai ça.

– J'enverrais cette personne continuer l'enquête sur place, voir si il ou elle peut rencontrer Laura en tête à tête. Stanley ne vous dira jamais rien. Mais peut-être que si on s'adresse à Laura...

– Ce n'est pas bête, acquiesça Shelly. Considérez que c'est fait. »

Kincaid se racla la gorge et remua les papiers devant lui. C'était sa réunion, après tout. « Alors, Kimberly. On dirait que vous avez eu une soirée chargée. Quelque chose que vous aimeriez partager avec nous ?

– J'ai simplement continué l'enquête sur Dougie Jones », répondit Kimberly avec désinvolture. Elle n'avait aucune intention de mentionner sa visite à Luke Hayes et elle savait d'ailleurs que son père ne l'aurait pas voulu. « Je suis allée voir son assistante sociale, Peggy Ann Boyd, qui était en fait sa voisine quand il est né. D'après elle, Dougie a toujours été précoce, mais au moins pendant les quatre premières années de sa vie, il était très aimé. Malheureusement, sa mère a été écrasée par un chauffard. Lorsque aucun parent ne l'a réclamé, il est devenu pupille de la nation et ses tribulations dans diverses familles d'accueil ont commencé. Elle soutient qu'il a encore bon fond. Mais en ce moment il est très en colère et, pour reprendre les mots de l'assistante sociale, il a plus besoin de cette rage que d'être aimé.

– Autrement dit, rien que nous ne sachions déjà.

– J'ai demandé s'il y avait une bonne façon d'atteindre Dougie. Un souvenir particulier qui lui serait cher, une peluche, un doudou, n'importe quoi. D'après elle, il a détruit toutes ses affaires dans le premier incendie qu'il a allumé dans le garage de sa famille d'accueil, y compris les photos de sa maman, jusqu'à la dernière.

– Seigneur, murmura Shelly au bout de la table, tandis que les autres agents, mal à l'aise, s'agitaient.

– Je crois que Dougie aime encore beaucoup sa mère, dit Kimberly d'une voix douce. Je crois que si quelqu'un exploitait correctement cette information, il pourrait manœuvrer même un petit garçon dur à cuire et méfiant comme lui. Par exemple, l'attirer près de son véhicule ou même le convaincre de monter faire un tour.

– Bref, vous pensez qu'il a été kidnappé, conclut carrément Kincaid.

– Jusqu'à présent, même avec la demande de rançon et le scarabée... Dougie a beau n'avoir que sept ans, tout le monde le décrit comme vif, fort et profondément méfiant envers les inconnus, pas le genre de gamin à disparaître sans résister. Alors comment notre type a-t-il mis la main sur ce gosse sans que personne le remarque ? Au début, cette idée m'a perturbée. Mais maintenant... je vois comment ce serait faisable.

– Est-ce que vous pensez que Dougie a été la victime d'un deuxième enlèvement, insista Kincaid, ou bien avez-vous envisagé qu'il pourrait être complice ?

– Sept ans, c'est un peu jeune pour être considéré comme complice.

– Vous voyez ce que je veux dire. »

Kimberly hésita. Elle savait bien ce qu'il voulait dire et cette idée, aussi désagréable fût-elle, méritait d'être examinée. « Il est possible que Dougie ait aidé la personne qui a enlevé Rainie, répondit-elle après un instant. Il est en colère, isolé, jeune. Ça fait clairement de lui une cible pour un manipulateur.

– J'aimerais que nous gardions tous l'esprit ouvert s'agissant de Dougie Jones, dit brusquement Kincaid. Deux éléments de ce puzzle continuent à me troubler. Premièrement, Dougie Jones semblait au courant avant tout le monde de la disparition de Rainie. Maintenant, c'était peut-être une pure coïncidence, peut-être qu'il a demandé si elle avait disparu parce qu'il avait envie que ça se produise. Comme l'a si bien dit le shérif Atkins, avec les gosses, on ne sait jamais. Mais cela m'amène au second point : il apparaît de plus en plus que Rainie était la victime désignée. Par ailleurs, celui qui l'a enlevée en savait long sur elle et sur sa vie. Or, d'après M. Quincy, Rainie était quelqu'un de réservé dont le cercle d'intimes était très restreint. Alors qui aurait pu en apprendre autant sur elle sans qu'elle s'en aperçoive ? Je commence à me demander si ces deux morceaux ne s'imbriquent pas l'un dans l'autre. Quelqu'un savait tout sur Rainie parce que Dougie Jones le lui avait dit. Et Dougie Jones savait que Rainie avait disparu parce que...

— Il avait aidé à la piéger », compléta Quincy d'une voix égale.

Kincaid acquiesça. « À ce stade, ce n'est qu'une théorie évidemment, mais nous ne pouvons pas l'exclure. D'où mon désir de fouiller la chambre de Dougie.

— Pas sa chambre, dit soudain Kimberly, concentrée. Aux yeux de Dougie, cette maison est clairement contrôlée par Stanley, c'est un territoire ennemi. Dehors, dans les bois, c'est là que Dougie se sent le mieux. S'il cherchait une planque pour ses trésors (disons, un caillou spécial, sa collection de scarabées ou, qui sait, les lettres d'un nouvel "ami"), ce serait là. Dans une boîte de conserve cachée dans un arbre ou enterrée sous une grosse pierre. Vous voyez, un endroit secret mais accessible à un enfant de sept ans.

— Encore de chouettes activités de plein air en perspective, ironisa Shelly.

— Peut-être que vos adjoints, tant qu'ils sont là-bas à fouiller les lieux..., suggéra Kincaid.

— ... à se faire tremper jusqu'aux os, continua Shelly en levant les yeux au ciel. Je vais me mettre au travail sur le mandat. Il y a des chances qu'un truc comme ça ne se trouve pas à la vue de tous. »

Elle soupira, rédigea une note sur le calepin devant elle et la réunion se poursuivit.

Le capitaine Ron Spector, police d'État de l'Oregon, avait le dernier rapport en date des deux enquêteurs de terrain envoyés par le laboratoire de criminalistique de Portland – lequel, bizarrement, était situé à Clackamas.

« Il y a des bonnes et des mauvaises nouvelles, expliqua Spector. On est en train de remorquer la voiture jusqu'au labo pour qu'elle soit examinée dans la nuit. Sur la scène, ils ont passé l'intérieur en revue sommairement avec des lampes à haute intensité. Au rayon des bonnes nouvelles, pas de traces de sang et ils ont découvert une empreinte de semelle sur la pédale de frein, ainsi que toute une série de fibres, traces, etc. Ils pensent donc qu'ils auront beaucoup d'indices à étudier – reste à voir s'ils seront utiles. La mauvaise nouvelle, c'est que la pluie fout tout en l'air. Rien de définitif tant que la voiture n'aura pas séché, mais les scientifiques ne sont guère optimistes sur les possibilités de recueillir quoi que ce soit à l'extérieur du véhicule. Inutile de dire que retrouver des traces autour du véhicule est également jugé sans espoir.

» L'identité judiciaire prévoit aussi de s'amuser encore sur la voiture ce soir. Pour gagner du temps, ils ont relevé les empreintes sur le rétroviseur, la poignée intérieure de la portière et le levier de vitesses, les endroits où on a le plus de chances d'obtenir des résultats. Le rétro a fourni une empreinte de pouce complète. Ils sont en train de la comparer à celle de la victime et de sa famille. »

Le capitaine lança un regard vers Quincy, se racla la gorge et poursuivit :

« La première lettre est déjà arrivée au labo. Elle fait un petit tour par le service des empreintes et la biologie, avant que celui des documents se penche dessus. La mauvaise nouvelle en l'occurrence, c'est que la biologie va prendre du temps, d'autant qu'ils ont comme par hasard beaucoup de boulot en ce moment. Le rapport final, ce sera dans des semaines, voire des mois, pas demain matin à dix heures. »

Spector regarda Kincaid. Le directeur d'enquête haussa les épaules. Inutile de plaider le fait que c'était une affaire prioritaire. Il n'y avait que des affaires prioritaires.

« Pour finir, on a aussi fait des relevés sur le pistolet de la victime, qui a été envoyé au labo. Un des enquêteurs de terrain, Beth, est déjà sur le chemin du retour. Elle va chercher des traces ce soir, puis les transmettre à la balistique. Ils ont un formulaire qu'il faudra que vous remplissiez, dit Spector en s'adressant à Quincy, sur les habitudes de votre femme concernant son arme. Est-ce qu'elle la nettoie toujours après avoir tiré et ainsi de suite ? Ça les aide à déterminer si on a récemment fait feu avec ce pistolet.

— Oui, elle le nettoie toujours, répondit Quincy. Et on n'a pas tiré avec récemment. L'odeur nous l'aurait indiqué. »

Spector haussa les épaules. Le labo avait ses procédures et l'enquêteur n'avait pas à discuter. « Conclusion, il y a beaucoup d'indices à analyser. Malheureusement, une grande partie est périphérique. La première scène de crime (le bas-côté où la victime a très vraisemblablement été enlevée) a été détruite par les intempéries. Et nous pouvons bien sûr envoyer les scientifiques dans les bois où vit Dougie Jones, mais je crois qu'ils vous diront la même chose. Les traces ne résistent tout simplement pas à ces conditions. On n'y peut rien. »

Kincaid hocha la tête avec abattement, le rapport du capitaine n'apprenant rien à personne. Dans une affaire comme celle-là, où ils n'avaient aucun suspect et une fenêtre de treize heures avant le prochain contact, il était entendu que tout rapport sur les indices arriverait trop tard pour leur être utile. Ces informations seraient plutôt mises à profit plus tard, par un procureur qui instruirait le dossier en vue d'un procès. Ce qui restait à déterminer par Kincaid et la cellule de crise, c'était le type du procès : procès pour enlèvement ou procès pour meurtre ?

Kincaid s'éclaircit la voix et se tourna vers Mac pour qu'il fasse le point sur l'argent de la rançon, quand la porte de la salle de conférences s'ouvrit en coup de vent. Alane Grove s'engouffra dans la pièce, secouant encore son parapluie, l'air littéralement surexcitée.

« Désolée d'être en retard, annonça-t-elle à bout de souffle, mais j'ai du nouveau. »

Kincaid regarda sa jeune enquêtrice avec étonnement. « Vas-y, je t'en prie. »

Elle attendit à peine l'invitation, s'attaquant furieusement à son imperméable après avoir jeté son parapluie mouillé par terre. « J'ai reconstitué les vingt-quatre dernières heures de Lorraine Conner. Pas de bar, d'après ce que je sais, et je suppose que c'est une bonne nouvelle, mais j'ai découvert autre chose : elle avait rendez-vous chez un médecin à quinze heures hier. »

Elle regarda Quincy droit dans les yeux. Kimberly en fit autant. Il secoua lentement la tête. De toute évidence, il ne savait pas où ça les menait.

« C'était une visite de suivi. Naturellement, le docteur ne voulait pas en parler – le secret médical, tout ça. Mais dès que je lui ai dit qu'elle avait disparu, il est devenu très inquiet. Apparemment, il lui a prescrit un médicament qu'elle a commencé à prendre il y a trois mois. Le but du rendez-vous était d'ajuster la dose. C'est un anxiolytique...

– Oh non, murmura Quincy.

– Du Paxil, expliqua le capitaine Grove, rayonnante. Vous connaissez ?

– Oh non.

– Exactement. D'après le docteur, ce n'est pas un médicament qu'on peut arrêter du jour au lendemain – il faut un sevrage. Jusqu'à hier, Rainie prenait soixante-deux milligrammes par jour, la dose maximale. D'après le docteur, il faut qu'elle continue à en prendre, sinon les symptômes de manque seront assez épouvantables : confusion mentale, maux de tête, nausée, hypomanie, troubles sensoriels. On signale que certaines personnes sont incapables de tenir debout, qu'elles ont en permanence la sensation d'avoir des décharges électriques dans le cerveau. Ce n'est vraiment pas bon. »

Kimberly regardait à nouveau son père. Quincy

secouait toujours la tête, pris à revers, anéanti. Rainie avait trouvé une autre manière de blesser son mari en fin de compte. Elle avait cherché à se faire aider – seulement elle ne s'était pas tournée vers lui.

« J'ai la liste du contenu du sac de la victime retrouvé dans sa voiture, continuait le capitaine Grove. Aucune mention d'un médicament sur ordonnance. Mais alors j'ai commencé à réfléchir : et si la victime ne voulait pas qu'on sache qu'elle était sous antidépresseurs ? Les gens sont assez susceptibles pour ces choses-là, vous voyez. Alors je me suis demandé quel serait l'endroit logique pour cacher des pilules et les avoir toujours sur elle sans que personne ne soupçonne quoi que ce soit. Et je les ai trouvées. Dans le flacon de Pamprin qu'elle transportait dans son sac, annonça-t-elle triomphalement. Je les ai comptées une par une. Le nombre correspond à la prescription du médecin. Alors pour autant que je puisse le savoir, la victime a pris sa dose hier matin, mais pas depuis. Ce qui signifie...

– Qu'il faut la retrouver, dit Quincy, crispé.

– Ouais, sinon on dirait qu'elle va devenir cinglée. »

27

MARDI, 21 HEURES 38

Elle ne pouvait pas dormir. Ne dormirait pas. Ne devait, absolument, en aucun cas dormir.

Rainie se forçait à rester consciente, hypervigilante. Elle se concentrait sur le bruit de l'eau qui gouttait le long des murs de la cave, la sensation du petit corps de Dougie pressé contre son flanc, l'odeur de moisi qui lui emplissait les narines. Elle était gelée et périodiquement secouée de spasmes qui distordaient son corps endolori et la faisaient claquer des dents. Elle se servait de cet inconfort pour se maintenir sur le qui-vive. Cela lui donnait quelque chose à percevoir, perdue qu'elle était dans un monde obscur, sans rien à voir.

Elle n'avait pas voulu laisser Dougie sur le sol mouillé. Mais, pieds et poings liés, elle n'avait pas pu monter le corps inconscient du garçon sur l'établi sec. Au lieu de cela, elle avait fait de son mieux pour les traîner tous les deux jusque sur les premières marches. L'arête tranchante de l'escalier en bois s'enfonçait dans ses côtes meurtries, coupait la circulation dans différentes parties de son corps. Elle prit l'habitude de se tourner d'abord sur la gauche, puis sur la droite, avant de frapper le sol de ses pieds liés. Avec le mouvement venait la chaleur, avec la chaleur l'espoir. Donc elle n'arrêtait pas de bouger.

Rainie avait eu l'occasion de travailler sur une affaire où une jeune fille avait été abandonnée dans une grotte souterraine. Cette expérience lui avait appris qu'on peut mourir de froid à douze degrés. Il suffit que les vêtements soient mouillés et la fraîcheur constante.

Dougie et elle étaient tous les deux trempés jusqu'aux os.

Elle avait la sensation qu'il faisait nettement moins de douze degrés dans cette cave.

C'était drôle, le nombre de nuits interminables qu'elle avait passées ces quatre derniers mois, quand se bousculaient dans sa tête des idées qu'elle était incapable de maîtriser. Le sommeil lui apportait d'horribles cauchemars. Le réveil provoquait en elle une angoisse sans cause souvent bien pire que ses rêves.

Elle avait observé sa propre désagrégation de l'extérieur. D'une femme relativement heureuse en ménage et au travail motivant, elle s'était vue devenir une boule de nerfs fébrile, les épaules voûtées, incapable de concentration, de sommeil, d'espoir. Elle était devenue d'une irascibilité qui l'effrayait elle-même.

Chaque fois qu'elle pensait à Astoria, aux derniers instants de terreur d'Aurora Johnson, elle devenait pratiquement folle de rage, sentait la colère lui enserrer le crâne comme une bête féroce entre ses griffes, désespérait d'y échapper. Même quand ils avaient terminé le profil du criminel, même quand le directeur d'enquête l'avait lu et s'était exclamé : « Hé, je connais ce type », rien n'avait changé. L'employé de la maintenance avait un alibi tout trouvé : bien sûr qu'il y avait ses empreintes dans l'appartement – il l'entretenait. Bien sûr qu'il y avait du sang sur ses chaussures – c'est lui qui avait signalé les corps.

Quincy mit au point une stratégie pour l'interrogatoire. Le jeune homme de vingt et un ans, sorti du lycée sans diplôme, les cheveux filandreux, s'était contenté de hausser les épaules pendant quatre heures de suite en déclarant : « Je sais rien de tout ça. »

C'était la vie. Ils avaient cherché, s'étaient échinés, s'étaient évertués frénétiquement à déceler de petits indices. Et les appels au secours d'Aurora Johnson n'avaient une nouvelle fois trouvé aucun écho.

Les professionnels étaient censés pouvoir affronter ce genre de situations. Ils étaient censés minimiser la chose, prendre sur eux, comme Quincy semblait en être capable. *On ne peut pas gagner à tous les coups. Il commettra tôt ou tard une erreur.* Ce qui impliquait bien sûr une autre mère trucidée, une autre petite fille terrifiée.

Rainie ne trouvait pas ce degré d'acceptation en elle-même. Elle voyait l'appartement ensanglanté dans ses rêves, nuit après nuit. Quelquefois, elle allait jusqu'à fantasmer qu'elle se rendait chez l'employé de la maintenance. Elle connaissait les méthodes de la police scientifique. Comme tout policier, elle avait passé pas mal de temps à imaginer le crime parfait. Elle allait s'en occuper personnellement. Elle allait s'assurer que ce qui était arrivé à la petite Aurora Johnson ne se reproduise plus jamais.

Sauf que l'employé de la maintenance n'était évidemment que la partie visible de l'iceberg. Obsédée, elle commença à se pencher sur d'autres affaires : enlèvements d'enfants, cas de maltraitance, articles sur la guerre en Irak. Elle attendait que Quincy sorte de la maison et se faufilait alors comme une voleuse jusqu'à l'ordinateur. Recherche sur Google : Trois enfants morts de faim. Recherche : La maison de l'horreur. Recherche : Viol d'un nouveau-né.

C'était incroyable la somme d'horreurs qui s'affichaient sur son écran. Elle restait là, des heures d'affilée, à lire, lire, lire, jusqu'à ce que son visage soit inondé de larmes. Tant de douleur et de souffrance. Tant d'injustice. Le monde était lamentable, cruel, et rien de ce qu'une femme seule pouvait faire n'y changerait rien. Comment tant d'enfants pouvaient-ils crier sans que personne ne réponde à leurs pleurs ?

Alors elle entendait les pneus de Quincy crisser dans l'allée. Vite, elle fermait les fenêtres, s'essuyait les joues.

« Je vérifiais juste les messages », disait-elle à son mari lorsqu'il apparaissait dans le couloir, dans une odeur de pluie et de pin. Et lui hochait la tête et se dirigeait vers leur chambre, tandis qu'elle restait là, mains jointes, tête basse, à se demander comment elle pouvait mentir à quelqu'un qu'elle aimait sincèrement.

Et elle sentait l'obscurité grandir en elle, créature bien vivante qui la coupait du reste du monde, la séparait de son propre mari. Elle poursuivit son horrible quête sans en souffler mot à Quincy. Il ne comprendrait pas. Personne ne comprendrait.

Cela avait été un soulagement de prendre enfin ce premier verre.

Elle était stupide, elle le savait. C'est son lot dans la vie, de vivre à la fois à l'intérieur et à l'extérieur de son corps. Elle bougeait, agissait, ressentait. Mais elle était aussi un témoin objectif, prompt à critiquer ses propres actions.

Aurora Johnson était morte. En quoi le fait que Rainie boive, que Rainie mente, que Rainie se foute en l'air, y changerait-il quelque chose ? Dans ses meilleurs jours, quand le brouillard se dissipait dans sa tête, quand ses mains tremblaient moins et qu'elle devenait plus lucide, elle se rendait compte qu'elle faisait tout de travers. Pendant une de ces journées, alors que Quincy était cloîtré dans son bureau où il travaillait à ses mémoires, elle avait même appelé un médecin pour prendre rendez-vous.

À son grand étonnement, elle s'y était rendue deux semaines plus tard, alors même qu'elle avait réussi à dormir la nuit précédente et avalé quelques œufs au petit déjeuner, que le pire était donc peut-être derrière elle et qu'elle commençait finalement à se remettre. Ça va, ça vient, ces choses-là, non ? Elle avait été forte autrefois, elle le redeviendrait. Hé, elle était Rainie. Rien ne pouvait l'abattre.

Elle alla voir le docteur, un charmant vieux monsieur qui semblait tout droit sorti d'un feuilleton. Il diagnostiqua un trouble de l'anxiété et lui donna une ordonnance. Elle la garda dans son sac pendant encore deux semaines avant, un jour, d'aller chercher les médicaments. Ensuite, elle se rendit dans les toilettes pour dames et, pour des raisons qu'elle-même ne s'expliquait pas, versa les pilules dans un flacon de Pamprin tout en en gardant une dans le creux de sa main. Elle resta longtemps à la regarder.

Elle aurait probablement dû parler au docteur du nombre de bières qu'elle prenait dans la journée. L'alcool avait sans doute une incidence.

Elle prit la pilule. Elle s'attendit à dormir comme un bébé. Et lorsqu'elle se réveilla comme foudroyée à trois heures du matin, la tête pleine du cri silencieux d'Aurora Johnson, elle alla directement sous la douche pour que Quincy ne la voie pas se rouler en une boule minuscule et sangloter par pur dépit.

Elle prit plus de pilules. But plus de bière. Elle laissa les ténèbres enfler en elle et s'y consacra, résignée, consentante.

Pendant que son meilleur ami l'obligeait à se ranger sur le bas-côté pour conduite en état d'ivresse. Que son mari lui demandait en permanence si elle allait bien. Que son petit protégé se rendait compte qu'elle lui avait menti et partait se cacher en courant dans les bois.

C'était incroyable tout ce qu'on pouvait s'infliger. À quel point on pouvait se mentir à soi-même. À quel point on pouvait se faire du mal. À quel point on pouvait avoir tout ce qu'on avait toujours désiré (un mari aimant, un bon travail, une belle maison) et pourtant trouver que ça ne suffisait pas.

Rainie se torturait. Et ensuite elle prenait du recul et observait sa propre déchéance.

Jusqu'à se retrouver là, ligotée et bâillonnée dans

une cave, les cheveux cisaillés, un enfant de sept ans inconscient à ses pieds. Son démon intérieur aurait dû manifester bruyamment son approbation. *Tu vois, le monde est vraiment pourri et tu ne peux rien y faire.*

Au lieu de cela, pour la première fois depuis des mois, son esprit était en paix.

Certes, elle avait la nausée. Sa tête allait exploser. Un étrange picotement allait et venait dans sa jambe gauche. Mais dans l'ensemble, elle se sentait concentrée, déterminée. Quelque part au-dessus d'elle dans le noir, il y avait un homme. Il l'avait kidnappée, il avait fait du mal à Dougie.

Et cela, Rainie allait le lui faire payer.

Dans le noir, les lèvres de Rainie esquissèrent un sourire. L'ancienne Rainie était de retour et enfin, désolée, elle comprit : Quincy lui donnait seulement quelqu'un à aimer ; apparemment, elle avait davantage besoin de quelqu'un à haïr.

Mardi, 22 heures 15

« Tu me touches. »

La voix de Dougie tira Rainie de ses pensées. Elle jura qu'elle ne s'était pas assoupie. Ou alors rien qu'une seconde.

« Tu es un pervers. Je vais le dire. »

Rainie se redressa dans le noir. Une douleur froide et acérée déferla dans sa hanche gauche, comme une décharge électrique. Elle grimaça, se redressa et s'écarta de Dougie, essaya d'étirer ses jambes.

« Comment tu te sens ? Est-ce que tu as mal à la tête ? demanda-t-elle.

– Où on est ? Je ne vois rien. Je n'aime pas ce jeu !

– Ce n'est pas un jeu, Dougie. Quelqu'un m'a kidnappée. La même personne t'a aussi kidnappé.

– Tu mens, se fâcha Dougie. Menteuse, menteuse, menteuse. Je vais le dire à Mlle Boyd ! Tu n'es qu'une alcoolique. Je veux rentrer chez moi !

– Oui, Dougie. Moi aussi. »

Avec la conscience arrivait le froid. Rainie leva instinctivement les mains pour se frictionner les bras, mais fut une nouvelle fois entravée par ses liens. Si seulement elle pouvait voir. Si seulement elle pouvait sentir ses doigts. Il lui vint à l'esprit que la voix de Dougie semblait normale, nullement embarrassée, ce qui signifiait qu'il n'était pas bâillonné. Elle se risqua à l'optimisme.

« Dougie, j'ai un bandeau sur les yeux. Toi aussi ?

– Oui, répondit-il, toujours boudeur.

– Et tes poignets et tes chevilles ? Tu es ligoté ?

– Ou-oui. »

Plutôt un hoquet maintenant. Dougie commençait à prendre conscience de son environnement, et avec cette conscience venait la peur.

Rainie s'obligea à parler d'une voix calme : « Dougie, tu as vu la personne qui t'a enlevé ? Tu sais qui a fait ça ? »

Le garçon resta silencieux un moment. « Une lumière blanche, dit-il enfin.

– Moi aussi. Je crois qu'il se sert d'une sorte de flash éblouissant, et ensuite d'une drogue, peut-être du chloroforme. Il se peut que tu aies mal au cœur. Aucun

288

problème si tu as besoin de vomir. Tu n'as qu'à me le dire et je t'enlèverai de l'escalier.

– Je ne t'aime pas. »

Rainie ne se donnait plus la peine de répondre à cette phrase ; Dougie la répétait depuis des semaines, depuis le jour où elle devait venir le voir un mercredi soir et avait fini dans un bar à la place. Il lui avait fallu des mois pour gagner la confiance du garçon. Elle l'avait perdue en moins de quatre heures. *Voilà ta vie*, songea Rainie pour la énième fois, *et voilà ta vie quand tu picoles.*

« Dougie, dit-elle avec circonspection. Je vais me pencher en avant pour voir si je peux te détacher les mains. Je ne vois rien non plus, alors tiens-toi tranquille une seconde pour que je me repère. »

Le garçon ne répondit rien, mais ne s'écarta pas non plus. Un progrès, supposa-t-elle. Penchée sur lui, elle le sentait frissonner, puis se raidir contre les tremblements. Son sweat, toujours humide, lui volait une précieuse chaleur. Rainie se promit de ne plus jamais se promener sous la pluie si elle arrivait à sortir de cette cave.

Ses doigts trouvèrent finalement les bras ligotés de Dougie. Elle tâta ses poignets, puis jura à voix basse. L'homme s'était servi de liens en plastique rigide. Pour les enlever, il fallait impérativement quelque chose de tranchant, des ciseaux par exemple. Connard.

« Je ne peux pas, dit-elle finalement. Je suis désolée, Dougie. Il nous faudrait un outil spécial. »

Dougie se contenta de renifler.

« Laisse-moi voir le bandeau. Je peux peut-être faire ça. »

Dougie tourna la tête ; Rainie trouva le nœud. Le bandeau offrait plus de potentiel ; c'était une simple bandelette de coton. Néanmoins le nœud était serré et les doigts de Rainie engourdis. Elle dut tirailler encore et encore, attrapant parfois les cheveux de Dougie qui poussait des glapissements.

En fin de compte, elle ne vint jamais à bout du nœud. Mais à force de tirer, elle distendit le tissu fatigué. Dougie les surprit tous les deux en faisant glisser le bandeau de sa tête.

« Il fait encore noir ! s'exclama-t-il.

– Je crois qu'on est dans un sous-sol. Tu vois des fenêtres ? »

Le garçon resta silencieux un instant. « En haut, dit-il enfin. Deux. Je ne suis pas aussi grand. »

Rainie pensa qu'elle voyait ce qu'il voulait dire. Deux soupiraux, probablement au-dessus des fondations. Ça laissait au moins entrer un peu de lumière naturelle. N'importe quoi serait nécessairement mieux qu'une obscurité sans fin. « Dougie, tu crois que tu pourrais t'occuper de mon bandeau maintenant ? »

Le garçon ne répondit pas tout de suite. Ressentiment, colère ? Encore le souvenir des multiples façons dont Rainie l'avait déçu ? Elle ne pouvait pas revenir en arrière. Ça au moins, elle le savait.

Enfin, elle sentit ses doigts. Ils remontèrent le long de son bras jusqu'à son cou, puis le garçon se figea.

« Où sont tes cheveux ? »

Rainie n'avait pas envie de faire peur à un jeune enfant, mais, en même temps, elle avait besoin de lui comme allié et donc besoin que sa haine de leur ravisseur l'emporte sur sa colère contre elle.

Elle lui dit la vérité : « Il les a coupés. Cisaillés en fait, avec un couteau. »

L'enfant hésita. Elle se demanda s'il était en train d'analyser les autres informations que ses doigts devaient lui avoir fournies. Le contact poisseux de sa peau, où des coupures entrecroisées saignaient et suintaient encore. L'enflure chaude autour de son coude où quelque chose était abominablement tordu.

« Occupe-toi du bandeau, Dougie, ordonna-t-elle posément. On va commencer par récupérer nos yeux, ensuite on verra ce qu'on peut faire pour nos pieds. »

Il s'attaqua au bandeau. Ses doigts étaient plus petits, plus agiles. Même les mains liées, il lui enleva son bandeau en un rien de temps. Ils examinèrent ensuite consciencieusement leurs chevilles. Par bonheur, ce n'étaient pas des liens de serrage, mais des bandelettes de coton à l'ancienne. Comme Dougie s'était déjà montré plus habile, il commença.

À l'instant où le lien se défit et où les jambes de Rainie s'écartèrent d'un seul coup, elle sentit une explosion d'impulsions électriques déferler dans ses jambes. Ses orteils tremblaient, sa jambe gauche tressautait. Pendant une trentaine de secondes, elle serra les dents contre la douleur atroce, à mesure que les terminaisons nerveuses à nouveau irriguées s'embrasaient les unes après les autres. La frustration lui donnait envie de hurler, de se taper sur la tête avec les mains. Surtout, elle avait envie de tuer le connard là-haut.

Le pire passé, elle demeura pantelante, les membres insensibles, comme si elle venait de gravir l'Everest et non de subir une série de spasmes musculaires.

Elle s'efforça de respirer profondément pour se calmer, prenant pour la première fois conscience de la violence de son mal de tête, du bourdonnement sourd qui lui remplissait les oreilles. Elle avait sauté au moins une prise de médicament. Elle ne se faisait aucune illusion sur la suite des événements.

Elle alla s'occuper des liens de Dougie en descendant sur la première marche. Ses yeux étaient encore en train de s'adapter à l'obscurité ; les deux soupiraux laissaient filtrer une lueur lointaine, sans doute une lanterne sur une terrasse. C'était suffisant pour permettre à leur environnement carcéral de passer du noir complet à des tonalités grises. Les chaussures de Dougie devinrent une silhouette sombre sur fond plus clair. Elle tâtonna avec ses doigts lourds jusqu'à trouver le nœud, qu'elle tirailla en tous sens.

« Tu n'es pas très douée, dit Dougie.

– Je sais.

– J'ai faim.

– Tu as apporté de la nourriture ? »

Elle le sentit se renfrogner dans l'obscurité.

« Non.

– Alors on n'a rien à manger.

– Il m'a pris mon scarabée, dit Dougie, avec pour la première fois de la colère dans la voix. Il m'a volé ma mascotte !

– Dougie, tu sais que les grands disent toujours qu'il ne faut pas taper ? Qu'il ne faut pas mordre, pas griffer, jouer gentiment ?

– Ouais.

– Cet homme est une exception. Si tu en as l'occasion, tu lui rentres dedans de toutes tes forces. »

Le nœud se relâcha enfin. Le tissu tomba et Dougie donna des coups de pieds triomphaux.

Ils avaient l'usage de leurs pieds, de leurs yeux, de leur bouche. Ils avaient bien gagné leur journée.

Rainie ramassa les bandelettes de coton. Elle ne savait pas encore ce qu'elle en ferait, mais tout était bon à prendre.

Dans l'obscurité, elle vit Dougie porter ses poignets à sa bouche et commencer à mordiller les liens de serrage. En théorie, il serait difficile de rompre l'attache de plastique dur avec les dents, mais elle ne voulait pas refroidir son enthousiasme. De son côté, elle se leva et essaya de marcher pour se défaire des sensations étranges qui faisaient toujours des allers et venues dans son côté.

C'était bon de faire quelque chose de réel et de tangible. Elle se sentait forte, presque humaine. Mis à part sa tête, ses côtes et ses bras douloureux. Puis ses dents se remirent à claquer, lui rappelant le froid glacial.

Elle leva les yeux vers le haut de l'escalier. Elle vit une lueur sous la porte. Donc il était encore éveillé, il bougeait, faisait ce que font les kidnappeurs.

« Hé, bonhomme, dit-elle à Dougie. J'ai un plan. »

28

Peu après vingt-deux heures, la cellule de crise se dispersa. Shelly Atkins se réunit de son côté avec ses adjoints pour coordonner les périodes de repos. Les enquêteurs de la police d'État se mirent en quête de chambres d'hôtel. Tous étaient fatigués et irritables, épuisés mais surexcités. Chacun essaierait de fermer l'œil du moins un peu. La moitié peut-être y parviendrait.

Quincy avait presque le vertige, il était dans cet état d'étrange euphorie qui précède un effondrement physique total. La bonne nouvelle, c'était qu'il ne ressentait ni oppression dans la poitrine ni malaise digestif.

Mais la mauvaise, c'était que son esprit s'emballait, rebondissait d'une idée à l'autre, l'enfance difficile de Dougie Jones, les soupçons formulés par Luke Hayes, la question de savoir s'il était bien prudent d'impliquer sa propre fille dans la remise de rançon. Il pensa à Astoria, au calme, au sérieux avec lesquels toute l'équipe avait travaillé sans pour autant découvrir quoi que ce soit qui aboutisse à un résultat. Il se souvint d'être rentré chez lui le mois dernier, d'avoir aperçu Rainie en train de lire devant la cheminée et de s'être arrêté pour admirer la courbe de sa nuque inclinée au-dessus du roman.

Il y avait des moments où Quincy aurait voulu pouvoir suspendre le temps. Il aurait voulu lever la main comme quelque grand chef d'orchestre cosmique et dire : *On ne bouge plus. Faites que cet instant dure. S'il vous plaît, rien qu'un peu, faites que cet instant se prolonge.*

Il aurait aimé étirer les premières minutes du matin, où il pouvait observer Rainie endormie, ses cheveux étalés sur les oreillers, l'ombre de ses cils sur ses joues. Éveillée, Rainie était toute en angles durs, démarche vive et gestes saccadés. Elle bougeait en parlant, bougeait en mangeant, bougeait, bougeait, bougeait. Bien sûr, il admirait son énergie, sa façon d'être, sa grâce souple et féline. Mais il la préférait le matin. Il aimait savoir qu'il était le seul à voir cette Rainie, douce, paisible, vulnérable.

Il avait honte à présent. Comme s'il avait dormi tout ce temps auprès d'une femme sans jamais la voir réellement. Sans voir sa souffrance, les manques cruels qu'elle éprouvait, le terrible travail de sape que leur métier exerçait sur elle, jusqu'au moment où elle avait eu besoin d'une pilule pour passer la journée et d'un verre d'alcool pour passer la nuit.

Mais sa honte dissimulait aussi une exaspération croissante. Parce que Rainie était brisée, qu'il ne pouvait pas la guérir, et que l'immense sentiment d'impuissance, de faiblesse que cela lui laissait renforçait en retour sa colère contre elle. Pourquoi ne pouvait-

elle pas être plus forte ? se prenait-il (lui, le professionnel aguerri) à penser. Pourquoi n'était-elle pas
foutue de se secouer un peu ?

Lui aussi s'était rendu sur la scène du crime. Il avait
eu à regarder le corps de la fillette. Et il avait vu
Amanda et Kimberly, il avait ressenti ce que ressent
n'importe quel père quand il se rend compte qu'il est
trop tard, qu'il ne peut plus protéger sa petite fille,
qu'aucun parent n'est aussi omnipotent que son enfant
le croit.

Le monde était une vaste fosse à purin. Et face à
cela, la seule réponse que connaissait Quincy, c'était
de nettoyer sans relâche. C'était sa raison d'être et,
autrefois, c'était aussi celle de Rainie. Ils formaient
une équipe. Ils étaient censés s'épauler l'un l'autre.

Mais sa force ne suffisait pas à Rainie. Son amour
ne lui avait pas suffi. Il l'avait tenue dans ses bras nuit
après nuit et elle s'était tout de même brisée.

Il sentait une pression insupportable s'accumuler
dans sa tête. Et, un bref instant, il eut envie d'ouvrir
la bouche pour hurler.

Au lieu de cela, il surprit le regard de Kincaid de
l'autre côté de la table. Il sortit ses notes, ajusta sa
cravate et se prépara pour ce qu'ils avaient à faire
maintenant.

MARDI, 22 HEURES 32

« Laissez-moi tout d'abord vous dire ceci : je sais
que tout ça est très irrégulier, commença Kincaid.
Mais, en raison des délais serrés dont nous disposons,

M. Quincy et moi-même sommes tombés d'accord sur le fait qu'il était opportun qu'il fasse office de profileur dans cette affaire. Il va de soi que tout bon avocat de la défense contestera des documents établis par le propre mari de la victime, mais cela ne change rien au fait que nous avons besoin d'un expert-psychologue qui définisse une stratégie pour la petite conversation de demain matin. Étant donné son expérience en matière de demandes de rançon, M. Quincy est qualifié pour ce rôle et, plus important encore, il est disponible. »

Kincaid fit un geste en direction de Quincy, qui accueillit la présentation peu enthousiaste du policier avec un petit hochement de tête. « Je suis touché.

– Vous pouvez. Le procureur du comté va avoir vent de cette réunion d'une minute à l'autre et débouler ici pour me démonter la tête. Profitons de l'état de grâce tant qu'il dure. »

Quincy hocha à nouveau la tête et prit son calepin jaune. Assis en face de lui se trouvaient Kincaid, Candi et Kimberly. Mac était sorti dans le hall, où il se servait de l'ordinateur portable de Kimberly pour faire des recherches sur la famille de Lucas Bensen – élément d'information que Quincy ne tenait d'ailleurs pas à leur communiquer dans l'immédiat.

À part eux, aucun enquêteur de la police d'État n'était présent, ni aucun membre du bureau du shérif de Bakersville. La réunion était strictement réservée à ceux qui devaient savoir : Kincaid en tant que directeur de la cellule de crise, Quincy en tant qu'expert-psychologue, Candi Rodriguez en tant que négociatrice et Kimberly en tant qu'agent chargé de la remise de rançon. Kimberly et Kincaid paraissaient tous deux raisonnablement attentifs. Candi, elle, semblait à deux doigts de bâiller.

« Établir un profil psychologique lors d'une demande de rançon est un exercice un peu particulier, expliqua Quincy en guise d'introduction. Dans une affaire d'homicide classique, une grande partie des indices psychologiques découlent du meurtre lui-même : parmi les données les plus importantes, on trouve le mode opératoire, l'état et la position du cadavre, la méthode probable d'enlèvement, le profil de la victime, etc. Et en général, au moment où on demande l'intervention de quelqu'un comme moi, il y a plusieurs scènes de crime à analyser et donc beaucoup d'éléments à étudier. Cette affaire, au contraire, ne nous livre qu'une quantité limitée d'informations. Nous avons identifié la victime, mais pas la technique de l'enlèvement. Nous connaissons le lieu du rapt, mais nous n'avons aucune idée du lieu de détention de la victime ni de son état. En raison de conditions météorologiques extrêmes, nous ne possédons même aucun indice scientifique qui nous aiderait à comprendre comment elle a été enlevée. Nous disposons, en revanche, de cinq messages différents émanant du sujet, et c'est sur eux que se fonde mon analyse. »

Quincy sortit des photocopies des trois demandes de rançon, ainsi que des transcriptions des deux conversations téléphoniques. Il disposa les cinq feuilles en éventail devant lui. Elles étaient intitulées « Message », numérotées de 1 à 5 et présentées dans l'ordre chronologique. Les années passaient, mais Quincy restait FBI jusqu'au bout des ongles.

« Plusieurs paramètres importants entrent en ligne de compte dans l'analyse de ce type de messages. Tout d'abord, le mode de communication. Dans le cas présent, le sujet emploie à la fois l'écrit et le téléphone pour établir un contact. Le fait qu'il prenne l'initiative indique clairement qu'il veut être entendu. En fait, les deux fois où nous n'avons pas réagi assez vite à ses lettres, il nous a relancés par téléphone. Le dialogue est essentiel pour ce sujet. Il veut se sentir associé à l'enquête ; plus encore, il veut sentir qu'il la contrôle. Le contrôle est sa principale motivation, comme nous allons le constater à de nombreuses reprises.

» Le deuxième élément important à considérer dans l'analyse de ces messages, c'est que le sujet a établi le contact à travers la presse. Sa première lettre commence par "Cher rédacteur en chef", sa troisième, remise directement à un reporter, par "Chers journaliste et représentants des différentes forces de l'ordre". Clairement, le sujet cherche à attirer l'attention. Lors de sa première conversation avec moi, il a même été jusqu'à citer la gloire comme un de ses objectifs.

– La gloire, la fortune et une tarte aux pommes bien cuite, murmura Kincaid.

– Exactement. Je crois que la tarte aux pommes est une allusion au rêve américain, et la phrase dans son ensemble ("La même chose que tout le monde : la gloire, la fortune et une tarte aux pommes bien cuite.") une observation assez caustique sur notre obsession de la célébrité. Nous savons donc à présent deux choses sur cet individu : il veut se sentir maître de la situation et il a soif de reconnaissance.

» Ces deux traits de caractère se confirment encore

à l'examen du contenu des lettres. À de nombreuses reprises, il fait allusion à des règles. Nous, la police, devons suivre ses règles. Si nous faisons ce qu'il dit, il n'arrivera rien à la victime. Si nous refusons de le prendre au sérieux, la victime sera punie. Lorsque nous nous sommes écartés des consignes données dans sa deuxième lettre, il s'est de toute évidence vengé en s'emparant d'une deuxième victime et en augmentant la rançon demandée. Il est important de noter qu'il a "puni" la cellule de crise en enlevant une deuxième victime plutôt qu'en tuant la première. Pourquoi ? Parce que la tuer l'aurait privé de tout moyen de contrôle. Sans otage à brandir au-dessus de nos têtes, il n'aurait plus de monnaie d'échange. Je ne suis pas en train de dire que le sujet ne tuera pas (je crois au contraire très probable qu'il devienne violent, comme nous le verrons dans un instant), mais, à court terme, son désir de manipuler la police l'emporte sur ses pulsions sanguinaires. Cela dit, s'il commençait à sentir qu'il perd le contrôle, dit Quincy en lançant un regard dur vers Candi, la donne pourrait changer instantanément. »

Quincy continua : « Son exigence que l'argent soit remis par une femme témoigne encore de son désir de contrôle : la plupart des hommes se sentent moins menacés par une femme. Il y a enfin le choix des victimes elles-mêmes : notre sujet n'a pas enlevé le maire ou un homme d'affaires en vue – cibles naturelles si l'argent avait été sa priorité. Il a enlevé une femme seule et ensuite un enfant de sept ans. Notre sujet a besoin d'être maître du jeu, il a donc logiquement préféré des victimes qu'il juge beaucoup plus faibles que lui.

» Autre indication-clé fournie par les lettres : le choix des signatures. Comme nous l'avons vu, ces trois noms d'emprunt sont ceux de ravisseurs qui ont acquis une notoriété immédiate et considérable grâce à leur crime. Bref, ces hommes ont obtenu la reconnaissance à laquelle aspire notre sujet, qui les a donc pris comme modèles.

» Troisième série d'éléments à prendre en compte dans l'examen du contenu des lettres : leur rédaction est convenable, la présentation standard et la grammaire correcte. Les formules d'appel dénotent aussi une connaissance pointue des méthodes policières. Alors que la première lettre s'adressait au rédacteur en chef, la deuxième n'est adressée qu'à la police ; notre sujet s'attendait de toute évidence à ce que des enquêteurs soient mis sur l'affaire. Plus révélateur, la troisième lettre est adressée à la fois à un journaliste et aux représentants des différentes forces de l'ordre. Une fois encore, voilà quelqu'un qui connaît son affaire : il avait prévu qu'une cellule de crise serait formée et que la presse coopérerait avec cet organe d'investigation.

» Enfin (mais là, c'est plus de l'ordre de la spéculation), je crois que de solides indices montrent que le sujet possède au moins quelques notions sur le travail de la police scientifique. La seule écriture manuscrite est celle de la première victime. Toutes les lettres ont été imprimées sur du papier blanc classique. La première, la seule envoyée par la poste, se trouvait dans une enveloppe autocollante, avec un timbre autocollant, ce qui supprimait le besoin de salive et donc bien sûr les traces d'ADN. Je ne crois pas que ce soit une coïncidence si l'enlèvement s'est produit à un moment où il tombait des trombes d'eau. Je crois que le sujet utilise sciemment la météo pour effacer ses traces – en tout cas, il tient compte de la météo pour tous ses messages, il les protège avec du plastique, etc. Dernier détail à noter : lors des deux appels téléphoniques qu'il m'a passés, le sujet s'est servi d'un appareil qui déforme la voix. Là encore, tout ça est manifestement réfléchi.

– Recherches, demanda Kimberly, ou expérience ?

– Recherches. Si c'était de l'expérience, les lettres et les communications téléphoniques nous livreraient encore beaucoup plus de détails. L'ensemble est suffisamment grossier pour révéler un individu au début de sa carrière criminelle. Mais ne confondons pas inexpérience et stupidité. Le sujet s'est donné beaucoup de mal pour être prêt. Et, comme il se projette en maître du jeu, il fait tout ce qu'il peut pour garder un coup d'avance sur la police. »

Quincy prit une profonde inspiration. « Tout ceci m'amène au profil psychologique suivant : nous cherchons un homme blanc de vingt-cinq à trente-cinq ans environ – âge moyen de ces prédateurs au début de leur carrière criminelle. D'une intelligence au-dessus de la moyenne, il est allé à l'université, mais n'a pas obtenu son diplôme. Il s'exprime très bien et il est parfaitement possible qu'il entretienne une relation stable avec une femme belle mais soumise – ce n'est pas un homme qui supporterait d'être défié par sa partenaire. Le sujet dispose de ressources socioéconomiques limitées, mais s'estime supérieur à ses voisins ; il se peut qu'il habite dans un village de mobil-homes par exemple, tout en se jugeant au-dessus de la racaille qui vit là. Le sujet a aussi un lien avec Rainie Conner, mais je déconseille de s'en servir comme outil d'investigation, car ce lien peut n'exister que dans sa tête.

— Un harceleur, commenta Kincaid.

— Exactement. Le sujet est très soigné et tiré à quatre épingles. Les apparences comptent beaucoup à ses yeux. À première vue, les voisins diront de lui qu'il est très élégant, séduisant, susceptible de monter dans l'échelle sociale. Mais une enquête plus poussée révélera une succession de "succès avortés". Par exemple, il est entré à l'université, mais quelque chose (la mort d'un parent, disons) l'a forcé à abandonner ses études. Il avait un superboulot, mais quelque chose (la faillite de l'entreprise, disons) a provoqué son licenciement. Notre brillant sujet se débrouille comme un chef jusqu'à ce qu'un élément échappant à son contrôle le conduise à l'échec. Le passé n'est jamais sa faute et l'avenir toujours gros d'une occasion prête à se présenter. Récemment, sa vie a connu un autre de ces bouleversements. Étant donné la dimension financière d'une demande de rançon, je ferais l'hypothèse qu'il a perdu son emploi. Mais statistiquement, une grossesse, une naissance ou la fin d'une relation stable sont également de bons prédicteurs du comportement criminel.

— Ça ressemble un peu à Stanley Carpenter, dit Kincaid. Études secondaires, travailleur manuel, épouse soumise. Physiquement dominateur et peut-être un brin stressé par l'arrivée récente de l'enfant placé.

— Je ne serais pas contre regarder de plus près son

alibi, convint Quincy. Mais il est plus vieux que je ne le voudrais, avec une vie plus rangée – il a le même boulot, la même femme et il vit dans la même maison depuis longtemps maintenant. Celui que nous cherchons est moins mûr sur le plan émotionnel. Il aspire à une existence beaucoup plus brillante que celle de Stanley Carpenter, sans avoir assez de suite dans les idées pour pouvoir réaliser ce rêve.

» Les gens qui le côtoient l'apprécient, mais peut-être sans lui faire confiance. Les plus perspicaces décèlent en lui l'âme d'un escroc. En fait, il s'est probablement livré à une série d'opérations financières douteuses, sinon à des escroqueries pures et simples. Mais ce qui l'intéresse vraiment, ce ne sont pas les arnaques, mais de se vendre, de vendre une image de lui-même. Il se donne énormément de mal pour que personne ne découvre le monstre qu'il abrite en lui.

– Les messages, dit Kincaid. Il n'arrête pas d'affirmer qu'il n'est pas un monstre.

– Exactement. C'est l'indice le plus important que nous fournissent ces lettres. Depuis le début, le sujet soutient qu'il n'est pas un pervers, pas un monstre. Il prétend qu'il fait cela pour l'argent. Mais où est l'argent dans ces messages ? La plupart des kidnappeurs donnent des instructions longues et détaillées pour la remise de la rançon. Le type des billets, leur conditionnement. Ils fantasment sur le versement et cette projection est perceptible dans tout ce qu'ils font.

» Pas ce sujet. Ses messages tournent autour de deux éléments : je ne suis pas un monstre, mais vous devez m'obéir, *sinon j'en deviendrai un. Je commettrai de mauvaises actions. Ce sera votre faute.*

304

– Il cherche un bouc émissaire, souffla Kimberly.

– C'est un psychopathe, dit Quincy posément. Il le reconnaît en son for intérieur. Il est attiré par des assassins comme le Renard et Nathan Leopold. Je ne pense pas qu'il ait encore tué – si oui, c'était probablement par accident. Mais il a des fantasmes de meurtre. Il veut se sentir puissant et comment se sentir plus omnipotent qu'en prenant la vie d'un autre ?

– En lui laissant la vie », marmonna Candi.

Quincy sourit faiblement. « Touché. Mais ce n'est pas ce qui motive notre sujet. Il a déjà des instincts mauvais et violents. Enlever une femme, la détenir ligotée et bâillonnée, est la première étape de son fantasme. Peut-être qu'il s'est raconté que c'était pour l'argent. Peut-être qu'il s'est persuadé que c'était vraiment une histoire de rançon. Mais il y a beaucoup de façons de gagner de l'argent. D'un point de vue psychologique, pourquoi kidnapper un être humain ? Qui plus est, pourquoi une femme ? Cette histoire l'emmène ailleurs, même s'il ne veut pas encore l'admettre.

– Vous pensez qu'elle est morte ! s'exclama Kincaid, abasourdi.

– Non. Pas encore », répondit Quincy à voix basse.

Il prit une inspiration pour rester maître de lui-même. S'il gardait son objectivité, parlait d'une victime anonyme, il pouvait tenir le cap. Si, à un moment quelconque, il se souvenait qu'elle était sa femme, il s'effondrerait.

« Le sujet veut qu'on lui facilite la tâche, dit-il calmement. Il veut qu'on lui donne une excuse, n'importe laquelle, pour faire ce qu'il a réellement envie de faire tout en rejetant la faute sur quelqu'un autre. C'est comme ça qu'il fonctionne. Il est toujours maître de la situation, mais rien n'est jamais sa faute.

» Quand il appellera demain, expliqua Quincy en regardant Kimberly, il te donnera une longue liste d'instructions. Elles seront matériellement compliquées, presque impossibles à suivre. Vous, continuat-il en tournant son regard vers Candi, vous serez placée devant une mission délicate : essayer de clarifier ses exigences tout en nous permettant de gagner du temps. Il se mettra très rapidement en colère. Il nous accusera d'enfreindre les règles parce que nous ne faisons pas ce qu'il dit. Il deviendra ouvertement hostile et menacera de tuer les deux victimes : nous ne lui laissons pas le choix. »

Candi n'avait plus l'air de s'ennuyer. « Merde.

— Quoi qu'il arrive, vous devez lui faire croire que Kimberly respecte ses instructions. Vous ne devez jamais laisser entendre que ses ordres sont trop difficiles, précipités ou malcommodes. Bien sûr, dans le même temps, il faudra lui faire répéter les choses indéfiniment parce que Kimberly sera sans doute perdue et/ou désorientée.

— Est-ce que je peux lui proposer plus d'argent ? En récompense de sa patience, vous voyez ? »

Quincy réfléchit. « Non, l'argent n'est pas son but. C'est la gloire, la reconnaissance. Des gros titres, voilà ce qu'il nous faut.

— Adam Danicic ? demanda Kincaid avec étonnement.

— Non, le sujet s'est déjà adressé à Danicic ; nous ne lui donnerions rien qu'il ne puisse obtenir tout seul.

Il nous faut quelqu'un de plus important, peut-être un journaliste d'investigation ou un chroniqueur en vogue à l'*Oregonian*. Quelqu'un dont le nom est immédiatement reconnaissable et pour qui le lieutenant Mosley pourrait se faire passer.

— Comment, vous ne voulez pas que le journaliste soit là en chair et en os ? ironisa Kincaid.

— Ce sera notre appât. Nous avons un très grand journaliste dans la salle, il est venu jusqu'à Bakersville pour s'entretenir avec lui. C'est le moment ou jamais pour lui de se faire un nom. De raconter son histoire à tout le monde. Et bien sûr, de prouver qu'il n'est pas un monstre en laissant le journaliste parler directement avec les deux victimes. »

Kimberly approuvait de la tête. « Ça pourrait marcher. Cela redonne de la valeur à Rainie et Dougie en tant qu'otages. Ça lui donne l'occasion de manipuler la police et de capter davantage d'attention.

— Il n'y a aucune garantie, évidemment. Souvenez-vous que notre sujet a simplement besoin d'attention. Peu lui importe qu'elle soit positive ou négative.

— Vous croyez qu'il leur ferait du mal alors qu'il a un journaliste au bout du fil ? » demanda vivement Kincaid.

Quincy ne put que hausser les épaules. « Il y a des tueurs en série qui envoient des trophées de leurs victimes aux journaux locaux. Bienvenue dans l'ère médiatique. C'est bel et bien une course à la gloire, la fortune et la tarte aux pommes.

— La télé-réalité près de chez vous, marmonna Kincaid.

« — Ne donnons pas d'idées aux grands manitous de la télé. »

Quincy rassembla ses notes, les glissa dans son calepin. Il revit le nom de Lucas Bensen, mais n'en pipa toujours pas mot.

« Alors, qu'est-ce qu'on fait maintenant ? demanda Candi.

— Maintenant, dit Kincaid en refermant son classeur d'un coup sec, on va dormir un peu. »

29

Mardi, 22 heures 43

Mac et Kimberly firent un détour par le Wal-Mart de la ville en quête de vêtements secs. Malheureusement, le magasin était déjà fermé pour la nuit. Ils sillonnèrent une dernière fois les rues sombres de Bakersville avant de renoncer enfin et de se diriger vers la chambre d'hôte que Quincy leur avait réservée. Kimberly voulait que son père les accompagne. Naturellement, il avait refusé.

Après leur réunion avec Kincaid, ils étaient retournés à la voiture de location pour tenir leur propre réunion de crise. La pluie avait diminué jusqu'à devenir une brume dense qu'aucun d'eux ne remarquait plus.

Mac avait avancé sur Lucas Bensen. Il avait trouvé des articles sur le procès de Rainie, indiquant que la victime laissait un fils, Andrew Bensen, à l'époque confié à sa grand-mère maternelle, Eleanor Chastain. Difficile de trouver des informations sur la mère d'Andrew, mais Sandy Bensen était apparemment morte avant la disparition de Lucas, de sorte qu'Andrew avait passé l'essentiel de son existence auprès de sa grand-mère. Bizarrement, ni Eleanor ni Andrew ne s'étaient montrés au procès de Rainie.

Taper *Eleanor Chastain* sur Google avait fait apparaître plusieurs numéros de téléphone dans différents États, ainsi que des cartes pour se rendre à tous ces domiciles – cadeau de MapQuest. Internet restait le meilleur ami de l'enquêteur. Naturellement, tous les pervers en raffolaient aussi.

Mac avait sélectionné deux numéros, l'un à Eugene dans l'Oregon, l'autre à Seattle. Mais il mit dans le mille au premier appel, à Eugene. Eleanor sembla agréablement surprise d'entendre un vieil ami de son petit-fils qui essayait de retrouver Andrew. Non, elle ne pouvait pas l'aider. La dernière fois qu'elle l'avait vu, il démarrait dans son allée pied au plancher après lui avoir volé sa chaîne stéréo.

Elle avait entendu des rumeurs comme quoi il s'était engagé dans l'armée et elle n'avait plus qu'à espérer qu'il se trouvait maintenant à Bagdad. Servir dans l'armée lui ferait peut-être du bien. En attendant, au cas où Mac le retrouverait, voulait-il avoir la gentillesse de lui rappeler qu'il devait toujours cinq cents dollars à sa mamie ? Merci bien. *Exit* Eleanor Chastain.

D'après ce que Mac savait, Andrew Bensen devait avoir environ vingt-huit ans, un âge correspondant au profil. Le chapardage collait aussi, mais Mac n'avait pas l'impression que Bensen s'était donné la peine d'aller à l'université. La vraie question restait : l'homme était-il même dans le pays ?

Mac avait laissé des messages au bureau de recrutement de Portland. Mais il y avait de grandes chances qu'il n'ait pas de nouvelles avant le matin.

Fin de la réunion familiale. Il se faisait tard, dormir était une idée comme une autre. Ils seraient tous debout aux aurores et demain serait une grosse journée.

Kimberly essaya encore une fois d'obtenir que son père les accompagne. Et encore une fois, il déclina.

Il était épuisé, dit-il, il avait besoin d'être un peu seul. Il allait rentrer à la maison et se mettre directement au lit.

Kimberly n'en crut pas un mot. Dormir ? Son père ? À l'heure qu'il était, il errait probablement de pièce en pièce en se torturant sur ses erreurs passées.

Peut-être ce qu'elle-même ferait, présumait-elle, sans Mac à ses côtés, sans la main de Mac autour de la sienne tandis qu'ils roulaient vers la chambre d'hôte dans un silence complice.

Une fois dans la chambre (magnifique mobilier en merisier, hideux papier peint à fleurs), Kimberly s'appliqua à accrocher ses affaires humides aux porte-serviettes. Mac sortit un vieux tee-shirt de son sac, elle se glissa avec gratitude dans le vêtement trop large et se servit d'un sèche-cheveux pour ses vêtements qui ne supportaient que le nettoyage à sec. Elle alluma la soufflerie au maximum, ferma la porte de la salle de bains et fit monter la température du réduit à plus de quarante degrés. C'était merveilleux. La sueur perlait sur sa lèvre supérieure, ses bras se détendaient dans un mouvement rythmé.

En sortant de la salle de bains, elle découvrit Mac étendu sur le grand lit double, n'arborant qu'un boxershort écossais et un regard lascif qu'elle connaissait trop bien. Malgré l'heure tardive et les événements de la journée, elle ressentit en réponse le picotement familier en bas du ventre. C'était le bon côté d'une relation où ils ne se voyaient jamais assez : il suffisait que Mac rentre dans une pièce et elle était prête à le recevoir, ici et maintenant. Il ne s'était pas encore plaint.

Elle s'approcha du lit, consciente que son regard la suivait, s'attardait sur son cou pâle, ses épaules larges, ses petits seins ronds. « Jolie chambre, dit-elle.

– Quand on aime le chintz.

– Si j'ai bonne mémoire, le chintz nous réussit très bien.

– Exact. »

Elle rampa sur le lit ; le col du tee-shirt trop grand bâillait assez pour laisser voir qu'elle ne portait rien en dessous.

« Ça a été une longue journée, murmura Mac.

– Ouais !

– Pénible.

– Certes.

– Je comprendrais, si tu avais besoin de parler.

– Parler ? Tu oublies que je suis la fille de mon père. »

Et Kimberly monta sur lui.

Son torse était chaud et large. Elle aimait le contact de sa peau sous sa main, sous sa joue qui l'effleurait. Elle se blottit dans son cou, se repaissant de son odeur. Savon, après-rasage, transpiration. Elle aurait dû prendre une douche ; lui aussi. Ils avaient toujours eu ces égards l'un pour l'autre ; là encore, amants du week-end, ils pouvaient se permettre de se montrer sous leur meilleur jour. Mais à cet instant, elle ne voulait pas le laisser partir. Elle avait besoin de la dureté de son corps pressé contre le sien. Elle voulait entendre les battements de son cœur retentir dans son oreille. Elle voulait goûter le sel de sa peau et sentir la retenue délicate de son souffle rapide.

Elle était fatiguée. Elle était triste au tréfonds d'elle-même, dans une région délicate à décrypter, difficile à atteindre. La mort avait si longtemps été sa compagne. D'abord, quand elle devait partager son père avec un tombereau d'affaires qui avaient apparemment plus besoin de lui que ses propres enfants. Puis lors de ses premières incursions dans son bureau, quand elle examinait furtivement ses manuels de criminologie, regardait toutes les photos. Réalisait à treize ans, à l'âge où son propre corps commençait à se développer et à s'épanouir, ce qu'une paire de tenailles peut faire à une poitrine. Lisait à quinze ans comment une sexualité déviante pouvait devenir violente, sadique, cruelle, et sous quelles formes.

Elle se plongea dans les études de cas, les récits de perversion, les résumés des pires atrocités commises contre des femmes et des enfants. Elle ne savait pas comment attirer son père dans son monde, alors elle se jeta dans le sien. Puisque son père était au service de ces victimes, elle apprendrait, elle aussi, à se battre pour elles.

Juste à temps pour que sa sœur meure, pour que sa mère soit assassinée, pour qu'elle-même se retrouve dans une chambre d'hôtel en compagnie d'un fou qui lui caressait la tempe avec un pistolet. Enfant, la violence lui avait pris son père. Adulte, cette même violence le lui rendait.

Aujourd'hui, elle suivait ses traces ; elle aussi agent du FBI, elle comptait les jours avant d'avoir les qualifications requises pour être profileuse, mais pourquoi au juste ? Pour pouvoir foutre en l'air son ménage, négliger ses enfants, devenir un îlot renfermé sur lui-même ?

Elle embrassa Mac plus violemment. Les mains de Mac étaient prises dans sa chevelure, son érection chaude contre ses cuisses. Elle se frotta à lui. Il la prit par les hanches.

« Shhh, murmura-t-il contre ses lèvres, shhh. »

Il lui fallut tout ce temps pour s'apercevoir qu'elle pleurait, que la chaleur ardente qu'elle ressentait était celle de ses propres larmes qui roulaient sur ses joues, éclaboussaient le torse de Mac. Elle les embrassa aussi, suivit cette pluie le long de la clavicule de Mac, attrapa le sel sous sa langue.

Puis elle fut sur le dos et lui penché sur d'elle, à genoux, et ses grandes mains incroyablement douces remontaient le tee-shirt, le faisaient glisser par-dessus sa tête.

« Viens, demanda-t-elle impérieusement, viens ! »

Mais il refusait. Elle avait beau s'agripper violemment à ses épaules, enrouler ses jambes autour de sa taille. Modèle de maîtrise, il lui bécotait le lobe de l'oreille, murmurait dans son cou, jusqu'à ce que sur tout son corps se diffuse la plus délicieuse des chairs de poule et qu'elle ait de sa peau une conscience si aiguë qu'elle était prête à crier s'il arrêtait de la toucher.

La tête de Mac était sur ses seins, ses joues barbues râpaient légèrement son téton, bientôt suivies par la pression apaisante de ses lèvres. Elle avait un corps de sportive, mince, les hanches étroites, la poitrine plate. Mais il lui donnait l'impression d'être sensuelle, avec ses grandes mains sombres déployées sur ses seins d'un blanc laiteux, ses cheveux soyeux qui lui chatouillaient le ventre.

Enfin, il eut pitié d'elle, ses hanches se calèrent entre ses jambes, son grand corps allait et venait contre le sien.

Elle ouvrit les yeux à la dernière minute. Elle regarda son amant, la tête rejetée en arrière, les dents serrées à l'instant où il se perdait dans le plaisir de son corps. Et, dans son extase, dans sa tristesse, elle eut un élan de tendresse insoutenable. Elle posa ses mains sur le visage de Mac. Elle souhaita de toutes ses forces qu'il jouisse, voulut voir cette explosion sur ses traits. Elle voulait qu'il trouve une libération. Elle voulait savoir qu'elle rendait cette personne-là heureuse.

Le barrage se rompit. La pression intolérable qui montait en elle culmina et vola en éclats. Elle tombait, encore, encore et encore, ses bras et ses jambes enlaçaient toujours Mac et, au moins l'espace d'un instant, ce fut suffisant.

MARDI, 23 HEURES 28

« Tu sais, je te ligoterais si je pensais que ça marcherait, dit Mac quelques minutes plus tard. Je me martèlerais la poitrine, je jouerais les mâles dominants

315

et je compterais sur toi, femme faible et soumise, pour obéir. »

Elle lui envoya une bourrade dans l'épaule.

« Aïe.

– C'était pour le "faible". Je réfléchis encore au châtiment pour "soumise". »

Il roula au-dessus d'elle, la plaqua contre le matelas, la surprenant par la soudaineté de ses mouvements. « Je suis plus grand, dit-il posément. Je suis plus fort. Mais je sais quand j'ai trouvé à qui parler, Kimberly. Et je respecte ton besoin d'aider ton père. Je comprends qu'il faut que tu fasses ce que tu as à faire, même si ça te met en danger. »

Elle ne savait pas quoi répondre. La pièce était sombre, les volets clos. Cela lui épargnait d'être trop exposée, mais offrait la même protection à Mac. Elle ne voyait que ses yeux qui luisaient dans le noir. Surtout, elle sentait le poids des mots qu'il ne disait pas, de toutes les peurs dont aucun d'eux ne parlerait jamais. Par exemple, toutes ces choses qui pouvaient mal tourner le lendemain, ou le surlendemain, ou encore le jour suivant.

Ni l'un ni l'autre ne craignait pour lui-même, mais ils ignoraient comment ne pas avoir peur pour l'autre.

Mac se leva. Elle observa les contours de son corps, ombre parmi les ombres, pendant qu'il farfouillait dans son sac.

Un instant plus tard, il était de retour.

« Deuxième round ? » demanda-t-elle, légèrement surprise. Mais ce qu'il lui glissa dans la main n'était pas un préservatif. C'était une petite boîte carrée. Un écrin.

316

Elle ne comprit pas tout de suite.

« J'avais tout planifié, dit-il d'un ton bourru. Réservé dans un grand restaurant à Savannah. Même acheté une robe pour que tu la portes. On serait sortis, le serveur aurait apporté du champagne et devant l'orchestre, le personnel et les autres clients, j'aurais mis un genou à terre et j'aurais fait ça comme il faut.

» Sauf qu'évidemment, on n'arrivera jamais à aller à Savannah. En toute sincérité, plus je passe de temps avec toi, plus je me dis que je peux déjà m'estimer heureux de me retrouver dans une chambre d'hôte en plein pays du fromage. Je ne sais pas s'il y a une bonne étoile là-haut, mais ta famille n'est pas née en dessous. »

Il se passa une main dans les cheveux et parla avec une nervosité qu'elle ne lui avait jamais connue. « Bon, ce que j'essaye de dire, bien sûr, ce que je... Oh zut. » Il se releva, mit cette fois un genou à terre en lui prenant la main. « Kimberly Quincy, voulez-vous m'épouser ?

— Mais je suis toute nue, dit-elle, hébétée.

— Je sais. Ça fait partie de mon plan. Comme ça, tu ne peux pas t'enfuir en courant.

— C'est bizarre, mais j'ai toujours pensé que je serais habillée quand ça arriverait.

— Certes, mais si ça peut te consoler, ça m'est égal.

— Je suis aussi fatiguée et à cran.

— Ça aussi, ça m'est égal.

— C'est vrai, hein ?

— Oh, chérie, je t'aime à cran, agressive, armée, dangereuse, toutes les façons dont je peux t'avoir. J'ai même déjà lancé les paris sur le temps qu'il te faudrait pour botter le cul à Candi Rodriguez.

— Celle-là, elle ne me revient pas, dit tout de suite Kimberly.

— Là, je te reconnais. »

Mac tendit la main vers la lampe de chevet pour l'allumer. Alors, avec des mains qui tremblaient presque autant que celles de Kimberly, il ouvrit lentement l'écrin encore niché dans sa paume.

La bague était ancienne, un montage classique de brillants et de platine. Rien d'extravagant, rien de tape-à-l'œil. Kimberly pensa que c'était la plus belle bague qu'elle ait jamais vue.

« C'était celle de ma grand-mère, dit doucement Mac. Si tu ne l'aimes pas, on peut toujours la faire reprendre...

— Non !

— Non, tu ne veux pas m'épouser ? demanda-t-il, légèrement paniqué.

— Non ! Enfin si. Oui, je veux t'épouser ; mais non, ne t'avise pas de toucher à cette bague ! Ou plutôt si, en fait, touche-la, mais pour me la passer, imbécile. Mets-la à mon doigt. »

Il le fit. Puis ils restèrent là tous les deux, entièrement nus, à admirer la bague un long moment.

« Elle est belle, murmura Kimberly.

— Tu es la plus belle chose du monde à mes yeux, Kimberly. Bon sang, je t'aime tellement que ça me rend à moitié fou de peur.

— J'ai peur, moi aussi.

— Alors on va prendre notre temps. Seulement... je voulais que tu aies cette bague ce soir.

– Je t'aime, Mac », dit-elle gravement.

Puis elle se pencha vers lui et l'étreignit jusqu'à en avoir mal. Ils regardèrent tous les deux la bague, qui étincelait toujours à son doigt, et réalisèrent en même temps.

« Je ne peux pas la porter demain, murmura-t-elle.

– Je sais. »

Elle leva les yeux, comprenant une fois encore les mots qui n'étaient pas prononcés. « Serre-moi, Mac. »

Il la prit dans ses bras. Puis elle retira la bague et la replaça sans un mot dans son écrin.

30

Mardi, 23 heures 42

Quincy ne pouvait pas dormir. Il arpentait la maison, essayait les différentes pièces, comme s'il pouvait retrouver la présence de sa femme en s'asseyant dans ce fauteuil, en buvant dans cette tasse, en se servant de ce bureau. Peine perdue. Les lieux semblaient trop vastes, enténébrés et déserts. Où qu'il aille, cela ne servait qu'à lui rappeler l'absence de Rainie.

Il se rendit dans son bureau. Parcourut attentivement les notes de Mac sur Andrew Bensen. Si ce type avait environ vingt-huit ans, il n'était qu'un bambin à l'époque de la disparition de son père. Difficile de savoir comment ce genre de choses pouvait avoir affecté un petit garçon. D'un côté, il avait été obligé de grandir sans parents. De l'autre, étant donné la vie que menait Lucas Bensen, personne n'avait signalé sa disparition. Apparemment, il n'avait même pas manqué à ses amis.

Bien sûr, quelque vingt ans plus tard, Andrew Bensen avait appris toute l'histoire : comment Lucas avait violé la fille de seize ans de sa petite amie ; comment il avait tué celle-ci quand elle l'avait mis devant les faits ; comment il était ensuite revenu à la maison (sans doute dans le but de s'en prendre une nouvelle fois à Rainie), sauf qu'elle l'avait tué avant de l'enterrer sous la véranda, à l'arrière de la maison, pour que personne ne sache ce qu'elle avait fait.

Le récit de Rainie avait été suffisamment convaincant pour un jury composé de ses pairs. Mais comment Andrew avait-il pu prendre la nouvelle ? Sa grand-mère et lui ne s'étaient même pas montrés au procès. Peut-être Lucas Bensen comptait-il aussi peu que cela à leurs yeux.

Quincy n'arrivait pas à se faire une opinion.

Il laissa lui aussi un message à une vieille amie de Quantico. Les officiers militaires de Mac ne le rappelleraient pas avant neuf heures du matin, heure du Pacifique. Glenda Rodman, en revanche, aimait bien être au bureau à huit heures pétantes, heure de l'Est, de sorte que Quincy pouvait compter sur un appel vers cinq heures. Vu les circonstances, ces quatre heures de gagnées ne seraient pas superflues.

Son dernier appel fut local. L'heure n'était plus, et de loin, convenable. Quincy s'en fichait.

Abe Sanders, ancien enquêteur de la police d'État de l'Oregon, décrocha à la première sonnerie. Quincy eut le sentiment que Sanders ne dormait pas bien en ce moment. L'ironie de la chose, c'était que Sanders avait quitté la police d'État pour mener une vie plus tranquille.

« Qu'est-ce qu'il peut arriver à Astoria ? avait-il dit deux ans plus tôt à Rainie et Quincy lors d'un dîner où il leur avait annoncé qu'il prenait le poste dans cette pittoresque ville côtière. Quelques effractions, un petit trafic de drogue et diverses arnaques aux touristes. Tiens, je ne ferais pas mieux en m'installant à Bakersville. »

Ce soir-là, ils avaient bu à sa santé et à celle de sa charmante épouse. À cette époque, la vie était plus belle pour chacun d'eux.

« Quoi ? répondit Sanders, d'une voix alerte, autoritaire.

– Tu dors le téléphone à la main ou bien tu ne prends même plus la peine de te mettre au lit ?

– Je regardais seulement le journal télévisé. »

Sanders sembla se détendre en entendant la voix de Quincy. Celui-ci se dispensa de répondre que le journal du soir était fini depuis un quart d'heure.

« Je voulais prendre des nouvelles de notre agent d'entretien préféré.

– C'est drôle, tu es mon deuxième appel au sujet de Duncan aujourd'hui. Le premier venait d'un ancien copain de la police de l'Oregon, Kincaid. Tu ne le connaîtrais pas, par hasard ?

– À dire vrai, on travaille ensemble.

– Une affaire d'enlèvement, hein ? Il vous fait déjà intervenir, Rainie et toi ? Waouh, l'industrie du loto doit être en plein boom pour que l'État ait les moyens d'engager des consultants aussi vite. De mon temps, on n'avait que de tout, tout petits moyens. »

Sanders faisait allusion au fait que, pour la première fois dans les annales de cette institution, la police d'État disposait enfin d'une source de revenus attitrée : la loterie d'État. Cette loi était une bonne nouvelle pour la police et plus encore un sujet de plaisanterie pour la population. Tout le monde prétendait pour rire que les agents allaient se mettre à distribuer des jeux de grattage avec chaque amende pour excès de vitesse. N'importe quoi, du moment que ça marchait.

Quincy jugea plus intéressant le fait que Kincaid se soit renseigné auprès de Sanders tout en refusant de lui communiquer le moindre détail sur l'affaire. C'était typique d'un policier de franchir les limites juridictionnelles sans pour autant rien révéler. L'espace d'un instant, Quincy les haït tous.

« Je préférais t'appeler moi-même, dit-il finalement à Sanders.

– Eh bien, je vais te redire la même chose qu'à lui : on n'a toujours rien. À notre connaissance, ce cher Duncan passe l'essentiel de ses journées à se gratter les couilles chez lui, et le soir il se pointe chez sa mère pour le dîner. Elle l'appelle encore son bébé. Les voisins ne peuvent pas le sentir.

– Il est surveillé ?

– Pas officiellement, mais j'ai assez de gars pour leur demander d'y faire un tour de temps en temps. Nous ne pouvons pas rendre compte de son emploi du temps minute par minute, mais nous connaissons les grandes lignes.

– Et aujourd'hui ?

– Une journée comme les autres dans la maison Duncan.

– Et ce soir ?

– Je n'ai personne à le surveiller ce soir, dit Sanders d'une voix qui devenait circonspecte. Je devrais ?

– On a une affaire sur le feu, dit sèchement Quincy. Le prochain contact avec le sujet est prévu pour demain matin, dix heures. Si Duncan était vraiment dans le coup, il aurait des trucs à régler ce soir ou à la première heure demain matin. Autrement dit, ce serait utile de connaître ses activités dans les vingt-quatre heures qui viennent. Même si ça ne conduit qu'à le rayer de la liste des suspects.

– Je pourrais m'arranger.

– Je considérerais ça comme un service personnel.

– Allons, pas de grands sentiments avec moi. Mais je dois dire que je ne comprends pas, Quincy. Tu crois que Duncan a kidnappé une femme pour de l'argent ? Voyons, tu as vu la scène du crime. Si Duncan arrive à coincer une femme seule, ce n'est pas à l'argent qu'il pense. »

Quincy aurait dû le dire. Il ne savait pas pourquoi il ne le faisait pas. Mais à ce moment-là, assis dans l'obscurité de son bureau, les yeux posés sur la photo de sa fille, il n'arrivait pas à former la phrase : *Rainie a disparu*. Il n'avait tout simplement plus la force d'entendre ces mots prononcés à voix haute.

« Merci », dit-il simplement.

Il raccrocha et resta seul dans le noir.

Plus tard, il se traîna jusqu'à la chambre, ses draps froissés, la pile de vêtements jetés au sol par Rainie. Il commença dans le coin et, méthodiquement, lança tout sur le lit. Vieux jeans, sous-vêtements sales, chaussettes usagées, peu lui importait. Il recouvrit le lit avec le linge de Rainie.

Puis, au seuil de la chambre, il commença à se déshabiller. Sa veste mouillée, sa chemise fripée, sa cravate pendante. Il se défit vêtement par vêtement de sa tenue d'enquêteur, jusqu'à ce qu'il ne reste plus que l'homme. Quincy avait pour habitude de lancer ses habits dans le panier ou de les remettre sur leur cintre. Ce soir-là, il les abandonna tous en un tas informe, telle une mue.

Puïs il traversa la pièce et rampa entièrement nu dans la pile de vêtements de Rainie.

Il roula dans les draps. Il sentit la douceur des pulls en coton, des pyjamas en flanelle, des sous-vêtements en satin. Sa main trouva la couette, et il s'enroula dans un cocon de tissu, cherchant désespérément l'odeur de sa femme, la sensation de son corps contre sa peau.

Elle avait disparu. Kidnappée, ligotée, désarmée, les cheveux cisaillés et Dieu sait quoi encore. Seul dans le silence de la chambre qu'ils avaient autrefois partagée, Quincy se sentit finalement rattrapé par l'énormité de la chose. Dans son esprit se succédaient les images en désordre : Rainie la première fois qu'elle lui avait souri, Rainie et son ronronnement satisfait dans les secondes qui suivaient l'amour ; Rainie en larmes quand il avait mis un genou à terre pour la demander en mariage ; Rainie et son regard doux, fasciné, le jour où était arrivée la photo de leur fille bientôt adoptive.

Rainie heureuse, Rainie triste, Rainie niant furieusement quand il l'accusait de s'être mise à boire. Rainie l'air tellement perdue, debout près de la fenêtre après un de ses cauchemars, et lui qui respectait son intimité en faisant semblant de dormir.

Il regrettait tout cela maintenant. Regrettait de lui avoir laissé de la liberté. Du temps. De ne pas l'avoir enfermée avec lui dans cette foutue chambre pour la forcer à cracher tout ce qu'elle avait sur le cœur.

Il l'avait aimée, il l'avait adorée, il lui avait fait confiance.

Maintenant, avec le recul, il s'apercevait que cela n'avait quand même pas suffi.

L'amour ne répare pas tout. L'amour ne guérit pas toutes les blessures. L'amour ne garantit pas qu'on ne se sentira jamais seul.

Il tenait son sweat entre les mains, ce vieux sweat bleu du FBI qu'elle s'était accaparée pour le porter à la maison. Il le leva vers son visage. Il inspira profondément, toujours à la recherche de son odeur.

Puis il rassembla ses forces. Il se concentra et, avec toute la volonté dont un homme était capable, envoya un message : *Rainie, je t'en prie, il faut que tu t'en sortes.*

Mais lorsqu'il ouvrit les yeux, la chambre était toujours sombre, l'air toujours froid. Et rien sur le lit ne pouvait lui rendre la présence de sa femme.

31

« Tu vois cette lampe, là-haut ? demanda Rainie à Dougie. On va la casser.

– La casser ?

– L'exploser en mille morceaux.

– Okay », dit Dougie.

La lampe en question était composée de deux longues ampoules fluorescentes derrière une cage métallique. Fixée juste au-dessus de l'entrée de la cave, elle se devinait dans le halo de lumière de la porte. À la connaissance de Rainie, c'était la seule du sous-sol. S'ils la cassaient, leur ravisseur n'aurait pas d'autre choix que de les rejoindre dans les ténèbres.

L'idée plaisait à Rainie. Elle voulait que l'homme descende cet escalier plongé dans le noir. Elle voulait le regarder se cogner dans leur prison humide et fétide, buter dans l'établi, glisser sur le sol de ciment mouillé. Elle voulait le rabaisser à leur niveau, avec une férocité qui lui faisait oublier le battement de ses tempes, les étranges courants douloureux qui allaient et venaient dans son côté gauche et les affres de la faim qui lui tordait maintenant l'estomac.

Problème : ils ne pouvaient pas atteindre la lampe, fixée en hauteur. Solution : n'importe quel vieux caillou ou morceau de débris lancé à travers le grillage métallique ferait l'affaire. Dougie et elle avaient fait des ricochets en leur temps. Elle pensait qu'ils pouvaient y arriver.

Ils se mirent donc à fouiller les petites flaques éparses sur le sol. Aux yeux de Dougie, chercher des pierres était toujours une bonne idée.

Dougie avait renoncé à détacher ses mains. Mordre ne marchait pas, scier les attaches en plastique sur le coin de l'établi en bois non plus. Au lieu de cela, il travaillait comme Rainie, le dos courbé, les mains suspendues devant lui.

Elle le sentait frissonner de froid et son propre corps réagissait par un tremblement qui la faisait claquer des dents. Elle ne sentait plus ni ses doigts ni ses orteils. Son nez s'était engourdi et, petit à petit, elle perdait le reste de son visage. Sa température corporelle centrale continuait à baisser. Celle de Dougie aussi. Bientôt leurs jambes leur sembleraient molles, leurs paupières lourdes. Ce serait facile de simplement s'asseoir sur l'escalier, ou peut-être de se recroqueviller sur l'établi.

Leurs cœurs surmenés ralentiraient. Leurs organismes s'arrêteraient, feraient circuler moins de sang, pomperaient moins d'oxygène, et ce serait fini. Ils fermeraient les yeux et n'auraient plus jamais aucun souci.

Elle serait tranquille, se surprit à penser Rainie, ce qui la dégoûta. Si elle devait mourir, elle voulait essayer d'emporter Superconnard avec elle. Elle frappa des pieds, remua les doigts, puis, prise d'une impulsion, recourba ses bras devant elle et barrit comme un éléphant.

Dougie pouffa.

Alors Rainie barrit encore.

« Je suis le roi des éléphants ! » s'écria Dougie. Il galopa sur le sol de la cave en l'éclaboussant et émit un farouche rugissement d'éléphant. Rainie suivit dans son sillage. Ils rencontrèrent le mur, barrirent ensemble cette fois-ci, puis firent demi-tour et coururent dans l'autre sens. Les poumons de Rainie se gonflaient avec effort. Son cœur battait la chamade. Elle se sentait mieux qu'elle ne l'avait été depuis des jours.

Ils ralentirent, haletants. Être un éléphant était beaucoup plus difficile qu'il n'y paraissait et cela ne leur procurait aucune munition. Ils recommencèrent donc à filtrer des doigts les petites flaques qui couvraient le sol de la cave, à la recherche de cailloux.

« Ça va, ta tête ? » demanda Rainie, comme le moment semblait bien choisi et que Dougie avait l'air de la détester un peu moins.

Il se contenta de hausser les épaules. C'était sa réponse à presque tout. Pendant une de leurs sorties, il avait fait une chute de deux mètres en grimpant à un arbre. Rainie s'était immédiatement précipitée vers lui, s'attendant à des larmes ou au moins à un hoquet bravement réprimé. Dougie s'était juste frotté, pour enlever la boue, les feuilles, le sang, puis était retourné à l'arbre. Elle l'avait vu agir de même à bien d'autres occasions.

Dougie semblait indifférent au monde physique. La

douleur, le froid, la chaleur, la faim. Rien ne l'atteignait. Quand Rainie en avait parlé à Quincy, il avait déniché une étude montrant comment certains enfants, en situation de maltraitance chronique, apprennent à se déconnecter de leur propre corps. C'est une forme d'adaptation, lui expliqua-t-il : leurs bourreaux les frappent et les enfants ne sentent littéralement rien.

C'est à ce moment-là que Rainie avait commencé à se poser des questions sur Stanley Carpenter, à penser que Dougie disait peut-être vrai. L'absence de preuves physiques restait cependant déconcertante. Si Stanley battait l'enfant, Dougie ne devrait-il pas avoir des traces de coups ?

Mais quelques semaines plus tôt, elle avait reçu un saisissant début de réponse à cette énigme. C'était peu de temps après cela que Dougie avait commencé à la haïr pour de bon.

« Je ne trouve pas de cailloux, dit-elle alors. Et toi ?
— Non. »

Dougie se mit à patauger sur le sol mouillé pour changer. Cela lui donnait une distraction et, avec un peu de chance, de la chaleur.

« C'est bizarre, murmura Rainie. Dans une cave, on s'attendrait à trouver toutes sortes de trucs. Des outils abandonnés, des vieux jouets, des débris oubliés. J'imagine que notre ami a fait son petit ménage. »

Dougie arrêta d'éclabousser. Dans l'obscurité, elle le vit se renfrogner.

« Dougie, dit Rainie d'une voix posée, tu sais que j'étais dans la police, hein ? Je suis formée à ce genre de situations. Je vais nous sortir de là.

— Tu es blessée.

– Pas besoin de cheveux pour s'évader d'une cave », répondit Rainie avec désinvolture.

Le regard de Dougie descendit vers les bras de Rainie. Il avait senti les coupures, donc, et il avait compris.

« Voilà ce qu'on va faire, reprit Rainie avec animation. On va casser ces ampoules. Ensuite, on va taper vraiment très fort contre la porte en réclamant à manger, à boire et des vêtements chauds. On va faire un tel boucan qu'il sera obligé d'ouvrir la porte. Et ensuite, on jouera à un petit jeu de cache-cache.

– Je n'aime pas jouer à cache-cache.

– Mais ce sera un bon jeu, Dougie. L'homme va venir nous chercher et nous, on s'écartera de lui en courant. On sera des fantômes, qui volettent par-ci, par-là, plus vifs que l'éclair. Avant même qu'il s'en rende compte, tu te précipiteras en haut des escaliers, boum, boum, boum. Quand tu seras en haut, je veux que tu coures aussi vite que possible. Tu sors de cette maison, tu vas chez le voisin le plus proche que tu trouves. Ensuite, tu n'auras plus qu'à leur demander d'appeler la police et ils prendront le relais. »

Dougie n'était pas stupide. « À sa place, je prendrais un pistolet, déclara-t-il. C'est sûr, j'aurais au moins un pistolet. Et peut-être un serpent.

– L'homme et son pistolet (ou son serpent), c'est mon problème, Dougie. Toi, je veux seulement que tu penses à monter l'escalier en courant.

– J'aime bien les serpents.

– D'accord, voilà ce que je te propose : s'il vient avec un serpent, c'est toi qui t'en occupes. Mais s'il vient avec un pistolet, tu cours vers l'escalier. Promis ? »

Dougie considéra son offre. Finalement, il acquiesça. Il cracha dans ses mains et se les frotta. Rainie l'imita. Ils se serrèrent la main, ce qui, pour Dougie, scellait un serment solennel. Ils avaient déjà fait ça une fois, le jour où Dougie avait proposé de lui montrer la cachette de ses trésors secrets et qu'elle avait juré de ne jamais en révéler l'emplacement à personne.

Elle se souvenait encore de cet après-midi-là. Le brouillard gris qui nimbait les arbres couverts de mousse. Le vieux chêne noueux et son renflement évidé juste de la bonne taille pour contenir une boîte à sandwichs en métal. L'impassibilité du visage de Dougie quand il avait sorti la photo calcinée de sa mère, son chapelet couvert de suie.

« Ma maman est morte, avait dit Dougie en cette unique fois où il avait parlé d'elle en présence de Rainie. Alors j'habite avec d'autres familles. Jusqu'à ce que je brûle des choses. Les gens n'aiment pas ça.

— Pourquoi est-ce que tu as mis le feu à la photo de ta mère, Dougie ? Je crois que ça la rendrait très triste.

— Ma mère est morte, répéta Dougie, comme si Rainie ne comprenait pas. Les morts ne ressentent rien. Les morts ne sont pas tristes. »

Puis il regarda Rainie droit dans les yeux et déchira la photo de sa mère en deux. Rainie comprit le message : aux yeux de Dougie, les morts avaient de la chance. Mais elle était prête à parier que, si elle revenait en douce voir son trésor plus tard dans la semaine, elle trouverait la photo martyrisée recollée avec du scotch. Parce que Dougie appartenait encore au monde des vivants et qu'il ressentait encore des choses, quand bien même il détestait cela.

Dougie et elle se replièrent vers l'escalier. En l'absence de munitions à lancer sur la lampe, elle ne voyait plus qu'une seule chose à faire.

« Dougie, si je te portais sur mes épaules, tu crois que tu pourrais atteindre ces ampoules ? »

Les yeux de Dougie s'éclairèrent dans le noir. « Oui !

– On va prendre les bandelettes de coton, décida Rainie, et les enrouler autour de tes mains. Tu montes sur mes épaules et ensuite, avec tes poings, tu vois si tu peux casser les ampoules ou les triturer pour les enlever.

– D'accord ! »

Bien évidemment, sans l'usage de leurs mains, mettre Dougie sur ses épaules était plus facile à dire qu'à faire. Dougie s'assit au bord de la marche du haut. Elle se plaça trois marches en dessous de lui. Il écarta les jambes. Elle se pencha et le cala en souplesse sur ses épaules.

Très lentement, elle se redressa. En pliant les bras, elle pouvait tout juste lui attraper les chevilles. Mais ses poignets liés limitaient sa mobilité et l'empêchaient de parer tous ses mouvements. Elle eut la vision de Dougie se penchant trop en arrière et les envoyant valser tous les deux en bas des marches.

Elle faillit dire quelque chose, mais se retint *in extremis*. Dougie était, au mieux, imprévisible ; inutile de lui donner des idées.

Il tangua un peu sur ses épaules, à la recherche de la bonne position.

« C'est bon », dit-il.

Avec beaucoup de précautions, elle gravit l'escalier. « Alors ? demanda-t-elle, le souffle court, le cou douloureux, les jambes en coton.

— Je peux les toucher ! annonça Dougie triomphalement.

— Alors on y va. »

Elle le sentit se grandir, s'étirer dans le néant obscur au-dessus d'eux. Un instant, le poids quitta ses épaules et elle comprit qu'il devait être à moitié suspendu à la grille métallique. Elle entendit un craquement, puis un épais nuage de poussière descendit. Rainie se mordit la lèvre inférieure pour réprimer un éternuement.

« C'est... coincé, dit Dougie d'une voix entre-coupée.

— Alors casse les ampoules. Éclate-les avec tes doigts. Tant pis si ce n'est pas beau à voir. Mais, Dougie... dépêche-toi. »

L'étrange sensation douloureuse regagnait son côté gauche, comme des décharges électriques qui allaient et venaient furieusement dans sa jambe. Son genou gauche fut pris d'un spasme et elle craignit un instant qu'il ne se dérobe, que toute sa jambe ne s'affaisse. Elle serra les dents, lutta contre la douleur. Juste pour cette fois, Seigneur. Juste pour cette fois...

Elle sentit du liquide sur ses bras. Les plaies causées par le couteau s'étaient rouvertes ; elle commençait à saigner.

Puis le tintement léger du verre brisé.

« Je les ai, disait Dougie en fracassant la première ampoule, puis la deuxième.

– Oh, merci mon Dieu. »

Elle descendit en souplesse une marche, puis deux, s'effondra vers l'avant et déposa le garçon au-dessus d'elle. « Bien joué ! Maintenant, on n'a plus qu'à... »

La porte de la cave s'ouvrit. Rainie eut l'impression foudroyante d'une lumière aveuglante qui formait un halo autour d'une silhouette noire. Elle grimaça instinctivement, leva les bras pour se protéger les yeux.

« Putain de merde ! » dit l'homme.

Et Rainie s'entendit hurler : « Cours, Dougie ! »

Elle se jeta en haut de l'escalier et son épaule rencontra la porte juste au moment où l'homme reprenait ses esprits et s'apprêtait à la claquer. Pendant une seconde atroce, elle fut suspendue sur la marche supérieure, arc-boutée en équilibre instable sur la porte qui pesait contre elle. Ses yeux étaient fermés, les rétines brûlées par la soudaine luminosité après tout ce temps passé dans le noir. Elle sentit du mouvement contre ses jambes : Dougie qui se frayait un chemin.

Le poids derrière la porte disparut d'un seul coup. Elle s'écroula, tituba vers l'avant.

Aussi vite qu'elle était venue, la lumière disparut. L'homme actionna l'interrupteur et se rua dans le couloir.

« Dougie », appela Rainie d'une voix pressante. Mais il n'y eut pas de réponse.

Elle alla jusqu'au mur à tâtons, essaya de se repérer. Lorsqu'elle ouvrit les yeux, des points blancs flottaient devant elle.

Ne pas allumer, se dit-elle. À ce stade de la partie, la lumière n'était pas son alliée.

Au contraire, elle embrassa à nouveau l'obscurité et commença à repérer la forme rectangulaire d'une fenêtre, deux appareils électroménagers. Un lave-linge et un sèche-linge, conclut-elle. Elle se trouvait dans une minuscule buanderie, avec une porte qui menait à la cave. Et Dougie ?

Elle tendit l'oreille, mais n'entendit toujours rien. Elle en était réduite à prier pour qu'il se souvienne de leur stratégie, pour qu'il soit en train de franchir la porte en trombe. Il était jeune, vif, plein de ressources. S'il arrivait à quitter la maison, il serait sauvé.

Elle fit le tour de la pièce, trouva une autre porte. Fermée à clé. Elle chercha la serrure, en vain. Elle ne savait pas ce que cela voulait dire.

Il n'y avait donc qu'une seule sortie, par le couloir.

Elle se mit à genoux et rampa.

Une cuisine tout en longueur, estima-t-elle. Étroite, avec une longue fenêtre au-dessus de l'évier. Pas de clair de lune. Au lieu de cela, elle entendait le martèlement régulier d'une nouvelle averse. En se faufilant près du four, elle aperçut l'affichage digital de l'heure et resta un instant interloquée. 00 : 30. Était-elle partie depuis une journée ? Ou deux ?

Il fallait qu'elle appelle Quincy. Pour lui dire qu'elle allait bien. Qu'elle s'en sortirait.

Et alors elle eut l'idée : ce qu'il lui fallait, c'était un couteau.

Elle ouvrit brusquement le placard le plus proche, ses mains coururent sur son contenu en verre et elle fut immédiatement clouée sur place par un rai de lumière.

« Bien, bien, bien. Voyez-vous cela ? »

Rainie se retourna lentement, ses mains se refermant déjà sur la seule arme à sa disposition. Elle regardait droit dans le rayon de la torche. Au-delà, elle distinguait à peine la silhouette noire de l'homme. À ses côtés, il tenait Dougie, qui se tortillait.

« C'est comme je te disais, gamin, souffla l'homme d'une voix traînante. Cette bonne femme n'est qu'une ivrogne. »

Avec retard, Rainie suivit la lumière pour s'apercevoir qu'elle était tombée sur le bar et que, en ce moment même, elle avait une bouteille de Jim Beam à la main.

Sa gorge se serra. Elle ne savait pas quoi dire. C'était un pur hasard. Mais dans un coin de sa tête, elle redoutait que ça n'en soit pas un.

Elle affirma sa prise sur la bouteille. « Lâchez-le, gronda-t-elle.

— Je ne pense pas que tu sois en position de négocier.

— Bien sûr que si. »

Rainie leva la bouteille et la lança. Elle se fracassa contre la lampe torche. Rainie entendit le rugissement furieux de l'homme. Elle sentit le goût des éclaboussures de whisky sur ses lèvres, et c'était vrai que c'était agréable, c'était vrai qu'elle en voulait encore.

Elle bondit vers l'avant, attrapa un Dougie interdit et se précipita vers la porte. Au bout de deux pas, le pied de l'homme rencontra son genou gauche. Elle tomba lourdement, sentit quelque chose se tordre, puis se déchirer. Ses mains balayèrent le sol frénétiquement, à la recherche d'une arme, d'une prise, n'importe quoi. Elle ne trouva que du verre brisé.

« Cours, Dougie ! »

Mais cette fois encore, ce fut fini avant même d'avoir commencé. L'homme attrapa Dougie par les bras et le tira brutalement en arrière. Dougie se débattit comme un beau diable, frappa leur assaillant. Mais il ne pesait qu'une vingtaine de kilos, il n'était pas de taille contre un adulte.

« Lâchez-moi ! » braillait-il.

L'homme le cogna sur le côté du visage. L'enfant se recroquevilla. Ensuite, il ne resta plus que l'homme, qui souriait au-dessus de Rainie.

Elle se mit péniblement à quatre pattes. Elle ignorait pourquoi. Son genou était foutu, elle n'était pas près de courir. Mais elle pouvait encore ramper. Elle releva la tête. Commença à ramper.

L'homme lui envoya un coup de pied dans le menton.

Et Rainie tomba comme une pierre, avec un goût de sang et d'alcool dans la bouche. Lève-toi, lève-toi, pensa-t-elle fiévreusement. Fais quelque chose.

Mais sa tête était trop lourde. Sa jambe lui donnait des élancements. Il ne lui restait plus rien.

L'homme posa un genou à terre à côté d'elle.

« Rainie, lui murmura-t-il à l'oreille. Ça va vraiment me faire très, très plaisir. »

Il la remit sur ses pieds d'un coup sec. La douleur déferla dans sa jambe. Elle eut une dernière pensée, et sourit : rirait bien qui rirait le dernier.

Ensuite elle perdit connaissance, le laissant à lui-même, furieux.

32

MERCREDI, 04 HEURES 28

Quincy avait mis son réveil sur cinq heures. Au lieu de cela, il se leva à quatre heures et demie enfila un short en nylon, une chemisette de sport et un blouson léger, puis s'élança sur le bitume. Il courut six kilomètres sur la petite route sinueuse au bord de laquelle Rainie et lui vivaient. La pluie lui battait le visage, roulait sur ses joues, éclaboussait ses jambes.

Ses côtes lui faisaient mal. Son ventre gargouillait. Il courait sur la route déserte, dans ses zigzags. Il effaroucha deux cerfs, qui s'enfoncèrent dans les bois à la vue de son blouson jaune vif.

Il atteignit la borne des trois kilomètres, en fit le tour et revint sur ses pas ; à présent la route montait et il avait les jambes en feu.

Cinq heures quinze, il était rentré et sous la douche.

Cinq heures trente, l'officier spécial Glenda Rodman le rappela. Expérimentée, aussi réservée et surchargée de travail que Quincy, elle ne perdit pas de temps en civilités :

Andrew Bensen s'était engagé dans l'armée trois

ans auparavant et avait servi un an en Irak. Son unité avait été rappelée il y a six mois, mais il ne s'était pas présenté et était désormais considéré comme déserteur. Elle s'était déjà renseignée auprès d'un interlocuteur au Pentagone : ils n'avaient aucune piste.

Andrew mesurait un mètre quatre-vingt-neuf, brun, les yeux marron. Il arborait un tatouage de moto sur l'épaule gauche. Il aimait sa Harley et on savait qu'il fréquentait les bars à motards. Avant sa désertion, ses états de service étaient quelconques mais corrects. Les autres troufions l'appréciaient, ses supérieurs le jugeaient vif et coopérant. Le passage en Irak ne lui avait pas fait du bien. Un officier au moins avait noté qu'il montrait des signes de stress post-traumatique. Mais Bensen ne s'était jamais rendu à l'antenne locale des anciens combattants.

C'était tout ce qu'elle pouvait lui dire sur le deuxième classe Andrew Bensen.

Quincy remercia Glenda pour son temps, raccrocha et s'habilla. Costume bleu marine, chemise blanche amidonnée, cravate Jerry Garcia rouge, orange et turquoise. Rainie la lui avait offerte un Noël pour plaisanter. Il la portait chaque fois qu'il pensait avoir besoin de chance.

Cinq heures quarante-cinq, il partait pour le PC.

Kincaid s'y trouvait déjà.

Kimberly se leva à cinq heures. Elle se doucha pendant ce qui lui sembla une heure, mais ne dura probablement que cinq minutes. Ses épaules étaient déjà contractées, son corps inondé d'une adrénaline diffuse.

Elle avait envie d'aller courir. Elle canalisa son énergie pour plus tard, quand elle en aurait le plus besoin.

Cinq heures vingt, elle poussa Mac hors du lit. Il atterrit par terre avec un grognement, les yeux toujours obstinément fermés. Elle opta alors pour une méthode éprouvée : les chatouilles. Qui aurait cru qu'un grand garçon serait aussi chatouilleux sous le menton ?

La manœuvre conduisit bien sûr Mac à la peloter sérieusement. Elle lui tapa sur les mains et l'envoya sous la douche.

Seule dans la chambre, elle s'assit au bord du lit et examina une nouvelle fois la bague de fiançailles. Elle l'enfila, l'admira à la lumière. Elle pensa à sa mère, qui n'avait pas vécu pour voir ce jour. Et à sa grande sœur, Mandy.

Puis elle ferma l'écrin, le cacha dans son sac et rangea ses vêtements.

Cinq heures cinquante, Mac et elle avaient réglé leur note et montaient en voiture. Comme il n'était pas du matin, elle prit le volant. Ils venaient de fermer les portières quand il se mit à parler.

« J'ai réfléchi à l'affaire d'Astoria, dit-il. Le double meurtre, en août.

— Celui qui a bouleversé Rainie.

— Exactement. Je me demandais si c'était une pure coïncidence que Rainie ait été kidnappée après avoir travaillé sur une affaire aussi dramatique.

— À moins que son désarroi ait fait d'elle une cible plus vulnérable.

– C'est possible. J'ai posé quelques questions à ton père hier.

– Et ?

– Ils pensent connaître le coupable. Les victimes vivaient dans un duplex entretenu par un type du coin, Charlie Duncan. Vingt et un ans, sorti du lycée sans diplôme. Connu pour être doué de ses mains, mais pas pour son hygiène personnelle. Il vit seul dans un studio, dans une autre résidence qui appartient au même propriétaire. Ses voisins le considèrent comme quelqu'un de tranquille, peut-être un peu bizarre. Il a une certaine tendance à se pointer sans prévenir dans les appartements occupés par des femmes et à entrer avec son passe-partout. Le proprio dit qu'ils travaillent son "relationnel" ensemble. »

Kimberly leva les yeux au ciel.

« Voilà ce qui se passe, continua Mac. Il y avait ses empreintes partout sur cette scène de crime. Pareil pour ses traces de chaussures sanglantes. Seulement il avait un alibi tout trouvé : il est chargé de l'entretien. Bien sûr qu'il y a ses empreintes dans l'appartement, et puis c'est lui qui a trouvé les corps. Il a prétendu les avoir découverts en venant changer une ampoule.

– Changer une ampoule ? Comme si une jeune mère célibataire était nulle au point d'appeler l'agent d'entretien pour une ampoule cassée ?

– Ce n'est pas un génie, concéda Mac, mais il s'en sort. Ce qui m'amène évidemment à me demander s'il n'a pas continué sur sa lancée meurtrière.

– Il ne correspond pas au profil, répondit immédiatement Kimberly.

– Il a des moyens socioéconomiques limités, il a un lien avec Rainie.

– À supposer qu'il soit au courant de son rôle dans l'enquête.

– Duncan aime aller de temps en temps au duplex, tu te souviens ? Y compris un jour où Rainie et Quincy passaient en revue la scène de crime. Il leur a posé toutes sortes de questions sur l'enquête, notamment sur leur mission.

– Ils ne lui ont certainement rien dit...

– C'était inutile. Leur rôle se déduit de leur présence dans l'appartement. Et puis Rainie est belle, ce qui attire l'attention de n'importe quel homme. »

Kimberly lui décocha un regard.

« Mais tu es plus jolie, dit-il immédiatement.

– Bien rattrapé.

– Écoute, Duncan ne correspond pas tout à fait au profil. D'après Quincy, on cherche un petit Blanc pauvre qui fait une fixation au stade anal. Duncan n'a manifestement pas de fixette anale, et il est bien trop attardé socialement pour se dégoter une petite amie. Mais quand même. Il est malin. On dirait qu'il s'en sort déjà avec deux meurtres sur la conscience. Il ne faut peut-être pas le sous-estimer.

– L'assassinat de la petite fille te met mal à l'aise, souffla Kimberly.

– La maman a beaucoup résisté. Elle devait savoir ce qu'il ferait ensuite.

– Quel monde de merde, murmura Kimberly.

– Quincy avait mis au point une stratégie pour l'interrogatoire. Il a essayé de piéger Duncan pour l'obliger à avouer. Ça n'a pas marché. Ils ont installé des caméras près des tombes. Rien. Leur dernier espoir, c'est que le type se confie à quelqu'un. Malheureusement, la seule personne qu'il fréquente, c'est sa mère, et apparemment, elle le prend pour un saint.

– Cela ne fait que quelques mois, dit Kimberly, plus philosophe. Ils en sont encore au stade de l'analyse des indices. On ne sait jamais ce qui pourra sortir.

– En quoi ça changerait quoi que ce soit ? grommela Mac. Des cheveux, des fibres ? Son boulot explique tout. La seule chose qui aiderait maintenant, c'est qu'il ait été filmé la main dans le sac. Si l'appartement avait une caméra de surveillance, tiens, même une caméra planquée dans une peluche pour surveiller la nounou.

– Rien de tel ?

– Rien de tel. »

Ils entraient sur le parking du service de la pêche et de la faune sauvage, les pensées de Kimberly se tournaient déjà vers la journée qui les attendait.

« À moins que, dit brusquement Mac.

– À moins que ? »

Les autres agents arrivaient aussi sur le parking. Ils virent le responsable des relations publiques, le lieutenant Mosley, ainsi que le shérif Atkins, qui se dirigeaient tous les deux d'un pas vif vers la salle de réunion.

« En piste », murmura Mac.

Ils descendirent de voiture et se préparèrent pour la journée à venir.

La réunion de Kincaid fut rondement menée. Ils examinèrent les vingt mille dollars que Mac s'était procurés, désormais inventoriés et rangés avec soin dans un sac, puis l'équipement électronique, y compris le GPS que Kimberly aurait sur elle, de même que le matériel de surveillance qui serait employé pour la suivre. Le shérif Atkins et Mac seraient dans la camionnette blanche banalisée chargée de lui coller aux basques. Leur mission consisterait à ne jamais la quitter des yeux. Kincaid, le lieutenant Mosley et Quincy restaient au PC pour travailler avec Candi sur l'appel téléphonique. Leur mission à eux consisterait à faire en sorte que jamais le ravisseur ne s'énerve ou ne s'arrête de parler.

Le shérif confirma que Dougie Jones n'avait pas été retrouvé comme par enchantement pendant la nuit. Ses adjoints avaient aussi ramené le nombre de suspects à une douzaine.

Candi se vit remettre un profil pour chacun d'eux, avec des tirets. Le lieutenant Mosley lui fournit un plateau garni de bouteilles d'eau. Il semblait le plus fringant de tous, avec ses cheveux taillés à la tondeuse, son uniforme impeccablement repassé et son visage prêt à filmer. Il était arrivé avec une douzaine d'exemplaires du *Daily Sun* de Bakersville, l'édition du matin, qui claironnait la nouvelle de l'enlèvement à la une : « UN ENFANT PROBABLEMENT KIDNAPPÉ – *la police recherche toujours la disparue.* » À côté de la manchette, deux photographies : un portrait en buste de Rainie et une photo d'école de Dougie.

Quincy eut une impression sinistre en voyant le Photomaton granuleux de sa femme, agrandi dans des proportions gigantesques en première page du journal. En voyant son regard qui le dévisageait en retour.

L'article d'Adam Danicic occupait trois pages. Il donnait le nom de Rainie, son signalement et des détails concernant la découverte de sa voiture. Il parlait de la cellule de crise, de son désir de collaborer avec le ravisseur et de sa crainte qu'un enfant ait également été enlevé. Puis, à la grande consternation de Quincy, Danicic révélait quelques éléments du passé de Rainie, notamment le fait qu'elle avait autrefois fait partie du bureau du shérif de Bakersville et qu'elle avait été « récemment » acquittée pour le meurtre de Lucas Bensen lorsqu'elle avait seize ans.

« Dans quelle mesure avons-nous contrôlé le contenu de cet article ? demanda Quincy d'une voix acide après l'avoir parcouru.

— Pas un mot sur les cartes, ni sur les preuves de vie, répondit gravement Mosley en comptant sur ses doigts. Oh, et Danicic a eu la bonté de ne pas signaler que Dougie Jones a sans doute été enlevé à cause de nos conneries. Je lui en garde une certaine reconnaissance.

— Il a bien assez balancé sur Rainie.

— On ne pouvait pas l'empêcher de dire son nom. Et une fois qu'il donnait son nom complet...

— Tout ce qui la concerne est disponible sur Internet, murmura Quincy.

— Danicic n'est pas idiot. Le fait que la victime soit un ancien membre des forces de l'ordre au passé trouble fait un super article. D'un autre côté, il ne dit pas qu'elle était la défenseuse de Dougie, ce qui nous rend un peu service.

– Il reprend d'une main ce qu'il donne de l'autre.

– C'est le jeu, dit Mosley en haussant les épaules. Et les médias ont le bras long. À ce propos... »

Le bip à la ceinture du chargé des relations publiques sonnait pour la sixième fois en une demi-heure. Mosley jeta un œil à l'écran, grimaça. « Il va falloir qu'on envisage de tenir une conférence de presse ce matin. Le fil de l'Associated Press a repris l'affaire et, si j'en crois mon bip, tout le monde veut être de la partie.

– Pas avant la remise de rançon, répondit immédiatement Kincaid.

– On pourrait se servir d'eux, insista Mosley. Communiquer le profil défini par M. Quincy. Lancer la population aux trousses de notre homme.

– Et ficher la frousse au ravisseur qui, se croyant sur le point d'être pris, se dira qu'il peut tout aussi bien tuer ses deux victimes pour brouiller les pistes.

– Plus on retarde le point de presse, plus les journalistes creuseront de leur côté. Et plus ils découvrent de choses par eux-mêmes, moins j'ai de biscuits pour négocier.

– Pas avant la remise de rançon », répéta Kincaid.

Cela mit un terme à la discussion.

Huit heures. Ils s'agitaient, relisaient les précédents messages du ravisseur et, d'une manière générale, se rongeaient les sangs.

À neuf heures, Mac prit un appel sur son portable. Le bureau de recrutement militaire de Portland confirmait qu'ils avaient un dossier sur le soldat Andrew Bensen, actuellement porté déserteur.

Quincy communiqua l'information à Kincaid. Celui-ci fulmina pendant vingt minutes contre Quincy, qui avait osé entraver une enquête de police officielle en taisant délibérément une piste capitale, sans parler de la confiance nécessaire à une enquête plurijuridictionnelle. Le shérif Atkins diffusa un appel à toutes les patrouilles avec le signalement de Bensen. Le lieutenant Mosley râla : beaucoup de journalistes écoutaient les fréquences de la police et ils venaient de mettre de l'huile sur le feu.

Après quoi, la plupart se retirèrent dans leur coin pour enrager.

Le téléphone de Quincy trônait au milieu de la table dans la salle de réunion. Il était relié à un poste à haut-parleur, et tous les appels entrants étaient enregistrés et localisés – même s'il n'y avait guère d'espoir de retrouver l'origine de l'appel. Les signaux des téléphones portables sont relayés d'une antenne à l'autre selon un circuit aléatoire, ce qui rend pratiquement impossible de remonter à la source. Mais ils appliquaient les procédures de routine parce que, parfois, c'est la seule chose qui reste à la police.

Neuf heures cinquante-neuf.

Le téléphone sonna.

Candi enfila le casque.

Le lieutenant Mosley appuya sur le bouton « Record ».

Action.

33

MERCREDI, 10 HEURES 01

« Candi à l'appareil. Que puis-je faire pour vous ? »

Un rire mécanique résonna dans la pièce. « On dirait une standardiste de Time-Life. Qu'est-ce qui vient, ensuite, un abonnement gratuit en plus de mes vingt briques ?

— Vous avez demandé une policière et, comme vous le voyez, nous souhaitons vous être agréables. »

Candi parlait d'une voix détendue, comme pour un simple bavardage entre voisins. Son approche était exactement celle qu'ils avaient définie et cela mit immédiatement Quincy sur des charbons ardents. Il se leva, tourna en rond, pendant que Candi continuait : « Bon, en ce qui me concerne, j'apprécie toujours de savoir avec qui je parle. Comme je l'ai déjà dit, je m'appelle Candi. Et vous ?

— Vous pouvez m'appeler Bob.

— Bob, hein ? Et moi qui trouvais que vous aviez plutôt une voix à vous appeler Andy. »

C'était une référence à peine voilée à Andrew Bensen. Le ravisseur ne mordit pas à l'hameçon.

« Je veux mon fric, dit-il. L'argent pour moi, un petit jeu pour vous. Voilà ce qu'on va faire...

— Nous avons l'argent, l'interrompit Candi d'une voix aimable pour essayer de ralentir la conversation, d'exercer sa propre forme d'autorité. Vingt mille dollars. En liquide. Comme vous l'avez demandé.

— Je n'aime pas être interrompu. Recommencez et je tue le gamin. Vous ne voudriez pas avoir ça sur la conscience, mademoiselle Candi ? La mort d'un enfant de sept ans ? »

Le regard de Candi se tourna rapidement vers Kincaid. Elle répondit d'une voix égale : « Je suis désolée, Bob. Je ne voulais pas vous froisser. Comme je l'ai dit, je suis là pour coopérer.

— Il y a une cabine téléphonique à l'angle de la Cinquième et de Madison, une autre au Wal-Mart sur la 101 et une troisième à l'usine de fromage. J'imagine que vous connaissez ces endroits. »

Kincaid commença à griffonner furieusement ces instructions. Candi répondit : « En fait, Bob, je ne suis pas de la région, alors je vais sans doute avoir besoin d'un peu d'aide. Vous avez dit trois téléphones, le premier à l'angle de la Cinquième et de Madison. Quel angle ? Nord, sud, est, ouest ? Je ne voudrais pas le rater.

— Vous le verrez.

— D'accord, Bob. Je vous fais confiance. Bon, le deuxième téléphone est au Wal-Mart. Je suppose que le magasin est grand. Pouvez-vous me dire à quelle entrée ?

— Sur la gauche, concéda l'interlocuteur, quand on regarde le magasin.

– D'accord, et le troisième téléphone à l'usine de fromage ?

– En plein devant.

– Merci, Bob, je vous suis reconnaissante de clarifier les choses pour moi. Nous parlons donc de trois cabines téléphoniques : une à l'intersection de la Cinquième et de Madison, une à l'entrée gauche du Wal-Mart et une juste devant l'usine de fromage. Ce sont bien les téléphones dont vous parlez ?

– Allez-y.

– Pardon ? Je n'ai pas compris.

– Vous avez quinze minutes. »

Le regard de Candi s'affola. « Vous voulez que je sois à trois endroits différents dans quinze minutes ? Je suis désolée, Bob, j'essaie de vous aider, mais je ne comprends vraiment pas. Et pour vous dire la vérité, avant que je fasse quoi que ce soit, vous savez qu'il va falloir que je parle à Rainie et Dougie... »

Bob n'en avait que faire. « Vous avez quinze minutes », répéta-t-il.

Et la communication fut coupée.

Mercredi, 10 heures 06

Candi arracha le casque de ses oreilles. « Eh bien, merde ! Il ne nous a même pas laissé une chance. Pas d'explication, pas de preuve de vie...

– Quelle heure ? coupa Quincy.

– Dix heures six, répondit Kincaid, qui le notait déjà en consultant sa montre. Ces cabines téléphoniques se trouvent sur un itinéraire en ligne droite, la

Cinquième et Madison seulement à trois minutes d'ici, puis vers le nord jusqu'au point le plus éloigné, l'usine à fromage, qui est à quelque chose comme huit minutes de voiture.

– Alors on a sept minutes pour la stratégie. »

Quincy se tourna vers Shelly Atkins. « Comme l'a dit Candi, on est dans la merde. Il faut envoyer sur-le-champ des agents en civil et véhicule banalisé à chacun de ces endroits.

– Il va nous falloir plus de temps que ça pour nous changer...

– Vous avez encore des adjoints à leur domicile ?

– Cinq...

– Alors sortez les trois plus proches du lit et dites-leur de se rendre immédiatement sur les lieux avec leur véhicule personnel.

– Qu'est-ce que je dis...

– *Maintenant !* »

Shelly ouvrit des yeux comme des soucoupes, attrapa le talkie-walkie à son ceinturon et partit vers le hall pour appeler le central.

« Il va nous falloir un système pour entendre ce qui se dit dans ces téléphones », dit Kincaid qui réfléchissait à voix haute. « Impossible de les placer sur écoute en quinze minutes. Un talkie-walkie. Kimberly peut le tenir contre le combiné quand il appellera et nous retransmettre la conversation. Ensuite on pourra la conseiller sur une deuxième fréquence dans son écouteur. Je ne comprends pas », dit-il en secouant la tête. « Est-ce qu'elle est censée courir de téléphone en téléphone ? Ça n'a pas de sens.

– Il va faire en sorte que ce soit impossible, murmura Kimberly. Il cherche une excuse pour tuer.

– On envoie trois agents, décréta Quincy. Un à chaque cabine. Celui qui reçoit l'appel suit les instructions.

– On n'a qu'un seul GPS, protesta le lieutenant Mosley.

– Alors on a une chance sur trois de s'en servir. Sinon, on fait ça à l'ancienne. On suit l'agent contacté au sol et dans les airs.

– Comme s'il n'allait pas remarquer l'hélico, railla Kincaid.

– Alors au sol. Mais on ne peut pas laisser un téléphone sans personne : c'est trop risqué. »

Kincaid semblait être arrivé à la même conclusion. « On va diviser l'argent ; ça donnera à chaque agent un petit espoir de négocier le versement. Naturellement, il nous faut deux autres sacs maintenant.

– J'ai, déclara Mac. Donnez-moi rien qu'une minute pour bazarder nos vêtements et ils sont à vous. »

Il partit vers le parking en courant.

« Je prends le téléphone au coin de la Cinquième et de Madison, dit Kincaid en comptant sur ses doigts. Le capitaine Spector peut se charger du Wal-Mart. Kimberly s'occupera de l'usine à fromage de Tillamook. Restent ici le shérif Atkins pour diriger les agents sur le terrain et vous (dit-il en désignant Quincy) pour coordonner la stratégie de communication.

– Non.

– Pas question que vous fassiez la remise de rançon... commença Kincaid.

– Spector et vous non plus, répondit Quincy, dont le regard se posa sur le capitaine Grove, puis sur Kimberly. La première exigence du sujet tient toujours : les agents doivent être des femmes. Autrement, ça le mettra tout simplement hors de lui.

– J'y vais, dit Candi en se levant.

– Ne soyez pas stupide, dit Kincaid en la fusillant du regard. Vous êtes négociatrice...

– C'est un coup de téléphone...

– Qui conduira à une remise de rançon. Il s'agira de marcher, pas de parler. Vous allez rester assise ici, écouter la conversation et conseiller les autres sur ce qu'ils doivent dire.

– Il vous faut trois femmes, répliqua Candi. Je n'en vois que deux autres ici.

– Je savais bien que j'aurais dû me faire refaire les seins, intervint Shelly Atkins depuis le pas de la porte.

– Inutile de faire ça pour nous, répondit sèchement Kincaid. Vous allez au coin de la Cinquième et de Madison, Grove s'occupe du Wal-Mart et Kimberly prend l'usine à fromage. »

Il consulta sa montre. « Nos sept minutes sont écoulées, les enfants. Ça roule. »

MERCREDI, 10 HEURES 13

Du point de vue de Kimberly, elle avait passé les deux dernières heures à se tourner les pouces, tout ça pour que les choses se précipitent d'un seul coup. Mac enfournait l'argent dans des sacs. Un adjoint lui fourrait un talkie-walkie dans les mains. Puis le shérif Atkins cria à Mitchell d'approcher le véhicule de surveillance pendant que Candi braillait à travers la pièce que tout le monde garde son sang-froid.

Mac entraîna Kimberly à l'extérieur ; c'était elle qui avait le plus de trajet, et donc le moins de temps.

Sa dernière image de son père : Quincy penché sur l'épaule de Candi, qui dépliait les cartes du comté de Tillamook.

Puis Kimberly se retrouva dans sa voiture de location, Mac lui flanquant son portable dans la main.

« On sera juste devant toi. Donne-moi trente secondes et je t'appelle. »

Il allait claquer la portière. S'interrompit. Se pencha. Lui donna un baiser violent, fougueux. Puis Mitchell lui hurla de grimper en voiture et ils s'élancèrent sur la route.

Kimberly était à peine sortie du parking quand son téléphone sonna.

« On t'a sur l'écran, le GPS fonctionne parfaitement, lui annonça Mac depuis la camionnette blanche banalisée.

– Compris. »

Kimberly était crispée sur le volant. Elle obligea ses mains à se détendre, se souvint qu'elle devait profiter du petit trajet pour respirer profondément, rassembler ses idées. Quincy les avait prévenus que ça se compliquerait. Et ce n'était qu'un début.

« Il faudra répéter tout ce qu'il te dira, lui conseillait Mac dans le portable. Les talkies-walkies peuvent déformer la voix ; on aura peut-être du mal à suivre la conversation.

— Je sais.

— Si c'est toi qui reçois l'appel, je veux que tu nous fasses signe. Tu mets ta main dans ton dos et tu nous montres deux doigts. On comprendra que c'est la bonne.

— Deux doigts.

— Ne te laisse pas démonter. S'il veut son argent, il va devoir coopérer.

— J'ai assisté aux mêmes réunions que toi, Mac.

— S'il ne peut pas prouver qu'ils sont en vie, tu ne vas nulle part, Kimberly. Je suis sérieux. Rien ne garantit que nous pourrons te suivre, ou que ce type ne va pas essayer de prendre un autre otage. Si tu ne peux pas parler directement avec Rainie pour t'assurer qu'elle va bien... » Mac n'avait pas besoin de terminer sa phrase. « Ne te mets pas inutilement en danger, reprit-il, plus calmement. Protège ce qui reste à ton père. »

Ils étaient arrivés au carrefour. La camionnette mit son clignotant, tourna à gauche. Kimberly continua tout droit. Elle allait prendre un raccourci pendant que Mac et l'adjoint Mitchell feraient le tour par la grand-route. Cela lui permettrait d'arriver la première et sans avoir l'air d'être escortée par la police.

Au cas où il serait en train de surveiller. En train de guetter.

« Dès qu'on sait quel téléphone reçoit l'appel, dit Mac, on s'y retrouve. Le Wal-Mart n'est qu'à quelques minutes de l'usine, alors il y a des chances

qu'on puisse encore intervenir ou même faire un trans-
fert-minute du GPS.

– D'accord.

– Je ne sais pas grand-chose du capitaine Grove, de
son expérience. Je crois que ce serait mieux si tu pouvais t'en charger. Tu vois, pas seulement parce que
c'est toi qui as le GPS.

– Entendu. »

La camionnette était depuis longtemps hors de vue.
Mac suivait son chemin. Elle le sien.

« Je dois y aller, dit-elle.

– Kimberly...

– Ça va aller, Mac. Tout ira bien. »

Kimberly raccrocha. Glissa son portable dans la
poche de sa veste. Respira une dernière fois bien à
fond...

L'usine à fromage apparut.

Deux minutes et quelques secondes plus tard, Kimberly garait sa voiture, bondissait de son siège et courait vers la cabine téléphonique.

« Sonne, supplia-t-elle tout bas. Par pitié, *sonne*. »

MERCREDI, 10 HEURES 21

Shelly n'arrivait pas à trouver ce foutu téléphone.
Elle tournait au coin de la rue en se dévissant le cou
comme une folle. Elle n'habitait la ville que depuis
quelques mois ; elle ne se repérait pas encore très bien.
Et puis qui se sert encore des téléphones publics, de
toute façon ? Le monde entier semblait être passé au
portable, même les gosses de neuf ans.

Bordel. Elle perdait trop de temps à tourner en rond au carrefour. Elle s'engagea brutalement dans Madison Street et se gara sur une place interdite, trop éperdue pour s'en préoccuper. Aucun véhicule de surveillance à l'horizon, en tout cas à ce qu'elle pouvait en juger.

Il semblait bien, pour le moment du moins, qu'elle était toute seule.

Shelly courut à petites foulées dans la Cinquième, le poids de son ceinturon sur les hanches, le poids de sept mille dollars en liquide sur l'épaule. Ses mains étaient moites, sa respiration pénible. Elle ne s'était jamais retrouvée dans une telle situation. Parfois, peu importe qu'on soit le shérif, la patronne, le chef de meute, quand on ne sait pas, on ne sait pas.

Si Rainie et Dougie survivaient à cette journée, c'était décidé : elle irait à Paris.

Elle arriva au coin. Toujours aucun téléphone à l'horizon. Un stratagème de ce cher Bob pour diviser la cellule de crise ? Elle remit le sac pesant sur son épaule et se demanda quel parti prendre.

Et alors, juste au moment où elle commençait à hyperventiler, elle eut une illumination : la porte vitrée du snack.

Shelly l'ouvrit violemment et découvrit un téléphone.

« Seigneur, par pitié, murmura-t-elle entre ses dents, faites que ce ne soit pas moi. »

Alane Grove gardait son sang-froid. Le parking du Wal-Mart était bondé et mal agencé pour un magasin de cette taille. Elle s'y engagea et fut rapidement bloquée par un monospace qui attendait une place.

Elle compta jusqu'à vingt en rongeant son frein ; le monospace finit par se garer, mais Alane se retrouva alors face à une mère débordée et trois enfants qui couraient en tous sens. Ils s'égaillèrent chacun dans une direction pendant que leur mère, au milieu du parking, leur criait de revenir.

Guère impressionnés par sa colère, les gamins esquivèrent deux voitures et un monstrueux pick-up avant d'être finalement parqués à l'arrière d'un break.

Deux minutes s'écoulèrent encore avec une lenteur atroce, puis Alane trouva une place.

Elle descendit, s'efforçant de ne pas laisser paraître son anxiété. Elle avait conscience qu'elle était peut-être surveillée. Consciente qu'en tant que jeune recrue et en tant que femme, elle partait avec un handicap.

C'était une bonne enquêteuse, cependant. Elle était entrée dans la police après avoir servi quatre ans dans la réserve militaire. Elle supportait la pression. Du moins, c'était ce qu'elle se disait.

Elle mit le sac sur son épaule, vérifia que son talkie-walkie était facilement accessible dans la poche avant de son blouson, puis se dirigea vers le magasin. Elle trouva les téléphones publics devant l'entrée principale de la grande surface. Deux cabines. Un homme en chemise à carreaux déchirée parlait déjà dans l'un des appareils.

Alane faillit s'arrêter devant le téléphone libre, concentrée sur sa mission. À la dernière minute, son cerveau embraya. Elle passa à côté du premier téléphone en notant la taille de l'homme, sa silhouette mince, la boue sur ses chaussures de chantier. Elle observa son épaisse chemise à carreaux ouverte, idéale pour dissimuler une arme. Elle entra tout droit dans le magasin et communiqua cette description par radio.

Kincaid lui promit que les renforts étaient déjà en route. Reste calme, ne laisse rien paraître.

Alane longea à nouveau les portes vitrées, faisant mine de chercher un chariot. Mais lorsqu'elle regarda dehors, l'homme avait disparu.

Elle sortit, inspecta le parking. Mais elle ne vit aucune trace de l'homme, ce qui était assez aberrant. Le parking était un grand espace à ciel ouvert. Personne ne pouvait se volatiliser comme ça.

Les poils de sa nuque se hérissèrent. Ça y était. Il se passait un truc, quelque chose.

Dix-sept minutes depuis le premier appel. Le capitaine Alane Grove, devant le Wal-Mart, se prépara à agir.

Lorsqu'elle l'aperçut à nouveau, il était beaucoup trop tard.

MERCREDI, 10 HEURES 32

Silence. Silence. Silence.

Quincy se tenait au milieu de la salle de réunion, où seuls restaient Candi, le lieutenant Mosley et Kincaid. La négociatrice faisait les cent pas. Kincaid remplissait des formulaires. Le lieutenant Mosley se dirigea finalement vers le hall pour répondre à son bip en surchauffe.

Quinze minutes s'écoulèrent. Vingt. Trente.

Et toujours le silence radio.

« Mais qu'est-ce qui se passe ? » s'exclama finalement Quincy.

Personne n'avait de réponse.

34

MERCREDI, 10 HEURES 12

Elle flottait. Une sensation étrange. Teintée à la fois d'une merveilleuse apesanteur et d'un écrasant sentiment d'effroi. Peut-être qu'elle ne flottait pas. Peut-être qu'elle tombait, plongeait, se précipitait dans un abîme de ténèbres.

Elle sentit le vent dans ses cheveux, le froid sur son visage.

Elle écarta les bras.

Et elle se réveilla.

Dougie parla le premier. « Rainie ?

– Dougie ? »

La pièce était plongée dans l'obscurité. Elle ne se repérait pas. Quelque chose avait changé, mais elle n'arrivait pas à trouver quoi. En face d'elle, elle entendit un bruissement de tissus, Dougie qui s'approchait.

« Tu n'es pas morte, dit-il.

– Non. »

Elle se passa la langue sur les lèvres, essaya de trouver de la salive pour apaiser sa gorge desséchée. Sa langue paraissait gonflée par la soif, sa bouche craquelée et douloureuse. Elle cligna des yeux, mais rien n'apparut devant elle, pas même des nuances de gris. Elle était peut-être devenue aveugle.

« Où ? parvint-elle à demander d'une voix rauque.

– C'est une chambre, répondit Dougie. Je t'ai donné le lit. J'ai pensé que tu en avais plus besoin.

– Noir.

– Il a cloué des planches aux fenêtres. J'ai essayé d'enlever le bois, mais il me faut un outil. Tu en as un ? »

Il posa la question sur un ton plein d'espoir. Il connaissait la réponse, naturellement. Mais parfois on ne peut pas s'empêcher de demander.

« J'ai eu à manger, dit Dougie d'une voix plus enjouée. Des biscuits apéritif. Du fromage. Je t'en ai gardé un.

– De l'eau », réclama-t-elle de sa voix éraillée.

Dougie baissa la voix. « J'ai bu l'eau, marmonna-t-il.

– Oh, Dougie... »

Elle ne put pas trouver assez de salive pour en dire davantage. Au lieu de cela, elle tendit la main pour lui ébouriffer les cheveux. En réponse, il appuya sa joue contre la jambe de Rainie. Son corps fut alors immédiatement traversé par une douleur fulgurante, mais elle ne protesta pas. C'était incroyablement bon de sentir sa présence dans cette obscurité implacable. De savoir que ni l'un ni l'autre n'était seul.

« Je lui ai dit qu'on avait froid, reprit Dougie d'une

voix étouffée. Je lui ai dit que la cave était trop humide et qu'on ne voulait pas y rester.

— C'est... courageux.

— Il s'est moqué de moi. Il a dit qu'il en avait rien à foutre si on crevait de froid...

— Dougie...

— C'est ce qu'il a dit ! Je ne fais que répéter. Il en avait rien à foutre. »

Rainie leva les yeux au ciel. Là, Dougie profitait clairement de l'occasion pour dire des gros mots. Mais cela la fit sourire. Il parlait comme un enfant de sept ans. Il parlait, du moins pour l'instant, comme un enfant normal.

« Il ne nous a pas mis dans la cave, continua Dougie, perplexe. Il m'a emmené au bout du couloir. Il m'a mis dans cette chambre. Ça ne m'a pas plu au début. J'ai crié qu'il me laisse sortir. J'avais... j'avais peur », dit-il en mangeant le dernier mot, presque inaudible. « Mais ensuite il est revenu avec toi. Et il m'a donné des couvertures. Et puis j'ai eu du fromage et des biscuits. Et de l'eau (un autre mot marmonné). Mais rien qu'un petit peu. Je te jure qu'il n'y en avait pas beaucoup. Et puis je t'ai gardé un biscuit. Tu n'en veux pas ? »

Rainie sentit l'enfant presser le petit gâteau salé contre ses doigts. Elle accepta son cadeau pour ne pas le vexer. Mais elle ne pensait pas pouvoir le manger. Il ne lui restait plus assez de salive dans la bouche.

« Depuis combien de temps ? demanda-t-elle.

— Je ne sais pas. J'ai... je crois que je me suis peut-être endormi. »

Rainie hocha la tête, regarda la pièce autour d'elle,

364

essaya de se repérer. Il faisait incroyablement noir, plus noir même que dans la cave. Elle aurait parié que l'homme n'avait pas seulement cloué des planches aux fenêtres, mais aussi tout repeint en noir. Pourquoi ? Privation sensorielle ? Une autre façon de contrôler ses otages ?

Pourquoi cette pièce, s'il avait la cave ? Peut-être avait-il compris qu'il y avait du vrai dans ce que disait Dougie. La cave était trop froide et humide, ils risquaient l'hypothermie.

Peut-être qu'il ne pouvait pas encore se permettre qu'ils meurent.

Cette idée la ragaillardit. S'il avait besoin qu'ils soient en vie, ils avaient plus de pouvoir qu'ils ne le pensaient. Ils étaient en position de continuer à lutter. En fait, ils feraient aussi bien d'intensifier leurs efforts, de résister à fond maintenant, avant que la donne ne change.

Rainie se redressa. Venue de nulle part, une douleur cuisante lui harponna le côté gauche et lui perfora la tempe. Elle cria avant d'avoir pu se retenir, retomba en arrière, se prit la tête entre les mains ligotées. Aussi vite qu'elle était arrivée, la douleur vive retomba, sauf que Rainie avait maintenant conscience de trop de choses : d'étranges picotements qui montaient et descendaient à toute allure dans ses membres ; une violente douleur sourde qui lui enflait le genou gauche ; la sensation aiguë d'avoir la tête prise dans un étau insupportable.

« Rainie ? s'inquiéta Dougie.

— Désolée... faux... mouvement.

— Il t'a envoyé de l'électricité. Je l'ai vu. Il avait

un truc dans la main, il te l'a mis dans le cou et il a appuyé sur le bouton. Ton corps a fait bzzzzzzt, exactement comme à la télé.

– Besoin... un moment. Dougie... »

Mais, avant qu'elle puisse terminer, la porte s'ouvrit d'un seul coup, inondant la pièce d'une lumière blanche aveuglante. Rainie leva ses mains liées pour se protéger les yeux. Dougie se tapit contre elle.

« J'ai entendu que vous étiez réveillés, annonça l'homme. Parfait. Levez-vous. On a du boulot. »

Rainie essaya de bouger, de rouler pour s'éloigner de l'homme, de prendre ses marques, de se battre d'une manière ou d'une autre. Ses muscles refusaient d'obéir à son cerveau. Ses jambes ne bougeaient pas, ses hanches restaient immobiles, ses épaules ne voulaient pas pivoter. Elle gisait, impotente, tandis que la silhouette noire entrait dans la pièce et attrapait Dougie par le bras.

« Toi d'abord. Elle n'ira nulle part. »

Dougie hurlait de terreur, battait l'air des pieds, donnait des coups contre le lit. Rainie essaya de lui attraper les mains, de le tirer vers elle, comme si cela pouvait changer quelque chose. L'homme arracha l'enfant et le jeta facilement sur son épaule.

Dougie hurla encore et son cri transperça Rainie jusqu'au cœur. *Fais quelque chose, bon sang,* s'exhortait-elle. *Lève-toi de ce foutu lit !*

Elle s'évertuait sur le matelas, suppliait son corps de bouger.

« Non, non, non ! » criait Dougie dans le couloir.

Rainie resta clouée sur le lit, le visage ruisselant de pleurs. *Non, non. Par pitié, bouge. Oh, bon sang. Bon sang, Rainie, espèce d'incapable. Comment peux-tu être aussi faible ?*

Elle entendit une porte s'ouvrir, une porte se refermer, puis plus rien du tout.

Du temps passa. Elle ne sut pas combien. Sa jambe gauche était agitée de spasmes incontrôlables. La pression montait entre ses tempes, comprimait ses globes oculaires.

Puis l'homme revint. Elle l'entendit entrer dans la pièce à pas lourds et rapides. Il la saisit par les poignets ligotés et la tira hors du lit. Elle s'affala par terre comme du poisson mort et resta là, trop assommée pour bouger.

« Lève-toi, lui ordonna-t-il. Pas moyen que je te porte dans l'escalier.

– De l'eau. »

Sa voix était pitoyable, défaite, un animal blessé implorant la pitié. Comment quelqu'un comme elle avait-il pu en arriver là ?

« Oh, crois-moi, tu vas en avoir beaucoup et bien assez tôt. »

Il la redressa d'un coup sec sur ses pieds. Son genou gauche ne le supporta pas. À la seconde où l'homme la lâcha, elle s'effondra à nouveau. Il n'était pas content. Il lui envoya un coup de pied dans les côtes et resta au-dessus d'elle, les mains sur les hanches.

« Rainie, je n'ai pas le temps pour ces conneries. »

Frappe-le, pensa-t-elle. *Mords-lui les genoux.* Elle resta recroquevillée en position fœtale. Elle ignorait qu'on pouvait avoir aussi mal à la tête sans qu'elle explose.

« Oh, pour l'amour du ciel. »

Nouveau coup de pied. Elle resta inerte.

Il sortit de ses gonds et s'acharna sur elle comme sur un chien battu.

Cela ne fit pas avancer ses affaires. Il pouvait la brutaliser autant qu'il voulait, elle était incapable de se lever. L'homme parut enfin arriver à cette conclusion. Il arrêta de lui donner des coups de pied et poussa un profond soupir.

« Tu sais, ça commence à me donner beaucoup trop de mal pour ce que ça me rapporte. »

Il se baissa, passa son bras autour de ses poignets liés. « La prochaine fois, tant pis pour la preuve de vie. Je tue tout de suite et basta. Fini de balader les gens, de les nourrir, de les loger, de se coltiner leurs tentatives d'évasion minables. Franchement, tu m'as bien fait chier, Rainie. Je comprends que ton mari se soit tiré. Tu n'es vraiment qu'une pauvre fille. »

Il commença à la traîner par les bras dans le couloir. Elle se broncha pas, joua les poids morts. À mi-couloir, la respiration de l'homme devint saccadée. Il s'arrêta, haletant, et l'injuria. Un corps, c'est encombrant, difficile à remorquer. S'il devait la tuer, elle lui donnerait au moins du fil à retordre.

Il l'attrapa sous les bras, prit une profonde inspiration et poursuivit son laborieux trajet dans le couloir. Ils entrèrent dans la cuisine. Il tira d'un coup sec pour passer le coin, puis la longue rangée de placards. À la dernière seconde, elle tordit sa jambe juste assez pour accrocher l'angle du meuble avec son pied. En réaction, il la gifla sur la tempe.

Et ils repartirent.

Elle comprit où ils allaient. Retour à la cave. Le

noir. Le froid glacial. Elle se rebiffa, plus désespérée maintenant, se cabra, se tortilla pour se dégager. Elle ne voulait pas retourner dans ce trou. Il allait la jeter en bas des escaliers. Verrouiller la porte.

Et plus personne ne les reverrait vivants.

« Non, non, non. » Elle n'eut pas conscience de s'être mise à gémir avant que sa propre voix n'arrive à ses oreilles.

« Ta gueule ! » gronda-t-il.

Ils passèrent à côté du dernier placard. Elle s'agrippa comme une malheureuse à la poignée.

« Qu'est-ce que tu me fais chier, Lorraine ! »

Mais elle ne voulait pas, ne pouvait pas lâcher. Elle était faible, meurtrie, en proie au délire à cause de l'arrêt du médicament. Mais elle avait une idée claire : s'il ne les avait pas tués la nuit dernière, c'était forcément qu'il avait encore besoin d'eux. Il fallait donc qu'elle se batte maintenant, qu'elle lutte une dernière fois avant que leur utilité n'arrive à son terme et qu'il les abandonne complètement.

« Je vais aller chercher le pistolet électrique, Rainie, rugit l'homme. Ne m'y oblige pas.

– De l'eau, de l'eau, de l'eau ! »

Il lui attrapa les doigts et les détacha d'un coup sec de la poignée, lui arrachant un ongle. Elle glapit de douleur, puis, ouvrant brusquement la porte de la cave, il la poussa sur la première marche.

« À ta place, je me lèverais, dit-il, sinon la chute sera longue. »

Il la poussa brutalement. Elle parvint tout juste à attraper la rampe en bois et s'y accrocha pour ralentir sa violente dégringolade dans l'escalier et son atterrissage dans une flaque.

« Laissez-moi sortir ! cria Dougie dans les ténèbres. Je ne veux plus jouer ! »

Sa voix s'éleva jusqu'à un cri suraigu.

« Hé, Rainie, ricana l'homme depuis le sommet de l'escalier. Profite bien de ta précieuse eau. »

Il éclata de rire. Puis il claqua la porte et Rainie entendit le cliquetis du verrou qui maintenait la porte fermée.

Dougie recommença à crier, avec force, avec rage, avec révolte : « Non, non, non, non, non ! »

Rainie se serait jointe à lui si elle en avait seulement eu l'énergie.

« Non, non, non, non, non ! »

Un instant succéda à un autre. Dougie se tut finalement. Tous deux s'imprégnèrent de l'obscurité.

Et alors, pour la première fois, Rainie prit conscience d'un nouveau bruit. Faible, incessant, une vibration. Un sifflement dans le noir.

Rainie comprit finalement la boutade de son ravisseur. Et elle réalisa la question qu'elle aurait dû poser à Dougie depuis son réveil : Pourquoi l'homme lui avait-il donné du fromage et des biscuits ? Qu'avait-il fait pour mériter un tel festin ?

« Dougie, demanda-t-elle doucement, il faut que tu me dises la vérité : est-ce que l'homme t'a pris en photo ?

– Désolé », répondit immédiatement le garçon, ce qui était assez éloquent.

Rainie ferma les yeux. « Dougie, tu tenais un journal ?

« – Il y avait ma photo en première page ! Et la tienne, aussi, ajouta-t-il après un temps.

– Dougie, il faut que tu te mettes en hauteur. Tu peux trouver l'établi ? Grimpe dessus.

– Je ne peux pas ! Je suis attaché à un tuyau ! Je ne peux pas bouger !

– Oh non. »

Rainie essaya tant bien que mal de se relever, de trouver Dougie dans le noir. Mais ses jambes ne voulaient pas bouger, son corps refusait de coopérer. Elle resta étendue sur le sol froid, à sentir l'eau monter contre sa joue.

Le sifflement avait gagné en puissance et s'accompagnait désormais d'un gargouillis.

L'homme avait crevé un tuyau. Il inondait la cave. Il avait sa preuve de vie.

Maintenant, il les avait mis là pour qu'ils meurent.

35

MERCREDI, 10 HEURES 41

Le lieutenant Mosley avait passé vingt ans de sa vie sous l'uniforme de la police de l'Oregon. Deux décennies à commencer chaque journée en pantalon bleu marine, chemisette grise et ceinturon de cuir verni noir.

Il conduisait une voiture de patrouille, désormais rajeunie par une étoile dorée qui filait sur fond bleu marine. Il travaillait dans ce qui était le dernier avatar du commissariat de Portland, à savoir un ancien bureau de poste planté au beau milieu d'une galerie marchande ; la dernière fois qu'un délinquant sexuel fiché avait décidé de prendre la tangente, ils s'étaient retrouvés à le pourchasser devant le snack Hometown Buffet jusque dans le magasin Dollar Tree. Le genre de péripétie effrayante sur le moment (un délinquant sexuel avéré qui détalait dans un lieu public peuplé de gamins), mais qui faisait une bonne histoire à raconter après coup, quand le criminel était bien au chaud derrière les barreaux.

Au cours sa carrière, Mosley estimait s'être occupé

de centaines d'accidents de la route et avoir dressé des milliers de contraventions. Il savait d'expérience ce qu'une voiture en excès de vitesse peut faire à un gamin de seize ans ou à une famille de cinq personnes. Ensuite, il avait passé trois ans dans une brigade anti-gang, à peu près à l'époque où les gangs de Los Angeles exportaient leur propre style de violence dans la région de Portland et apprenaient à des gosses de neuf ans comment s'entretuer à coups de battes de base-ball. Pour finir, il avait passé cinq ans dans la lutte antidrogue, à voir l'épidémie de crack emporter des quartiers entiers dans une vague de dépendance et de déchéance.

Lorsque le poste de chargé des relations publiques s'était libéré deux ans plus tôt, Mosley avait jugé que le moment était venu de changer. Et même si certains de ses collègues pensaient qu'il se la coulait douce, qu'il se mettait en roue libre jusqu'à la retraite, lui savait qu'à ce stade du jeu, il avait fait sa part. Il avait avalé les kilomètres et arpenté les rues. Il avait gagné des batailles et perdu des combats. Il possédait une idée assez précise de la puissance comme de l'impuissance de la police.

Pour dire les choses familièrement, il croyait avoir tout vu. Et pourtant il n'avait rien vu de comparable à ce qu'il avait maintenant sous les yeux.

Mosley se détourna finalement de la petite télévision que les employés du service de la pêche et de la faune sauvage faisaient beugler à l'accueil. Il passa la tête dans la salle de réunion.

« Hé, dit-il à Kincaid et Quincy, il faut que vous voyiez ça. »

Adam Danicic tenait une conférence de presse. Tiré à quatre épingles dans un costume gris anthracite avec une chemise rose pastel et une cravate de soie d'un rose plus soutenu, Danicic semblait habité par l'âme d'un animateur vedette, debout sur la pelouse d'une petite maison blanche, les mains jointes devant lui, le visage douloureusement sincère.

Le jardin était peuplé d'un assortiment de journalistes, cameramen et voisins frappés de stupeur.

« Après avoir longuement hésité, expliquait Danicic à la foule, je suis arrivé à la conclusion qu'il était de mon devoir de me présenter devant vous, non pas en tant que journaliste mais en tant que citoyen, pour rapporter ce que je sais au sujet du tragique enlèvement d'une femme et d'un enfant ici même, à Bakersville. Dans le cadre de mon activité de reporter, j'ai naturellement eu le plaisir et l'honneur de couvrir ces événements pour le *Daily Sun* de Bakersville, ainsi que l'enquête qui a suivi. J'ai d'ailleurs passé presque toute la nuit dernière à préparer l'article en une de l'édition de ce matin.

» Néanmoins, j'ai la conviction qu'un journaliste se doit moralement d'être un témoin objectif de chaque affaire, de se tenir à l'écart du cours des événements. Or plus je travaillais à mon article, plus il m'apparaissait que je ne suis plus un témoin objectif. En fait, il y a à peine quelques minutes, j'ai reçu une nouvelle information qui me place au cœur de cette enquête. Il me semble donc que je dois renoncer à mon rôle de principal reporter sur cette affaire afin de révéler tout ce que je sais, dans l'espoir que cela puisse mener à la découverte de Lorraine Conner et de Douglas Jones, sept ans. »

« Mais de quoi il parle ? demanda Kincaid au lieutenant Mosley.

– Mystère, répondit le chargé des relations publiques, impassible. Mais on va se faire baiser. »

« Tout a commencé hier matin, continua Danicic avec animation, en faisant à présent de grands mouvements de bras, posant pour son public, lorsque le *Daily Sun* a reçu une lettre terrifiante adressée au rédacteur en chef. Cette lettre affirmait que l'un d'entre nous avait enlevé une femme, mais qu'il ne lui arriverait rien *tant que nous obéirions au ravisseur.* »

Danicic continua par un récit cruellement détaillé des événements de la veille. La façon dont le *Daily Sun* s'était engagé à coopérer avec les forces de police : « Parce qu'un journal local fait par définition partie de la communauté et qu'il doit donc faire preuve de retenue et de compassion lorsqu'un membre de cette communauté est en danger. »

La tentative pour renégocier la remise de rançon : « Manœuvre désespérée d'une cellule de crise désespérée, en lutte contre la marche implacable du temps. » Les représailles imprévues du ravisseur à l'encontre de Dougie Jones et le message laissé sur le pare-brise de Danicic : « J'ai alors commencé à comprendre que, dans les événements qui se déroulaient, je serais peut-être amené à jouer un rôle inhabituel et inattendu. »

Mais ce n'était qu'au matin, assura-t-il à ses confrères, qu'il avait su clairement en quoi ce rôle pourrait consister. Après avoir envoyé son article de une par courrier électronique à Owen Van Wie, propriétaire du *Daily Sun*, il avait finalement pris un peu de repos bien nécessaire. Il s'était réveillé au bruit de sa sonnette pour découvrir une enveloppe à son nom sur le pas de la porte.

« Et merde, grogna Kincaid.

– On aurait dû le coffrer hier soir », convint le lieutenant Mosley.

Quincy continuait à scruter l'écran.

« Ce message était tapé à la machine, mais semblable par son ton et son contenu aux autres lettres, que j'ai eu le privilège de voir, expliquait Danicic. Je n'ai aucun doute sur son authenticité ou sur le fait qu'elle provienne du ravisseur lui-même. Dans ce message, il réaffirme son désir d'obtenir une rançon de vingt mille dollars en échange de Lorraine Conner et Douglas Jones. L'auteur de cette note déclare cependant qu'il n'a plus confiance en la police et qu'il ne pense plus pouvoir collaborer avec elle. Il indique qu'au cas où cette affaire ne se résoudrait pas rapidement, il se verrait dans l'obligation de tuer ses deux victimes. Pour appuyer sa demande, il a joint ceci. »

Danicic brandit une photo. La caméra de la chaîne locale zooma. Le cliché était sombre et déformé. Le visage d'un petit garçon apparaissait au milieu, mais tout décoloré par le flash, ce qui rendait ses traits difficilement reconnaissables. L'enfant tenait quelque chose.

« Cette photo montre clairement Dougie Jones. Vous remarquerez que ses doigts désignent la date en haut de la première page du journal de ce matin et qu'il pose à côté de sa propre photo dans le *Daily Sun*. J'imagine que vous devinez à peine le visage d'une femme allongée derrière lui. Je pense qu'il s'agit de Rainie Conner, mais ce sera à la police d'en juger.

» C'est peu de dire que je fus profondément bouleversé de recevoir cette photo et cette lettre. Mon premier réflexe fut évidemment de contacter les autorités, comme je l'avais fait chaque fois que j'avais reçu un message. Mais le ton de cette lettre me donna à réfléchir. Inutile de vous le préciser, voir que le ravisseur pense ne plus pouvoir coopérer avec la police m'inquiète énormément. Dans la mesure où j'ai été le témoin direct de ce qu'une telle méfiance peut engendrer (ne serait-ce qu'hier après-midi, avec l'enlèvement d'une nouvelle victime, un petit garçon), pour moi les conséquences possibles pour Dougie et Rainie sont alarmantes. J'en suis donc arrivé à une décision difficile. J'ai jugé qu'il me fallait agir différemment avec ce message.

» Je vous le communique à vous, le public. Je me tiens devant vous en cet instant dans l'espoir que mon message sera entendu par celui qui détient Rainie Conner et Dougie Jones. Et j'offre mes services de négociateur. »

Danicic se tourna légèrement pour regarder droit dans les caméras.

« Monsieur Renard, déclara-t-il solennellement, je vais donner mon numéro de portable. Je vous encourage à l'appeler à n'importe quel moment. Et je vous promets de faire tout ce qui est en mon pouvoir pour m'assurer que vous recevrez vos vingt mille dollars. La seule chose que je vous demande, c'est de ne pas faire de mal à Dougie Jones ou Rainie Conner. Ne faites pas payer à des victimes innocentes les erreurs de la police. »

Danicic débita son numéro de téléphone à toute allure. Quelques voisins commencèrent à applaudir.

Dans le hall d'entrée du service de la pêche et de la faune sauvage, Kincaid secouait la tête, comme pour sortir d'un cauchemar particulièrement pénible.

Mosley se reprit le premier. « Il faut tenir tout de suite notre propre conférence de presse. On va sortir un communiqué indiquant que nous sommes en contact avec le ravisseur et que nous collaborons avec lui pour répondre à ses exigences. Il faut expliquer que, même si nous apprécions toute aide que la population pourrait nous apporter, il est essentiel de laisser à la police le temps et les marges de manœuvre nécessaires à la gestion de cette affaire délicate. Il faudrait aussi indiquer que nous avons fait appel à une négociatrice professionnelle ; les gens auront plus confiance.

– On va mettre le grappin sur Danicic, décida Kincaid. Je les veux, lui et sa lettre, au commissariat de Tillamook dans les plus brefs délais. Appelez le labo et faites venir un spécialiste des documents pour analyser le message, et aussi un quelconque expert en photographie. Et je veux que Danicic moisisse un moment dans une salle d'interrogatoire. Si jamais le ravisseur entrait dans ses projets farfelus, je n'ai pas envie de voir les détails de l'affaire sur CNN. »

Mosley acquiesça. Tous deux se tournèrent vers Quincy, qui n'avait toujours pas quitté l'écran des yeux.

« Vous êtes bien silencieux, remarqua Kincaid, soudain pris d'un soupçon. Vous ne croyez tout de même pas qu'on devrait collaborer avec lui ?

– Quoi ? Non, non. Ce n'est pas ça. J'essaie juste d'imaginer ce qui va suivre.

– Bon courage.

– Il a appelé à dix heures, dit brusquement Quincy. Le ravisseur a tenu la promesse faite dans la lettre d'hier et semblé organiser la remise de rançon en exigeant que trois policières se rendent à trois cabines téléphoniques différentes. Mais dans le même temps, il laissait devant la porte de M. Danicic une lettre expliquant qu'il ne pouvait pas travailler avec la cellule de crise. Pourquoi ?

– Pour compliquer les choses, répondit Kincaid en haussant les épaules. Faire mumuse avec nous. S'en payer encore une bonne tranche à nos dépens.

– Certes. Mais ce n'est pas comme ça qu'il deviendra riche. Il n'a même pas appelé les téléphones publics.

– Vous l'avez dit vous-même : son principal but n'est pas l'argent.

– Il joue à un jeu.

– Salopard.

– Mais tous les jeux ont une fin.

– En théorie.

– Alors où mène ce petit jeu, commandant ? Qu'est-ce qui nous échappe ? »

Kincaid n'avait pas de réponse. Il haussa les épaules juste au moment où Candi apparaissait à la porte.

« Il se passe quelque chose, annonça-t-elle.

– Le ravisseur a appelé ? demanda Kincaid en se précipitant vers la salle de réunion.

– Non, mais l'agent Blaney vient de passer un message radio. Il est au Wal-Mart. Il ne trouve pas trace du capitaine Grove.

– Quoi ? s'étrangla Kincaid.

– Il a cherché à l'intérieur et à l'extérieur du magasin. D'après lui, Alane a disparu. »

36

MERCREDI, 11 HEURES 13

Kimberly faisait les cent pas devant la cabine télé-phonique quand son talkie-walkie se mit à crépiter. C'était Mac :

« Il se passe quelque chose au Wal-Mart. On se retrouve là-bas de toute urgence.

– Contact avec le ravisseur ? demanda Kimberly, qui quitta brusquement le téléphone et traversa le par-king, déjà dopée par l'adrénaline.

– Il semblerait plutôt que le capitaine Grove a disparu.

– Pardon ?

– Comme tu dis. »

Kimberly trouva sa voiture et prit la direction du Wal-Mart.

MERCREDI, 11 HEURES 18

Un attroupement de badauds s'était déjà formé devant le Wal-Mart et en bloquait l'accès. L'adjoint

Mitchell fit couiner trois fois la sirène invisible de la camionnette banalisée et la foule s'écarta à regret.

Derrière la camionnette, Kimberly compta une demi-douzaine de voitures de patrouille et trois berlines banalisées agglutinées à l'avant du parking. Pas encore de journalistes sur place mais, en levant les yeux, elle repéra les premiers hélicos de la télé. Cette affaire n'était pas en passe de virer au cirque médiatique, c'en était déjà un.

L'adjoint Mitchell arrêta la camionnette au milieu d'une allée ; Kimberly fit de même. Descendant de voiture, elle vit l'adjoint qui, le nez en l'air, montrait les hélicoptères.

« C'est bien ce que je crois ? demandait-il à Mac.

– Ouais.

– Merde, c'est pas juste. La plupart d'entre nous n'ont même pas pu prendre une douche ! »

Mac et Kimberly échangèrent un regard. Ils prirent l'adjoint fatigué par le bras et le pilotèrent jusque devant le magasin. Le shérif Atkins s'y trouvait déjà, en conversation avec le lieutenant Mosley et une femme corpulente en robe à fleurs rouges. D'après son badge, Dorothy était la gérante.

« Oui, nous avons des caméras dans tout le magasin. Bien sûr, vous pouvez visionner les cassettes. Mais je ne vois pas ce qui aurait pu se passer. Vous voyez, c'est le milieu de la matinée. On ne m'a signalé aucun incident ou comportement étrange. »

Dorothy se balançait d'un pied sur l'autre, et sa robe rouge bouillonnait d'anxiété.

« Je comprends, la consola Shelly. Mais c'est toute la beauté des caméras de surveillance : elles ne relâchent jamais leur attention, même un jour comme les autres. » Elle vit arriver ses collègues et leur fit signe d'approcher. « Mitchell, je te présente Dorothy Watson. Elle va te conduire dans les bureaux et te montrer les cassettes de surveillance. Je veux que tu vérifies tous les films de neuf heures quarante-cinq ce matin à dix heures et demie. Regarde en particulier les séquences des cabines téléphoniques. Je veux savoir quand le capitaine Grove est arrivée sur les lieux et si on peut savoir quoi que ce soit de l'endroit où elle est allée. Compris ? »

Mitchell acquiesça. Il regardait toujours les hélicos du coin de l'œil en tirant nerveusement sur son col de chemise. Manifestement, il ne se sentait pas prêt à faire ses grands débuts à l'écran. C'est parfois dur d'être flic.

Alors que Dorothy et Mitchell disparaissaient dans le magasin, Shelly donna les dernières nouvelles à Mac et Kimberly. « On ne sait rien de rien, dit le shérif sans prendre de gants. Le capitaine Grove est arrivée à l'heure, elle a contacté Kincaid pour donner la description d'un homme qui parlait dans l'un des téléphones publics. Kincaid l'a informée que sa couverture était en route. Et depuis nous sommes sans nouvelles d'Alane Grove.

– À quelle heure a-t-elle appelé Kincaid ? demanda Kimberly.

– Il a noté dix heures vingt-huit.

– Et la couverture est arrivée... ?

– Eh bien, c'est la mauvaise nouvelle. Il a fallu dix minutes à Kincaid pour trouver un agent disponible et encore dix minutes à l'agent Blaney pour ramener ses fesses ici. Quand il est arrivé, il n'a vu aucune trace d'Alane ou du quidam à l'extérieur, donc il s'est garé et il est entré dans le magasin. C'est une grande surface, il l'a sillonné encore un quart d'heure avant de s'inquiéter.

» À ce moment-là, il a rappelé la cellule de crise. Kincaid lui a dit de faire boucler le magasin. Blaney a fait biper la gérante, Dorothy, et lui a demandé de fermer le magasin. Les employés et les clients ont été alignés devant. Ensuite, Blaney et Dorothy ont procédé à une fouille complète, allée par allée, y compris dans la salle de repos des employés, les toilettes, les entrepôts, partout. Aucune trace du capitaine Grove.

– Sa voiture ?

– Toujours sur le parking.

– Merde.

– C'est un cauchemar en termes de relations publiques, commenta le lieutenant Mosley. Danicic vient de faire une conférence de presse pour expliquer que c'est à cause de notre incompétence que Dougie Jones a été enlevé. Si la nouvelle se répand que le ravisseur kidnappe maintenant des membres de la cellule de crise en plein jour...

– Je suis sûre que la situation n'enchante pas non plus le capitaine Grove, rétorqua Kimberly. Gardons le sens des proportions.

– Ce sont les médias qui décident des proportions ; c'est tout ce que j'essaie de dire. Notre agresseur prend les médias à témoin. Un journaliste du *Daily Sun* aussi. Et nous, nous ne faisons rien. Combien faudra-t-il d'enlèvements pour qu'on me laisse faire mon boulot ? »

Kimberly ouvrit de grands yeux. Son visage s'empourpra de manière inquiétante.

Mosley, cependant, refusa de se laisser émouvoir. Il sortit son portable et pianota sur les touches. « Bien, c'est bon pour vous ? demanda-t-il à Shelly.

— Je crois qu'on peut faire face ici.

— Okay, alors je vais au commissariat. Ce ne serait pas mal si je pouvais ramener Danicic à la raison, voire, avec beaucoup de chance, sortir un communiqué de presse officiel. Il faut qu'on commence à prendre la situation en main. Ce genre de choses, dit-il en désignant les hélicos, c'est la merde. »

Mosley partit à grandes enjambées, le téléphone greffé à l'oreille. Kimberly s'efforça de faire baisser sa tension artérielle.

« Tu le crois, ça... ? » commença-t-elle.

Mac posa une main apaisante sur son bras. « Il fait son boulot. Exactement comme nous devons faire le nôtre. D'abord le plus important : est-ce qu'un des téléphones a reçu un appel ?

— Pas à notre connaissance, répondit Shelly.

— Donc la seule personne qui ait signalé du mouvement, c'est le capitaine Grove et maintenant elle a disparu.

— Exact.

— Je n'aime pas ça.

— Ça me fiche aussi la chair de poule. »

Un bip sonna à la taille de Shelly. Elle fronça les sourcils, regarda l'écran digital de sa messagerie et détacha sa radio de son ceinturon. « Shérif Atkins », dit-elle.

Le crépitement d'un central de police passa sur les

ondes. « On a un appel anonyme, un homme, qui demande à vous parler. Il refuse de nous donner son nom, ou le motif de son appel, mais il soutient que vous serez contente de lui parler. »

Shelly lança un regard étonné vers Kimberly et Mac. « Okay, je prends. Passez-le-moi. »

Mac et Kimberly se rapprochèrent. Il y eut un silence. Puis une voix masculine retentit sur les ondes : « J'ai des informations sur la femme et l'enfant disparus. Je veux connaître le montant de la récompense.

– Pour faire votre devoir de citoyen ? »

L'homme continua comme s'il n'avait pas entendu : « J'ai lu dans le journal qu'une femme avait reçu soixante-dix mille dollars pour avoir contribué à l'arrestation d'un tueur de flic. J'ai des informations qui permettraient de sauver deux vies. J'imagine que ça vaut au moins cent mille.

– Hal Jenkins, espèce de connard. Tu pensais sérieusement que je ne reconnaîtrais pas ta voix sous prétexte que tu passes par la radio de la police ? »

Long silence. Puis Shelly fut brusquement prise d'un soupçon.

« Tu n'étais pas au Wal-Mart ce matin, par hasard ? En chemise à carreaux bleue, par exemple ? Réfléchis bien avant de répondre ; on a des cassettes de vidéo-surveillance.

– Et merde.

– C'est bien ce que je pensais. Pour la récompense, je vais te dire : je t'envoie un adjoint à l'instant même ; tu vas monter à l'arrière de sa voiture sans faire d'histoires ; tu vas venir direct ici et me dire en face ce que tu sais au sujet de ces personnes disparues.

Et tu vas tout me dire, Hal, ou bien je retourne toute ta propriété, cuisinière par cuisinière, brique par brique. Je t'ai dit hier qu'on ne plaisantait pas, et j'étais sérieuse.

– Je veux juste un peu d'argent, répondit Hal, boudeur. Les autres obtiennent des récompenses. Je ne vois pas ce qu'il y a de mal à en vouloir.

– Sors devant chez toi, Hal. L'adjoint sera là d'une minute à l'autre. »

Shelly raccrocha. Puis elle se mit de nouveau en contact avec le central. Elle ordonna qu'un adjoint amène Hal au Wal-Mart. Après quoi elle demanda le bureau du procureur, qu'elle mit au courant de la tentative d'extorsion et à qui elle réclama un mandat de perquisition du domicile de Hal en raison de son évidente implication dans l'enlèvement d'un agent de police connu comme tel.

Kimberly était épatée. « Je croyais que vous alliez épargner sa maison, dit-elle au shérif.

– J'ai menti. Le temps que le mandat de perquisition arrive, Hal nous aura déjà dit tout ce que nous avons besoin de savoir. À ce moment-là, ce sera sympa d'avoir une petite surprise pour mister Jenkins. D'ailleurs, ça fait des semaines que je veux fouiller cette ferme. Je ne vais pas cracher sur l'occasion. »

Il fallut dix-neuf minutes à Hal pour rejoindre le Wal-Mart. Pendant ce temps, l'adjoint Mitchell confirma que Hal Jenkins se trouvait dans la deuxième cabine téléphonique lorsque Alane Grove était arrivée. Sur la cassette de vidéo-surveillance, Grove avait disparu dans le magasin. Peu après, Hal était sorti du champ de la caméra en direction du parking. Grove était brièvement réapparue près des téléphones, puis elle avait aussi disparu vers le parking. On ne la revoyait plus sur le film.

« Pas de caméras qui filment le parking ? demanda Shelly, maussade.

– Les seules caméras extérieures surveillent la devanture du magasin et l'entrée du parking, répondit Mitchell. La bonne nouvelle, c'est qu'on a de bonnes images de tous les véhicules entrés dans le parking ce matin, plaques d'immatriculation comprises. La mauvaise, c'est que ça va demander du temps de croiser les informations sur tous ces véhicules, et ça ne tiendra pas compte de quelqu'un qui serait arrivé à pied.

– On prendra ce qu'on aura. Envoyez les films à Kincaid pour qu'il les transmette au labo de la police scientifique. Il y en a qui vont faire des heures sup', ce soir. »

Shelly était de nouveau avec le central par radio. Kimberly profita de l'occasion pour appeler son père.

« Comment tu vas ? demanda-t-elle calmement, en s'éloignant des braillements de la radio de police, du brouhaha surexcité des conversations de badauds, du vrombissement constant des hélicoptères de la presse qui tournaient au-dessus d'eux.

– On est dans la merde, répondit brutalement Quincy.

– On a peut-être une piste. On sait qui était au deuxième téléphone. Et il dit qu'il a des infos sur Rainie et Dougie.

– Le ravisseur devrait être au téléphone en train de réclamer de l'argent. Il ne fait même plus semblant.

– Mac dit qu'on a vu une photo aux actualités. Ça prouve que Rainie et Dougie étaient en vie ce matin.

– Ça prouve que Dougie est en vie. Rainie est à l'arrière-plan. Couchée. Les yeux fermés. Je sais, j'ai la photo sous les yeux. »

Kimberly pressa le téléphone contre son oreille, une main collée sur l'autre pour s'isoler du vacarme ambiant. Son père parlait d'une voix basse qui ne lui ressemblait pas du tout. Elle sentait son anxiété dans son ton monocorde, le poids de son désespoir.

Une voiture de police arriva, jouant du klaxon pour se frayer un chemin dans la foule. Kimberly aperçut un homme à l'arrière, voûté, les joues pas nettes, une chemise bleue à carreaux.

« Hal Jenkins est là, indiqua-t-elle à Quincy. Donne-moi un quart d'heure, je te rappelle.

– Tu as toujours l'émetteur GPS sur toi ? lui demanda tout à coup son père.

– Oui. Pourquoi ?

– Je veux que tu me promettes de ne pas l'enlever.

– Tu me fais peur, papa.

– C'est bien le but. On n'a pas versé un sou au ravisseur. Mais s'il a bien kidnappé le capitaine Grove...

– Il vient d'encaisser sept briques.

– Ça donne à réfléchir. »

Hal Jenkins était en train de descendre de voiture ; Shelly fit signe à Kimberly d'approcher. Celle-ci referma son téléphone, redoutant encore davantage la journée à venir.

Hal Jenkins n'était pas un homme affable. Et manifestement, il avait une dent contre le shérif Atkins.

« Si vous touchez à ma maison, je ne vous dirai rien du tout, dit-il en guise de salut.

— Voyons, Hal, c'est promis, c'est promis.

— Des clous, je veux un engagement écrit. »

Shelly bâilla, lui lança un curieux regard, puis haussa nonchalamment les épaules. « Bon, s'il n'y a que ça pour te faire plaisir... » Elle fit signe à l'adjoint Mitchell d'approcher. Il lui donna un carnet à spirale et un stylo. Shelly écrivit avec force mimiques : *Je soussignée, le shérif Shelly Atkins, m'engage solennellement à ne* pas *fouiller la propriété du dénommé Hal Jenkins, comté de Tillamook, à la condition qu'il coopère pleinement et révèle ce qu'il sait au sujet des disparus, à savoir Lorraine Conner, Douglas Jones et le capitaine Alane Grove.* Elle signa d'un geste théâtral.

Hal se renfrogna. « Qui est Alane Grove ? »

Shelly marqua un premier temps d'arrêt. « Pourquoi tu ne commencerais pas par me dire ce que tu sais sur Rainie Conner et Dougie Jones ?

— Attendez une minute. C'est la gonzesse qui s'est pointée au téléphone ? Celle avec le sac de paquetage ? Je trouvais qu'elle marchait comme un flic ! » Puis, le regard un peu fou : « Eh, merde, vous n'allez pas me coller ça sur le dos, hein ? Je ne sais rien sur elle. Je l'ai vue, j'ai trouvé ça bizarre de venir avec un sac de paquetage dans un supermarché et puis boum, elle n'était plus là et j'ai continué mon petit bonhomme de chemin.

— Pourquoi tu étais aux téléphones, Hal ?

— J'aime téléphoner tranquille.

— Alors tu te sers d'une cabine publique ?

— Hé, on a tous nos..., comment on dit ? nos petites manies. »

Shelly se mordilla l'intérieur de la joue et parut tentée de frapper son informateur. « Donc tu étais au téléphone.

— Ouaip.

— Tu as passé un appel ?

— Ça se peut.

— Souviens-toi, Hal, on a un motif pour demander les relevés. »

Hal eut à nouveau l'air déconfit.

« Ah oui, ces disparus, dit sèchement Shelly, ils t'emmerdent vraiment la vie.

— Ne dites pas de gros mots. Vous êtes une dame. Les dames ne devraient pas dire de gros mots.

— Bon, Hal, tu commences vraiment à me sortir par les trous de nez. Parle-moi de ce coup de fil.

— Le coup de fil n'a pas d'importance, répondit tout de suite Hal, qui semblait arrivé à une sorte de décision. L'important, c'est que j'ai laissé tomber ma pièce.

— Tu as laissé tomber ta pièce ?

— Ouais. Et quand je me suis baissé pour la ramasser, j'ai vu ce qui était scotché sous le téléphone.

— Accélère un peu, Hal. On n'a pas vraiment toute la journée. »

Mais Hal en avait assez de parler. Il passa la main dans sa poche arrière et en tira une enveloppe blanche en mauvais état. Il la brandit devant lui, comme une récompense. « Mon papier en échange du vôtre. »

Shelly lui remit immédiatement sa promesse signée de ne pas fouiller la ferme. Hal lui tendit l'enveloppe jaunie.

« C'est ça ?

– C'est ça. Faites-moi confiance, je n'y ai pas touché ni rien changé. Comme j'ai dit, c'est pas mon truc, ces histoires d'enlèvement.

– Mais tu l'as lue ?

– Bien sûr. Je crois quand même que je devrais avoir une récompense. Une prime d'informateur. Par le bureau du shérif. Je fais une bonne action.

– Passez-lui les menottes, ordonna Shelly à l'adjoint Mitchell.

– Quoi ? s'exclama Hal.

– Coffrez-le, délivrez un mandat d'arrêt contre lui, ordonna Shelly à Mitchell. On va voir si son histoire concorde.

– Ce n'est pas des façons de traiter un bienfaiteur ! se récria Hal.

– Oh, ça va encore s'arranger, Hal. En ce moment même, il y a des gens très bien qui arrivent pour fouiller ta ferme.

– Mais vous avez promis !

– Hal, répondit Shelly avec bienveillance, ce n'est pas *moi* qui fouille ta propriété. C'est le procureur. »

Hal essaya de leur fausser compagnie. L'adjoint Mitchell l'attrapa par ses mains menottées et l'enfourna à l'arrière de la voiture de patrouille.

« Salope ! hurlait Hal

– Chut, dit Mitchell, en montrant le ciel. Souris à nos petits amis, Hal. C'est la *Caméra cachée*. »

37

MERCREDI, 11 HEURES 38

L'eau venait la prendre.

Rainie sentait son assaut régulier, qui montait de ses orteils vers ses chevilles, lui léchait langoureusement les tibias. Au début, les progrès avaient semblé lents, l'eau grignotait millimètre par millimètre. Un motif d'inquiétude, mais pas de quoi paniquer tout de suite.

La situation était cependant en train de changer. Peut-être une deuxième fuite s'était-elle ouverte dans le tuyau ou bien la force du jet avait-elle élargi le trou existant. Le bruit avait gagné en puissance, passant d'un chuintement plaintif à un rugissement.

Rainie connaissait l'eau. Elle avait travaillé sur des cas de noyade, retiré des harengs des rapides engorgés de rivières récemment dégelées, et même repêché une ou deux voitures qui avaient raté un virage en épingle. Elle avait vu les ongles arrachés, les doigts brisés et recourbés de ceux qui avaient lutté jusqu'à la dernière extrémité. Dans une des voitures, la femme avait réussi à passer son bras par une ouverture de cinq centimètres de la vitre passager. L'image avait hanté Rainie pendant des semaines. Ce visage pâle plaqué contre la vitre, ce bras sanglant désespérément tendu vers la vie.

L'eau est une force, régie par ses propres lois, qui répond à ses propres besoins. Elle commença par saturer les vêtements de Rainie, appesantir l'ourlet de son jean. Des langues froides s'enroulèrent ensuite autour de ses chevilles, se frottèrent contre sa peau, la réfrigérant jusqu'à la moelle.

Bientôt, l'eau laperait sa poitrine, expulserait l'air de ses poumons. Paradoxalement, cet air commencerait à lui paraître froid et l'eau chaude. Alors il serait plus facile de sombrer dans ses profondeurs. De laisser l'eau lui chatouiller les lèvres, glisser dans sa gorge.

Lorsqu'elle se précipiterait dans ses poumons, déclenchant une ultime quinte de toux, il serait trop tard. L'eau se serait renfermée au-dessus de sa tête, les suspendant, Dougie et elle, dans sa dernière étreinte glacée.

L'eau détruit. Mais, et cela fait partie de son charme, elle revigore aussi. Rainie sentait sa fraîcheur sur la chaleur mauvaise de son genou. Elle s'éclaboussa de gouttes rafraîchissantes pour apaiser ses bras douloureux, les pulsations de ses tempes. Elle but l'eau froide et huileuse de la fosse et le liquide calma sa gorge desséchée. L'eau allait la tuer, c'était une certitude. Mais elle commençait au moins par la soulager.

Lentement mais sûrement, elle se leva de l'escalier. Elle se dressa en tremblant sur ses pieds. Et elle chercha dans sa poche le dernier espoir qui lui restait.

« Dougie, appela-t-elle à voix basse.

– Ou-ou-oui.

– Tu as déjà joué à Marco Polo ?

– Ou-ou-oui.

– Marco.

– Polo.

– Marco.

– Polo. »

Elle trouva son corps recroquevillé, attaché au tuyau dans l'obscurité.

« Dougie, dit-elle. Ne bouge pas. »

MERCREDI, 11 HEURES 45

Elle avait caché ce morceau de verre au creux de sa main pendant leur tentative d'évasion avortée. Tâtonnant frénétiquement du bout des doigts, elle avait espéré quelque chose qui puisse faire une arme. Peut-être une lame de quinze centimètres avec laquelle elle pourrait entailler la gorge ou transpercer les reins de son ravisseur. Pas de chance. Tout ce qu'elle avait trouvé, c'était un mince tesson, d'environ un centimètre d'épaisseur. Il paraissait incroyablement fragile entre ses doigts épais et gonflés. Tranchant, aussi.

Elle eut du mal à le caler entre ses doigts gourds et glacés. Elle commença à frotter l'attache en plastique aux poignets de Dougie et laissa rapidement tomber le tesson. Elle lutta dans l'eau pour le retrouver et le refit tomber immédiatement. Le temps de le repositionner, l'eau atteignait les genoux de Dougie, qui fut pris d'un tremblement incontrôlable. Il l'accusa :

« Tu es soûle.

– Non.

– Je t'ai vue avec la bouteille.

– Je ne cherchais pas d'alcool, Dougie. Je cherchais une arme. »

Elle frottait le bord tranchant contre le lien de plastique. Elle crut le sentir céder. À cet instant précis, naturellement, elle laissa à nouveau échapper le morceau de verre.

« Menteuse. »

Rainie se baissa, filtra l'eau entre ses doigts. Le tesson rebondit mollement contre le dos de sa main, fut emporté. Elle essaya désespérément de le repêcher.

« Tu veux la vérité, Dougie ? C'est vrai que je suis une menteuse. Chaque fois que ma mère me frappait, je mentais à mes professeurs et je leur disais que j'étais tombée de vélo. Chaque fois que je prenais un verre, je me mentais à moi-même et je me disais que c'était le dernier. J'ai menti à mon mari. J'ai menti à mes amis. Et, oui, je t'ai menti. Il y a des millions de mensonges dans la vie, Dougie. Des mensonges qu'on dit pour protéger les autres ou pour se protéger soi-même. Je suis bien sûre que j'ai dit chacun d'entre eux. Et je suis sûre que toi aussi. »

Dougie ne répondit rien. Elle avait retrouvé le morceau de verre, l'avait coincé entre ses doigts. L'eau avait dépassé les genoux de Dougie, montait vers ses cuisses. Elle entendait des bruits de gargouillis, la vieille eau cherchait de nouveaux passages par où jaillir.

« Il y a quelques mois, continua-t-elle d'une voix égale, j'ai commencé à prendre des pilules. J'espérais qu'elles m'aideraient à ne plus être triste tout le temps.

Peut-être même à ne plus avoir envie de boire. Malheureusement, c'est le genre de médicaments qu'on ne peut pas arrêter comme ça. Et quand notre ravisseur m'a enlevée, il n'a pas eu la gentillesse de prendre mes pilules en même temps. Tel que tu me vois, je n'ai pas bu. Ce sont les symptômes du manque. Ils vont s'aggraver.

— Oh, dit Dougie d'une petite voix, avant de demander, avec plus de curiosité : Ça fait mal ?

— J'ai connu mieux.

— Tu as envie d'alcool ?

— Tu vois ce que tu ressens pour les allumettes, Dougie ? demanda Rainie, qui s'était remise à cisailler le lien.

— J'aimerais bien en avoir une maintenant ! répondit-il immédiatement.

— Eh bien, je ressens la même chose pour l'alcool. Mais rien ne m'oblige à boire, Dougie. Exactement comme rien ne t'oblige à jouer avec le feu. »

Ses doigts ripèrent. Le tesson s'enfonça dans la paume de sa main. Elle grimaça, heureuse pour une fois de ne plus rien sentir dans ses doigts privés de sang, puis retira le pic de verre glissant de la chair du pouce. Elle tremblait à nouveau. Le froid, le choc, elle ne savait pas. Elle était très fatiguée. Ce serait tellement agréable de se réfugier sur l'escalier. De s'asseoir un moment. De se reposer. Elle reviendrait bien assez tôt vers Dougie...

« Rainie, tu crois au paradis ? »

Rainie fut tellement surprise qu'elle manqua de se couper à nouveau. Elle répondit, prudemment : « J'en ai envie.

– Ma première deuxième famille disait que ma mère est allée au paradis. Ils disaient qu'elle m'attend. Tu crois que ma maman veille sur moi ?

– Je trouve que c'est une jolie idée, murmura-t-elle.

– Stanley dit que je la déçois. Il dit que chaque fois que je mets le feu, je la fais pleurer. Rainie, est-ce que ma maman me déteste ?

– Oh, Dougie, bredouilla Rainie, qui ne savait vraiment plus quoi dire. Une mère n'arrête jamais d'aimer son enfant.

– J'ai brûlé sa photo.

– Ce n'était qu'une photo. Je suis sûre qu'elle comprend.

– J'ai brûlé la maison de mes premiers deuxièmes parents et celle de mes deuxièmes deuxièmes parents. Si je trouvais une allumette, je brûlerais celle-là. Mais elle est mouillée, tiqua-t-il. Ça ne brûle pas très bien quand c'est mouillé. »

Rainie leva un sourcil, se remit à cisailler le lien. « Tu sais quoi, Dougie ? Les mères aiment *toujours* leurs enfants ; seulement elles n'aiment pas toujours ce qu'ils *font*. Il faut voir les choses comme ça : ta mère t'aime, mais je suis sûre qu'elle n'aime pas que tu mettes le feu aux choses.

– Je suis un vilain garçon, dit Dougie d'un ton neutre. Je suis très méchant. Personne n'aime les méchants garçons.

– Tu m'as gardé un biscuit. Je ne crois pas qu'un méchant garçon garderait un biscuit pour son amie.

– J'ai bu toute l'eau.

– Tu ne savais pas que j'avais soif. Tu as aussi essayé de nous trouver de l'aide. Tu as couru quand je

398

t'ai demandé de courir. Je ne crois pas qu'un méchant garçon serait aussi courageux pour aider son amie. »

Dougie ne répondit rien.

« Je crois, Dougie, dit Rainie après un instant, que tu es comme tout le monde. Tu es en même temps gentil *et* méchant. Exactement comme je suis gentille *et* méchante. Tous les jours, nous devons prendre une décision : quelle personne serons-nous – la gentille ou la méchante ? Mais c'est notre choix. Le tien. Le mien. Personnellement, j'essaie de mieux choisir en ce moment.

– Stanley ne m'a jamais frappé, dit doucement Dougie.

– Je sais, Dougie, je sais. »

Elle entendit un claquement. Le lien de plastique se rompit, tomba dans l'eau. Et Dougie fut enfin libre.

Mercredi, 11 heures 53

« À moi, Dougie », dit Rainie en lui tendant le tesson de verre. Dougie dansait, pataugeait joyeusement dans l'eau. Elle fut atterrée de constater que l'eau lui arrivait déjà à la taille.

Elle dit avec plus d'autorité : « Coupe le lien autour de mes poignets, Dougie. Ensuite on sort d'ici. »

Le garçon arrêta de danser, mais ne prit pas le morceau de verre. Un instant, ils se tinrent immobiles l'un en face de l'autre. Rainie sentait le regard de Dougie sur elle, mais à cette distance, elle ne voyait pas l'expression de son visage. Elle l'encouragea :

« Dougie. »

Pas de réponse.

« Dougie, l'eau monte très vite. Je vais aller sur les escaliers maintenant. Je crois que tu devrais en faire autant. »

Mais même lorsqu'elle fut à mi-hauteur de l'escalier, Dougie refusa de la suivre.

« Dougie, qu'est-ce que tu fais ?

— Je ne peux pas, murmura-t-il.

— Tu ne peux pas quoi ?

— Je ne peux pas. J'ai promis. Croix de bois, croix de fer. Je ne peux pas.

— Dougie ?

— Je ne savais pas, dit-il avec regret. Je ne savais pas. »

Rainie descendit une marche. « Est-ce qu'il t'a menacé, Dougie ? Est-ce que l'homme t'a dit qu'il te ferait du mal si on s'enfuyait ? Tu n'as plus à avoir peur de lui. Quand on sortira d'ici, je ferai en sorte que tu sois en sécurité.

— Je ne voulais pas brûler les affaires de ma maman. Mais je l'ai fait. Et quand un feu est allumé, on ne peut pas revenir en arrière. Le feu, c'est pour toujours, tu sais. C'est réel.

— Aide-moi, Dougie. »

Rainie entendait l'insistance dans sa voix, la pointe de panique grandissante. Elle essaya de la ravaler, de parler avec assurance : « Coupe le lien autour de mes poignets. Je vais nous sortir de là ! »

Rien.

« Dougie ! »

Rien.

« *Dougie !* »

Et puis, dans l'obscurité : « Je l'ai tuée, murmura Dougie. Je ne voulais pas. Mais maintenant elle est partie et elle ne peut pas revenir. Parce que j'ai été un méchant garçon. Personne n'aime les méchants garçons. Sauf peut-être ma maman. Elle me manque. Je veux juste la revoir. »

Rainie entendit un plouf.

Elle dévala l'escalier. Elle replongea dans l'eau. « Dougie ? Dougie ? *Dougie ?* »

Mais la surface de l'eau restait lisse. Dougie avait sombré sous les eaux glacées. Il ne remontait pas.

38

« C'est une carte.

– Surprise, surprise.

– Quand les vingt briques auront été déposées au point X, expliqua Kimberly au téléphone, le sujet contactera les médias pour donner la localisation de Rainie et Dougie.

– Les médias ? Ou Adam Danicic ? insista Quincy.

– Ça dit simplement : les médias. Peut-être sous-entendu : Danicic. La lettre nous rappelle que le type n'est pas un monstre. P.S., lut Kimberly : passé treize heures, il ne pourra plus être tenu responsable de ce qui arrivera à la femme et à l'enfant. "Leur sort est", je cite, "entre vos mains."

– Salopard, jura Kincaid en arrière-fond. Que quelqu'un me donne l'heure.

– Onze heures quarante-deux, répondit Kimberly pendant que son père, à côté de Kincaid au PC, donnait aussi l'heure à toute allure.

– Tu comprends la carte ? demanda Quincy.

– Shelly a déjà jeté un œil. Elle pense que c'est un

phare sur la côte. Le bâtiment est fermé depuis quelques mois, il est censé être en réfection, mais elle ne croit pas que les travaux aient commencé. Elle passe quelques coups de fil pour vérifier.

– Combien de temps pour y aller ?

– Trente-cinq, quarante minutes.

– Vous avez regardé les autres téléphones ? Vous êtes sûrs qu'il n'y a pas d'autre message ?

– Mac s'est déjà précipité à l'usine de fromage. Rien là-bas. L'agent Blaney est reparti en ville. On devrait savoir d'ici peu.

– Un seul message suffit, murmura Quincy. Les trois téléphones, le délai de quinze minutes, tout ça, c'était pour la galerie. Un petit divertissement. Mais il suffit qu'il dise saute et on saute. Et en guise de récompense...

– Une autre carte à la con, compléta Kincaid. Salopard. »

Il y avait trop de bruit dehors. Kimberly se réfugia dans le Wal-Mart, toujours désert puisque tous les employés et les clients étaient bloqués à l'extérieur. Au rayon livres, elle découvrit Shelly qui, le téléphone collé à l'oreille, fulminait contre quelqu'un. Kincaid parlait encore. Kimberly mit le cap vers le calme et la solitude des toilettes pour dames.

« Si Shelly pense savoir où elle va, elle devrait y aller. Vous pouvez monter dans sa voiture, on va vous faire suivre par des agents. Vous avez encore le GPS ?

– Ouais.

– Alors on peut vous suivre à la trace. Bon, trente-cinq minutes de trajet, disons encore dix minutes pour trouver l'endroit précis... Vous feriez mieux d'y aller.

– Impossible.

– Impossible ?

– Aucun de vous deux n'a encore compris ? dit Kimberly avec un profond soupir. Le capitaine Grove a disparu : nous n'avons plus les vingt mille dollars.

– Salopard ! » jura Kincaid.

Son père ne dit rien du tout.

MERCREDI, 11 HEURES 45

Pour la deuxième fois en une journée, le lieutenant Mosley était médusé. De son temps, quand un agent interpellait un témoin que la police souhaitait auditionner, il le ramenait directement au commissariat le plus proche. Le mettait dans une salle d'interrogatoire. Lui offrait une boisson de son choix. Après quoi on fermait la porte de la salle et on lui laissait tout le temps de réfléchir, dans une petite pièce dépouillée, sur une chaise métallique dure, avec une vessie qui se remplissait à la vitesse grand V. Tout le monde ne craquait pas d'un seul coup sous la pression, bien sûr. Mais ça attendrissait certainement la plupart.

Pour commencer, Adam Danicic n'était pas enfermé dans la salle d'interrogatoire. Il n'était pas assis sur une chaise métallique. Il ne souffrait, à la connaissance de Mosley, d'aucun inconfort matériel.

En fait, le reporter du *Daily Sun* était en ce moment même installé au bureau de Kincaid, couché dans son fauteuil en cuir en train de papoter sur le téléphone du commandant.

Mosley entra, jaugea la situation d'un coup d'œil,

404

puis alla directement voir l'agent qui avait ramené Danicic.

Celui-ci se mit immédiatement au garde-à-vous. « Ce n'est pas ce que tu crois ! s'écria-t-il lorsque Mosley s'arrêta devant lui.

– Et qu'est-ce que je crois ?

– Je veux dire, je n'avais pas le choix !

– Pourquoi, tu n'as pas de menottes ni de pistolet sur toi ?

– Il a dit qu'il ne viendrait avec nous que s'il pouvait passer des appels. Et quand on est arrivés ici, il a dit que si on ne lui donnait pas de téléphone, il se servirait de son portable et qu'on ne voudrait évidemment pas qu'il le mobilise.

– Parce que le ravisseur ne pourrait plus le joindre.

– Exactement !

– Dis-moi, tu crois vraiment qu'un journaliste compromettrait ses chances de parler à celui qui a enlevé deux personnes ? »

Les yeux de l'agent regardèrent furtivement de droite et de gauche, ce que Mosley prit pour un non.

« Tu crois vraiment qu'il ferait quoi que ce soit qui compromettrait son temps d'antenne au JT ou son nombre de signes en première page ?

– On m'a dit qu'on avait besoin de sa coopération. Et on ne m'a donné aucun motif pour l'arrêter.

– Alors tu trouves quelque chose. Entrave à la justice. Permis de conduire expiré. Phare cassé. Tu étais chez lui, devant sa voiture, bon Dieu. On peut toujours trouver une petite infraction. Même le pape a commis des délits dans sa vie. »

L'agent ne répondit plus rien, ce qui était assez éloquent.

Le lieutenant Mosley retourna à l'avant du petit commissariat, où Danicic jacassait encore au téléphone. Mosley appuya de l'index sur le bouton Ligne 1 et la communication fut coupée.

« Hé, c'était mon avocat !

— Vous pensez avoir besoin d'un avocat ? demanda posément Mosley.

— Et comment, avec les médias ! J'ai déjà reçu un appel de Larry King, sans parler de l'émission *Today*. Mais il faut aussi compter avec les contrats d'édition possibles. Parce que, si je raconte tout d'emblée, qui restera-t-il pour acheter le bouquin ? Il me faut une stratégie.

— Redressez-vous, rétorqua Mosley. Enlevez vos pieds de la table. Montrez un peu de respect. »

Danicic eut l'air étonné, mais s'exécuta. Il décroisa ses jambes. Se redressa dans le fauteuil. Épousseta sa veste grise, qui, vue de près, n'était pas d'un tissu d'aussi bonne qualité ni d'une coupe aussi élégante qu'elle le paraissait à la télé. Sa chemise bâillait autour du cou. Sa cravate était d'un rose un peu trop criard.

Les caméras lui avaient conféré une certaine aura. À présent, il avait exactement l'air de ce qu'il était : un journaliste de presse locale qui tentait désespérément d'entrer dans la cour des grands.

« Vous avez déjà rencontré Rainie Conner en personne ? demanda Mosley.

— Non.

— Dougie Jones ?

— Est-ce que je fais partie des suspects ? Parce que

406

si vous me voyez comme un suspect, pour le coup je vais rappeler mon avocat.

– J'essaie de vous voir comme un être humain. Et croyez-moi, c'est plus difficile de minute en minute. »

Danicic se renfrogna, mais détourna le regard.

« Il s'agit de vrais gens quelque part là-bas, dit Mosley. Une femme et un enfant qui luttent pour leur survie. Vous avez déjà été sur une scène de crime, Danicic ? Pas en restant derrière un ruban jaune, je veux dire. Je veux dire de près, personnellement, quand on peut voir qu'il ne s'agit pas d'effets spéciaux de cinéma. Vous avez déjà assisté à une autopsie ? Lu le rapport d'un médecin légiste ? Savez-vous vraiment les dégâts qu'une balle, un couteau, peuvent faire sur un corps ? Levez-vous, enchaîna brutalement Mosley. J'ai quelque chose à vous montrer. »

Mosley tira Danicic pour l'obliger à se lever. Le journaliste était trop abasourdi pour réagir. Mosley l'entraîna à l'arrière, le fit asseoir dans la salle d'interrogatoire, une ancienne loge de gardien qui en avait encore l'air.

De retour à l'avant, Mosley dévalisa le premier classeur à tiroirs gris qu'il trouva. Il ne prit que des affaires classées et jugées. Si les deux dernières années lui avaient appris une chose, c'est qu'on n'est jamais trop prudent avec les journalistes.

Il rentra comme un ouragan dans la salle d'interrogatoires et commença à balancer les photos sur la table. « Adolescent, pendu. Femme, étripée. Homme percuté par un train de marchandises. Cadavre, sexe indéterminé, retiré d'une rivière. Mains couvertes de feuilles de marijuana. Garçonnet de dix-huit mois, noyé. Vous pensez encore à des contrats d'édition, monsieur Danicic ? Parce qu'il y en a encore plein là où je les ai prises. »

Danicic prit chaque photo. Les étudia. Les reposa soigneusement.

Il leva les yeux vers Mosley. Haussa les épaules.

« Le monde est rempli d'horreurs, bla, bla, bla. Je ne suis pas un imbécile, lieutenant. Je ne suis même pas si différent de vous. Votre boulot consiste à rendre justice à ces gens. Le mien à raconter leur histoire. Aujourd'hui, nous avons une histoire. Vous ne pouvez pas m'empêcher de la raconter.

– Et si ça met les victimes davantage en danger ?

– Davantage en danger ? ricana Danicic. Dites-moi comment. C'est vous, la police, qui jouez à des petits jeux. Moi, j'essaie au moins de préserver une relation très fragile. Regardez les choses en face : le ravisseur n'a pas confiance en vous. Et s'il devient trop nerveux, Rainie et Dougie sont morts. J'offre une alternative viable. Si le ravisseur m'appelle, tout le monde sera gagnant. Et oui, peut-être que ça me vaudra un contrat d'édition. Si on les récupère en vie, je ne pense pas que Rainie ou Dougie y trouveront à redire.

– Vous brouillez les lignes de communication dans une affaire où le temps joue un rôle essentiel. S'il vous appelle, nous serons obligés d'attendre pour le savoir. Nous n'avons pas le temps d'attendre. La police, c'est quelquefois la guerre. Et en temps de guerre, il faut une seule ligne de communication.

– D'un autre côté, chaque fois que le ravisseur me contacte, il est obligé de se manifester. Plus il se manifeste, plus vous avez de chances de le coincer.

– Plus il faut de personnel pour être partout, contra Mosley.

– Alors c'est une bonne chose que vous ayez tant d'organisations sur le coup, dit Danicic en se penchant en avant. Lorraine Conner est mariée à un ancien profileur du FBI. Vous voulez du donnant-donnant ? Dites-moi, est-ce que le FBI est sur le dossier ? L'affaire est-elle officiellement confiée au FBI ? Et puis j'ai toujours envie de savoir qui était l'autre gars que j'ai vu au parc des expositions, celui avec un coupe-vent du Georgia Bureau of Investigation. J'ai l'impression qu'il se passe des tas de choses ici dont vous n'informez toujours pas la population. Imaginez comment ce sera perçu quand on retrouvera deux cadavres.

– *Quand ?* Voilà ce que j'appelle de l'optimisme.

– L'enquête en cours n'a rien fait pour m'y porter, répondit Danicic en repoussant le fauteuil et en se levant. Vous m'arrêtez ?

– Pas encore. »

Danicic eut l'air étonné. « Voilà ce que j'appelle de l'optimisme, répondit-il, pince-sans-rire. Je me tire. »

Le reporter fit un pas vers la sortie. Mosley l'attrapa par le bras. Danicic lui lança un regard plus dur que Mosley ne s'y attendait. Plus calculateur. Apparemment, quand l'enjeu était suffisant, même un journaliste relativement novice apprenait vite.

« Si on découvre que vous avez reçu des informations et que vous ne nous les avez pas communiquées, vous serez accusé de complicité dans un crime, dit calmement Mosley. En conséquence de quoi, vous ne pourrez tirer aucun bénéfice lié à ce crime : pas de livre, pas d'interviews rémunérées, rien. Pensez-y.

– Vous savez quoi, répondit Danicic avec impatience, tous les journalistes ne sont pas des salauds. À moins que, laissez-moi deviner : vous avez voté Nixon.

– Il se sert de vous, Danicic. Pourquoi envoyer une lettre au rédacteur en chef, pourquoi laisser une demande de rançon sur le pare-brise de votre voiture ? Si vous voulez être objectif, commencez par vous poser les bonnes questions. Le ravisseur est motivé par la soif de célébrité. Je vous autorise à citer cette phrase. Mais nous ne pouvons pas le rendre célèbre ; seuls les médias le peuvent. Là aussi, je vous autorise à me citer. Plus vous en parlez, plus c'est gratifiant pour lui. Et plus vous lui en donnez le goût... »

Danicic dégagea son bras, au moment même où la radio se mettait à grésiller sur le bureau du commandant. L'agent s'en saisit, mais, dans cet espace réduit, Danicic était encore assez près pour entendre.

Mosley observa le visage du journaliste, guettant une quelconque réaction. Si ce type jouait la comédie, il était doué.

« Seigneur », murmura Danicic, les épaules affaissées, en se passant une main dans ses cheveux coupés court.

Le central appelait des renforts ; les enquêteurs avaient découvert un cadavre.

39

MERCREDI, 11 HEURES 52

Pour Quincy, le temps s'arrêta précisément à onze heures cinquante-deux le mercredi matin. Jusque-là, il trouvait qu'il ne s'en sortait pas trop mal. Il s'était replongé dans ses notes pour voir à côté de quoi ils avaient pu passer. Il s'était penché avec Kincaid sur la liste des pistes à creuser inscrite au tableau blanc : ils n'avaient pas le rapport officiel du capitaine Grove sur la dernière journée de Rainie ; il fallait insister auprès du shérif Atkins pour avoir un bilan complet sur les truands du coin ; et puis il fallait encore continuer l'enquête auprès de Laura Carpenter, localiser Andrew Bensen. Au cours des trente-six dernières heures, beaucoup de choses avaient été lancées, mais trop peu menées à leur terme. Ça arrive quand une enquête se déploie à cette vitesse dans autant de directions.

Candi offrit son aide. Apparemment, n'importe quoi serait mieux que de rester assise à une table à se tourner les pouces. Kincaid l'envoya chez Laura Carpenter. Une négociatrice formée aux prises d'otages ne devrait avoir aucune difficulté à interroger une femme battue, et ça leur permettrait au moins de cocher une ligne au tableau.

Quincy accepta de reprendre lui-même les recherches sur Andrew Bensen, et tant pis pour les investigations de l'armée. L'heure tournait, ils n'avaient pas le temps d'attendre les rapports officiels. Quincy alluma son ordinateur portable et commença à faire marcher son mobile. Pour appeler la grand-mère de Bensen. Obtenir le nom de ses anciens camarades de lycée, copains de bar. Quels étaient ses passions, ses centres d'intérêt ? Prenait-il des médicaments ? Était-il souvent venu à Bakersville ? Quel était son degré de familiarité avec la région ? Quelqu'un l'avait-il entendu manifester une rancœur particulière au sujet de la mort de son père ou bien le désir d'entrer en contact avec Lorraine Conner ?

« Eh bien, au moins il ne s'était pas mis à la colle avec une pute, à s'occuper de ses bâtards pendant toutes ces années », répondit Eleanor Bensen en ricanant, lorsque Quincy lui demanda ce qu'elle avait pensé en apprenant le meurtre de son fils Lucas.

Et Andrew ?

« Je ne lui ai jamais dit. Il n'avait pas posé de questions sur son père en quinze ans. Pourquoi commencer maintenant ?

— L'a-t-il appris de quelqu'un d'autre ?

— Comment je le saurais ? Mais je vais vous dire une bonne chose : ce garçon est un connard caractériel. Il se figure que le monde lui doit quelque chose sous prétexte qu'il a grandi sans parents. Et moi, je suis quoi, du pipi de chat ? »

Quincy ruminait encore cette conversation particulièrement réjouissante quand Kimberly appela au sujet du message scotché sous le téléphone au Wal-Mart.

Alors, une fois de plus, Quincy et Kincaid passèrent la vitesse supérieure. Ils n'avaient plus à se soucier de coordonner des remises de rançon compliquées. Désormais, il s'agissait simplement de trouver le lieu X. De déposer le trésor caché. De se demander avec inquiétude ce que le sujet ferait ensuite pour les emmerder.

Il leur fallait encore sept briques. Kincaid ordonna à Shelly et Kimberly de se mettre en route. Quincy dégaina les pages jaunes. Sa banque avait une agence à Garibaldi, sur le trajet de Kimberly et Shelly en direction du nord. Il essaya de demander de l'argent par téléphone. Le directeur de l'agence lui raccrocha au nez. Kincaid rappela, balança suffisamment de jargon juridique pour faire rougir un avocat et obtint la promesse que sept mille dollars en liquide seraient remis à un agent des forces de l'ordre dans huit minutes environ.

Ils étaient encore satisfaits d'eux-mêmes, dans un état d'excitation que jamais les gens qui ne s'occupent pas de questions de vie ou de mort ne comprendront, quand l'autre appel arriva.

Alors le monde s'arrêta pour Quincy. Kincaid parlait, mais ses mots n'avaient aucun sens. Quincy regardait fixement le tableau blanc, mais il n'arrivait pas à lire.

Une ferme du coin, propriété d'un trafiquant de drogue présumé. Un policier du comté qui fouillait un tas de fumier. La découverte d'une main blême de femme.

Le légiste était en route. Le procureur demandait officiellement un enquêteur de terrain au labo de Portland. Toute activité avait cessé à la ferme. Personne ne voulait commettre d'erreur. Ils avaient un cadavre. La question était maintenant de savoir s'ils en avaient trois.

« J'appelle Kimberly, dit Kincaid.

— Non.

— Elles feraient aussi bien de revenir. C'est Shelly qui a organisé la fouille. Elle va vouloir s'occuper de ce qu'ils ont découvert.

— Pas avant d'être certains. »

Silence de Kincaid.

« Ce n'est peut-être pas Rainie ; inutile de faire capoter la remise de rançon. »

Silence de Kincaid.

Quincy se retourna finalement. « Vous ne comprenez pas, dit-il posément. C'est moi qui suis censé mourir le premier. »

Kincaid devait y aller. Quincy resta assis tout seul dans la salle de réunion, à contempler le tableau blanc et, pour une fois dans sa vie, à ne penser à rien.

MERCREDI, 11 HEURES 56

La première impression de Candi devant la maison des Carpenter fut qu'en aucun cas elle n'aurait voulu habiter là. Elle n'avait pourtant pas grandi sur Park Avenue, mais sa grand-mère Rosa avait toujours été très fière de sa maison. Chaque matin, elle balayait le perron. L'après-midi, elle polissait son mobilier avec de la cire parfumée au citron. Le ciel vous vienne en aide si vous rentriez dans sa cuisine avec des souliers crottés. Elle tendait alors un chiffon à Candi et à ses cousins, condamnés à passer l'heure suivante à frotter le sol à quatre pattes.

Le pavillon de Rosa à Portland avait beau abriter sept enfants de moins de dix ans, aussi loin que remontaient les souvenirs de Candi, cette petite maison avait toujours été rutilante. Rideaux de dentelle empesée aux fenêtres. Cascades de lierre vert qui tombaient du rebord de la fenêtre, du dessous de la cheminée, qui s'enroulaient même autour du crucifix. Tous les enfants du voisinage préféraient venir chez elle pour jouer. Ils buvaient du Tang dans une cuisine qui sentait le citron, puis jouaient dans le minuscule jardin envahi de glycines soigneusement entretenues par Rosa.

La maison des Carpenter était tout le contraire. Sombre, se dit Candi. Trop de grands arbres surplombant une maison minuscule. Les pins immenses arrêtaient le soleil, aspiraient l'humidité de l'herbe et ne laissaient survivre que la mousse sur le toit délabré. Donc pas de folles cascades de fleurs mauves dans le coin.

Candi se gara dans l'allée boueuse. Elle emprunta un chemin de briques irrégulier, progressant avec précaution sur les pierres inégales et parsemées d'énormes touffes de mauvaise herbe. La façade de la maison était peinte en brun boueux, avec la porte assortie. Candi frappa, attendit, sans réponse.

Elle crut cependant entendre des voix. Elle tendit l'oreille, puis comprit qu'il s'agissait de la radio, que le bruit venait de l'arrière. Elle le suivit.

Sur une terrasse en ciment à peu près dans le même état que l'allée de briques, elle trouva Laura Carpenter en train d'avaler la fumée d'une cigarette. À la seconde où elle aperçut Candi, elle jeta la Marlboro par terre et l'écrasa du pied. Elle s'appuya sur ce pied vers l'avant, comme pour déguiser ce mouvement en un pas.

Candi songea qu'elle avait vu des gamins de douze ans plus doués pour cacher leur vice.

Elle tendit la main. « Candi Rodriguez, police d'État. »

Laura Carpenter ne fit pas la grimace, mais ne lui déroula pas non plus le tapis rouge. Elle ignora sa main tendue et haussa les épaules.

« Alors, qu'est-ce que vous voulez fouiller maintenant ? » demanda-t-elle. Elle avait les bras croisés sur la poitrine. Un sweat violet trop large. Des cheveux bruns tristes. Des yeux caves marron. Elle parlait avec une indifférence étudiée.

« En fait, je me demandais si Stanley était là.

— Non.

— Il est parti faire une course ? »

Laura désigna les bois envahissants de la tête. « Il est par là-bas. Il cherche encore le gamin. Stanley, ajouta-t-elle railleusement, se prend pour le coach du siècle. Ne jamais, jamais abandonner. Il ne va pas jeter l'éponge sous prétexte qu'une escouade de policiers a déclaré qu'on avait kidnappé le gamin. Pas lui. »

Les mains de Laura tremblaient. Candi décida de leur faciliter la tâche à toutes les deux. Elle fit mine de tâter son blouson. « Ah mince, j'ai dû les oublier dans la voiture. »

Laura la regarda.

« Mes cigarettes, expliqua Candi. Vous n'en auriez pas, par hasard... ? »

La femme sourit enfin. Elle n'était pas dupe, juste reconnaissante. « Par hasard. » Elle sortit prestement le paquet rouge et blanc. En fit sortir une pour elle en tapotant le paquet, qu'elle tendit ensuite à Candi. Il y avait une pochette d'allumettes près du barbecue. Elles allumèrent toutes deux leurs cigarettes ; Laura expira lentement, Candi réussit à ne pas tousser. Cela faisait des années qu'elle n'avait pas fumé. Mince, c'était quand même bon.

« Je suis censée avoir arrêté, expliqua enfin Laura en chassant de la main le nuage de fumée qui se formait. On essayait de faire un bébé. Interdiction de fumer quand on est enceinte. Interdiction de fumer, de boire, de manger du poisson. Plutôt marrant quand on y pense – toutes ces règles qu'on a maintenant. J'ai une photo de ma mère, enceinte de moi de sept mois, avec une bière dans une main et une cigarette dans l'autre. Enfin, quand je me regarde dans la glace, il y a des jours où je me dis que je suis un spot ambulant pour le ministère de la Santé.

– Je suppose que ça n'a pas marché, commenta Candi sur un ton neutre.

– Cinq ans de FIV. Vivent les syndicats. Grâce à eux, les salariés ont une telle couverture sociale qu'ils seraient bien bêtes de ne pas s'en servir jusqu'au bout.

– Cinq ans ? C'est dur. »

Laura ne répondit rien, se contenta de faire la moue. Candi songea à ce qu'elle venait de dire à propos de son mari : Ne jamais, jamais abandonner. Ça marche peut-être sur un terrain de foot, mais sous la couette...

Elle comprenait pourquoi Laura Carpenter avait l'air si fatiguée. Comme si toute vie était asséchée en elle et qu'il ne restait plus qu'une coquille vide, qui traînait là en attendant que ça se finisse.

« C'est à ce moment-là que vous avez décidé d'adopter ? »

Laura regarda Candi, un regard pénétrant, qui ne s'en laissait pas compter. « Vous devriez peut-être poser la question à Stanley.

— C'était son idée ?

— Les hommes veulent un fils. Voilà ce qu'il m'a dit.

— Et que veulent les femmes ? »

Laura se mit à rire ; un rire désagréable aux oreilles de Candi. « J'arrive à tomber enceinte. Ça n'a jamais été le problème ; seulement je n'arrive pas à les mener à terme. La première fois, on en veut à la nature. La deuxième, on s'en veut à soi. La troisième, on en veut à Dieu. Quatre, cinq, six fois plus tard, je crois qu'une femme intelligente arrête d'en vouloir à qui que ce soit et finit simplement par comprendre.

— Je suis désolée.

— Vous envisagez quelquefois d'avoir des enfants ? Ça n'est peut-être pas facile à concilier avec votre carrière. Enfin, vous êtes jeune, vous avez beaucoup de temps devant vous.

— Je ne sais pas, répondit Candi avec franchise. J'ai grandi au milieu de sept cousins plus jeunes. Il y a des jours où je me dis que j'ai passé assez de temps à changer des couches. Et d'autres où je ne suis pas sûre.

– Vous êtes mariée ?

– Je n'ai encore rencontré personne qui soit capable de me suivre. »

Laura sourit, termina sa cigarette. « Pourquoi ne rentrez-vous pas, mademoiselle Rodriguez ? Pour me demander ce que vous voulez réellement savoir. »

Elle ramassa ses mégots de cigarette, les mit dans un sac plastique sorti de la poche arrière de son jean. Le paquet de cigarettes disparut en hauteur, coincé derrière la descente de la gouttière. Les allumettes furent reposées sur le barbecue.

Laura avait passé un certain temps à mettre au point son imposture. À l'intérieur, elle sortit la bombe de désodorisant. Puis elle s'excusa.

« Ce sont mes vêtements pour fumer », dit-elle en guise d'explication avant de se retirer dans sa chambre.

Laissée à elle-même, Candi erra dans la petite maison. Une cuisine des années 1970 avec des placards sombres et maculés, un plan de travail en Formica jaune d'or. Une table ronde avec pied central et quatre solides chaises en bois. Une télévision d'une taille démesurée, de loin l'objet le plus précieux de la pièce, calée sur un support à micro-ondes bancal. Des haut-parleurs posés dans chaque coin. Candi ne voyait pas bien la nécessité d'une installation surround dans un espace aussi réduit, mais elle imagina qu'il fallait bien que les hommes s'amusent.

Les murs étaient couverts de lambris foncé et par-semés de photos de l'équipe de football du lycée, sur dix ans. Deux étagères mettaient en valeur la récolte de la décennie, à savoir divers trophées de teintes métalliques rouge, vert et or.

Candi passa la tête dans une petite pièce, découvrit une salle de bains. Poussa une deuxième porte et tomba sur un minuscule bureau. La troisième fut la bonne : un simple matelas avec un seul drap blanc. La chambre de Dougie, donc.

Rien d'accroché aux murs, mais trois trous impressionnants. Pas de vêtements dans le placard, mais un petit seau. Aucun jouet d'aucune sorte. La chambre lui fit penser à une cellule de prison.

« Vous voyez assez bien ? » demanda Laura derrière elle. Elle avait passé un autre jean et un nouveau sweat trop grand – vert foncé, celui-là. Elle avait fait quelque chose à ses cheveux (probablement aspergés d'eau), puis les avait enroulés dans un turban pour camoufler l'odeur de cigarette. Elle n'était vraiment pas mal, si on oubliait ses doigts tachés de nicotine et l'état de ses dents.

« Où sont ses affaires ?

– Dougie n'a pas d'affaires. Ça fait partie du programme. Le gamin commence avec rien, puis regagne les choses petit à petit.

– Il n'a même pas de vêtements ?

– Si, il en a. Dans notre chambre. Je lui donne une tenue par jour, de mon choix. S'il veut ses propres vêtements, il faut aussi qu'il se comporte bien. »

Candi parut surprise. Laura se contenta de hausser les épaules.

« Qu'est-ce qu'on peut faire d'autre, avec un garçon comme Dougie ?

– Est-ce que vous l'aimez, madame Carpenter ?

– Pas vraiment.

– Vous l'avez déjà frappé ? »

Laura ne baissa pas les yeux. « Ma mère m'a donné des raclées pratiquement chaque jour de ma vie. Je ne ressens pas le besoin de lui rendre le même service.

– Et Stanley ?

– Je ne l'ai jamais vu lever la main sur lui.

– Et sur vous ? »

Laura eut l'air étonnée. « Stanley a ses défauts ; mais pas celui-là.

– Alors quels sont ses défauts ?

– C'est un homme. Quels sont les défauts de tous les hommes ? L'entêtement, l'égocentrisme. Il lui faut ce qu'il veut, peu importe ce que peuvent dire les autres.

– Il voulait Dougie, par exemple.

– Par exemple.

– Et vous vous contentez de suivre ? »

Laura pencha la tête sur le côté. Elle étudia Candi pendant une bonne minute. « Je sais ce que vous pensez, mademoiselle Rodriguez. Je sais ce que vous pensez tous quand vous vous baladez ici. Regardez-la, la pauvre, avec son air de ne pas rigoler tous les jours. Regardez cette horrible petite maison avec son horrible moquette jaune et ses meubles Wal-Mart bon marché. Comment peut-elle vivre comme ça ? Comment peut-elle rendre un homme heureux ?

» Vous voulez savoir la vérité ? Il n'est pas tous les jours heureux, mais il est toujours là. On n'est pas Catherine Zeta-Jones et Michael Douglas, seulement on se comprend. On se connaît depuis nos cinq ans. Et comparé au village de mobil-homes où nous avons grandi, ici c'est carrément un palace, c'est notre coin de paradis. Peut-être que personne d'autre n'en voudrait, mais notre vie nous convient très bien, à nous.

— Vous élevez un enfant que vous n'aimez même pas, répondit brutalement Candi.

— J'assume mes responsabilités.

— Il a disparu.

— Il a fugué.

— Ou bien il a été enlevé. »

Laura ricana. « Sérieusement, même le diable ne pourrait pas lui faire faire ce qu'il ne veut pas.

— Alors pourquoi vous occupez-vous de lui ?

— Parce que mon mari me l'a demandé.

— Et vous faites toujours ce que veut votre mari ? »

Laura soupira soudain. Pour la première fois depuis l'arrivée de Candi, elle paraissait en colère. « La police, dit-elle soudain, vous n'arrêtez pas de venir, vous cherchez, vous cherchez. Je n'ai jamais vu autant de gens se donner tant de mal pour chercher ce qui se trouve sous leur nez. Venez ! »

Laura passa dans le séjour au pas de charge. Candi lui emboîta le pas. Laura sortit brusquement un album photo, l'ouvrit, puis frappa une photo du doigt.

« Ça vous aide ? »

Candi en croyait à peine ses yeux. « Pas possible.

— Possible.

— Mais...

— Les grands garçons n'ont pas toujours été grands », dit Laura en regardant la photo. Elle avait l'air d'avoir bien besoin d'une autre cigarette. « Il aime vraiment ce gamin, murmura-t-elle. Sombre abruti. »

40

MERCREDI, 12 HEURES 02

Cinquante-huit minutes avant l'heure limite, Kimberly et Shelly entrèrent dans un crissement de pneus sur le parking du crédit mutuel local. Shelly se rua dans l'agence, présenta son badge, signa deux formulaires en triple exemplaire, puis jeta sept mille dollars en liquide dans un sac Wal-Mart tout neuf.

Le directeur la dévisageait, ébahi.

Shelly cria « Merci » par-dessus son épaule et se précipita vers la sortie. Brusque volte-face, elle attrapa deux sucettes dans une coupe près du guichet et reprit sa course.

De retour dans le 4 × 4, elle passa brutalement une vitesse et s'élança sur la route. Kimberly regarda dans les rétros. Une voiture derrière elles, puis une autre, puis la camionnette banalisée blanche. L'escorte au complet.

Shelly lui passa une sucette au raisin. Kimberly savoura l'afflux de sucre en ouvrant la carte du comté de Tillamook.

« Bon, à vue de nez, il nous reste encore dix kilomètres et on arrivera à une voie d'accès sur la gauche. Ça mène à la falaise et boum, un phare. »

Kimberly replia la carte et s'occupa de l'argent. Quand Mac s'était procuré les vingt premiers milliers de dollars, il avait consciencieusement noté les numéros de série indiqués par la banque. Naturellement, ni la banque ni la police n'avaient eu le temps de prendre les numéros du nouveau versement. Au lieu de cela, Kimberly mêla les nouveaux billets de vingt à ceux qui avaient déjà été référencés. Si le sujet prenait une liasse de billets, il y aurait des chances qu'une partie au moins des coupures connues soient mises en circulation, ce qui leur permettrait de remonter la piste jusqu'au ravisseur.

Soit dit en passant, vingt mille dollars en petites coupures étaient un spectacle assez impressionnant. Un tas large. Haut. Lourd. L'avant du 4 × 4 fut envahi par une odeur d'encre d'imprimerie. Kimberly feuilleta les liasses du pouce. Elles étaient froides et soyeuses au toucher.

« Quelle heure ? demanda laconiquement Shelly.

— H moins quarante-huit.

— On peut le faire, grogna Shelly. Dix minutes de voiture, cinq minutes de marche et on y est.

— Comptons encore dix minutes pour trouver l'endroit précis où déposer l'argent...

— On aura encore vingt-trois minutes de rab.

— Je veux faire le guet, dit brusquement Kimberly. Vous n'êtes pas obligée si vous ne voulez pas. Ce serait peut-être même mieux qu'une seule de nous le fasse. Mais je veux me trouver une planque. Il doit bien y avoir un endroit où je pourrai me mettre.

424

– Vous ne lui faites pas confiance ?

– Pas une seconde.

– Évidemment, il sera peut-être en train de surveiller, dit Shelly, songeuse. Il a eu plus de temps pour organiser ça. Pour autant qu'on sache, il est sur place et s'il vous voit rester en arrière... »

Kimberly fit la grimace, se mordit la joue. « Je vais trouver quelque chose. Il y a toujours une solution. »

La radio se mit à crépiter. Le central parlait, demandait le shérif Atkins. Étonnée, Shelly répondit.

Ni l'une ni l'autre ne s'attendait vraiment à la nouvelle qu'elles apprirent alors. On signalait un cadavre de femme non identifié dans la ferme de Hal Jenkins. Des traces de sang dans son véhicule. Convocation immédiate du légiste.

Kimberly s'agrippa au tableau de bord. Elle ne savait pas pourquoi. Trouver un appui au moment où l'univers prenait un virage inattendu ? Rassembler son courage devant la nouvelle qu'elle avait toujours craint d'entendre ? Se raccrocher simplement à quelque chose, parce que ça ne pouvait pas arriver ? Pas après tout le mal qu'ils s'étaient donné, tous ces efforts. Bon Dieu, son père n'avait-il pas eu assez de malchance comme ça dans la vie ? Est-ce qu'il ne pouvait pas avoir un peu de répit, juste une fois ?

« Il faut rebrousser chemin, murmura-t-elle.

– Non.

– Mais mon père...

– Ne voudrait pas que nous tirions des conclusions hâtives.

– Oh, voyons, c'est vous qui avez organisé la

fouille chez Jenkins. C'est vous qui l'avez soupçonné d'être dans le coup !

– C'est aussi moi qui l'ai interrogé hier à cinq heures du soir. À peu près l'heure à laquelle Dougie Jones a disparu.

– Il travaille peut-être avec un complice.

– Hal ? ironisa Shelly. Trop rapiat pour partager.

– Mais s'il n'a pas commis l'enlèvement... Il a juste tué une femme par hasard au moment où deux personnes avaient déjà disparu ?

– Je ne crois pas que ce soit un hasard », répondit Shelly, le visage fermé.

Et alors Kimberly comprit à son tour. « Le capitaine Grove, murmura-t-elle.

– Il était déjà au courant pour la rançon. Imaginez qu'il se soit pointé au Wal-Mart, qu'il ait vu une policière seule, un sac en bandoulière. Ce genre d'occasion...

– Ah, Seigneur. » Kimberly se tourna vers la fenêtre. Elle observa les kilomètres de bitume gris qui défilaient, la bruine impénétrable. « Vous savez ce qu'il y a de pire que de se dire que Rainie est morte ? demanda-t-elle tout à coup.

– Quoi ?

– Se dire que c'est peut-être une collègue et être soulagée.

– Eh bien, on va avoir tout le temps de relativiser les mauvaises nouvelles.

– Pourquoi ?

– On vient de passer devant notre voie d'accès : elle est fermée. »

Shelly les engagea dans un violent demi-tour, les

pneus crissèrent sur la chaussée mouillée. Une voiture qui arrivait en sens inverse klaxonna. Kimberly entre-vit des yeux écarquillés, paniqués. Puis la voiture passa à toute allure pendant que Shelly faisait tourner leur 4 × 4 dans la boue. Quelques instants plus tard, elles étaient arrêtées devant une petite route d'as-phalte, barrée par une lourde grille de métal. Le pan-neau orange signalant les travaux indiquait : *Fermé pour réhabilitation, 1er septembre – 15 décembre.*

« Le service des parcs et jardins aurait pu me préve-nir au téléphone », marmonna Shelly, crispée.

Elle sortit en souplesse du 4 × 4 et secoua la grille. Le cadenas résista et il n'y avait pas assez de place pour faire le tour. À une centaine de mètres de là, Mac et l'adjoint Mitchell garaient la camionnette banalisée blanche et attendaient de voir ce qu'elles allaient faire.

« À vue de nez, il y a cinq kilomètres, indiqua Kim-berly en consultant la carte.

– On ne peut pas y aller en voiture.

– Et on n'a pas le temps d'y aller en marchant. »

Ne restait donc qu'une seule solution. Kimberly descendit de voiture, cala le sac autour de ses épaules comme un sac à dos. Elle tituba un instant sous le poids des vingt mille dollars, puis trouva son équilibre.

« Je prends les deux premiers kilomètres », dit-elle.

Elles contournèrent la grille métallique et se mirent à courir.

Candi appela le PC. Personne d'autre n'étant dans les parages, Quincy répondit.

« Vous n'allez jamais le croire, dit Candi.

— Dites toujours.

— Stanley Carpenter est le père biologique de Dougie. »

Quincy marqua un temps. « Un point pour vous.

— J'ai fait parler sa femme. D'après Laura, Stanley et elle se connaissent depuis l'enfance et c'est un vrai mariage d'amour. Pas de maltraitance, juste des désaccords conjugaux normaux, classiques. Il n'apprécie pas qu'elle fume. Elle a un peu les boules d'avoir appris qu'il l'a trompée avec une lycéenne.

— La mère de Dougie. »

Quincy ouvrit de grands yeux. D'un seul coup, de nouvelles possibilités lui apparaissaient. « Qui était au courant ?

— Voyons, Laura l'a découvert, évidemment, mais pas avant la mort de la mère, semble-t-il. Elle dit que Stanley a rapporté une photo de Dougie à la maison en disant qu'il voulait adopter le gamin et Laura a compris tout de suite. Elle m'a montré une photo de classe de Stanley à sept ans : sans rire, Dougie pourrait être son jumeau.

— Manifestement, Stanley a grandi sur le tard, dit Quincy, pince-sans-rire.

— Il semblerait. Évidemment, Laura n'a pas été tout à fait ravie d'apprendre que son mari avait fait un enfant à une autre. Mais d'après elle, ce qui l'a vraiment mise en rogne, c'est que Stanley n'ait pas assumé. S'il était le père du gamin, il allait de soi qu'ils allaient s'en occuper. À l'entendre, elle était juste fâchée qu'il ne lui en ait pas parlé plus tôt.

– C'est fort évolué de sa part.

– Elle n'est pas vraiment fan de Dougie, d'ailleurs. À dire vrai, elle le considère comme une source d'emmerdements avec un grand E. Mais elle jure que ni elle ni Stanley n'ont jamais levé la main sur lui. Au contraire, Stanley se sent foncièrement coupable de tout ce que Dougie a traversé et il est prêt à n'importe quoi pour se racheter.

– Quelle grandeur d'âme !

– Laura pense qu'il a peut-être contribué financièrement à l'entretien de Dougie.

– De gré ou de force ? murmura Quincy.

– Ça, on ne le saura peut-être jamais. Mais quand Laura a appris l'existence de Dougie, elle a vérifié les relevés de banque. L'année de la naissance de Dougie, il y a eu beaucoup de retraits en liquide. Toujours des petites sommes, alors elle n'a pas fait très attention à l'époque. Mais beaucoup d'opérations. Elle estime que Stanley retire deux mille dollars par an, sans explications.

– *Retire* deux mille dollars par an ? La mère de Dougie est morte il y a trois ans.

– Oui, c'est ce que j'ai pensé. Laura ne savait pas. Peut-être qu'il a rémunéré les familles d'accueil ou donné des cadeaux en sous-main. On pourrait penser que Laura n'avait qu'à lui poser la question, mais, bon, ce n'est pas toujours facile de parler avec l'homme de sa vie.

– Dougie est dans le circuit de l'aide à l'enfance

depuis trois ans, réfléchit Quincy à voix haute. Si Stanley verse toujours de l'argent, quelqu'un doit continuer à le tenir au courant. Ce qui signifie...

– Que quelqu'un d'autre connaissait l'intérêt qu'il porte à Dougie.

– Ce qui signifie probablement que cette personne sait qu'il est le père. » Quincy poussa un profond soupir. Il ne voyait qu'une explication : « Je crois que Peggy Ann Boyd ne nous a pas tout dit.

– Peggy Ann Boyd ?

– L'assistance sociale de Dougie. Elle connaissait sa mère, Gaby, et elle a personnellement suivi de très près le dossier. »

Il y eut un instant de silence. « Vous allez me traiter de cynique, dit lentement Candi.

– Et si l'argent n'était pas pour Dougie ? suggéra Quincy. S'il était pour Peggy Ann ? Je suis aussi cynique que vous, je crois.

– Avec deux mille dollars, il y a de quoi suivre un dossier de très près. Et c'est relativement peu cher payé pour éviter que toute la ville apprenne que vous, l'entraîneur de football respecté, vous avez fait un enfant à une mineure. »

Quincy creusa l'idée : « La combine a marché pendant sept ans. Seulement maintenant, certaines données ont changé. Primo, Stanley essaie pour de bon de s'occuper de son fils, ce qui met son mariage et sans doute sa santé mentale à rude épreuve. Deuxio, Dougie a accusé Stanley de maltraitance, ce qui a provoqué l'intervention d'une enquêteuse extérieure.

– Elle a découvert le pot aux roses, souffla Candi. Oh, mon Dieu, Rainie a compris que Stanley était le père biologique de Dougie. Elle vous en a touché un mot ?

– Non, mais elle ne l'aurait pas fait. Ça aurait été en infraction avec la règle de confidentialité, répondit Quincy, dont les pensées galopaient. Mais elle a pu en parler à Stanley. Ou en référer directement à Peggy Ann.

– Maintenant ils ont un sérieux problème : quelqu'un est au courant. Et il n'y a plus seulement une mais deux carrières en jeu. Le nom de Stanley va être traîné dans la boue ; Peggy Ann s'est rendue coupable de corruption. Ils sont tous les deux dans de sales draps.

– D'un autre côté, s'il arrivait quelque chose à Rainie...

– Son mari, ancien profileur du FBI, mettrait certainement toute la ville sens dessus dessous pour comprendre, constata Candi, avant de compléter le tableau : Donc, ils nous donnent, d'une part, un étranger qui kidnappe les gens pour de l'argent. D'autre part, ils inversent les rôles : ce n'est pas Rainie qui est enlevée à cause de Dougie, c'est Dougie qui est enlevé à cause de Rainie.

– Ce qui résout deux problèmes : le gamin intenable, preuve de l'adultère, et la déléguée du tribunal qui a fait le lien. »

Quincy ferma les yeux ; il n'aimait pas ce qu'il était en train de penser, mais il le pensait quand même. « Cela expliquerait les zones d'ombre. Pourquoi Rainie a été kidnappée. Comment le sujet en sait autant sur elle. Les tentatives répétées pour nous tromper en affirmant qu'il n'est pas de la région, ne connaît pas Rainie, veut seulement de l'argent. Tout cela fait partie d'un scénario soigneusement mis au point, destiné à nous laisser (moi et tout le monde) dans le brouillard. »

Quincy consulta sa montre. Quarante minutes avant treize heures. « Il faut qu'on voie Stanley Carpenter.

– Il n'est pas chez lui. Laura prétend qu'il est toujours en train de chercher Dougie dans les bois. Soit dit en passant, sa voiture n'est pas dans l'allée. J'ai regardé en partant.

– On va demander ses références au registre des immatriculations et passer un appel à toutes les patrouilles avec sa plaque d'immatriculation. Avec ça, on devrait le coincer.

– Super ! » s'exclama Candi, et Quincy l'entendit frapper le volant de la main. « Enfin, on met les gaz. Bon, j'arrive.

– Certainement pas.

– Pardon ?

– Quarante minutes ne suffiront pas à localiser un véhicule dans tout le comté de Tillamook. Puisque Stanley n'est pas disponible, on va directement voir Peggy Ann. À moins, bien sûr, que vous ne préfériez attendre tranquillement à côté du téléphone.

– Pas pour tout l'or du monde. »

Quincy trifouilla ses notes, débita une adresse à toute allure.

« Dix minutes, dit-il. Rendez-vous là-bas. »

41

Rainie ne retrouvait pas Dougie. Éperdue, elle pataugeait dans les eaux froides et sombres en l'appelant, en explorant les profondeurs avec ses bras. Elle était agitée de frissons incontrôlables, ses cheveux tondus et mouillés étaient plaqués sur son crâne, son tee-shirt collait à son corps.

« Dougie ! Dougie, Dougie, Dougie ! »

Sa jambe rencontra quelque chose de dur. Elle plongea, découvrit le pied de l'établi. Elle allait dans la mauvaise direction. Du moins le pensait-elle. Difficile de se repérer dans cette obscurité.

Elle entendit un hoquet, un gargouillis. Dougie surgit de l'eau, suffoqué.

« Non, non, non ! cria-t-il, avant de sombrer à nouveau.

– *Bordel !* »

Elle s'appuya sur l'établi pour s'en éloigner ; l'eau était maintenant si profonde qu'il était plus facile de nager. Elle sentit le battement d'une main contre sa hanche. Elle plongea, prit le petit garçon par la taille entre ses bras ligotés et le ramena à la surface.

« Lâche-moi ! Je ne veux pas vivre ! Je ne veux pas vivre ! » Dougie repoussait ses épaules, lui giflait la tête, lui griffait le visage.

Rainie le lâcha. Puis elle replia les bras, referma ses mains l'une sur l'autre et frappa Dougie à la mâchoire. Le garçon s'affaissa. Elle tira sa forme inconsciente sur l'escalier.

Elle dut gravir sept marches pour sortir de l'eau qui progressait régulièrement. Puis elle s'effondra à côté de Dougie, en proie à une toux incontrôlable, tandis que des frissons parcouraient son corps en tous sens.

Une douleur à hurler battait dans ses tempes. Elle avait envie de se prendre la tête entre les mains, de la cogner contre les marches en bois. Au lieu de cela, elle tituba jusqu'au bord de l'escalier et vomit violemment.

Sa jambe gauche ne voulait pas arrêter de trembler. Des douleurs fulgurantes, cuisantes, allaient et venaient. Sa jambe vibrait contre les marches. Elle donna deux coups de pied à Dougie, sans le vouloir, et il ouvrit les yeux.

Il la regarda, comprit qu'elle l'avait tiré de l'eau et fit la moue.

Rainie prit une profonde inspiration. « Dougie Jones, lui dit-elle avec toute la force dont elle était capable, tu m'as déjà mise en colère, tu m'as déjà énervée, mais jamais, jamais, tu ne m'avais déçue. Petit garçon faible et lâche, ne t'avise jamais de refaire une chose pareille ! Tu m'entends ? Jamais ! »

Dougie continuait à la regarder fixement, la mâchoire butée. « Je suis sorti de mon lit, dit-il tout à

434

coup. Ma maman me l'avait interdit. Mais je me suis levé. J'ai défait tous les verrous, j'ai ouvert la porte d'entrée, et c'est *très vilain*. Ma maman disait : "Dougie, il faut que tu arrêtes de te sauver. Il va arriver malheur à quelqu'un." Mais je l'ai fait. Et elle est morte. Maintenant tu essaies d'être comme ma maman et tu vas mourir aussi.

— Oh, Dougie. Tu n'as pas tué ta mère.

— Si. J'ai ouvert la porte d'entrée. C'était *très vilain*. Je l'ai tuée. »

La lèvre inférieure de Dougie s'était mise à trembler. Il se voûta, rentra le menton dans la poitrine, comme si, par un simple effort de volonté, il pouvait cesser d'exister.

Rainie ne put s'en empêcher ; elle tendit les mains vers lui. Mais au premier contact, Dougie recula.

« Tu n'as pas tué ta mère, Dougie, affirma-t-elle catégoriquement. Elle est sortie acheter du lait, comme font toutes les mamans. Et toi, tu t'es réveillé et tu es parti à sa recherche. Comme font parfois les enfants de quatre ans. Mais ce qui a tué ta mère ce soir-là, c'est un conducteur ivre. Il l'a renversée peu après qu'elle est sortie de la résidence, avant même qu'elle ait su que tu étais sorti de ton lit. Ce n'était pas ta faute. Ni la sienne. C'était une simple tragédie. Je sais, chéri, j'ai lu le rapport de police.

— Je suis sorti de la chambre.

— Elle ne le savait pas, trésor. Elle était encore en train d'aller à l'épicerie.

— J'ai été *très vilain*.

— Mais ce n'est pas ça qui a fait du mal à ta maman,

chéri. C'est un conducteur ivre qui a tué ta mère. Pas toi, Dougie. Quelqu'un d'autre. »

Longue pause. « Quelqu'un d'autre ?

– Oui, Dougie. Quelqu'un d'autre.

– Rainie, dit doucement Dougie. Je veux que ma maman revienne. »

Puis Dougie fondit en larmes.

Cette fois-ci, Rainie passa ses bras autour de lui. Elle attira sa silhouette mouillée et tremblante sur ses genoux. Dougie sanglota plus fort, le visage enfoui au creux de son épaule. Il pleura avec colère. Bruyamment. Jusqu'à une série de petits hoquets pitoyables, plus pénibles que de vraies larmes.

« Chut, Dougie. Chut, ça va s'arranger. Tout va s'arranger. »

Mais elle sut qu'elle mentait au moment même où elle prononçait ces paroles. Car l'eau atteignait déjà leurs pieds et ils n'avaient plus que sept marches au-dessus d'eux.

MERCREDI, 12 HEURES 18

Quand le plus fort de sa crise de larmes fut passé, Rainie s'écarta avec beaucoup de précautions. Ses mains étaient encore ligotées ; toute chance de couper les liens en plastique avait sans doute disparu avec le tesson de verre quelque part dans l'eau noire bouillonnante. Elle ne s'en inquiétait plus.

« Dougie, dit-elle fermement. On va sortir d'ici. »

Le garçon renifla, s'essuya le nez avec le dos de sa main tout en la regardant d'un air hésitant.

« Tu te souviens de la lampe au-dessus de la porte ? Celle dont tu as cassé l'ampoule ?

– Ouais.

– Tu vas remonter sur mes épaules, sauf que cette fois, tu vas arracher la grille autour de la lampe.

– C'est du métal.

– Oui, mais tu es costaud et tu peux faire ça. Ensuite on va prendre cette grille et s'en servir pour casser les fenêtres de la cave.

– Elles sont trop hautes.

– Plus maintenant, Dougie. On peut y aller à la nage. »

Le garçon se retourna, sembla remarquer pour la première fois la progression régulière de l'eau, qui leur léchait maintenant les orteils. « Ça doit être long de se noyer, dit-il d'un air songeur. L'eau, c'est plus compliqué que le feu.

– Fais-moi confiance, mon cœur, si on fait les choses à mon idée, on n'aura pas à en faire l'expérience. »

Rainie le fit grimper sur ses épaules. C'était tout aussi malcommode que la fois précédente, mais la bonne nouvelle, c'était que si elle le laissait tomber, il ferait simplement un plongeon dans la mare grandissante. Et comme il avait les deux mains libres, il pouvait bien s'accrocher à la grille.

Malheureusement, le métal resta inébranlable.

Dougie essaya de l'arracher à trois ou quatre reprises. Puis la jambe de Rainie se déroba et ils tombèrent tous les deux à l'eau. Dougie ressortit à bout de souffle, secoua la tête. À côté de lui, Rainie s'agrippa à la rampe pour se maintenir à flot pendant

que ses hanches étaient agitées de secousses spasmo-
diques. Elle se sentait comme un pantin de bois aux
mains d'un très mauvais marionnettiste.

Et alors, inopinément, elle pensa à Quincy. Elle se
demanda ce qu'il était en train de faire. Ce qu'il ressentait. Si elle le reverrait jamais.

Mourir n'est pas le plus cruel ; elle s'en rendait
compte à présent. Le plus cruel, c'est tout l'inachevé
qu'on laisse derrière soi. Une mère meurt et son fils
croit toute sa vie que c'est sa faute. Une femme meurt
et son mari passe le restant de ses jours à ignorer
combien elle l'aimait, combien elle était désolée de
s'être fait du mal à elle-même par faiblesse, mais plus
encore de lui avoir fait du mal à lui.

Mourir vous fait comprendre le gâchis de votre vie.
Malheureusement, ce savoir arrive un peu tard.

Rainie remonta l'escalier en rampant. L'eau avait
encore monté de dix centimètres. Il leur restait six
marches. Dougie s'assit tout en haut, la regarda avec
des yeux graves.

« Rainie, j'ai peur. »

Alors elle perdit pied un instant. Elle se rua en haut
de l'escalier, se jeta comme une folle contre la porte.
Le vantail en bois massif l'envoya valser dans l'eau,
qui lui sembla chaude et réconfortante étant donné
qu'elle était trempée. Elle essaya encore une fois,
donna vraiment de l'épaule. Elle crut entendre un craquement au moment du choc. Mais ce n'était pas la
porte, c'était ses côtes.

Elle rebascula dans l'eau, serrant les dents pour ne
pas effrayer Dougie avec un cri de rage. Elle ne voulait
pas mourir comme ça. Prise au piège comme un ani-

mal dans une cave sombre, en attendant que l'eau se referme au-dessus de sa tête. Elle voulait courir, résister. Se battre contre le monde parce que c'était ce qu'elle faisait le mieux.

Ce n'était pas juste, pas juste, pas juste. Bon sang, ce n'était vraiment pas juste !

Elle plongea sous l'eau. Nagea vers la droite, la gauche. Ses mains ligotées s'agitaient devant elle, cherchant désespérément une arme chimérique qui apparaîtrait par magie.

Mais la cave était bel et bien vide. L'homme avait pris ses précautions.

Elle refit surface sous les fenêtres, et l'eau était maintenant assez haute pour qu'elle puisse les atteindre facilement en battant des jambes. Elle inspecta le verre épais, les bords en métal autour des châssis hauts et étroits. Les joints étaient vieux, ils se décollaient. Par une ironie du sort, quand l'eau serait assez haute, les fenêtres fuiraient. Pas assez pour que ça les aide, bien sûr.

Elle s'attaqua aux bords, simplement pour avoir quelque chose à faire. Elle entendit un plouf. Dougie la rejoignait à la nage.

« Tu as quelque chose dans tes poches, Dougie ?

— N-n-non », dit le garçon en claquant des dents.

Elle tapota un instant les siennes, tout en sachant qu'il n'y avait rien dedans. Ses jambes commençaient à fatiguer. Elle aussi commençait à avoir froid. Ses mouvements se faisaient lents, il se passait un intervalle plus long entre les ordres donnés par son cerveau et la réponse de ses muscles.

Elle retourna à l'escalier. Se traîna jusqu'en haut.

S'effondra, prise de toux, la tête contre la porte. Dougie grimpa à côté d'elle. Il se blottit contre son dos et le poids de sa confiance la poussa de nouveau à l'action.

Bon, la grille métallique était exclue. Casser les vitres aussi. Enfoncer la porte aussi. Que leur restait-il ?

Dougie portait un jean, des tennis et un sweat. Elle, pratiquement la même chose : un jean, un tee-shirt, des tennis, un soutien-gorge et un slip. Y avait-il quelque chose à faire avec des lacets ? Et l'armature de son soutien-gorge ? Enfin, elle eut une idée :

« Dougie, tu as une ceinture ? »

Le garçon souleva son sweat, regarda. « Ouais.

– Okay, bonhomme. Alors on a encore une chance. »

MERCREDI, 12 HEURES 23

Kincaid fut obligé de se garer à plusieurs centaines de mètres de la ferme de Hal Jenkins. La file de véhicules était si longue (enquêteurs du comté, techniciens de scène de crime, service du légiste, bureau du shérif) qu'il s'étonnait d'être arrivé si près.

La nouvelle s'était déjà répandue. Un jeune agent, sans doute membre de la police du comté, faisait la circulation car, dans leur lutte pour obtenir le meilleur angle de vue, les fourgonnettes de médias qui s'étaient abattues comme une nuée de sauterelles se coupaient la route et bloquaient les voitures de police. Kincaid dut faire retentir sa sirène à de nombreuses reprises

440

avant de finalement opter pour une bonne vieille méthode : laisser sa main appuyée sur le klaxon. Il fut tenté de faire un doigt d'honneur, mais il ne voulait pas que cette séquence passe au journal du soir.

Enfin garé, il parcourut à pas lourds la route étroite, passa devant un grand mobil-home délabré. Un jeune type dégingandé se tenait dans la cour, fumant cigarette sur cigarette en observant l'animation. Il darda son regard vers Kincaid au passage de l'enquêteur. Ni l'un ni l'autre ne dit un mot.

Un léger brouillard enveloppait encore le comté. La chaussée humide se déroulait devant Kincaid comme un ruban noir luisant, disparaissait derrière des sapins qui s'élançaient vers le ciel. Il ne pouvait pas voir les montagnes à l'horizon ; le monde était devenu une petite étendue grise où des phares semblaient surgir de nulle part pour se perdre à nouveau dans l'obscurité.

Sa femme lui manquait. Son fils lui manquait. Merde, même son chien lui manquait.

Et il était profondément désolé de ce qu'il allait sans doute devoir faire maintenant.

Arrivé à la ferme de Jenkins, il se présenta au planton à l'extérieur du périmètre interdit, ajoutant officiellement son nom à la liste des personnes présentes. En regardant par-dessus l'épaule de l'agent, il constata que la liste des enquêteurs était longue et cela n'allait pas s'arranger.

« Du nouveau ? » demanda-t-il.

L'adjoint du shérif haussa les épaules. « Je suis là depuis vingt minutes. Je n'ai rien entendu. »

Kincaid le remercia et passa sous le ruban.

Une fois sur place, l'effervescence était prodigieuse.

Il vit trois techniciens progresser méticuleusement objet après objet dans un monceau de rebuts, vérifier chaque réfrigérateur mis aux ordures, chaque cuisinière mangée de rouille. Quatre autres enquêteurs travaillaient sur un chapelet de pièces détachées automobiles, moteurs bons à jeter, carcasses métalliques de voitures abandonnées. Les policiers grouillaient dans la maison, à l'extérieur, fourmillaient dans les différentes dépendances. Il faudrait des jours pour traiter une scène aussi complexe. Des mois pour avoir des réponses définitives.

Le procureur surgit de derrière la maison. Il aperçut Kincaid et s'approcha.

« J'espérais que ça se terminerait mieux », dit Tom Perkins en l'accueillant. Ils se serrèrent la main.

« On sait qui c'est ?

– On y travaille encore. Le légiste vient d'arriver, on va passer aux choses sérieuses. Venez. Je vous fais faire le tour du propriétaire. »

Kincaid suivit Perkins derrière la maison, longea un corral transformé en bourbier et entra dans une étable de bonne taille dont le toit métallique semblait pencher à droite. À sa grande époque, elle avait probablement servi de salle de traite pour vingt ou trente têtes de bétail. Mais Jenkins ne l'avait de toute évidence jamais entretenue. Les silos à grain ne contenaient rien d'autre que du moisi. Les machines à traire pendaient inutilement, dégageant une odeur aigre, fermentée. Kincaid avait déjà un mouchoir sur le nez, et il n'était même pas encore passé derrière.

Là, six personnes, dont trois en combinaison hermétique, étaient agenouillées autour d'un tas de foin et de bouse de trois mètres de haut. L'odeur fit presque reculer Kincaid d'un pas. Pas une odeur de décomposition, mais de fumier.

« Le corps a été découvert dans un tas d'ordures, expliquait le procureur. Pas une mauvaise tactique. Ça aurait trompé les détecteurs d'infrarouges et probablement les chiens. Mais il ne l'a pas suffisamment recouvert. Un des premiers agents sur place a remarqué quelque chose de blanc et, en regardant de plus près, il s'est aperçu que c'était une main.

— Combien de temps, on a une idée ?

— On ne sait rien, sinon que les doigts semblent clairement ceux d'une femme.

— Des bagues ?

— On n'en a pas vu. »

Ils rejoignirent le petit groupe. Avec beaucoup de précautions, un technicien enlevait le fumier du tas et le déposait en petites pelletées sur une bâche bleue. Une deuxième personne époussetait chaque partie du corps à mesure qu'elles apparaissaient. Ils étaient méticuleux afin de préserver autant d'indices que possible.

Il fallut un quart d'heure pour trouver un visage.

Kincaid avait beau savoir ce qui l'attendait, le choc fut plus rude qu'il ne le pensait.

« Alane Grove, murmura-t-il. Police de l'Oregon. »

Le procureur lui lança un regard vif. « Vous êtes sûr ?

— Elle travaille sous mes ordres ! Évidemment que je suis sûr. »

Perkins ne releva pas le ton de la réponse. Il se

contenta de soupirer en se passant une main sur le visage. « Bon, dit-il enfin.

– D'autres corps ? interrogea Kincaid.

– Pas encore, mais laissez-nous le temps. La propriété de Jenkins fait dix hectares.

– Et merde. » Au tour de Kincaid de soupirer, de se frotter le front. « Il faut que je passe quelques coups de fil. Vous me tenez au courant dès que vous en saurez davantage ?

– Le contraire ne nous viendrait pas à l'idée. »

Kincaid quitta l'étable, essaya de trouver un îlot de tranquillité au milieu de toute cette folie et ouvrit son téléphone. Il commença par le commissariat, pour informer son lieutenant. Puis il bipa le lieutenant Mosley, qui allait devoir préparer un communiqué. Ensuite il appela le PC – au moins un correspondant pour qui les nouvelles n'étaient pas trop mauvaises.

Seulement Quincy n'y était plus.

42

MERCREDI, 12 HEURES 46

Kimberly se faisait l'effet d'un hippopotame. Alors qu'elle courait sur la voie d'accès bloquée, elle se prit le pied dans un nid-de-poule, trébucha vers la gauche et sentit le poids de vingt mille dollars l'entraîner dangereusement sur le côté. Elle se rétablit, parcourut encore une centaine de mètres, puis glissa sur la chaussée mouillée et dut se livrer à un jeu de jambes compliqué pour ne pas se retrouver par terre. Enfin, elle aperçut la tour noire qui s'élevait dans la pénombre. Elle plongea dans les sous-bois et se laissa tomber derrière un gros rocher à côté de Shelly, qui avait pris de l'avance pour reconnaître le terrain.

« Il faut... que je... m'entraîne plus », dit-elle d'une voix entrecoupée.

Shelly regarda le visage rouge et dégoulinant de sueur de l'agent du FBI, puis le sac. « Ou alors que vous preniez une carte de crédit.

– Très... drôle. »

Shelly fit un signe vers l'avant et Kimberly jeta un œil par-dessus le rocher pour examiner leur objectif à travers la purée de pois de la côte.

Le phare penchait dangereusement près d'une falaise rocheuse et semblait émerger d'une mer de brouillard. C'était un édifice relativement simple : une base blanche octogonale sans fenêtres s'élevait jusqu'à près de six mètres, surmontée d'une tourelle de métal et de verre abritant la lentille de cinq mètres de haut. Comme l'avait signalé le service des parcs et jardins, le bâtiment avait connu des jours meilleurs. Au premier niveau, la peinture se craquelait et s'écaillait, tandis que les vitres de la tourelle semblaient cassées. À y regarder de plus près, Kimberly s'aperçut que toute la structure était inclinée de manière suspecte sur la gauche.

« Pourriture du bois, murmura Shelly. Tout le bâtiment est bouffé. C'est pour ça qu'ils l'ont fermé.

– Formidable. Un pittoresque petit piège mortel. Qui a dit que les kidnappeurs n'avaient pas le sens de l'humour ? »

Kimberly sortit son téléphone portable de sa poche, appuya sur la touche Appel. « Tu me reçois ? soufflat-elle dans le micro.

– Cinq sur cinq, répondit Mac.

– Nous sommes au phare. Aucun signe d'activité. Et vous ?

– J'ai le GPS à l'écran. Je regarde et je patiente, ou je m'impatiente, c'est selon.

– Bon, la bonne nouvelle, c'est qu'il ne nous reste plus que dix minutes, donc il va forcément se passer quelque chose d'ici peu. »

Kimberly remit le téléphone dans sa poche, le laissant en mode mains libres pour que Mac puisse entendre ce qui se passait. Elle regarda vers Shelly, qui se penchait maintenant sur la carte du ravisseur. « On dirait qu'il faut déposer l'argent dans le phare au pied de l'escalier. Je crois. Ce type ne gagnera pas beaucoup de concours de dessin. » Shelly tourna la carte dans un sens, puis dans l'autre, puis la baissa en soupirant. Elle se remit à observer pensivement le bâtiment penché. « Probable qu'il est en train de guetter. Si quelqu'un vous apportait vingt mille dollars, ce n'est pas ce que vous feriez ?

— Si. Vous croyez que Rainie et Dougie pourraient être dans les parages ? »

Shelly examina la question, puis secoua la tête. « Ce serait risqué. Ils pourraient appeler, s'enfuir même. Difficile de maîtriser deux personnes.

— Donc on dépose l'argent, il le prend, et puis quoi ? Il nous appelle ?

— On dirait plutôt qu'il appelle un journaliste, répondit Shelly avec humour, ou bien peut-être qu'il y aura une autre lettre au rédacteur en chef. Avec une carte.

— Laquelle, pour autant qu'on sache, nous conduira tout droit à leurs cadavres, murmura Kimberly avec amertume. Je n'aime pas ça. On lui obéit au doigt et à l'œil, sans avoir de stratégie propre. Ce n'est pas du travail.

— Vous avez une meilleure idée ?

— Non.

— Alors... » conclut Shelly en désignant le phare.

Kimberly fit la grimace, consulta sa montre et mit le lourd sac sur son épaule. C'est alors, à la dernière minute, qu'elle eut tout de même une idée.

Elle reposa le sac, l'ouvrit et planqua son émetteur GPS dans un tas de billets.

« Vous êtes sûre ? » demanda vivement Shelly ; les risques étaient implicites dans sa question. Par exemple, le fait qu'à la minute où elle entrerait dans le phare, Kimberly elle-même était susceptible d'être enlevée. Le fait que si elle n'avait plus le GPS sur elle, ils n'auraient aucun moyen de la retrouver. Le fait qu'ils n'avaient toujours aucune idée du véritable objectif du ravisseur, de sorte que s'en prendre à un autre membre de la police pourrait être tout à fait son truc.

« Je veux le coincer, répondit fermement Kimberly.

– Alors je vous couvre », dit Shelly avec gravité.

Le shérif ouvrit son étui. Sortit son arme.

Une heure moins cinq, Kimberly fit le tour du rocher. Elle regarda à gauche, à droite.

« Faut bien se jeter à l'eau », se murmura-t-elle à elle-même.

Elle entra dans le phare.

MERCREDI, 12 HEURES 52

« Nous sommes au courant pour l'argent », dit Quincy.

Assise au bord du lit dans son minuscule studio, Peggy Ann le regardait avec étonnement. Candi avait pris position près de la porte, bras croisés sur la poitrine pour rendre son mètre quatre-vingts plus impressionnant encore.

« Je ne sais pas de quel argent vous parlez, répondit Peggy Ann. Vous avez des nouvelles de Dougie ?

– Quand avez-vous compris que Stanley était le père biologique de Dougie, voilà ce que j'aimerais savoir, continua Quincy. La mère de Dougie vous l'a-t-elle dit ? Une confidence entre femmes ? Ou bien Stanley vous l'a-t-il dit lui-même, quand il a appris la mort de Gaby Jones ? »

Peggy Ann ouvrit de grands yeux. « Je ne sais pas de quoi vous parlez », répondit-elle avec raideur. Mais la jeune assistante sociale mentait très mal. Déjà son regard était fixé sur la moquette, ses doigts s'agitaient sur ses genoux.

Quincy s'accroupit pour se mettre à la hauteur de ses yeux. Il la regarda si longtemps qu'elle n'eut pas d'autre choix que de croiser son regard.

« À une époque, vous avez dû être attachée à Dougie. Il n'avait que quatre ans quand sa mère est morte. Un enfant si jeune, sans défense. Il avait besoin de quelqu'un qui s'occupe de lui, qui lui trouve une famille. Il avait besoin de vous, Peggy Ann. Et Gaby aussi avait besoin de vous. Quelqu'un qui sauverait son petit garçon. »

Très doucement, Peggy Ann commença à pleurer.

« Quand avez-vous compris que Stanley était le père de Dougie ? répéta fermement Quincy.

– Je n'ai pas compris. Pas au début. Gaby avait laissé entendre que c'était quelqu'un du lycée. Mais j'avais toujours supposé que c'était un ado. Vous savez, l'histoire du quarterback qui fait un enfant à la pom-pom girl mais refuse d'assumer. C'est seulement quand Stanley est venu à l'enterrement, sa façon de regarder Dougie... comme s'il était mourant et que Dougie représentait sa dernière chance de survie. J'ai commencé à me poser des questions. Mais Stanley n'a jamais rien dit et, de toute façon, je n'avais aucune preuve. Et puis les Donaldson se sont présentés et ils étaient de si bons candidats que ça semblait préférable de leur confier le garçon. J'étais sûre que Dougie aurait un bon foyer.

— Jusqu'à ce qu'il y mette le feu.

— Jusqu'à ce qu'il y mette le feu. Je me suis rapprochée de Stanley à ce moment-là. Je lui ai demandé de but en blanc s'il savait quelque chose au sujet du père de Dougie. J'ai même bluffé, j'ai dit que je savais de source sûre que c'était un membre de l'équipe de foot. Il a dit qu'il ne savait pas, mais que Gaby traînait souvent aux entraînements et que donc c'était peut-être vrai. Mais il ne pouvait pas m'aider. Il n'en savait pas plus. Ensuite il m'a claqué la porte au nez.

» J'ai donc trouvé une autre famille pour Dougie, qu'est-ce que je pouvais faire d'autre ? Et puis, j'ai encore trouvé une famille après ça. Sauf qu'à ce moment-là, j'allais de temps en temps au lycée, j'observais les entraînements. J'essayais de me renseigner sur les anciens joueurs, je regardais les photos des garçons de l'équipe. J'essayais de repérer quelqu'un qui ressemblerait à Dougie, parce qu'il devenait clair pour moi qu'il fallait retrouver le père du garçon. »

Quincy avait l'air contrarié. Le récit ne prenait pas vraiment le tour auquel il s'attendait. « Et qu'est-ce qui s'est passé ensuite ?

— Un soir, j'ai trouvé le coach Carpenter (Stanley) dans son bureau. Je lui ai dit que Dougie s'était à nouveau mis dans le pétrin. Qu'il allait certainement être envoyé dans une maison de redressement. Qu'il n'y avait plus d'espoir pour lui. Et je l'ai supplié pour qu'il me donne des informations sur le père de Dougie, et je lui ai dit combien Gaby aimait ce garçon, combien il avait été heureux... Et j'ai fondu en larmes. J'ai chialé comme une folle. Parce que je ne jouais pas la comédie, monsieur Quincy, dit Peggy Ann en le regardant avec des yeux francs. Dougie avait un passé d'incendiaire. Dans le monde des services de l'enfance, il était foutu. Fini à six ans. La semaine suivante, il allait être envoyé dans un foyer pour garçons, où des délinquants plus âgés, plus expérimentés pourraient lui apprendre de nouveaux trucs. Entre les passages à tabac, bien sûr. Et les agressions sexuelles. J'ai été dans ces foyers. Je sais ce qui s'y passe.

— Stanley a cédé ?

— Il m'a dit qu'il était le père du garçon. Comme ça. Et ensuite il a ajouté, gravement, qu'il avait été lâche assez longtemps. Dougie était de lui.

— Pardon ? » intervint Candi depuis le pas de la porte.

Elle avait décroisé ses bras. Son regard allait et venait de Peggy Ann à Quincy, comme si elle attendait que l'un ou l'autre dise quelque chose de sensé. Quincy ne pouvait pas l'en blâmer. Lui-même attendait que tout cela prenne sens.

« Je ne l'ai pas cru au début, continua Peggy Ann. Je croyais qu'il voulait juste être gentil. Ou peut-être faire sortir une hystérique de son bureau. Je lui ai extorqué une promesse bidon comme quoi il prendrait Dougie. Mais le lendemain matin, je m'imaginais déjà que c'était fini, qu'il oublierait toute l'histoire. Au contraire, il est venu à mon bureau avec un album de famille. Il m'a montré une vieille photo de classe et je vous jure que c'était Dougie tout craché, aucun doute là-dessus. Je... jamais je n'aurais deviné.

– C'est là qu'il vous a proposé de l'argent pour que vous gardiez le secret », essaya Quincy.

Peggy Ann le regarda d'un air interloqué. « Quel argent ? Il a proposé de prendre Dougie. C'était ce qui m'importait. Laura et lui ont donné une famille à ce garçon. »

Candi et Quincy échangèrent à nouveau un regard.

« Stanley Carpenter avait mis une mineure enceinte et vous en êtes restée là ? » insista Quincy.

Peggy Ann haussa les épaules d'un air malheureux. « Gaby était morte, ce n'était pas comme si elle pouvait porter plainte. Et Stanley essayait de faire ce qu'il fallait pour son fils. Que pouvais-je demander de plus ?

– Au nom du ciel, s'exclama Candi. Est-ce qu'il n'y a pas des procédures ? Ne me dites pas que vous laissez les coupables de détournement de mineur s'en sortir aussi facilement.

– Bien sûr qu'il y a des procédures. Et en temps normal, j'aurais appelé la police. Mais une fois encore, Gaby était morte. Et franchement, je n'essaie pas de sauver Gaby, j'essaie de sauver Dougie. Si j'avais appelé la police, le père que j'avais mis trois ans à retrouver aurait été immédiatement écarté. Ou, si je ne disais rien pour l'âge de Gaby et que je déclarais juste que Stanley était le père biologique, il aurait subi un test de paternité, rempli environ dix millions de dossiers et attendu encore trois ans que tout ça soit digéré par le système. Ou bien il y avait la troisième option : ne rien dire du tout, sur rien. Stanley fait une demande pour devenir famille d'accueil et Dougie est immédiatement placé. Ce qui, sincèrement, rendait un bien meilleur service à Dougie comme à Stanley.

— Et, murmura Quincy, je suis sûr que Stanley a poussé dans ce sens. Cette solution lui permettait de s'en tirer à bon compte.

— Je ne dirais pas que sa femme l'a laissé s'en tirer à bon compte, répondit Peggy Ann avec ironie. Laura est beaucoup plus dure qu'il n'y paraît. Enfin, c'est sûr, je pense que Stanley n'avait pas envie de laver son linge sale en public. Franchement, ça m'était égal. Les services de l'enfance sont une administration, monsieur Quincy. Une administration qui s'occupe d'hommes et c'est là-dedans que j'ai essayé de naviguer.

— Mademoiselle Boyd, dit Quincy. Stanley débourse deux mille dollars par an depuis la naissance de Dougie. Si ce n'était pas à vous, à qui allait cette somme ?

— Je n'en ai aucune idée.

— Il ne vous a jamais proposé d'argent en échange de votre silence ?

— Je ne voulais pas d'argent ! Je voulais un foyer pour Dougie, et Stanley a pris ses responsabilités.

— Et les accusations de mauvais traitements formulées par Dougie ? s'enquit Candi.

— J'ai immédiatement demandé l'intervention d'un défenseur des enfants. Mais je dois vous dire la vérité : je ne pense pas que Stanley ferait du mal à Dougie. Vous auriez dû voir sa tête quand il a dit au gamin qu'il l'emmenait chez lui. Il sanglotait. Il avait les mains qui tremblaient. Il était extrêmement ému d'avoir enfin son fils. Dougie, en revanche...

— N'était pas aussi ravi ?

— Je vous jure, il était déjà en train de chercher des allumettes. Soit dit en passant, Stanley n'a pas dit à Dougie qu'il était son père biologique : il a pensé que ça ferait peut-être trop. Il voulait qu'ils apprennent d'abord à se connaître. Et je comprends que ses méthodes rigides peuvent paraître brutales, mais il a consulté des spécialistes sur la meilleure manière de s'y prendre avec un enfant aussi enragé et perturbé que Dougie. D'après tout ce que j'ai vu, Stanley est un père dévoué. Ce dévouement a été long à venir, je vous l'accorde, mais il est bel et bien là. Il veut que ça marche. Sa femme ne peut pas avoir d'enfants, vous savez. Dougie est le seul fils qu'il aura jamais.

— J'ai mal à la tête, dit Quincy.

— Vous voulez de l'aspirine ? lui demanda Peggy Ann en le regardant avec curiosité.

— Non, ce que je veux savoir, c'est combien de personnes étaient au courant que Stanley était le père de Dougie.

— Moi. Rainie...

— Elle l'a découvert ? interrompit Quincy.

— Elle est venue me le dire il y a environ un mois. Je crois qu'elle s'en doutait depuis un moment. Elle se demandait si j'étais au courant. J'ai dit que oui. Elle en est restée là.

— Stanley savait qu'elle était au courant ?

— Je n'en ai aucune idée. Il faudrait lui poser la question. »

454

Quincy eut l'air dubitatif. Il aurait adoré poser la question à Stanley. Malheureusement, celui-ci n'avait toujours pas été localisé et il était maintenant une heure moins deux.

Il se pencha à nouveau en avant, pressant. « Est-ce que Rainie a dit quelque chose d'autre ? Sur les mauvais traitements, Dougie, Laura, n'importe quoi ? »

Peggy Ann parut perplexe. « Non. Mais elle cachait bien son jeu. Enfin... évidemment, une autre personne était au courant.

– Dites !

– Dougie. Peut-être que Stanley lui a dit quelque chose, ou bien peut-être qu'il a compris tout seul. Mais je crois qu'il a compris que Stanley était son père et que, donc, il avait abandonné sa mère. D'après moi, ajouta prudemment Peggy Ann, c'est pour ça que Dougie l'a accusé de mauvais traitements. Dougie ne peut pas sentir Stanley. Il ferait n'importe quoi pour lui faire du tort, y compris l'envoyer en prison.

– Ou se lier d'amitié avec la mauvaise personne », conclut Quincy, préoccupé.

Il s'écarta de Peggy Ann en se pinçant l'arête du nez. Il sentait les bribes d'information tournoyer dans sa tête, fragments d'un tout. Stanley Carpenter avait eu un enfant hors mariage. Il avait gardé le secret pendant sept ans, mais juste au moment où d'autres personnes commençaient à comprendre (sa femme, Peggy Ann Boyd, Rainie, Dougie lui-même), deux d'entre elles avaient disparu. Dougie, parce qu'il posait trop de problèmes ? Rainie, parce qu'en tant que défenseur d'enfant désigné par le tribunal elle était légalement tenue de dire la vérité ?

Mais Laura, Peggy Ann ? Ça ne collait pas. Il n'arrivait pas à croire que les enlèvements de Rainie et Dougie n'avaient aucun lien avec Stanley Carpenter, et pourtant le puzzle refusait toujours de se mettre en place. Il passait à côté de quelque chose.

Les deux mille dollars. Si Peggy Ann ne faisait pas chanter Stanley, qui le faisait ?

« Est-ce que Stanley a un "endroit à lui" ? demanda finalement Quincy. Je ne sais pas, peut-être une maison de chasse ou un coin dans les bois où il aime se retirer quand il a besoin de réfléchir ?

— Comment je saurais une chose pareille ? répondit Peggy Ann avec raideur.

— Eh bien, mademoiselle Boyd, jusqu'à présent vous semblez en savoir plus que quiconque sur Stanley. »

L'assistante sociale rougit. Elle baissa à nouveau les yeux, ses mains s'agitèrent.

« Je n'ai pas besoin de savoir si vous couchez avec lui, mademoiselle Boyd...

— Jamais de la vie !

— J'ai juste besoin de savoir où il est.

— Il a un cabanon de pêche, dit-elle enfin. À Garibaldi. C'est difficile à décrire. Je peux peut-être vous dessiner une carte.

— Oui, dit lentement Quincy, ne nous privons surtout pas d'une petite carte. »

Quincy et Candi étaient ressortis, ils remontaient dans la voiture de Quincy quand son portable sonna.

« Mais où vous êtes ? demandait Kincaid.

– On court après Stanley Carpenter. Et vous ?

– Chez Jenkins, j'identifie le corps d'Alane Grove. »

Quincy marqua un temps d'arrêt, se reprit, et mit sa clé dans le contact. « Je suis désolé, dit-il d'une voix posée.

– Pas autant que ses parents vont l'être. Pourquoi diable n'êtes-vous pas au PC ?

– Candi a découvert une nouvelle piste : Stanley Carpenter est le père biologique de Dougie. Nous sommes venus parler avec Peggy Ann Boyd. »

Quincy résuma brièvement les événements, y compris l'avis de recherche communiqué à toutes les patrouilles pour Stanley Carpenter. Puis il jeta un œil à sa montre : 13 h 02. Bon sang.

« Je dois y aller. Je ne veux pas rater un appel de Kimberly.

– Quincy... »

Mais Quincy avait déjà refermé son téléphone et il passait la première.

« Juste par curiosité, demanda Candi, pourquoi court-on encore après Stanley Carpenter s'il n'a pas acheté Peggy Ann Boyd ? Ça semble éliminer son mobile.

– Primo, parce qu'il donnait quand même deux mille dollars par an à quelqu'un. Deuxio, parce que, d'après tout ce qu'on sait, il voulait garder sa paternité secrète. Et tertio, parce que c'est notre seule piste.

– Ça marche pour moi. Va pour une partie de pêche. »

Ils s'élancèrent sur la route.

MERCREDI, 13 HEURES 00

Les mains de Rainie tremblaient. Elle essayait de se servir de la ceinture de Dougie pour crocheter la porte, l'ardillon de métal coincé entre deux doigts pendant qu'elle actionnait la poignée.

La ceinture dérapa, se ficha dans la porte et Rainie se tordit le coude. Elle laissa échapper la lanière de cuir, jura violemment et partit à la pêche dans l'eau.

L'eau, au-dessus de ses genoux, montait vers sa taille.

Rainie secoua une dernière fois le bras de Dougie.

« Dougie, dit-elle calmement, prépare-toi à prendre une grande inspiration. »

43

Kimberly avait regardé trop de films d'horreur. Elle avait une conscience aiguë du silence surnaturel qui planait dans le phare abandonné. Du sol qui semblait souple, presque mou sous ses pieds, tandis que les ombres déployaient leurs tentacules obscurs dans tous les coins et lui donnaient des frissons dans le dos.

La porte d'entrée était gonflée par le temps et l'humidité. Elle dut donner de l'épaule jusqu'à ce qu'elle cède dans un grincement fantastique. Une fois dans l'obscurité, elle ne se sentit pas vraiment plus à l'aise. Le plafond bas semblait peser sur sa tête. En l'absence de fenêtres au rez-de-chaussée, la seule lumière filtrait le long du mur de l'escalier en colimaçon qui montait à la partie vitrée du phare. Kimberly se surprit à retenir son souffle, à guetter un bruit de pas furtifs dans cet escalier ou peut-être une silhouette noire imposante qui surgirait d'un coin plongé dans l'ombre.

Shelly montait la garde dehors. Mac écoutait au téléphone. Elle n'était pas seule. Elle n'était pas seule.

Elle avait sorti son pistolet, plaqué sur sa cuisse droite. Elle portait l'argent sur l'épaule gauche.

Une rafale de vent s'engouffra. Elle entendit le gémissement du phare qui vacillait, le tintement du verre brisé qui tombait quelque part à l'étage. Elle s'arrêta, l'oreille tendue.

Une autre bourrasque. La porte claqua derrière elle et l'écho la fit presque sauter au plafond.

Elle posa le sac. Elle obligea ses mains à ne plus trembler, le temps d'étudier la carte grossière. Shelly avait raison. Le X semblait se trouver vers la gauche au pied de l'escalier.

Alors elle aperçut la caisse.

Elle était petite, en bois. Pour éliminer tout risque de malentendu, le ravisseur avait peint un énorme X rouge sur le couvercle. Elle jeta prudemment un œil dedans, mais il faisait trop noir pour voir le fond.

Elle s'arrêta une dernière fois, regarda autour d'elle la petite pièce lugubre. Peut-être y avait-il des caméras dans les coins ? Ou un homme qui attendait à l'étage ?

Elle sentit quelque chose lui frôler l'épaule. Sursauta. Faillit crier. Ce n'était que le rebord de l'escalier vers lequel elle avait reculé. Elle se faisait peur toute seule, comme une gosse qui se fiche la frousse devant un film d'horreur au ciné du coin. Ça suffisait comme ça.

Elle retourna à la caisse. Souleva le couvercle. Se signa, parce que l'imminence du danger rend tout le monde religieux. Puis elle jeta le sac dedans.

Un bruit sec. Un craquement. Un éclair aveuglant.

Kimberly leva les bras devant son visage, fit d'instinct un pas en arrière.

« Mais qu'est-ce que... »

Elle le perçut avant de le voir : le phare était en feu.

Mac l'entendit au téléphone. On aurait dit une petite explosion, puis le crépitement reconnaissable du bois.

« Kimberly ? Qu'est-ce qui se passe ? Tu vas bien ? »

Mais avant qu'il puisse obtenir une réponse, l'adjoint Mitchell montrait l'écran avec excitation. « On a du mouvement. Plein ouest...

— Elle ne peut pas aller vers l'ouest, répliqua Mac en fronçant les sourcils. On est au bord d'une falaise. Plein ouest...

— C'est l'océan. Elle est sur un bateau ! » s'exclama Mitchell.

Mac était de nouveau au téléphone : « Kimberly...

— Je suis là, je suis là, répondit-elle soudain sur les ondes, avant d'être interrompue par une quinte de toux. Je suis dans le phare.

— Mais l'écran de contrôle...

— Il vous montre l'argent.

— Kimberly, qu'est-ce que tu as fait ?

— Je ne sais pas, dit-elle d'une petite voix. Mais, Mac, j'ai un problème. Il a dû truquer la caisse, parce que quand j'ai déposé l'argent, ça a déclenché une petite explosion. Maintenant le phare est en feu. Mac... je ne peux pas sortir.

— J'arrive.

— Tu ne peux pas. La route est barrée.

— Alors je vais courir. »

461

Il était à cinq kilomètres de là. Ils le savaient tous les deux.

Kimberly toussait encore. « Mac, murmura-t-elle au téléphone, je t'aime. »

MERCREDI, 13 HEURES 05

Shelly entendit un étrange bruit sec, immédiatement suivi d'une petite explosion. Elle eut un moment de perplexité, puis le réflexe de chercher des yeux un homme qui s'enfuirait du phare. Mais elle ne vit personne sortir. Au lieu de cela, des flammes jaillirent du sommet du bâtiment.

« Putain de merde ! » Shelly se leva d'un bond, se rua vers l'édifice en décomposition. La radio crépitait à sa ceinture. Elle entendit Mac appeler Kimberly. Kimberly dire qu'elle était piégée.

Shelly arriva à la porte et se jeta contre elle. Cinquante ans qu'elle avait une carrure de percheron. Bon sang, il serait temps que ça commence à lui servir. Mais rien ne se passa. Elle se jeta encore et encore contre le bois gonflé.

Elle sentait la porte devenir chaude. Elle entendit un craquement sinistre lorsque le feu trouva de l'air frais au sommet du bâtiment et monta avidement le long des murs. Puis elle entendit tousser, encore et encore, tandis que Kimberly titubait au milieu des flammes.

Alors qu'il n'y avait pas de fenêtres au rez-de-chaussée et que le feu consumait déjà le sommet...

Shelly enleva sa chemise et s'en enveloppa le

visage. Puis elle recula et frappa la porte du pied aussi violemment qu'elle le put. Cette fois-ci, elle la sentit flancher. Encore un coup de pied et la porte gauchie céda dans un craquement.

Et le feu répondit par un gigantesque *whouff* !

Shelly recula devant la boule de chaleur. Elle sentit les poils de ses bras griller. Ses sourcils brûler. Puis les premiers tentacules fous se rétractèrent, le feu inhalait comme une créature vivante.

Le phare se tordait sous la pression. Le vieux bois commençait à se déformer.

Shelly fit la seule chose qu'elle savait faire.

Elle fonça dans les flammes.

MERCREDI, 13 HEURES 07

Le téléphone portable de Kincaid s'affolait. Il eut un appel paniqué de l'adjoint Mitchell : la remise de rançon s'était mal passée ; le phare était en feu ; l'agent Quincy du FBI était piégée à l'intérieur. Il eut un appel triomphal de l'agent Blaney : on venait de trouver une plaque d'immatriculation correspondant à celle de Stanley Carpenter devant le bowling de Bakersville ; que devait-il faire ?

Et il eut pour finir le lieutenant Mosley, qui s'excusait de son absence – il avait dû « s'occuper de certaines choses ».

Kincaid ignorait quelles étaient ces choses et, à cet instant, il s'en foutait. Il était trop occupé à en avoir plein le dos.

Il lui fallait des pompiers. Il lui fallait des renforts.

Il fallait que le lieutenant Mosley se présente devant la presse *immédiatement* et il lui fallait une nouvelle fois courir après Quincy pour lui signaler que sa fille était en danger de mort. Oh oui, il lui fallait aussi attraper un kidnappeur.

Treize heures sept minutes. Kincaid voyait son affaire se désagréger sous ses yeux. Et il était trop loin pour y faire quoi que ce soit.

Il se réfugia finalement dans sa voiture devant la ferme Jenkins, alluma sa radio et écouta les différents rapports pendant que Kimberly Quincy luttait pour sa survie.

MERCREDI, 13 HEURES 08

Le lieutenant Mosley ne touchait pas terre. Il avait douze millions de choses à faire et à peu près dix minutes devant lui. Il ne prit pas la peine d'essayer de rassembler les journalistes ; il alla directement vers eux.

Il trouva la plupart des grands réseaux de télévision installés devant la propriété de Hal Jenkins, ayant délaissé la maison de Danicic au profit d'une scène de crime.

Il se plaça devant le ruban jaune qui délimitait la zone interdite, ça faisait toujours une bonne image, et espéra que personne ne remarquerait son visage en sueur et sa respiration laborieuse. Il tint devant lui sa déclaration préparée à la hâte et commença :

« C'est avec une grande tristesse que la police d'État de l'Oregon confirme la perte de l'un des siens.

Le corps du capitaine Alane Grove, qui a servi quatre ans dans l'armée, a été découvert ce matin dans une ferme du comté de Tillamook. Nous pensons qu'elle a été tuée alors qu'elle faisait preuve d'héroïsme dans l'exercice de ses fonctions. Le propriétaire de cette ferme est en garde à vue et nous nous attendons à sa prochaine inculpation. »

Les flashs crépitèrent. Plusieurs journalistes brandirent leur micro.

« Pouvez-vous nous dire comment elle a été tuée ?

— L'enquête suit son cours.

— Faisait-elle partie de la cellule de crise qui travaille sur la récente affaire d'enlèvement ?

— Oui, le capitaine Grove travaillait au sein de cette cellule.

— Sa mort a donc un lien avec l'affaire ?

— Cela fait évidemment partie des hypothèses de travail.

— Et en ce qui concerne Rainie Conner et Dougie Jones ? Une déclaration ?

— Pas pour l'instant.

— Mais si vous avez un suspect en garde à vue...

— L'enquête suit son cours, répéta Mosley, ce qui fit maugréer la foule des journalistes.

— Allez, dit ouvertement l'un d'eux. Il est plus d'une heure. Vous avez un type en taule. Vous devez savoir quelque chose au sujet de la femme et du gamin. »

Mosley le regarda en face. « Je n'ai aucun commentaire à faire pour l'instant. »

Puis, quand il y eut un autre grognement collectif,

465

il haussa les épaules. « Qu'est-ce que vous voulez que je vous dise, les gars ? Nous confirmons la mort d'une enquêteuse. En ce qui concerne le sort de Lorraine Conner et Douglas Jones... priez. C'est tout ce que je peux dire : que chacun prie pour eux. »

44

MERCREDI, 13 HEURES 12

L'eau avait englouti ses mains lorsque Rainie sentit soudain la serrure céder. Elle tourna la poignée et la porte s'ouvrit d'un seul coup ; l'eau se répandit dans la buanderie et l'emporta avec elle.

Un instant, elle resta échouée contre le mur d'en face, trop assommée pour réagir. Puis elle se remit tant bien que mal sur ses pieds et replongea dans l'escalier de la cave. Dougie était encore enroulé autour de la rampe. Elle l'attrapa maladroitement avec ses mains ligotées. Le garçon était inconscient. Sa tête roula sur l'épaule de Rainie, ses lèvres étaient bleues et ses cils battaient de manière alarmante sur ses joues glacées. Elle le porta sur sa poitrine comme un gigantesque bébé, titubant comme une ivrogne car ses propres membres tremblaient de froid et d'épuisement.

La buanderie était sombre, les stores tirés, les lumières éteintes. La porte qui menait à la cuisine était fermée. Elle ignorait complètement si l'homme se trouvait déjà derrière ou s'il n'était pas en train de remonter le couloir en courant, alerté par le bruit.

Elle cala Dougie sur la machine à laver, puis essaya la troisième porte ; elle la secoua violemment, fit jouer la serrure. Tout comme la fois précédente, elle refusa de bouger d'un centimètre. Elle la bourra de coups de poing, versant à présent des larmes de frustration. Si près, si près. *Laissez-moi sortir de cette maison !*

Elle finit acculée dans un coin, attendant l'inévitable. Que l'homme entre en trombe. Qu'il s'en prenne à elle avec ses poings, avec ses pieds, peut-être avec le pistolet électrique. Elle était transie, épuisée, terrifiée. Sa jambe gauche refusait de la porter. Elle pensa qu'elle était peut-être en train de perdre Dougie.

Ses pleurs redoublèrent et la sensation de ses larmes chaudes sur ses joues la mit brusquement en colère. Ils étaient sortis de la cave, bon sang. Ce n'était pas maintenant qu'elle allait réagir comme un animal pris au piège, nom de Dieu. Elle en avait assez.

Rainie reprit Dougie dans ses bras et se rua vers la porte. Elle l'ouvrit d'un coup de pied droit, propulsée dans la cuisine par la seule adrénaline. La pièce était déserte, la maison sombre. Elle s'arrêta un instant, n'entendit rien, puis reprit ses esprits et fouilla un tiroir à la recherche d'une arme. Elle trouva un couteau d'office. Ça ferait l'affaire.

L'eau entrait toujours à flots, tourbillonnait autour de ses pieds, rendait le lino glissant. Elle abandonna la cuisine, parcourut le couloir moquetté à toute allure, en faisant en permanence attention à ce qui se passait dans son dos.

Elle s'engouffra dans la première pièce qu'elle trouva. Une chambre. Vite, elle posa Dougie sur le lit. S'arrêta. Écouta. Aucun bruit de pas. Avec des gestes vifs, elle plaça le couteau entre ses doigts engourdis et gelés et s'attaqua au lien entre ses poignets. La mauvaise nouvelle, c'était que sa chair avait enflé autour du lien. Mais la bonne, c'était qu'elle ne sentait pratiquement rien. Elle trancha l'attache rigide et une partie de sa propre peau. Au moment où le lien se rompit, elle s'en fichait. Elle pouvait remuer les doigts. Frotter ses mains ankylosées sur ses cuisses. Un millier de terminaisons nerveuses enragées revinrent à la vie en hurlant. Elle les accueillit une à une avec joie. La douleur, c'est la vie. La vie est belle !

Maintenant, au boulot. D'abord, Dougie.

Elle mit la forme inconsciente du garçon en position assise, lui enleva ses vêtements détrempés avec des gestes saccadés et le roula dans la couette épaisse comme un burrito géant.

« Allez, Dougie, murmura-t-elle en lui frottant vigoureusement les bras, les jambes, les cheveux mouillés. Reste avec moi. »

Elle-même claquait des dents, son corps perdait encore une précieuse chaleur. Elle laissa Dougie le temps de fouiller la commode voisine, puis le placard. Elle trouva une vieille chemise d'homme à carreaux qui sentait le vestiaire. Trop transie pour s'en préoccuper, elle ôta son tee-shirt trempé et s'enveloppa dans la chemise. C'était comme une tasse de chocolat chaud, une sieste devant une bonne flambée. C'était la chemise la plus agréable qu'elle ait jamais portée et elle se retrouva à nouveau en larmes, éperdue d'émotions, d'épuisement et de peur.

Elle retourna vers le lit, frictionna encore et encore le corps de Dougie, s'efforçant désespérément de lui communiquer un peu de chaleur. À l'instant où ses paupières s'ouvraient dans un battement de cils, l'eau commença à s'infiltrer dans la chambre.

Elle regarda l'inondation qui montait. Elle étudia le visage pâle et hébété de Dougie.

Il allait falloir qu'elle le porte. Qu'elle le mette sur son épaule et décampe.

Cela semblait un bon plan, mais à la seconde où elle essaya de le soulever, sa jambe gauche se déroba à nouveau. En même temps que la chaleur, la douleur cuisante revenait dans son corps. Son genou en capilotade, ses côtes meurtries, la collection infinie d'éraflures, de coupures et de contusions. Elle laissa Dougie retomber sur le matelas et s'affaissa à côté de lui.

Et instantanément, elle fut épuisée au-delà de tout ce qu'on peut imaginer. Incapable de lever les bras. Incapable de bouger les jambes. Elle voulait seulement dormir. Se recroqueviller en une petite boule serrée, fermer les yeux et sentir le monde s'évanouir.

Rien qu'une minute.

Puis elle se força à rouvrir les yeux. Sentit qu'elle recommençait à pleurer. Et à travers le délire de douleur, de peur et d'épuisement, elle s'adjura de faire une seule dernière chose : *réfléchis, Rainie, réfléchis.*

Et alors, elle vit le téléphone.

MERCREDI, 13 HEURES 13

Shelly était en feu. De manière abstraite, elle le comprenait. Elle comprenait que l'odeur de chair brûlée et de cheveux grillés venait d'elle. Que la douleur

470

cuisante dont elle avait toujours entendu parler était bien réelle. Que l'air pouvait être torride au point de faire littéralement bouillir l'eau de sa bouche et d'évaporer l'humidité de ses poumons.

À la première inhalation, le feu entrerait en elle et la tuerait.

Elle retint donc sa respiration en plongeant dans les flammes qui léchaient les parois déformées. En se penchant pour attraper Kimberly par terre. En installant son corps frêle sur ses larges épaules. En retournant vers la porte.

Shelly pensa à ses rêves d'escapade parisienne. Ah, si seulement ce fameux artiste de la Rive gauche la voyait à présent, traversant l'incendie à grandes enjambées, ses cheveux qui frisaient, sa peau qui cloquait, une camarade sur les épaules.

Une lionne, indomptable.

Dommage, pensa-t-elle, lorsqu'elle repassa la porte en titubant avant de s'effondrer sur le sol humide et de perdre conscience.

Parce que maintenant plus personne ne voudrait jamais faire son portrait.

MERCREDI, 13 HEURES 17

Quincy et Candi s'engageaient sur le chemin de terre menant au cabanon de pêche de Stanley Carpenter quand le portable de Quincy se mit à sonner. C'était Abe Sanders, d'Astoria. Comme promis, il avait envoyé deux hommes surveiller Duncan, leur suspect pour le double meurtre. Il voulait que Quincy soit le premier à savoir qu'ils l'avaient perdu.

« Perdu ? répéta Quincy. Comment est-ce qu'on peut perdre un type aussi lent que Charlie Duncan ?

— Eh bien, Quincy...

— Abe, j'aurais dû apprendre il y a un quart d'heure si ma femme est encore en vie. Abrège. »

Sanders passa directement à la traque : Duncan était allé dans un snack du coin pour son petit déjeuner. Rien d'anormal, il faisait ça presque tous les jours parce qu'il était infoutu de cuisiner. Il était entré dans le snack. Et n'en était jamais ressorti. Quand les agents étaient finalement allés dans le restaurant deux heures plus tard, ils avaient appris qu'il était reparti par les cuisines. Le propriétaire avait trouvé ça bizarre, mais Duncan était justement un type bizarre.

« Sincèrement, dit Sanders, mes agents jurent leurs grands dieux qu'il ne les avait pas repérés.

— Il a juste eu envie de filer à l'anglaise en souvenir du bon vieux temps ?

— Peut-être, dit Sanders, qui dut s'apercevoir combien il semblait sur la défensive. Écoute, on retourne toute la ville à l'instant où je te parle. Pour autant qu'on sache, il est à pied puisque sa voiture est toujours garée devant le snack.

— Ou alors il a demandé à un ami de passer le prendre, ou bien il a piqué une voiture, rétorqua Quincy, exaspéré.

— On étudie toutes les hypothèses. Donne-moi du temps.

— Du temps ? Quel temps ? Il est une heure et quart, Sanders. On n'a pas eu de nouvelles du ravisseur. Tu sais ce que ça veut dire ? Ça veut dire que Rainie est probablement morte. »

Quincy jeta son portable au sol, se maudissant déjà ne pas avoir poursuivi Duncan avec plus d'acharnement, ou localisé Andrew Bensen, ou fait les dix mille autres choses qu'ils avaient envisagées, mais jamais réalisées, parce le temps leur avait tout simplement manqué. Depuis le tout début, le temps avait toujours manqué.

Son téléphone sonna à nouveau. Le numéro de Kincaid. Quincy regarda sa montre. Il se demanda si ce serait ça. Kincaid qui appellerait avec des nouvelles officielles transmises par Danicic ou un autre journaliste. Ils avaient eu du retard dans la remise de rançon, et en punition...

Il avait redressé les épaules et serré le ventre avant de répondre. Cela ne lui servit à rien.

C'était bien Kincaid, mais il n'appelait pas pour Rainie.

Il appelait pour Kimberly.

MERCREDI, 13 HEURES 18

« Ce n'est peut-être pas aussi grave que ça en a l'air, insista Kincaid. Votre copain Mac a réussi à défoncer une grille cadenassée avec une camionnette de surveillance du comté, ce qui a ouvert la voie aux pompiers. Ils y sont en ce moment même.

— Il faut que je lui parle.

— Elle reçoit les premiers soins. Dès que son état sera stabilisé, je suis sûr que vous pourrez l'appeler.

473

– *C'est ma fille !*

– Quincy... » Pendant un instant, le téléphone resta simplement silencieux, Kincaid cherchait des mots qui n'existaient pas. « Elle a fait du bon boulot aujourd'hui. »

Quincy baissa la tête, se pinça l'arête du nez. « Elle fait toujours du bon boulot, murmura-t-il.

– Le type avait armé la caisse d'un mécanisme quelconque. Sans doute disposé des explosifs à l'étage du phare – on ne sait pas encore vraiment. À la minute où le poids de tout cet argent a appuyé sur le fond de la caisse... Elle n'a jamais eu la moindre chance. Si Shelly ne s'était pas jetée dans le brasier...

– Shelly ? Le shérif Atkins ?

– Oui, c'est Shelly qui l'a tirée de là...

– Je suis désolé, dit Quincy, un peu abasourdi maintenant. En fait, j'imaginais que c'était Mac.

– Non, il était dans le véhicule de surveillance. C'est Shelly qui la couvrait. D'après ce que j'ai compris, elle est rentrée droit dans le phare et a tiré Kimberly des flammes. Un véritable exploit, apparemment.

– Est-ce qu'elle va bien ? » coupa Quincy.

Silence.

« Kincaid ?

– L'hélicoptère sanitaire de l'armée l'emmène à l'hôpital Saint-Vincent de Portland, répondit Kincaid doucement. Ça... ça ne se présente pas bien. »

Alors ce fut au tour de Quincy de rester muet. D'abord le capitaine Grove, puis le shérif Atkins et sa propre fille. Et tout ça pour quoi ?

« Des nouvelles de Danicic ? demanda-t-il, même s'il connaissait déjà la réponse.

– Aucune. »

MERCREDI, 13 HEURES 20

Mac avait l'impression d'avoir pris cinquante ans en l'espace d'un quart d'heure. La gorge de Kimberly avait été brûlée par le feu et, en gonflant, avait bloqué ses voies respiratoires. Les médecins avaient dû l'intuber sur place, une scène que Mac ne voulait plus jamais revivre.

Du moins les médecins avaient-ils semblé satisfaits de l'amélioration de son état après son intubation. Son teint s'était amélioré ; sa poitrine se soulevait et s'abaissait en rythme. Elle semblait simplement endormie, si on ne tenait pas compte de ses cheveux aux pointes roussies, de ses vêtements noirs de suie, de l'odeur de chair brûlée.

Elle avait bien meilleure mine que Shelly Atkins.

La peau rougie du shérif commençait à se couvrir de cloques quand les ambulanciers étaient arrivés, et ses bras et ses jambes enflaient de manière grotesque. Shelly avait eu la prévoyance de nouer sa chemise autour de son visage. Mais pour ce qui était de ses épaules et de ses bras....

Mac n'avait vu ce genre de choses que dans des livres. Il n'en avait jamais été le témoin direct. L'odeur seule soulevait le cœur et lui donna envie de se détourner pour vomir. Mitchell avait tout de suite verdi. Mais il avait su se tenir.

Ils s'étaient précipités avec la trousse de secours. Ils avaient essayé de couvrir les brûlures les plus sévères avec des compresses de gaze stérile en nombre dérisoire. Puis Shelly était tombée en état de choc à cause de la douleur et du stress, à peu près à l'instant où Mac s'était aperçu que Kimberly avait cessé de respirer.

Jamais de sa vie il n'avait été aussi heureux de voir un véhicule de secours. Reconnaissant jusqu'à l'humilité. Désespéré au point que des larmes perlaient au coin de ses yeux pendant qu'il essayait d'expliquer ce qui s'était passé, ce dont Kimberly avait besoin, ce dont Shelly avait besoin, jusqu'à ce que les ambulanciers les prennent simplement par l'épaule, lui et Mitchell, pour les entraîner à l'écart et se mettre au travail avec dix fois plus de compétence et de moyens ; Mac et Mitchell restèrent plantés là, sonnés, perdus, essayant de se dire l'un à l'autre que tout irait bien.

Kimberly disparut dans l'ambulance au moment où l'hélico arrivait pour Shelly. Mac et Mitchell aidèrent à embarquer celle-ci dans l'engin. Puis, l'hélico parti, Kimberly partie, ils firent tous les deux leurs rapports de leur mieux.

Tout cela n'avait probablement pas pris plus de vingt minutes. Les plus longues de la vie de Mac. Et il n'avait même pas pu accompagner Kimberly. Il n'était pas de la famille. Seulement l'homme qui l'aimait.

Il se retrouva donc devant le véhicule de surveillance cabossé, à penser à la bague. Il aurait voulu qu'elle la porte en ce moment, à une chaîne autour du cou par exemple. Sinon pour elle-même, du moins pour lui, pour qu'en la voyant il sache qu'elle avait

476

répondu oui, qu'elle lui avait dit qu'elle l'aimait. Qu'ils avaient été heureux, juste avant tout cela.

Il monta finalement dans la camionnette. Mitchell le suivit. Comme il n'y avait plus rien d'autre à faire, Mac se glissa sur le siège conducteur, démarra.

Et Mitchell s'écria : « Putain de merde ! Regardez ça ! »

45

Rainie composa le numéro de portable de Quincy. Elle était agrippée au combiné, collé à sa joue. Elle retint son souffle lorsqu'elle entendit le téléphone sonner, une étrange palpitation dans le ventre, comme une lycéenne qui appelle pour un rencard. En se demandant s'il va répondre. En se demandant ce qu'elle va dire.

« Quincy », dit-il, et un instant, l'émotion la submergea au point de la laisser sans voix.

« Qui est à l'appareil ? » dit-il encore, irrité.

Rainie fondit en larmes.

« Rainie ? Oh mon Dieu, Rainie ! »

Il y eut un crissement. Des jurons. Elle l'avait surpris au volant. Il était de toute évidence en train de se ranger tant bien que mal sur le bas-côté.

« Ne raccroche pas, hurlait-il. Ne raccroche pas, dismoi juste où tu es. J'arrive, j'arrive, j'arrive. »

Et dans sa voix, elle entendit tout le désespoir qu'elle-même avait ressenti ces derniers jours.

Elle redoubla de pleurs, d'énormes sanglots rauques

qui lui martelaient les côtes et exacerbaient son mal de tête. On aurait dit que l'émotion allait la déchirer, achever son corps meurtri. Mais elle ne pouvait pas arrêter de sangloter. Elle se balançait d'avant en arrière, le téléphone collé contre sa bouche, et prononçait d'une voix entrecoupée et éperdue les seuls mots qui comptaient : « Je... t'aime.

— Je t'aime aussi. Et je suis désolé, Rainie. Je suis désolé pour... tout », dit-il, avant d'ajouter, sur un ton encore plus pressant : « Rainie, où es-tu ?

— Je ne sais pas.

— Rainie...

— Je ne sais pas ! C'est une maison. Avec un sous-sol. Il est inondé et on a froid et Dougie ne va pas très bien et moi non plus. J'ai besoin de mes médicaments. J'ai tellement mal à la tête et je sais que j'aurais dû t'en parler...

— Le Paxil. On a su. On va l'apporter. Aide-moi, Rainie. Aide-moi à te retrouver.

— Il fait sombre, murmura-t-elle. Tellement sombre. Les fenêtres, les murs. Je crois qu'il a tout repeint en noir.

— Combien de temps ça a pris pour arriver là ? Tu te souviens du trajet ?

— Je ne sais pas. Je crois qu'il m'a droguée. Un chemin de terre, je dirais. Mais j'ai senti la mer. Peut-être quelque part sur la côte ?

— Est-ce que tu sais qui t'a enlevée, Rainie ?

— Une lumière blanche.

— Il t'a éblouie ?

— Oui. Et maintenant on vit dans le noir.

– Est-ce que tu sais où il est maintenant ? demanda Quincy, tendu.

– Aucune idée.

– D'accord. Reste en ligne, Rainie. Ne t'avise pas de raccrocher. Je vais trouver un moyen de localiser cet appel. »

Mais juste à ce moment-là, Rainie entendit quelque chose. Le grattement d'une clé dans une serrure. Puis le bruit d'une porte qui s'ouvrait brutalement.

« Chérie, lança l'homme joyeusement. Je suis là ! Et on peut dire que j'ai décroché la timbale aujourd'hui !

– Oh-oh », murmura Rainie.

Et Quincy : « Danicic ? »

MERCREDI, 13 HEURES 25

« Il faut que j'y aille », murmura Rainie à Quincy et, sans attendre la réponse, elle posa le téléphone sous le lit, le combiné à côté. Elle allait devoir compter sur Quincy pour retrouver la source de l'appel. Elle allait devoir compter sur elle-même pour les garder en vie, elle et Dougie, en attendant qu'il arrive.

Elle entendit patauger, des bruits de pas mouillés, le ravisseur qui traversait le séjour, se dirigeait vers la cuisine. Il sifflait faux, encore inconscient de leur évasion.

Par chance, Rainie avait pour elle un couteau et l'effet de surprise. Par malheur, lui avait un pistolet électrique et était en bien meilleure forme physique. Deux fois, elle l'avait affronté et avait perdu. Vu la détérioration de son état, elle ne voyait aucune raison que l'équation change.

Ce serait donc une question d'intelligence, pas de force brute.

Elle s'approcha de Dougie, aussi silencieusement que possible. L'enfant était toujours inconscient, mais il ne frissonnait plus aussi violemment. Elle ne savait pas si c'était bon ou mauvais signe.

Elle attrapa maladroitement son corps emmitouflé. Tituba jusqu'au placard. Le déposa à l'intérieur.

Juste à ce moment-là, elle entendit un cri de rage dans la buanderie.

Il ne restait plus beaucoup de temps.

Rainie referma la porte du placard et se dirigea immédiatement vers la fenêtre. Par pitié, faites qu'elle ait de la chance. Par pitié, Seigneur, juste pour cette fois, un petit peu de veine.

Elle trouva le vieux loquet en métal. Elle l'ouvrit. Elle attrapa le haut de la fenêtre en bois et, de toutes ses forces, poussa.

Rien.

Elle essaya encore.

Encore des éclaboussements. Des pas furieux qui traversaient la cuisine en courant.

« Allez, suppliait-elle dans la chambre obscure. Allez ! »

Mais la vieille fenêtre refusait de bouger. Après toutes ces années, elle était soit gonflée, soit bloquée par la peinture.

Bruit de pas dans le couloir.

Rainie se cacha derrière la porte. Se cramponna au couteau.

Fin du temps imparti.

Mac fit démarrer la camionnette et ils partirent en trombe sur la voie d'accès avant même que l'un ou l'autre n'ait bouclé sa ceinture. Mitchell, à la radio, essayait désespérément de joindre Kincaid.

« On a une localisation. Le GPS s'est immobilisé sur des coordonnées. On les passe dans la machine et on devrait avoir une adresse d'ici quelques minutes. »

À l'autre bout du fil, Kincaid gloussa de plaisir et de surprise. Il voulait l'adresse dès qu'ils l'avaient. Il était en train de demander l'intervention d'une unité d'élite, de renforts, bon Dieu...

Puis il y eut une petite interruption lorsqu'il prit un appel sur son portable. Quincy. Il avait Rainie en ligne. Elle était séquestrée dans une maison et le ravisseur venait de rentrer. Quincy était prêt à jurer que la voix de l'homme était celle de Danicic.

« On a une adresse, hurla Mitchell.

— La maison de Danicic ? » tenta Kincaid.

Non, le cabanon de pêche de Stanley à Garibaldi.

« On est à dix minutes, indiqua Mac en appuyant sur le champignon.

— J'y suis déjà », dit Quincy en se relançant sur le chemin de terre, et Candi s'agrippa au tableau de bord.

« Allez, allez, montrez-vous, appelait doucement l'homme dans le couloir. Hou-hou. Allez, Dougie. Dis bonjour à ton vieil ami. »

Rainie retint son souffle, resta le dos collé au mur. Elle voyait une mince portion de couloir par la fente entre le vantail et le montant. Un pied entra dans son champ de vision.

« Je sais que vous êtes encore là. Les portes sont verrouillées de l'extérieur, les fenêtres sont vissées. Ça paye, la préparation quand on kidnappe une policière et son petit copain délinquant. »

Un autre pas. Elle aperçut un pantalon de jogging noir, maintenant éclaboussé.

« Tu ne sortiras pas de cette maison, Rainie. On a passé un marché, Dougie et moi. Si tu t'enfuis, je n'aurai pas d'autre choix que de remplir ma moitié du contrat et de brûler vive Peggy Ann. Tu ne veux pas que Peggy Ann souffre, n'est-ce pas, Dougie ? Tu ne voudrais pas la tuer comme tu as tué ta maman ? »

Tout le profil de l'homme apparut. Rainie recula insensiblement en sentant les yeux de l'homme se poser sur la fente entre le dos de la porte et le mur.

« Allez, Dougie, s'impatienta-t-il. Suffit, les bêtises. Montre-toi, avoue ce que tu as fait et je te pardonnerai. C'est Rainie qui t'a fait du mal, tu te souviens ? Elle t'a menti. Elle a fait semblant d'être ton amie. » Et alors une nouvelle idée lui traversa l'esprit : « Hé, Rainie, simplifions-nous la vie : viens que je t'offre un verre. »

L'homme franchit le seuil et Rainie lui claqua la

porte au visage. Elle entendit un craquement, suivi d'un cri aigu. « Mon nez, mon nez, mon nez ! Tu m'as cassé le nez, salope ! Tu sais de quoi ça aura l'air à la télé ? »

Rainie explora à tâtons le bouton de la porte, essaya de trouver un moyen quelconque de verrouiller. Rien. Elle s'arc-bouta, appuyant de tout son poids contre la porte en fouillant la pièce du regard. Il lui fallait coincer une chaise sous la poignée. Ou un meuble lourd.

Elle aperçut la commode, mais elle était trop volumineuse et éloignée. Puis son corps tout entier rendit un son mat lorsque l'homme se jeta contre la porte avec un hurlement de rage.

« Vous ne sortirez pas de cette maison. Vous m'entendez ? Vous êtes morts. »

Il s'abattit violemment contre la porte une seconde fois et Rainie chancela sur ses talons. Elle repassa le poids de son corps vers l'avant juste à temps pour le troisième assaut. Puis, lentement mais sûrement, il se mit à tourner le bouton de porte glissant dans sa main.

Elle essaya de trouver une meilleure prise. S'empêtra avec le couteau pour pouvoir se servir de ses deux mains.

Il était trop fort. Il avait mangé, dormi, et il n'avait pas passé deux jours enfermé dans une cave glaciale. Il était plus musclé. Moins fatigué. Il allait gagner.

Elle commença à compter dans sa tête. À dix, elle s'écarta vivement.

Précipité dans la pièce, l'homme trébucha et alla tomber sur le lit.

Pendant que Rainie filait par la porte.

Elle avait conscience de tant de choses en même

temps. Le poids de l'eau, qui lui arrivait maintenant presque aux chevilles, pendant qu'elle courait dans le couloir. La vision de la porte d'entrée, à quelques mètres de là, pendant qu'elle traversait péniblement la cuisine, le salon, allez, allez, allez.

Un bruit, peut-être dans sa tête, de claquement de portières. La voix, peut-être dans son imagination, de Quincy qui disait *Je t'aime*.

Puis le cri de rage, plus fort, plus près, de l'homme qui fonçait vers elle.

Elle se retourna à la dernière seconde. Vit une grande silhouette sombre fondre sur elle. Lucas Bensen apparaissant sur le porche quand elle n'avait que seize ans. Richard Mann l'attendant avec un fusil dix ans plus tard. Tous les cauchemars qu'elle avait jamais faits, dévalant le couloir, se précipitant vers elle.

Rainie se campa sur ses pieds. Leva son couteau. Se prépara à son dernier combat.

La porte d'entrée s'ouvrit brusquement. « Police, arrêtez ! Posez votre arme. »

Rainie s'effondra.

Danicic plongea vers l'avant.

Quincy et Candi Rodriguez ouvrirent le feu.

Épilogue

Dans les heures qui suivirent, les choses se ralentirent, se stabilisèrent, essayèrent de prendre un sens.

Les médecins arrivèrent. Déclarèrent Danicic mort. Trouvèrent Dougie encore en vie, en train de se réchauffer lentement dans son cocon de coton jusqu'à reprendre conscience. Ils emmenèrent le garçon à l'hôpital. Essayèrent d'emmener Rainie aussi. Elle refusa. Elle resta à l'arrière de la voiture de Quincy. Elle avait le manteau de Quincy sur les épaules, quatre couvertures sur les genoux et une tasse de café fumant entre les mains.

Elle voulait sentir la chaleur pénétrer peu à peu en elle. Elle voulait sentir le parfum de l'eau de Cologne de Quincy sur le col de son manteau. Elle voulait reprendre conscience d'elle-même, centimètre par centimètre, en redécouvrant le monde des vivants.

Quincy resta dans la voiture avec elle tandis que des enquêteurs affluaient toujours plus nombreux et commençaient leur travail sur la scène de crime. La maison, apprit Rainie, appartenait à Stanley Carpenter ; c'était l'ancienne maison de son grand-père, qu'il conservait pour la louer occasionnellement. En août, il avait eu l'agréable surprise de recevoir une demande pour tout l'hiver. Le locataire s'était présenté comme un écrivain originaire d'une autre région qui cherchait un coin tranquille pour travailler à son prochain roman. Stanley avait reçu un chèque de banque qui réglait d'avance la location pour tout l'hiver et n'avait plus beaucoup repensé à la maison depuis.

Celle-ci était située sur une parcelle très boisée, à quelques centaines de mètres de l'océan. Le plus proche voisin était à huit kilomètres à l'ouest. Rainie et Dougie auraient pu courir toute la nuit sans rencontrer personne qui puisse les aider.

Un certain commandant Kincaid fit son apparition. Il regarda Rainie d'un air si dur et si sombre qu'elle ne sut pas quoi dire. Puis il adressa un signe de tête à Quincy et s'éloigna.

Ensuite se présenta une sublime policière latino prénommée Candi. Elle avait été un des premiers agents sur les lieux puisqu'elle était arrivée avec Quincy. Elle posa un siège sur l'allée de gravier à côté de la portière ouverte du côté de Rainie et, avec une douceur surprenante, lui soutira le récit des derniers jours. Comment elle avait rangé sa voiture sur le bas-côté au milieu de la nuit. Comment elle avait été surprise par une lumière blanche aveuglante. Comment elle s'était réveillée plus tard pour se découvrir droguée et ligotée à l'arrière d'un véhicule. Elle avait fait de son mieux, s'était efforcée de se protéger et de protéger Dougie.

Elle ignorait totalement qui l'avait enlevée. Lorsque Candi prononça le nom de Danicic, Rainie tomba des nues. « Il n'est pas reporter au *Daily Sun* ? »

Personne ne lui répondit. Candi s'effaça et le lieutenant Mosley prit sa place. Il voulait s'assurer personnellement qu'elle allait bien. Puis il partit faire une déclaration à la presse.

« Il était temps que nous ayons des bonnes nouvelles aujourd'hui », dit l'agent, et Rainie, à l'arrière de la voiture, interrogea Quincy du regard.

Enfin seul avec elle, il commença à parler. Il lui parla des demandes de rançon, de la cellule de crise. Il lui apprit que Mac et Kimberly étaient immédiatement venus d'Atlanta pour leur prêter main-forte.

Et il lui raconta, sur un ton monocorde, car c'était celui qu'il employait pour les choses importantes, comment une enquêteuse, Alane Grove, avait trouvé la mort au cours de l'enquête. D'après ce qu'on savait, un type du coin l'avait repérée avec la rançon et, incapable de résister à la tentation, il l'avait embarquée à l'arrière de sa camionnette et étranglée pour lui prendre l'argent.

Puis était arrivée la désastreuse remise de rançon. Danicic avait truffé les lieux d'explosifs, ce qui s'était soldé par de sérieux traumatismes pour le shérif de Bakersville, Shelly Atkins, ainsi que pour Kimberly. L'état de Kimberly était maintenant jugé stable, mais elle serait probablement hospitalisée pendant des jours pour surveiller ses poumons et soigner ses brûlures. Quant au shérif Atkins, le pronostic n'était pas aussi encourageant.

« Il faut qu'on aille à l'hôpital, dit immédiatement Rainie.

– Non.

– Mais Kimberly..., dit Rainie, sans comprendre.

– Elle est enfin avec son fiancé. Si nous les interrompons maintenant, ils nous tueront tous les deux.

– Ils sont fiancés ?

– À ce qu'il paraît.

– Pourquoi tu n'as pas commencé par-là ? Les hommes !

– Oui, les hommes, dit Quincy en lui prenant la main. Nous aimons passer du temps seuls avec nos femmes. Mac a la sienne. Maintenant j'ai la mienne. Et tu n'iras nulle part. »

Ce qui la fit à la fois sourire et pleurer, mais ne se révéla pas tout à fait exact. Elle voulut sortir de la voiture, perdit connaissance et Quincy dut une nouvelle fois appeler les soignants à grands cris.

Elle se réveilla des heures plus tard, en poussant un hurlement rauque dans l'obscurité. La pièce était d'un noir d'encre, l'eau se refermait au-dessus de sa tête. Elle frappait de la main les barreaux métalliques du lit d'hôpital en cherchant désespérément une prise. Les moniteurs sifflaient. Les fils des perfusions s'emmêlaient. Puis Quincy fut là, il lui attrapa la main, il lui disait qu'elle allait s'en remettre.

Elle s'assoupit à nouveau pour se réveiller une nouvelle fois dans un cri.

« Je crois que je ne suis pas tout à fait normale, dit-elle à Quincy.

– Aucun de nous ne l'est », répondit-il en montant dans le lit à côté d'elle.

Au matin, l'hôpital laissa sortir Rainie avec ordre de se reposer, de manger et de boire. Ses côtes fêlées étaient étroitement bandées. Son genou gauche, qui souffrait d'une déchirure du ligament croisé antérieur, était immobilisé dans une attelle métallique. Il lui faudrait une opération pour réparer la lésion, mais pas avant qu'elle ait retrouvé des forces. Quincy à ses côtés, elle claudiqua hardiment jusqu'à la chambre de Kimberly.

Le jeune agent avait été transférée de l'unité de soins intensifs au service de médecine générale. Elle était sous oxygène, perfusion et antibiotiques pour mettre sa gorge abîmée à l'abri d'une infection ; les médecins n'espéraient pas la relâcher avant encore bien des jours.

Mais elle semblait de bonne humeur et serra farouchement Rainie dans ses bras, exhiba sa bague de fiançailles. Elle ne pouvait pas prononcer un mot et Mac commençait déjà à dire qu'il la préférait comme ça.

Il imagina à haute voix un gigantesque mariage de quatre cents personnes dans le verger de ses parents. Ils feraient griller le cochon, engageraient un orchestre de country, danseraient des danses de village. Kimberly fit mine de l'étrangler à mains nues. Il enrichit son fantasme d'une mariée pieds nus avec jupons et bouquet de fleurs de pêcher.

Kimberly arrêta d'essayer de le tuer et commença à approuver de la tête. Effaré, il finit par se taire et Quincy et Rainie laissèrent les deux tourtereaux main dans la main.

La chambre de Dougie ensuite. Le garçon était encore endormi, Stanley et Laura Carpenter se tenaient près de son lit. Stanley avait une mine de déterré, comme s'il n'avait pas dormi depuis un mois. Laura Carpenter avait la même tête que dans le souvenir de Rainie : celle de quelqu'un qui s'est fait marcher dessus toute sa vie et ne s'attend pas à ce que ça change de sitôt.

« Il va s'en remettre, dit Stanley d'une voix rauque dès que Rainie entra dans la pièce. Les médecins disent qu'il se porte étonnamment bien. Il a juste besoin de repos.

— Il s'est réveillé ?

— Plusieurs fois. Il vous a demandée. On lui a dit que vous alliez bien ; qu'il pourrait bientôt vous voir. Enfin, si ça ne vous dérange pas. Je comprendrais...

– Ça me ferait plaisir.

– Une policière est venue, avança Laura. Cette Rodriguez. Elle a posé quelques questions à Dougie. Il a bien répondu. Il ne s'est pas trop énervé.

– Il connaissait Danicic, n'est-ce pas ? demanda Quincy avec douceur. Il le prenait pour un ami.

– C'est notre faute, répondit immédiatement Stanley. Il nous a contactés peu après que nous soyons devenus famille d'accueil pour Dougie. Il a dit qu'il écrivait un article sur les gosses de l'assistance. Il voulait faire le portrait de Dougie pour donner un exemple de réussite. Le gamin trimballé d'une maison à une autre, mais qui a fini par trouver un bon foyer, vous voyez. Il est passé régulièrement pendant un moment. On n'y a pas fait beaucoup attention. On n'a jamais vu l'article publié, naturellement, mais chaque fois qu'on posait la question, M. Danicic disait que son rédacteur le gardait sous le coude – ce n'était pas le moment, c'était un sujet d'intérêt général, ce genre de chose. Lui aussi était un gamin de l'assistance, vous savez.

– Danicic ?

– C'est ce qu'il disait. Ses parents étaient morts jeunes, quelque chose comme ça, dit Stanley en haussant les épaules, l'air penaud. Ça me faisait plaisir, quelque part, qu'il s'intéresse autant à Dougie. Je pensais qu'il pourrait lui servir de modèle. Il paraissait... Enfin, j'imagine qu'on ne peut pas toujours tout prévoir. Dieu sait qu'on le croyait réellement.

– Danicic s'est servi de Dougie, n'est-ce pas ? insinua Quincy. Il a trouvé des informations sur vous, sur Rainie ? C'est à ce moment-là que vous avez commencé à lui donner de l'argent ? »

Stanley regarda Quincy, déconcerté. « Je n'ai jamais donné d'argent à personne.

– Pas même deux mille dollars par an ?

– Oh, ça. »

Stanley rougit, jeta un regard vers sa femme, qui lui lança à son tour un regard mauvais. « Quand Dougie est né... Écoutez, je ne savais pas trop comment gérer la situation. Mais j'étais fier de Dougie. Je voulais faire quelque chose pour lui. Alors j'ai ouvert un plan d'épargne pour ses études. »

Laura leva les yeux au ciel. « Un gamin n'a pas seulement besoin d'études, Stanley. Il a besoin d'un père, de quelqu'un qui prenne ses responsabilités.

– Je le fais.

– Nous le faisons », corrigea-t-elle.

Stanley rougit à nouveau et, à cet instant, Rainie comprit qu'il ait pu être séduit par une jeune lycéenne. Quelqu'un qui respectait l'entraîneur de foot, grand et fort. Qui buvait la moindre de ses paroles.

« Est-ce qu'il vous a déjà parlé du soir où sa mère est morte ? » demanda-t-elle à Stanley.

Celui-ci secoua la tête.

« Il a besoin d'en parler davantage. À son heure et avec ses mots. Mais il se croit responsable de sa mort. Et ce sentiment de culpabilité alimente en grande partie sa rage. Contre lui-même et contre vous.

– Pourquoi penserait-il que c'est sa faute si sa mère a été renversée par une voiture ? s'étonna Laura.

– Parce qu'apparemment, il est sorti de l'appartement, ce soir-là. Il est parti à sa recherche et, dans sa tête, elle a été tuée en lui courant après.

– C'était le cas ? demanda Stanley, les yeux écarquillés.

– Bien sûr que non, s'impatienta Rainie. Elle a été tuée par un chauffard ivre avant même que Dougie ne quitte l'appartement. Lisez le rapport de police.

– Pauvre gosse, murmura Stanley et, pour une fois, sa femme ne le contredit pas.

– Il y a une chose que je ne comprends pas, dit finalement Laura. Pourquoi le journaliste a-t-il fait tout ça ? Devenir l'ami de Dougie. Vous kidnapper, le kidnapper. Je veux dire, qu'est-ce qu'il voulait ?

– La gloire, la fortune et une tarte aux pommes bien cuite », murmura Quincy avant de quitter la chambre avec Rainie.

Quincy attendit qu'ils soient sortis de l'hôpital, installés dans sa voiture. « Comment un rapport de police pourrait-il signaler que la mère de Dougie a été tuée *avant* qu'il ne quitte l'appartement ? D'après ce que tu dis, personne ne savait même qu'il était sorti.

– Toi, tu le sais et moi aussi, dit Rainie en haussant les épaules. Mais eux, non. »

Il tendit le bras, lui serra la main. « Vous êtes une femme très bien, Rainie Conner.

– Pour une menteuse ? » demanda-t-elle avec légèreté.

Mais il entendit le sanglot dans sa voix ; elle se détourna et fondit en larmes.

Le retour à la maison fut plus difficile que Rainie ne l'avait pensé. Elle prit ses médicaments, se promena dans des pièces où elle était censée se sentir bien et attendit de reprendre le cours normal de sa vie comme par magie. Mais elle revenait régulièrement vers un réfrigérateur qui avait été vidé de tout alcool. Mais elle se réveillait au milieu de la nuit, trempée de sueur, en proie à un accès de terreur. Mais, au moment où Quincy la regardait en lui disant qu'il l'aimait, elle se rappelait ce que c'est que d'être aimée à ce point et de se sentir quand même seule.

Kimberly reçut sa permission de sortie. Mac et elle restèrent pour la nuit et, pendant vingt-quatre heures, la maison résonna à nouveau de bavardages et de rires. Ils jouèrent aux cartes, parlèrent boutique.

Mac et Quincy restèrent debout tard après le coucher des femmes. Mac avait une idée pour l'affaire d'Astoria. Quincy ne la trouva pas trop mauvaise.

Et puis, avant d'aller se coucher Mac demanda, avec un geste de la tête en direction de la grande chambre :

« Comment elle va ?

— Très mal, dit Quincy tout net.

— Vous voulez qu'on reste ?

— Ce n'est pas le genre de situations où la présence d'un tiers peut changer quoi que ce soit.

— Ça doit vraiment être dur pour vous. »

Et Quincy dit le premier mot qui lui passa par la tête : « Merci. »

Il attendit le lendemain matin, lorsque Rainie fut partie faire un tour, pour passer un coup de fil à Abe Sanders. Ils s'étaient recontactés brièvement lorsque Rainie avait été retrouvée. Le suspect de Sanders, Duncan, était réapparu comme par enchantement plus tard dans la soirée, seulement pour disparaître deux fois depuis lors. Ils avaient intensifié la surveillance, mais restaient handicapés par l'absence de preuve. Ils n'avaient aucun prétexte pour demander un mandat, aucune raison plausible ne serait-ce que pour l'arrêter pour une fouille. Mais Duncan mijotait quelque chose. Sanders avait le sentiment assez net que l'homme avait une nouvelle cible.

Quincy lui fit part de l'idée de Mac. Sanders réfléchit. « Bon, on a essayé plus idiot, comme méthode.

— Tiens-moi au courant. »

Sanders raccrocha, Rainie revint de sa promenade et, pendant qu'elle prenait sa douche, Quincy fouilla ses affaires à la recherche d'un quelconque indice prouvant qu'elle avait acheté une bière récemment.

C'est ça, vivre avec une alcoolique.

Puis il alla dans son bureau et resta un long moment assis, simplement à contempler la photo de sa fille.

Il alla à Portland plusieurs fois rendre visite à Shelly à l'hôpital. Elle était la reine du pavillon des brûlés, car elle divertissait les infirmières comme les patients avec des blagues salaces et des histoires de criminels maladroits. Elle semblait attendre les visites de Quincy avec impatience, notamment parce qu'il lui apportait toujours de la camomille.

Elle lui faisait admirer ses dernières greffes. Il hochait la tête d'un air sombre en essayant de ne pas passer par trop de teintes de vert.

Les jours de Shelly dans la police étaient derrière elle. Au moins un an d'opérations diverses et de ré-éducation l'attendait. Son pied gauche était tordu. Sa hanche foutue. Mais elle était encore une des personnes les plus enjouées que Quincy connaissait et il songeait souvent qu'il était plus à l'aise avec elle dans le pavillon des brûlés qu'avec Rainie à la maison.

À la quatrième visite, elle avait une bonne nouvelle.

« Je vais à Paris ! annonça-t-elle.

– Paris ?

– J'en ai toujours rêvé. J'en ai parlé il y a quelques semaines pendant une interview idiote. Apparemment, ça a tiré des larmes à un brave cœur. Le bureau du shérif a reçu un don anonyme pour un voyage tous frais payés à Paris. Dès qu'on sort mes fesses cramées de ce fauteuil roulant, je suis dans l'avion.

– La Rive gauche ne sera plus jamais la même, lui assura Quincy.

– Vous êtes sûr de ne rien savoir au sujet de ce don ? l'interrogea-t-elle.

– Absolument rien. »

Elle avait toujours été la plus maligne. « Merci, souffla-t-elle. Je vous revaudrai ça. »

Ce qui, songea Quincy en regardant les longues torsades de tissu cicatriciel qui lui descendaient le long des bras, était la chose la plus triste qu'il ait jamais entendue.

Kincaid passa un peu plus tard dans la journée. La police scientifique avait exploré l'ordinateur de Danicic. Le journaliste aimait vraiment manier la plume. Outre qu'il s'écrivait à lui-même de longs courriels sans queue ni tête, il avait déjà commencé son autobiographie : *Une vie de héros.*

D'après ce qu'ils avaient pu reconstituer, Danicic avait concocté son plan non pas pour les dix mille dollars, mais pour se donner le beau rôle dans une tragédie grandeur nature qui lui vaudrait une gloire immédiate. Grâce à ses efforts désintéressés, il aiderait à lui seul la police à négocier le sauvetage de deux innocents. Par malheur, les victimes seraient déjà mortes quand les enquêteurs arriveraient sur les lieux, cruellement enfermées dans la cave et noyées. Cela permettrait à Danicic d'adopter une mine de circonstance et de s'embarquer dans une tournée médiatique nationale ; il cultiverait une nouvelle personnalité d'expert du crime et ferait bientôt partie des meubles sur la chaîne d'information de votre choix. Fondamentalement, Danicic n'était pas motivé par l'argent facile. Il voulait complètement changer de vie.

Dans son grenier, on avait retrouvé des cartons entiers de livres. Études de cas criminels. Manuels sur les procédures de police et les dernières techniques de la police scientifique. Document après document recensant les kidnappeurs célèbres et les causes de leurs échecs. À bien des égards, ces enlèvements avaient été l'œuvre de sa vie.

Quant aux raisons pour lesquelles il avait choisi Rainie et Dougie, Kincaid n'avait toujours pas de certitude. Peut-être en revenaient-ils à ce qu'avait expliqué Quincy : une femme et un jeune enfant semblaient des cibles moins menaçantes. Peut-être l'occasion avait-elle fait le larron, parce que Danicic s'était lié à Dougie et avait rapidement compris combien il serait facile de manipuler le petit garçon perturbé. Peut-être était-ce parce que le mari et le métier de Rainie donneraient à l'affaire un retentissement médiatique d'autant plus important.

Ils en étaient réduits aux hypothèses ; Danicic n'était plus là pour leur répondre.

Une semaine plus tard, Quincy reçut un coup de fil inattendu. L'agent spécial Glenda Rodman voulait l'avertir qu'Andrew Bensen avait été localisé au Canada, où il demandait un statut d'objecteur de conscience. Elle pensait que Quincy aimerait être au courant.

Et deux jours plus tard, Quincy reçut enfin l'appel qu'il attendait.

Après cela, il trouva Rainie dehors, à contempler les montagnes en sirotant une tasse de thé avec des mains qui avaient encore tendance à trembler.

« Allons-y », dit-il, et il se dirigea vers la voiture sans un mot de plus.

C'était Quincy qui était connu pour son mutisme. Mais au fil de toutes ces années passées avec Rainie, il en était aussi venu à comprendre son silence. Sa façon de s'absorber en elle-même, les épaules voûtées, le menton rentré. Sa façon de ne plus vous regarder dans les yeux, son regard se tournant de plus en plus vers les grands espaces, comme si elle voulait disparaître dans cette majestueuse sapinière, comme si elle pouvait, par un effort de volonté, cesser d'exister.

Le temps d'arriver à Astoria, elle était roulée en boule, les genoux sous le menton, les bras autour des jambes. Son regard avait pris un air blessé, hagard.

Il se demandait parfois si elle ressemblait à ça quand sa mère la battait. Et parfois, l'image se faisait trop précise dans sa tête. Une version plus jeune, plus désarmée de Rainie, recroquevillée au sol. Et une version plus âgée, ivre, qui frappait comme une brute. Deux facettes de son épouse. Un passé auquel elle cherchait à échapper. Un avenir qu'elle voulait à tout prix éviter.

Ils arrivèrent au cimetière. Rainie savait où ils étaient. Elle y était déjà venue avec Quincy et, imaginait-il, bien des fois toute seule.

Elle alla droit à la tombe. Regarda l'ange de pierre. Et puis, comme incapable de se retenir, caressa du bout des doigts la joue de granite.

« Charles Duncan a été arrêté aujourd'hui, dit Quincy. Je voulais que tu l'apprennes de ma bouche – et elles aussi. Duncan a avoué le meurtre d'Aurora et Jennifer Johnson. Sanders a une déclaration signée et une confession sur cassette.

– Il a avoué ? demanda Rainie, éberluée.

– Grâce à une idée de Mac. Avec toutes les analyses de la police scientifique, Sanders et les experts ont une idée assez précise de ce qui s'est passé ce soir-là. Le déroulement des événements, les détails du carnage. Alors Sanders a interpellé Duncan. Il lui a dit qu'ils avaient un élément nouveau : ils avaient retrouvé une facture de caméra de surveillance dans les papiers de Jennifer. En fait, il y avait une caméra planquée dans une peluche dans la chambre d'Aurora.

– C'est vrai ?

– Non. C'était la ruse imaginée par Mac. Je pense qu'on appelle ça du bluff. Un coup pas facile à réussir, mais, une fois encore, c'est là que les rapports d'expertise ont fait la différence. Sanders a fait allusion à quelques détails. Duncan a craqué. Heureusement, d'ailleurs. Sanders a découvert une plainte déposée pour harcèlement : Duncan s'était mis à suivre et épier une caissière à la station-service du quartier.

– Oh, mon Dieu, dit Rainie, la main sur la bouche. C'est fini. C'est lui. C'est fait.

– Oui, dit Quincy, et malgré lui sa voix s'enrouait. C'est fini, Rainie. C'est fait. »

Rainie se mit à pleurer.

« Je ne veux plus faire de cauchemars. Je ne veux plus chercher à atteindre une petite fille que je ne peux pas sauver. Le monde est cruel. Notre boulot est sans espoir. Je ne sais même plus comment aimer. J'ai juste besoin de haïr. »

Elle s'effondra dans ses bras, toujours pleurant, toujours parlant. La moitié de ses paroles avait un sens. L'autre non. Il la tenait, la laissait tout évacuer. Et il lui caressait le dos, jouait avec de courtes mèches de cheveux duveteuses. Il voulut lui communiquer sa force, comme si l'amour d'un homme pouvait guérir sa femme. Et il ne fut pas surpris quand elle s'écarta de lui en s'essuyant les yeux.

Ils regagnèrent la voiture en silence. Ils rentrèrent chez eux en silence.

Et plus tard ce soir-là, quand elle dit qu'elle allait voir Dougie, Quincy la laissa partir et pria, autant pour lui que pour les autres, afin qu'elle n'aille pas en réalité dans un bar.

La chambre de Dougie avait un nouvel élément de décoration : la photo de classe de sa mère, agrandie en vingt-quatre trente-deux et joliment encadrée. C'était Laura, incroyable mais vrai, qui l'avait fait faire. En contrepartie, Dougie avait commencé à employer des mots comme « s'il te plaît » et « merci » en sa présence. Cela donnait à Rainie une sensation d'irréel à chaque fois qu'elle venait.

La journée avait dû être bonne, parce qu'il jouait dans sa chambre avec un nouveau jouet quand elle arriva. Dehors, il faisait nuit noire et une pluie verglaçante menaçait, de sorte que même Dougie était rentré pour la soirée.

Rainie s'assit par terre en tailleur, pendant que Dougie faisait rouler la voiture sur son matelas. « Vrooooum. Vroum. Vroum. Vroum. »

« Alors, qu'est-ce que tu as pensé du docteur Brown ? demanda-t-elle.

— Il est pas mal, répondit-il en haussant les épaules.

— Il a des jouets sympas ?

— Trop de Spiderman, répondit Dougie avec sérieux. Qu'est-ce qu'il a de si bien, Spiderman ? Super-Scarabée, ça, ce serait un héros. Vrooooum.

— Tu peux peut-être lui ouvrir les yeux. Quand est-ce que tu le revois ? »

Dougie arrêta de pousser sa voiture, la regarda avec perplexité. « Le revoir ? Mais j'y ai déjà été ! »

Rainie ne put s'empêcher de rire. « C'est une thérapie, Dougie. Il faut plus d'une séance pour comprendre les choses. Il faut y consacrer du temps.

— Mais il faut *parler*.

— Eh bien, peut-être que tu finiras par aimer Spider-man. »

Dougie lui lança un regard sceptique et recommença à faire courir sa voiture sur le matelas.

Sur le chemin du retour, Rainie pensa à Dougie et sourit. L'enfant se débrouillait bien, à sa façon. Il s'opposait toujours à Stanley. Il parlait toujours du feu avec envie. Mais, qu'il s'en rende compte ou non, il était de plus en plus souvent dans la maison, à jouer, détendu, à faire partie de la famille. C'était une bonne chose, trouvait-elle, qu'il ait à nouveau la photo de sa mère. Que, de temps en temps, il raconte une anecdote sur l'époque où il était bébé. Certains de ses récits lui paraissaient relever de la pure fantaisie, mais, à sa manière, Dougie reprenait possession de son passé. Cela semblait l'apaiser, ouvrir pour lui une première fenêtre sur l'avenir.

Il avait de l'espoir. Contrairement à tant d'autres enfants. Contrairement à Aurora Johnson.

L'idée la déchira, lui fit à nouveau mal, même après tous ces mois. Et elle sentit les ténèbres se cabrer dans un coin de sa tête, une pesanteur caractéristique se poser sur ses épaules. Et ses pensées, naturellement, se nourrissaient de ces ténèbres.

Tous ces enfants dehors qui n'avaient jamais eu la moindre chance. Les prédateurs qui rôdaient en ce moment même. Quel enfant de huit ans était à cet instant bordé dans son lit alors qu'il ne verrait jamais le matin ? Quelle jeune fille était sur le point d'être enlevée de chez elle pendant que ses parents dormaient au bout du couloir sans se douter de rien ?

Et Rainie en était réduite à avoir mal, blessée, étourdie de désespoir devant tout cela.

Pense à des choses gaies, se dit-elle, presque niaisement. Des champs de fleurs, l'eau d'un ruisseau. Évidemment, rien de tout cela ne marchait.

Alors elle repensa à Dougie. Elle se rappela son visage satisfait quand il faisait rouler sa voiture dans la chambre. Et elle pensa à tous ces enfants qu'on battait, mais qui malgré tout – malgré tout – trouvaient moyen de survivre.

Elle voulait tant de choses pour ces enfants. Farouchement. Passionnément. Qu'ils grandissent. Qu'ils soient libres. Qu'ils brisent le cercle vicieux de la maltraitance, pour trouver l'amour inconditionnel auquel tout le monde a droit. Qu'ils soient heureux.

Et elle se demanda comment elle pouvait vouloir autant de choses pour eux, et si peu pour elle-même. Elle faisait partie de ces enfants, elle aussi. Elle était une survivante.

Et alors, pour la première fois depuis longtemps, elle sut ce qu'elle devait faire.

Elle remonta l'allée de graviers en voiture. Elle marcha sous la pluie cinglante jusqu'à sa maison. Elle trouva Quincy assis devant un feu, les lèvres pincées.

« Dougie te dit bonjour, lança-t-elle d'une voix forte. Il a été sage, il a gagné une nouvelle petite voiture. »

Et, instantanément, les épaules de Quincy se détendirent, la tension de son visage se relâcha. Elle savait quelles avaient été ses pensées, pourquoi il était inquiet, et l'idée lui fit monter les larmes aux yeux.

Elle resta là un temps infini. Des minutes. Des heures. Elle ne savait pas. Elle regarda son mari et sut qu'elle le revoyait pour la toute première fois. Le gris désormais plus visible que le jais dans ses cheveux.

Les nouvelles rides qui lui plissaient le coin de la bouche. La raideur avec laquelle il était assis dans sa propre maison devant sa propre femme, comme s'il se cuirassait contre son prochain coup.

Elle s'avança avant que l'élan ne disparaisse. Elle se laissa tomber à genoux devant lui. Tendit la main. Prononça les mots qui devaient être prononcés : « Je m'appelle Rainie Conner et je suis alcoolique. »

L'expression de Quincy était si grave que cela manqua lui briser le cœur une nouvelle fois. Il lui prit la main. « Je m'appelle Pierce Quincy et je suis celui qui t'aime toujours. Relève-toi, Rainie. Tu n'as pas à t'incliner devant moi.

– Je suis tellement désolée...

– Chut.

– Je veux que notre vie redevienne comme avant.

– Moi aussi.

– Je ne sais pas par où commencer.

– Dis-moi que tu m'aimes encore.

– Oh, Quincy, je t'aime.

– Dis-moi que tu ne boiras plus.

– Je vais m'inscrire dans un groupe. Je vais faire ce qu'il faut. Je ne boirai plus jamais. »

Il l'attira sur ses genoux, enfouit son visage dans les mèches douces de sa chevelure repoussée depuis peu. « Félicitations, Rainie. Tu viens de faire le premier pas.

– C'est une très longue route, murmura-t-elle.

– Je sais, chérie. C'est pour ça que je te tiendrai la main jusqu'au bout. »

REMERCIEMENTS

Ce que je préfère de loin quand j'écris un roman, c'est l'occasion que cela m'offre d'importuner toute une série de braves gens qui ont le malheur de répondre à leur téléphone ou, dans le cas présent, à leur courrier électronique. Chaque livre m'apporte son lot de sujets de recherche. Et chaque sujet de recherche m'apporte son lot de spécialistes à tourmenter.

Pour cette fois-ci, je suis grandement redevable de leur patience aux agents de la police d'État de l'Oregon. Notamment au lieutenant Gregg Hastings, qui m'a aidée à comprendre les rouages internes de cette administration, de même que la vie d'un chargé des relations publiques ; au lieutenant Jason Bledsoe, dont l'esprit est encore plus pervers que le mien et qui n'a cessé de souligner les failles de mon crime fictif jusqu'à ce qu'il soit finalement au point ; et au lieutenant Beth Carpenter, du laboratoire de criminalistique de Portland, qui nous a généreusement permis, à mon mari et à moi, de visiter leurs récents locaux dernier cri, qui arboraient à l'époque les décorations les plus loufoques que j'aie jamais vues (qui veut des guirlandes de Noël lumineuses en cartouches vides ? Et que dire du sapin de Noël de l'identité judiciaire, agrémenté de pouces factices ?).

Il va de soi que j'ai aussi harcelé ma pharmacienne

préférée, Margaret Charpentier, pour sa contribution annuelle à ma tuerie fictive. Et j'ai aussi assailli de questions mon cher ami le docteur Greg Moffatt, dont l'éblouissante familiarité avec les esprits tourmentés permet à mes personnages d'atteindre de nouveaux degrés de perversité.

Comme toujours, ces gens m'ont fourni des informations exactes et précises. Et moi, bien sûr, je les ai déformées, dénaturées et fortement romancées.

Enfin, sur un plan plus personnel, jamais je n'aurais pu achever ce roman sans les soins avisés d'autres personnes : mon ingénieur de mari qui m'a à nouveau fait bénéficier de son souci du détail et s'est offert de ravitailler son épouse en chocolat, tout ça pour se heurter à sa décision de commencer le régime South Beach deux semaines avant la date de remise du manuscrit (où avais-je la tête ?) ; Sarah Clemons, littéralement aux petits soins pour nous tous ; Brandi Ennis, qui soulage l'âme coupable d'une mère active en aimant ma fille presque autant que moi ; ma fille, inconditionnelle de la bande-son des *Bisounours* et qui, chose précieuse, a donc appris à sa mère à écrire un roman policier avec *Journey to Joke-a-Lot* dans la tête ; et mes deux adorables chiens, qui aboient tant que c'est un véritable miracle que j'arrive encore à aligner deux idées.

Enfin et surtout, mes plus sincères félicitations à Alane Grove, gagnante du deuxième tirage au sort annuel *Kill a Friend, Maim a Buddy* sur www.LisaGardner.com. Alane a remporté l'honneur de nommer la personne de son choix qui mourrait dans le roman. Elle s'est désignée elle-même, ce qui était très courageux de sa part. J'espère que vous appréciez votre rôle de cadavre exquis, Alane.

Quant à tous ceux qui veulent encore tenter d'atteindre à l'immortalité littéraire, n'ayez crainte. Je travaille déjà à mon prochain roman, ce qui signifie que j'aurai encore besoin d'experts à harceler et de vainqueurs de concours à trucider.

Bonne lecture à tous.

Lisa Gardner

Composition réalisée par NORD COMPO

Achevé d'imprimer en mars 2012, en France sur Presse Offset par
Maury-Imprimeur - 45330 Malesherbes
N° d'imprimeur : 170620
Dépôt légal 1ʳᵉ publication : janvier 2010
Édition 08 - mars 2012
LIBRAIRIE GÉNÉRALE FRANÇAISE - 31, rue de Fleurus - 75278 Paris Cedex 06